RODZANICE

W serii ukazały się:

KATARZYNA PUZYŃSKA

RODZANICE

Prószyński i S-ka

Projekt okładki
Mariusz Banachowicz

Zdjęcie na okładce
© Maksimenko Taras/Shutterstock

Redaktor prowadzący
Anna Derengowska

Redakcja
Małgorzata Grudnik-Zwolińska

Korekta
Maciej Korbasiński

Łamanie
Ewa Wójcik

ISBN 978-83-8169-007-2

Warszawa 2019

Wydawca
Prószyński Media Sp. z o.o.
02-697 Warszawa, ul. Gintrowskiego 28
www.proszynski.pl

Druk i oprawa
CPI Moravia Books

Dla K. i M

In wildness is the preservation of the world
So seek the wolf in thyself

Of Wolf and Man (Hetfield/Urlich/Hammett), Metallica

PROLOG

Rodzanice. Niedziela, 31 stycznia 1999.
Godzina 23.50.
Anastazja Piotrowska

Anastazja usłyszała przeciągłe wycie. A więc to prawda! Wilkołak. Rodomił miał rację. Wilkołak przybył! Legenda o Nocach Odrodzenia jest prawdziwa. Piotrowska popędziła przez śnieg w stronę gospodarstwa Wilków. Musiała to zobaczyć na własne oczy. Nawet jeśli po ciele przebiegał nieprzyjemny dreszcz strachu.

Psy z hodowli Rodomiła ujadały wściekle. Jazgot sprawiał, że trudno było się skupić. Zwolniła nieco. Zawsze się ich bała. Były dzikie i nieposkromione. Rodomił do tego je podjudzał. Chciał, żeby były jeszcze bardziej agresywne. Bardziej i bardziej.

Pomyślała, że wdrapie się na szczyt wzgórza i z bezpiecznej odległości będzie obserwować okolicę. Znów przyspieszyła. Światło idealnie okrągłego księżyca odbijało się od śniegu. Było jasno. Niemal jak w dzień. Z tą tylko różnicą, że w dzień cienie nie czają się wśród drzew w mrocznej poświacie.

9

Stanęła na szczycie wzgórza, oddychając ciężko. Rozejrzała się. Stąd był najlepszy widok nie tylko na gospodarstwo Wilków, ale i na całe Rodzanice.

Nagle Anastazja zobaczyła coś, co zmroziło krew w jej żyłach. Przykucnęła natychmiast. Na śniegu była przecież doskonale widoczna. Nie mogła ryzykować zauważenia! To byłoby niebezpieczne! Mogła stać się kolejną ofiarą!

Z łomotem serca patrzyła na rozgrywającą się scenę. Psy przestały szczekać. Rozszarpywały zaciekle ciało Rodomiła. Wyrywały sobie resztki tego, co po nim zostało.

Potem nastała cisza.

KSIĘGA PIERWSZA

2018
Dzień

ROZDZIAŁ 1

Plaża w Rodzanicach. Wtorek, 30 stycznia 2018.
Godzina 12.00.
Aspirant Daniel Podgórski

Aspirant Daniel Podgórski wpatrywał się w ciało leżące
na śniegu. Dziewczyna miała zamknięte oczy i spokojną
twarz. Wyglądała niemal, jakby spała. Oczywiście gdyby
nie krew na czole i wokół ciała. Surrealistyczne wrażenie
potęgował stary koc, którym została przykryta.

– Jakby jej kurwa jeszcze mogło być zimno – mruknął
Paweł Kamiński. – Nie to, co nam. Normalnie pizga złem.
Pierdolona zima musiała akurat teraz przyjść. Że też jakie-
muś złamasowi chciało się ją zajebać akurat teraz. Zamiast
siedzieć w cieple. W domu. Jak normalni ludzie. Kurwa.

Zawiało jeszcze mocniej. Daniel otulił się szczelniej
kurtką, ale podmuchy lodowatego wiatru zdawały się bez
trudu przenikać przez materiał. Mróz szczypał boleśnie
w twarz.

Od wczoraj pogoda zmieniła się diametralnie. Do
tej pory zima obchodziła się z nimi całkiem łagodnie.

Bezśnieżne święta rozczarowały niektórych, ale Podgórski przyjął je ze spokojem. Przynajmniej nie trzeba było latać z łopatą i odśnieżać.

Wszystko zmieniło się wczorajszej nocy. Prószyło wprawdzie delikatnie przez cały dzień, ale po dwudziestej rozpętała się prawdziwa zamieć. Padało tak, że wydawało się wręcz, iż człowiek oddycha śniegiem. Daniel ledwo dotarł do stajni, żeby pozamykać drzwi. Konie kręciły się po boksach niespokojnie. Nie dziwił im się. W tej nagłej zmianie aury było coś złowrogiego. Zły omen, mruknęła wtedy Weronika.

Policjant spojrzał na ciało martwej dziewczyny. Zły omen. Najwyraźniej.

– Paweł, trudno oczekiwać, że morderca będzie zabijał na twoje zamówienie w środku sierpnia – zaśmiała się Emilia Strzałkowska. – Nie wiem, czy dożyjemy.

Policjantka opatuliła się w puchową kurtkę i wciągnęła czapkę z wielkim pomponem. Nie wyglądała zbyt poważnie, ale kto by się tym teraz przejmował. Chodziło o to, żeby się ogrzać. Każdy robił, co mógł.

– Poza tym zabójcy to na ogół nie są normalni ludzie – wtrącił się Marek Zaręba.

– Kurwa – warknął Kamiński, kopiąc hałdę śniegu obok ciała. – Nawet prorokowi* się nie chciało przyjechać. Całą robotę my musimy odwalać.

Zaręba i Kamiński ubrani byli w granatowe mundury, kurtki i służbowe czapki uszatki. Daniel im nie zazdrościł. W takich chwilach praca w wydziale kryminalnym

* Prokurator.

14

i możliwość noszenia cywilnych ubrań były błogosławień-
stwem. Można na siebie włożyć tyle warstw, ile się tylko
zapragnie.

Koledzy przyjechali na miejsce od razu po wezwaniu.
Z posterunku w Lipowie mieli najbliżej. Zabezpieczali
teren, póki nie zjawiła się grupa z komendy. Ponieważ
byli tu dłużej od Daniela i Emilii, przemarzli do szpiku
kości. Na zamarzniętym jeziorze nie było żadnej ochrony
przed wiatrem i mrozem.

– Niech pan uważa, panie Pawle – powiedział z uśmiechem doktor Koterski. – Chyba nie muszę mówić, że tu
wszędzie może być jakaś rzecz potencjalnie istotna. To
miejsce zbrodni.

– Ziółek i reszta już skończyli tu grzebać – mruknął
Kamiński, ale zatrzymał nogę w połowie ruchu. Kolejna
zaspa została oszczędzona.

Szef techników ze swoją ekipą wycofali się na brzeg,
kiedy Daniel, Emilia, Paweł i Marek podeszli, żeby porozmawiać z Koterskim. Lód zdawał się wprawdzie stabilny,
wzmocniony jeszcze nagłym spadkiem temperatury, ale
co jakiś czas słychać było złowieszcze trzaski. Nie chcieli
ryzykować, że pęknie pod ciężarem ich wszystkich.

– Oczywiście kurwa pieprzona Laura musiała mnie
wrobić w sterczenie na pierdolonym lodowisku – mruknął
Kamiński z wściekłością. – Tak to jest, jak się z baby robi
szefa. Nic nie jest tak, jak powinno. Co za sucz.

Daniel i Marek wymienili spojrzenia. Czekali, aż Emilia
zaprotestuje, słysząc te słowa, ale o dziwo milczała. Może
Pawłowi upiekło się dlatego, że w plotkach, które obiegły
ostatnio Lipowo, zapewne kryło się przynajmniej ziarno

prawdy. Podgórski wolał nie wnikać. Trzymał się od tego z daleka.

– I ta pedalska czapka – ciągnął Kamiński zupełnie niezrażony ich spojrzeniami. – Wyglądam jak jakiś Rusek czy inny. Kurwa. Dobrze chociaż, że nie ma dziennikarzy. Nikt mi nie jebnie fotek.

Znów mocniej zawiało. Człowiek zaczynał mieć wrażenie, że znalazł się na biegunie północnym. Daniel sięgnął do kieszeni po paczkę papierosów w nikłej nadziei, że wątły płomyk trochę go ogrzeje.

– Przestań się nad sobą rozczulać – ofuknęła Kamińskiego Strzałkowska. Nareszcie Emilia zareagowała tak, jak można się było spodziewać. – A ty przestań kopcić jak lokomotywa. To jest miejsce zbrodni. Nie wiem, czy to do ciebie dotarło.

– Brakowało mi twojej beztroski i luzu, Mila – mruknął Daniel. Nie mógł się powstrzymać.

Strzałkowska poczerwieniała. Tym razem raczej nie z zimna.

– Nie nazywaj mnie tak – warknęła, krzyżując ręce na piersi.

Paweł Kamiński parsknął głośnym śmiechem.

– To co? Można powiedzieć, że jak za starych dobrych czasów – podsumował Marek Zaręba. Wyraz twarzy miał kamienny, ale w oczach widać było iskierki. Jakby ledwo powstrzymywał się przed chichotem. – Znów we czwórkę.

Kiedy do komendy dotarła informacja o dziewczynie na lodzie, Podgórski wcale się nie zdziwił, że właśnie jemu naczelnik zlecił tę sprawę. Rodzanice leżały niewiele ponad dwa kilometry od Lipowa, rodzinnych stron Daniela.

Policjant nie spodziewał się natomiast, że przełożony przydzieli mu do pomocy właśnie Emilię.

Podgórski wiedział oczywiście, że Strzałkowska miała dzisiaj dyżur, ale od dawna nikt nie kierował ich do tych samych spraw. Tak się utarło. Wszyscy wiedzieli, że relacje między nimi są napięte. Początkowo plotkowano trochę i koledzy robili sobie żarty, ale powoli im się znudziło. Ciągle coś się działo, nie brakowało ciekawszych, przede wszystkim nowszych tematów. Na komendzie Daniel i Emilia trzymali się od siebie z daleka. Kiedy zdarzyło im się być w tym samym pomieszczeniu, oboje zachowywali się tak, jakby drugiego tam nie było. I tak to jakoś się toczyło.

Strzałkowska została przeniesiona do krymu* jakieś półtora roku temu. Propozycję dostała już wcześniej, ale najpierw trzeba było załatwić kilka spraw zarówno w wydziale, jak i na posterunku w Lipowie. Trochę to trwało.

W Lipowie też nastąpiło sporo przetasowań. Matka Daniela nadal siedziała w recepcji, ale Kamiński nie był już kierownikiem. Jego miejsce zajęła Laura Fijałkowska, która przedtem pracowała w Brodnicy. Paweł wrócił do patrolowania wsi i okolic.

Podgórski westchnął. Wolał nie myśleć o aferze, która rozpętała się pod koniec dwa tysiące szesnastego roku. Im rzadziej tamte wydarzenia wspominał, tym czuł się lepiej. Nie pił już trzysta dziewięćdziesiąt cztery dni. Jeżeli dotrwa do północy oczywiście. To było najważniejsze.

– Raz muszkieterem, zawsze muszkieterem – zaśmiał się jeszcze Marek Zaręba.

---

* Wydział kryminalny.

– O to, to, Młody – zawtórował mu Kamiński.

Strzałkowska przewróciła oczami z wyraźną irytacją.

– Rozumiem, że chłopcy to raczej do piaskownicy niż do poważnej roboty, ale nie wiem, czy zauważyliście, że mamy tutaj martwą dziewczynę? Może odrobinę skupienia i powagi by się przydało? Nie uważacie?

Podgórski zerknął w jej stronę. Kiedy naczelnik wezwał ich oboje do siebie i oznajmił, że to oni we dwoje zajmą się dochodzeniem, Strzałkowska zrobiła taką minę, że Daniel o mało nie zakrztusił się kawą. Ale jednocześnie jej skrępowanie sprawiło, że on poczuł się pewniej. A może tylko opanował go czarny humor.

Od dłuższego czasu unikała go nie tylko w pracy. Kiedy przychodził do Łukasza, to albo wychodziła, albo chowała się w swojej sypialni i zostawiała go z synem sam na sam. Wyjątek zrobiła tylko raz, kiedy nawrzucała Podgórskiemu, że pozwala nastolatkowi brać samochód i jeździć po lesie. Wpadła wtedy w prawdziwą furię. Z kurwami i wymyślaniem od nieodpowiedzialnych idiotów włącznie.

Łukasz nie miał jeszcze prawa jazdy, to prawda, ale Daniel już dawno nauczył go jeździć. Wydawało mu się, że to był jedyny czas, kiedy nastoletni syn łapie z nim jakiś kontakt. Nie zamierzał z tego rezygnować dlatego, że Strzałkowska się wściekała. Nic nie rozumiała. Sama miała syna na co dzień.

– Skoro przykrył ją kocem, to może znaczyć, że mu na niej zależało – zgadywał Marek, przyglądając się martwej dziewczynie. – Jakby chciał się nią zaopiekować. Przecież to nie przypadek. Musiał ten koc przynieść tu ze sobą. Nie uważacie? Zamknął jej oczy. Bo raczej tak z zamkniętymi chyba nie umarła. No i ułożył ją na plecach.

– To na pewno któryś z miejscowych szajbusów – wtrącił się Kamiński. – Zanim dojechaliśmy tu z Młodym, to trzeba było odśnieżyć drogę. Wszystko kurwa zasypane. Na szosie spoko, ale jak się zjechało w las, to kurwa nie szło. Musieliśmy wezwać Kuszewskiego z traktorem. Nikt z zewnątrz by tu nie dotarł.

Daniel spojrzał w stronę brzegu. Na wzgórzu widać było tylko jeden z trzech domów, które wchodziły w skład niewielkiej wioseczki zwanej Rodzanicami. Dwa pozostałe znajdowały się z prawej i lewej strony sporej łąki. Bliżej przeciwległych ścian lasu.

Kamiński mógł mieć trochę racji. W taką pogodę jak ta miejscowość była niemalże odcięta od świata. Z dwóch stron łąka otoczona była lasem. Z trzeciej ciągnęły się zasypane śniegiem pola. Najbliższe siedziby ludzkie znajdowały się w Lipowie. Dojechać tu można było wyłącznie wąską drogą przez las. Ewentualnie dotrzeć węższymi ścieżkami. Ale wtedy trzeba by przyjść na piechotę.

– Zakładając oczywiście, że sprawca przyjechał tu samochodem – zauważyła Strzałkowska.

Najwyraźniej pomyślała dokładnie o tym samym co Podgórski. Kiedyś lubił z nią współpracować. Uzupełniali się. Oczywiście zanim życie im się pokomplikowało.

– A tego nie możemy zakładać, prawda? – dodała. – Zresztą mógł przyjechać wcześniej. Zanim zaczęła się śnieżyca. Przed nią drogi były przejezdne. Wiadomo, kiedy ona umarła, doktorze?

– Sami widzicie, że ciało jest praktycznie zamarznięte – powiedział Koterski. – To znacznie utrudni ustalenie czegokolwiek w tej kwestii. Obawiam się, że będziecie musieli zacząć od sprawdzenia, kiedy widziano ją żywą, i wtedy będę mógł starać się jakoś to uściślić.

– Czy mogły to zrobić psy z hodowli? – zapytał Podgórski.

Prawa ręka martwej dziewczyny wystawała spod koca. Kurtka na przedramieniu i bicepsie była podarta. Pod spodem widać było wyszarpane kawałki ciała.

– Wypowiem się po sekcji – powiedział jak zwykle Koterski. – Muszę zobaczyć, co uda mi się ustalić. Rozstaw zębów i tak dalej.

– Nie byłby to kurwa pierwszy raz – wtrącił się Kamiński. – Pamiętacie, co się stało dwadzieścia lat temu z Rodomiłem Wilkiem? A może to było wcześniej?

– Dziewiętnaście – sprostował Daniel. – W dziewięćdziesiątym dziewiątym.

To była wówczas głośna sprawa. Przynajmniej w Lipowie. Rodomił Wilk prowadził hodowlę psów. Teoretycznie szkolił je do obrony, ale w praktyce chyba raczej do walki. Zimą dziewięćdziesiątego dziewiątego roku znaleziono go martwego na wybiegu. Okazało się, że mężczyzna poślizgnął się na zamarzniętej kałuży, kiedy wszedł nakarmić swoich podopiecznych. Uderzył głową w lód i stracił przytomność. Wygłodniałe psy rzuciły się na niego. Jego żona nie żyła już od dawna. Zostawił nastoletnią wtedy córkę.

Podgórski znów zerknął w górę na Rodzanice. Gospodarstwo Wilków znajdowało się po lewej stronie, nieco w dole. Nie było widoczne z tafli zamarzniętego jeziora, ale z oddali dało się słyszeć szczekanie.

Po śmierci ojca Żywia musiała radzić sobie sama. Nadal prowadziła hodowlę. Ale zajęła się psami innej rasy. W przeciwieństwie do podopiecznych Rodomiła były całkowicie łagodne. Podgórski sam się o tym przekonał. Jednego kupił jesienią w prezencie dla Weroniki.

– Kurwa, mam wrażenie, że ta pierdolona Laura wysłała mnie tu specjalnie – mruknął Kamiński. – Przecież doskonale wie, że po tych wszystkich aferach nienawidzę tej dziury.

– Daj spokój – szepnęła Emilia. Tym razem bez przekory.

Daniel starał się nie patrzeć na Kamińskiego. Paweł faktycznie miał prawo nie czuć się w Rodzanicach dobrze. Nie po tym, co tu się stało pod koniec dwa tysiące szesnastego roku, i po tym jakie to miało konsekwencje dla jego kariery i życia prywatnego. Nie po śmierci Żegoty Wilka.

Podgórski też nie czuł się z tym najlepiej. To był naprawdę trudny czas. Z wielu względów. Daniel zrobił wiele rzeczy, których się wstydził. Nie chciał do tego wracać.

– To jest ta sama dziewczyna, którą wtedy uwolniliście, prawda? – zapytał Koterski nieświadom rozterek policjanta.

– Jo. Michalina Kaczmarek – potwierdził Daniel.

Doktor Koterski pokręcił głową. Z jego wesołej zazwyczaj twarzy na chwilę zniknął uśmiech.

– Osiem lat w piwnicy i teraz to. Pechowa dziewczyna.

Stwierdzenie, że Michalina Kaczmarek nie miała łatwego życia, to było niedopowiedzenie. Mieszkała w trzecim z gospodarstw w Rodzanicach. W wieku dziewięciu lat została porwana. Przetrzymywano ją przez kolejnych osiem. Na wolność wyszła pod koniec dwa tysiące szesnastego roku.

Podgórski po raz kolejny spojrzał na wzgórze, na Rodzanice. Pamiętał to zdarzenie doskonale. Są takie sprawy, których nigdy się nie zapomina. To była właśnie jedna z takich. Michalina została porwana przez sąsiada. Bohdan Piotrowski mieszkał w środkowym domu. Tym, który widać było z plaży. Teraz została tam tylko jego żona, Anastazja. I makabryczna piwnica. Pamiątka po przetrzymywaniu w niej dziewczynki.

Zaduchu, który panował w środku, nie dało się zapomnieć. Tak samo jak duszącego smrodu odchodów w przepełnionym wiadrze. Ani porwanej różowej sukienki, w którą ubrana była Michalina, kiedy Daniel i reszta ekipy ją stamtąd wyciągali. Groteskowy strój przeznaczony dla małej dziewczynki ledwo mieścił się na wychudzonej nastolatce. Ale najbardziej poruszające były jej oczy. Malowało się w nich takie przerażenie, że Podgórski sam poczuł ogarniający go lęk.

Niejedno widział podczas wszystkich tych lat służby w policji, ale w tym wypadku trudno było mu zrozumieć, jak jeden człowiek może zgotować taki los drugiemu. Kiedy Michalina łamiącym się głosem zapytała, gdzie jest tatuś, Danielowi o mało po raz pierwszy na służbie nie poleciały łzy z oczu.

A teraz leżała martwa na lodzie.

– Myślicie, że to ma związek z tym przetrzymywaniem? – zapytała Strzałkowska. Jakby znów odgadła, o czym Podgórski właśnie pomyślał.

– Bohdan Piotrowski strzelił samobója w kiciu, więc on raczej jej nie zajebał – odpowiedział Kamiński.

Piotrowski spędził w Starych Świątkach niecały rok. Pedofile nie mają łatwego życia w więzieniach. Może dlatego się powiesił. A może ktoś mu w tym pomógł. Daniel wiedział, że jeszcze tego nie wyjaśniono. Wątpił, żeby sprawa miała priorytet. Ludzie raczej się cieszyli, że potwór nie żyje.

– Co powiesz o tej ranie na skroni? – zapytał Koterskiego. – To może być bezpośrednia przyczyna zgonu?

Oprócz rozszarpanej ręki Michalina miała niewielką ranę na skroni. Wokół ciała było sporo krwi. Nie wyglądało na to, żeby pochodziła z rany na głowie, ale Podgórski wolał zapytać.

– To na skroni to pikuś – zaśmiał się doktor Koterski. – Podejrzewam, że prawdziwa przyczyna zgonu znajduje się pod kocem. Wolałbym go tu nie zdejmować. Jest być może przymarznięty do ciała i…

– Kurwa, doktorze, nie patyczkujmy się.

Zanim ktokolwiek zdążył zareagować, Kamiński poderwał brzeg koca. Na szyi dziewczyny błysnął naszyjnik w kształcie półksiężyca. Daniel go rozpoznał. Weronika miała identyczny.

– Ja jebię – zaklął Paweł, kręcąc głową.

Tak. Przyczyna zgonu była jasna.

ROZDZIAŁ 2

Dworek Weroniki w Lipowie.
Wtorek, 30 stycznia 2018. Godzina 12.00.
Weronika Podgórska

Weronika Podgórska wypuściła Kofiego na padok. Wystrzelił do przodu, rżąc radośnie, i pogalopował w stronę Lancelota. Kary koń tarzał się zapamiętale w śniegu. Zrobiły się prawdziwe zaspy. Aż trudno uwierzyć, ile napadało w nocy. I to przejmujące zimno, przed którym nie chroniła nawet najgrubsza kurtka.

Bajka zaszczekała głośno. Weronika odpięła karabińczyk i pozwoliła suczce pobiec za końmi. Nie był to może najlepszy pomysł, ale nie miała siły jej powstrzymywać. Pitbulka była rozbrykana i pełna energii. Przez cały spacer ciągnęła smycz tak, że Weronika miała wrażenie, że suczka urwie jej rękę.

Kiedy w drodze powrotnej nieoczekiwanie spotkały Klementynę, Bajka wpadła w prawdziwy szał radości. Weronika z trudem ją utrzymywała. Na szczęście Kopp nie była dziś szczególnie rozmowna. Wymieniły więc tylko uprzejmości i każda poszła dalej w swoją stronę.

Weronika uśmiechnęła się pod nosem. Klementyna babcią! Aż trudno było w to uwierzyć. Tatuaże, ogolona na łyso głowa i skórzana kurtka niezbyt pasowały do stereotypowego obrazu dobrotliwej babci. A jednak ekspolicjantka odnajdywała się w nowej roli całkiem dobrze.

– Bajka! – krzyknęła Podgórska, kiedy suczka podbiegła niemal pod kopyta Lancelota. – Wracaj!

Kary stulił uszy i zrobił groźną minę. Nie lubił psów. Igor to wiedział i zawsze omijał go szerokim łukiem. Bajka będzie jeszcze musiała się tego nauczyć.

Weronika westchnęła cicho. Minęło już tyle czasu, a ona nadal nie mogła pogodzić się z myślą, że złoty golden retriever nie wybiegnie z wesołym szczekiem na powitanie. Daniel próbował ją pocieszać, mówił, że pies zginął bohatersko, próbując jej bronić. Niewiele to pomagało. Igor nie żył, a obraz zakrwawionych wideł ciągle Podgórską prześladował. Budziła się w nocy zlana potem. Daniel przytulał ją wtedy i kołysał, jakby była małym dzieckiem.

A dwa miesiące temu kupił jej Bajkę. Przyniósł małe zawiniątko ukryte pod pazuchą. Bajka patrzyła na Weronikę wielkimi oczami nieco przestraszona. Nie przypominała groźnego pitbula, widywanego na zdjęciach czy w filmach. Miała wiecznie uśmiechnięty pyszczek. Weronika od razu ją pokochała.

Nie zmieniało to wcale faktu, że doskonale wiedziała, dlaczego Podgórski kupił jej psa. Wcale nie chodziło mu tylko i wyłącznie o to, żeby przestała rozpaczać po Igorze. Chodziło o coś, o co prosiła go od kilku miesięcy. Myślał chyba, że jak Weronika zajmie się malutkim psem, zapomni, czego tak naprawdę chciała.

– No i co? – zaśmiała się, kiedy Bajka podbiegła do niej przestraszona parskaniem Lancelota. – Chodź. Obejrzymy zdjęcia ze spaceru.

Weronika oparła się o płot padoku i wyjęła telefon z kieszeni. Z trudem odblokowała ekran. Szybka zbiła się wczoraj, kiedy Bajka z rozpędu wpadła na stolik nocny. Co gorsza, suczka chwyciła potem komórkę w zęby i podjęła próbę konsumpcji. Weronika odebrała jej telefon w ostatniej chwili. Gdyby nie to, zapewne już by nie działał. Trzeba będzie szybko pomyśleć o nowym.

Zaczęła przeglądać zdjęcia. Zima dawała się we znaki, zwłaszcza tu na wsi, ale trzeba było przyznać, że zasypany białym puchem las wyglądał cudownie. Wielkie czapy śniegu na gałęziach sosen. Tropy zwierząt prowadzące gdzieś w zarośla. Skrzypienie butów niosące się daleko. I ten zapach. Zapach zimy.

Poszły z Bajką nad Skarlankę. Zawróciły, zanim dotarły na mostek. Zima miała również swoje złe strony. Weronice wydawało się, że odmroziła sobie dłonie, zanim pokonały połowę planowanej trasy.

– Cholera – mruknęła pod nosem, kiedy ekran odmówił posłuszeństwa.

Potrząsnęła telefonem i znów go odblokowała. Tym razem zadziałał, wróciła więc do przeglądania zdjęć. Niedaleko mostku na Skarlance pstryknęła kilka fotografii sobie i Bajce. Przykucnęła, obejmując suczkę ramieniem.

– Zaraz…

Weronika wróciła do poprzedniego zdjęcia. Uśmiechały się obie do aparatu. W tle za ich plecami widać było mostek na Skarlance. Ktoś tam stał. Już samo to wzbudziło w Podgórskiej nieprzyjemne uczucie niepokoju. Wydawało jej się, że była w lesie sama.

Ale nie tylko to ją zaniepokoiło. Miała wrażenie, że zobaczyła ducha. I to dosłownie.

– Przecież ona nie żyje – szepnęła ni to do Bajki, ni do siebie. – Wiera nie żyje.

Przyjaciółka zmarła trzydziestego lipca dwa tysiące szesnastego roku. Rak płuc był nieubłagany, zabrał Wierę szybko. Zdecydowanie za szybko. Kończyli wtedy śledztwo w sprawie Nory. Daniel właśnie oświadczył się Weronice. Sklepikarka zasłabła dosłownie chwilę później. Karetka przyjechała niemal natychmiast, ale niewiele dało się już zrobić.

Wiera obudziła się jeszcze na moment w szpitalu. Nie zdołała już nic powiedzieć, ale Weronika pocieszała się myślą, że przynajmniej zdążyły się pożegnać. Nawet jeżeli nie wypowiedziały przy tym żadnych słów, tylko trzymały się za ręce.

Weronika powiększyła zdjęcie, choć z powodu popękanego ekranu potrzebowała na to kilku prób. Wiera z całą pewnością nie żyła. A jednak stała na moście. Plecami do aparatu. Długie ciemne włosy poprzetykane siwizną. Opierała się o barierkę i patrzyła na północ wzdłuż biegu Skarlanki.

Nie, to było niemożliwe, ale przecież aparat się nie mylił. Była tam. Dzisiaj. Nie tak dawno.

ROZDZIAŁ 3

Plaża w Rodzanicach. Wtorek, 30 stycznia 2018.
Godzina 12.15.
Młodsza aspirant Emilia Strzałkowska

No to mamy przyczynę zgonu – stwierdził doktor Koterski. Nie skomentował niefrasobliwości Kamińskiego, ale rzucał policjantowi niezbyt zadowolone spojrzenia. – Ta cała krew to właśnie stąd.

Młodsza aspirant Emilia Strzałkowska przypatrywała się pojedynczej ranie w brzuchu Michaliny Kaczmarek.

– Jest pan pewien, że to jest przyczyna śmierci? – zapytał Kamiński.

Paweł mówił poważnym tonem. Może odechciało mu się nareszcie idiotycznych żarcików. Emilia przewróciła oczami. Rychło w czas. Współpraca z grupą mężczyzn bywała męcząca. Choćby z powodu ich ciągłych przepychanek ukrytych za żartami. Dawno nauczyła się je ignorować. A przynajmniej się starać.

– Wypowiem się po sekcji.

– Niech już doktor da spokój. A tak na oko? – nie odpuszczał Kamiński.

– Na oko to dziadek umarł czy jakoś tak – oznajmił Koterski z szerokim uśmiechem na pulchnej twarzy. – A poważnie: istnieje duże prawdopodobieństwo, że tak. Ktoś ją dźgnął.

Koterski nie przypominał ani trochę ponurego patologa z książek czy filmów. Był zawsze wesoły i uśmiechnięty. Zdaniem Strzałkowskiej bardziej wyglądał na nauczyciela niższych klas szkoły podstawowej. Może nawet na wychowawcę w przedszkolu. Bez trudu mogła go sobie wyobrazić wśród dziecięcych rysunków i zabawek. W miejscu zbrodni pasował jakby mniej. Ale od dawna wiedziała, że pozory mogą mylić. I to bardzo.

– Ta rana na głowie to nie od noża? – pytał dalej Kamiński.

Patolog pokręcił głową.

– Zdecydowanie nie. Na głowie jest rana tłuczona. Zadana tępym narzędziem. Nożem na pewno nie.

– A kamieniem? – nie odpuszczał Paweł.

– Nie mogę tego wykluczyć.

Przez chwilę nikt nic nie mówił. Wiatr zdawał się przybierać jeszcze na sile. W powietrzu unosił się zapach, który zawsze kojarzył się Emilii z zimą. Dym z kominów. Musiał dochodzić ze wzgórza, z Rodzanic.

– Pojedyncza rana – odezwał się Marek Zaręba. – Sprawca wiedział, co robi.

– Albo sprawczyni – dopowiedziała Strzałkowska. Nie przepadała za Klementyną Kopp, ale w jednym zdecydowanie się z byłą komisarz zgadzała. Nigdy niczego za wcześnie nie zakładać.

– Kobieta mogła ją zajebać? – zapytał znów Kamiński.

Emilia zerknęła w jego stronę. Był dziś szczególnie dociekliwy.

– Myślę, że nie możemy tego wykluczyć – przyznał medyk sądowy. – Dziewczyna jest wysoka, ale szczupłej budowy. Zresztą niczego nie możemy teraz wykluczyć. Ma na sobie kurtkę, więc nie mogę stwierdzić z całą pewnością, ale nie widzę innych ran. To wygląda, jakby się nie broniła.

– Może ją zaskoczył – zastanawiał się Podgórski.

Emilia zerknęła na niego.

– Albo zaskoczyła.

Daniel podkreślił ostatnie słowo chyba tylko po to, żeby zagrać jej na nosie. Zapalił papierosa. Strzałkowska miała ochotę znowu coś powiedzieć, ale się powstrzymała. Niech Podgórski się truje, jak chce. To już nie była jej sprawa.

Jak zanieczyści miejsce zbrodni, to też on będzie miał kłopot. Skoro już byli skazani na prowadzenie tej sprawy razem, to przynajmniej będzie się starała trzymać od niego jak najdalej. Już dawno to sobie postanowiła.

Nie zamierzała być tą trzecią. Z tym koniec. Miłość to głupota. A inne sprawy… Zerknęła na Kamińskiego. Cóż. Z innymi sprawami radziła sobie całkiem nieźle.

– Naprawdę kobieta mogła to zrobić? – jeszcze raz zapytał Paweł.

– Już powiedziałem, że tak – roześmiał się Koterski.

– A Michalina nie mogła sobie tego zrobić sama?

– A coś ty się tak nagle przejął, Paweł? – mruknął Daniel, wydmuchując przed siebie kłąb papierosowego dymu.

Lód zatrzeszczał pod ich nogami. Emilia spojrzała tęsknie na brzeg. Marzyła, żeby wreszcie schronić się przed przenikliwym wiatrem.

– Zrzuciłbyś trochę kilogramów, bo inaczej kurwa zatoniemy wszyscy – odciął się Kamiński. – Lód zaraz pęknie.

Podgórski faktycznie przytył ostatnio. Emilia też to zauważyła. Brzuch rysował mu się wyraźnie pod kurtką. Przypominał teraz dawnego siebie. Choć dłuższa niż kiedyś broda sprawiała, że jego twarz wydawała się szczuplejsza. Odwróciła wzrok.

– Na zimę parę kilo tu i tam się przydaje – zaśmiał się Koterski. – Sam coś o tym wiem. A wracając do pytania, samobójstwa oczywiście nigdy na takim wczesnym etapie nie można wykluczyć, ale powiem tak: samobójcy z reguły odsłaniają fragment ciała, gdzie chcą się zranić. Tu narzędzie przeszło przez bluzę. Ale ważniejsze: jeżeli dziewczyna sama by się zabiła, raczej nie przykryłaby się potem kocem. Nieprawdaż?

Kamiński kiwnął głową. Nie wyglądał na zadowolonego.

– Może była pod wpływem – rozważał Marek Zaręba, jakby nie słyszał całej rozmowy. Był całkowicie skupiony na martwej dziewczynie. – Pijana albo wzięła narkotyki? Może była po prostu nieprzytomna, jak jej to zrobił. Dlatego się nie broniła.

– Tego tu teraz wam nie powiem. Dziś wieczorem mam dyżur, więc zrobię sekcję. Wtedy się dowiemy.

– No i mamy chyba narzędzie zbrodni – odezwał się Podgórski. – Tu pod ciałem.

Emilia zrobiła kilka kroków w tamtą stronę. Faktycznie przy ciele leżał nóż. Był częściowo przykryty połą kurtki.

31

Podgórski wyjął torebkę na dowody i sięgnął po narzędzie. Technicy planowali chyba jeszcze wrócić na lód. W przeciwnym razie by go nie zostawili.

– Logo firmy Juniora Kojarskiego – powiedział policjant.

Wielkie stylizowane logo *JK* rzucało się od razu w oczy. Jakiś czas temu Junior Kojarski rozkręcił biznes związany z produkcją noży. Zapewne jeden z wielu, który należał do jego rodzinnego konsorcjum.

A może nie? Mówiło się, że odkąd wybuchła afera z anonimowym listem dwa lata temu, z Kojarskim nie jest najlepiej. Żył samotnie w wielkiej rezydencji, a biznesem zarządzała z Warszawy jego żona. Może było w tym ziarno prawdy, bo jakiś miesiąc temu Junior sam chodził po wsi i sprzedawał te swoje noże. Twierdził, że to wyjątkowa kolekcja. Kiedy Emilia mu otworzyła drzwi, prawie go nie poznała, widząc drżące ręce, zapadniętą twarz i rozbiegane oczy. W niczym nie przypominał butnego bogacza, którym był kiedyś.

Z tego wszystkiego Strzałkowska kupiła od Juniora nóż, mimo że miała wrażenie, że mocno przepłaca. Nie była nawet pewna, do czego mogłaby go używać. Do kuchni był zbyt duży i nieporęczny. Dlatego niezbyt się przejęła, kiedy w pewnym momencie gdzieś się zapodział. Tylko że teraz patrzyła na dokładnie identyczny.

– Na ostrzu jest krew – poinformował Daniel. – A przynajmniej tak mi się wydaje. Ziółek będzie musiał to sprawdzić. Pasowałby do tej rany?

– Wypowiem się po sekcji – powiedział żartobliwym tonem Koterski. – Ale na oko tak.

Wszyscy się zaśmiali, jednak Strzałkowskiej wcale nie było do śmiechu. To oczywiście mógł być przypadek. Kojarski wspominał co prawda, że to kolekcja limitowana, ale przecież na pewno wyprodukował więcej niż jedną sztukę każdego modelu. Na pewno, powiedziała sobie w duchu Strzałkowska.

Ale nie mogła przestać myśleć o tym, że dokładnie taki sam nóż zniknął z jej kuchni. I to całkiem niedawno.

ROZDZIAŁ 4

Nad Skarlanką. Wtorek, 30 stycznia 2018.
Godzina 14.30.
Klementyna Kopp

Była-komisarz Klementyna Kopp szła szybkim krokiem wzdłuż biegu Skarlanki. Woda szumiała cicho, mimo że znaczna szerokość jej nurtu pokryła się lodem. Ciężkie, wojskowe buty byłej policjantki zanurzały się głęboko w śniegu. Nie ułatwiało to wędrówki. Ani trochę.

Skórzana kurtka i szary szal też niezbyt nadawały się na leśne wędrówki. Ale! Kopp była ostatnią osobą, która posiadałaby w domu jakikolwiek strój sportowy. Głównie dlatego, że była ostatnią osobą, która w ogóle uprawiałaby jakikolwiek sport. Do teraz.

Wnuk. Klementyna uśmiechnęła się szeroko. Dla małego Jaśka mogłaby nawet zacząć biegać maratony, jeżeli będzie trzeba. Może i była *głupią-starą-babą*. Ale! Po raz pierwszy od śmierci Teresy była szczęśliwa.

Całe jej życie wywróciło się do góry nogami, kiedy tamtego letniego wieczoru Dawid i Marta obwieścili jej, że będą mieli dziecko. Dawid trochę nabroił i należało się spodziewać, że trafi za kratki. Dlatego prosił, żeby Klementyna zajęła się jego dziewczyną i *dzieckiem-w--drodze*. Kopp nie mogła odmówić. Nie synowi zmarłej partnerki. *Teresa*.

Od tamtej pory wszystko zdawało się toczyć z zaskakującą wręcz prędkością. Marta urodziła Jaśka wczesną wiosną. Dawid poszedł odsiedzieć swoje, a one zostały we dwie z maleńkim chłopczykiem. *Wnuk*. Kopp nigdy nie sądziła, że taka mała istota może zmienić dosłownie wszystko. Wszystko.

Klementyna właściwie nie rozstawała się z wnukiem. Aż do dziś. Marta zabrała synka i pojechała do jakichś znajomych nad morzem.

– Poradzisz sobie sama? – zapytała dziewczyna.

Kopp uśmiechnęła się krzywo. Pytanie zdawało się zabawne, bo przecież to ona nad nimi czuwała. Tak się wydawało do chwili, kiedy Marta i Jasiek zniknęli w pekaesie, a Klementyna została na przystanku. Sama. Niby co miała zrobić ze swoim czasem, co? Czym się zajmowała, zanim urodził się wnuk?

Odpowiedź była oczywiście prosta. Wplątywała się w aferę za aferą, łaziła w miejsca, gdzie nie powinna, spotykała ludzi, którzy próbowali ją zabić. Jednym słowem była policjantką. Ale! Z tym wszystkim koniec.

Nie dlatego, że ją wywalili i na wszelki wypadek wpakowali do domu wariatów na obserwację. Dla Jaśka żadnych trupów, żadnej krwi. Żadnego plątania się tam, gdzie babcie plątać się nie powinny. *Babcia*. *Wnuk*. Nowe słowa. Jakże niespodziewanie przyjemne.

Oczywiście trudniej wykonać niż powiedzieć. Wracając z dworca, Klementyna musiała minąć komendę. Szczęśliwy traf chciał, że zapomniała wziąć z domu komórkę. Inaczej pewnie zadzwoniłaby do Podgórskiego, żeby zapytać, co nowego słychać w firmie. A tego właśnie miała nie robić. *Babcia-wnuk.*

Nie pozostało więc nic innego, jak zająć czymś myśli. Marta od dawna powtarzała jej, że powinna zacząć zażywać ruchu. Dziewczyna była w tym podobna do Teresy. Obie starały się dbać o zdrowie Klementyny. Jakby w wieku sześćdziesięciu czterech lat nie umiała robić tego sama. Znaczy sześćdziesięciu trzech. Do maja jeszcze daleko. Ot co.

Tak czy inaczej, Kopp uznała, że trochę odmiany się przyda. Zamiast wracać do domu, wsiądzie w samochód i pojedzie się przejść po lesie. Mała czarna skoda może i była brzydka. Ale! Nawet w tym śniegu na pewno bez problemu dowiezie ją do celu. *Brzydka-ale-niezawodna.*

Zaparkowała kawałek za Lipowem, żeby nikogo nie spotkać. Ale! Oczywiście zaraz natknęła się na rudą Weronikę. Ominęła wszelkie pytania i zadowolona ruszyła dalej. Szło jej naprawdę całkiem nieźle. Była przykładną emerytką. *Babcia-wnuk.*

Kopp przyspieszyła kroku. E m e r y t k a to brzmiało nieco gorzej niż babcia. No i niezbyt jej się w tym lesie podobało. Mróz szczypał w odsłonięte ręce. Lodowate podmuchy wiatru zdawały się palić ogoloną na zero czaszkę. Tym bardziej że kręciła się po lesie już ze dwie godziny. O ile nie dłużej. Trzy. Widziała już przed sobą most nad Skarlanką. Dotrze tam i zawróci. Co za dużo, to niezdrowo.

Zeszła z leśnej ścieżki na drogę. Nieopodal był leśny parking. Stał tam stary czarny mustang. Kopp znała ten samochód i jego właścicielkę. To była ta pismaczka, która się kręciła po okolicy. Klementyna rozejrzała się ze złością. Ale! Nikogo nie zauważyła. Za to na dróżce skręcającej w stronę jeziora Kochanka coś leżało. Coś, co zupełnie nie pasowało do zaśnieżonego zimowego lasu.

Podeszła tam powoli. Miała *złe-przeczucia*. A jej złe przeczucia z reguły się sprawdzały. Potarła szczęśliwy tatuaż. Nawyk, którego nabrała, kiedy przez lata pracowała w firmie. Złe przeczucia zwykle prowadziły do sytuacji, które nie były dobre dla *odpowiedzialnych-babć-małych--chłopców-potrzebujących-opieki*. A już na pewno nie dla takich, które obiecały sobie, że nie będą miały już nic wspólnego z żadnymi aferami.

Ale! Zwykły gruby zeszyt w twardej oprawie. Co w tym niebezpiecznego, co? Na okładce jakaś gwiazda futbolu. Obok napis *FIFA World Cup 2010*. Klementyna niezbyt interesowała się piłką nożną, mimo to pamiętała, że tamten mundial odbył się w Południowej Afryce. Przez cały miesiąc trwania meczów Teresa powtarzała, że zawsze chciała tam pojechać. Dwa lata później nie żyła. Zmarła dwudziestego piątego stycznia dwa tysiące dwunastego roku. Nigdy nie zobaczyła RPA.

Kopp zaklęła w duchu. Była wściekła na siebie, że nigdy nie zabrała Teresy do Afryki. Ani zresztą nigdzie. Zawsze była praca i praca. Kochanka dobrze to rozumiała. Pochodziła z policyjnej rodziny, a jej eksmąż był szychą w komendzie wojewódzkiej. *Teresa-rozumiała*. To nie znaczyło, że Klementyna kiedykolwiek to sobie wybaczyła.

Ze złością sięgnęła po zeszyt. Jakby to była wina tego zużytego brulionu porzuconego w śniegu. Podstawowa zasada w tej robocie: niczego nie dotykać bez rękawiczek. Ale! Kopp nie była już policjantką. Była cywilem. *Rozzłoszczonym-na-siebie-cywilem*.

Uchyliła okładkę ostrożnie. Nie było to łatwe, bo palce zgrabiały jej z zimna. Ale! Nigdy nie pozwalała na to, żeby pogoda dyktowała jej, jak ma się ubierać. Nienawidziła rękawiczek i ciepłych kurtek. O czapkach nie wspominając.

– Pamiętniczek – przeczytała na głos.

Słowo zapisano koślawym, dziecięcym pismem. *Pamiętniczek*. Litery miały dużo zawijasów, kwiatków i serduszek. Pasowały do dziewczynki, chociaż okładka zeszytu sugerowałaby raczej chłopca.

Nagle zaszeleściły gałęzie. *Była-komisarz* spojrzała pomiędzy drzewa. Zobaczyła wielkiego kruka. Przez chwilę przyglądali się sobie intensywnie.

– Spoko – mruknęła, nie spuszczając z niego oczu.

Ptak zakrakał głośno. Jego wielkie skrzydła załopotały złowieszczo, kiedy wzbił się w powietrze. Zniknął za zakrętem drogi. Tam odpowiedziało mu kolejne krakanie. Głośniejsze. I jeszcze jedno. Brzmiało tak, jakby ptaki o coś walczyły. Droga zakręcała, więc Klementyna nie widziała, co tam się dzieje.

Wtedy usłyszała jęk. Był cichy i ginął w hałasie robionym przez ptaki. Kopp nie miała jednak wątpliwości, że ktoś tam był i cicho wzywał pomocy. A przynajmniej próbował. Upuściła zeszyt z powrotem na śnieg i pobiegła w tamtą stronę.

Kiedy Klementyna wybiegła zza zakrętu, znów rozległo się krakanie. Kruki nie były najwyraźniej zachwycone, że

ktoś im przeszkadza. Zerwały się do lotu z wyraźną niechęcią. Przeleciały tuż nad nią. Uchyliła się natychmiast.
Ale! Jeden i tak dotknął jej wielkim skrzydłem. Poczuła
się, jakby nagle znalazła się na planie filmu Hitchcocka.
Przeszedł ją dreszcz.

– Pomocy…

Na pokrytej zaspami leśnej drodze ktoś leżał. Kopp
poznała ją z daleka. To była ta pismaczka, która pisała
o aferach, które zdarzyły się w dwa tysiące szesnastym
roku. Joanna Kubiak. Też mi zaskoczenie. Jej samochód
stał przecież niedaleko.

Kopp nienawidziła dziennikarzy, a tej Kubiak za grosz
nie ufała. Ale! Nie mogła jej tak zostawić. Już z daleka
widać było krew. Chyba coś ją pogryzło. Ubranie miała porozrywane. Kubiak spróbowała się podnieść. W jej
ruchach była dziwna niezdarność, jakby pismaczka nie
kontrolowała własnego ciała. Upadła z powrotem na śnieg.

– Czekaj! Stop! Lepiej się nie ruszać – zawołała Kopp,
podbiegając.

Sięgnęła do kieszeni po telefon. Pusto. Zaklęła pod
nosem. No tak. *Głupia-stara-baba*. Zapomniała przecież
komórki. Zorientowała się już na dworcu Pekaesu, jak
odprowadzała Martę i Jaśka. Tylko że potem zamiast
wrócić do domu po telefon, wsiadła do skody i przyjechała
spacerować po lesie.

Gdzieś pomiędzy drzewami rozległo się pojedyncze
wycie. Długie i przeciągłe. Spoko. Najpierw kruki, a teraz…
Jeszcze wilków brakowało Kopp do szczęścia. Słyszała jakiś
czas temu w lokalnych mediach, że w okolicy zamieszkała
nowa wataha. Być może zgłodniałe zwierzęta wybrały się

właśnie na polowanie. Pocieszała się tym, że podobno bały się ludzi na tyle, że nie podchodziły za blisko.

Klementyna lubiła wilki. Wydawały się wolne, niezależne i pełne mocy. Były nawet bohaterami wolnościowej piosenki z dawnych lat. *Obława! Obława! Na młode wilki obława*, śpiewał Jacek Kaczmarski. Klementyna sama wielokrotnie powtarzała te słowa i melodię, mimo że nie była zbyt muzykalna, a psy gończe kojarzyły się nieuchronnie z jej własnym zawodem.

Tak więc dotychczas wilki budziły w niej raczej pozytywne skojarzenia. Rzecz się miała zupełnie inaczej, kiedy znajdowała się sama w lesie. W towarzystwie poranionej kobiety.

– Wilko… – wymamrotała z trudem Joanna Kubiak.

– Co?

– W i l k o ł a k.

Może i pismaczka bełkotała. Ale! Z pewnością brzmiało to jak ostrzeżenie.

KSIĘGA DRUGA

2016
Joanna Kubiak

ROZDZIAŁ 5

Remiza Ochotniczej Straży Pożarnej w Lipowie.
Niedziela, 4 września 2016. Godzina 15.00.
Joanna Kubiak

Główna sala remizy Ochotniczej Straży Pożarnej w Lipowie. Spory tłumek. Duszno. Pot późnego lata, które nie zmieniło się jeszcze w jesień. Atmosfera wyraźnie napięta.

Joanna przysiadła na krześle przy ścianie. Za stara była i za dużo papierosów w życiu wypaliła, żeby stać przez cały czas trwania zebrania. Siedemdziesiąt sześć lat. Nogi zaczynały odmawiać jej posłuszeństwa, mimo że zawsze uważała, że to nie metryka wskazuje wiek człowieka. Na pewno nie zamierzała się jej poddać. Tego uczyła wszystkie kobiety, z którymi kiedykolwiek miała styczność. Nie tylko za dawnych lat.

Zmieniła pozycję. Twarde krzesło. Z rodzaju takich, jakich używało się w szkole. Dwie drewniane deski. Metalowe nogi. Siedzisko z jakimś napisem. Joanna nie zdążyła przeczytać jakim. Szkolne krzesełko. Tylko że wtedy dupa człowieka ma naście lat, nie kilkadziesiąt, jak teraz, i lepiej takie niewygody znosi.

– Chciałbym wiedzieć, czy my jesteśmy bezpieczni? Pytanie spod okna.

Joanna spojrzała w tamtą stronę. Wysoki mężczyzna. Włosy w kolorze siwego blondu, kwadratowe plecy i mocne ręce pracownika fizycznego. Dobroduszny uśmiech absolutnie niepasujący do postury olbrzyma.

Joanna go znała. To był Bohdan, mąż Anastazji Piotrowskiej. Koleżanki z redakcji „Selene". „Koleżanki" to może zbyt wiele powiedziane, chociaż to Joanna załatwiła jej kiedyś tę pracę. Ze względu na Rodomiła. Przyjaciel się za nią wstawił, bo Anastazja mieszkała w jego wsi.

Mimo wielu lat przepracowanych w tym samym magazynie nie znały się zbyt dobrze. Anastazja przysyłała swoje artykuły pocztą tradycyjną. Nigdy e-mailem, bo teksty pracowicie wystukiwała na staromodnej maszynie. Rzadko przyjeżdżała osobiście do redakcji, mimo że z Rodzanic do Sierpca nie było daleko.

Lizuska. Joanna nie lubiła takich kobiet. Anastazja stała teraz obok swojego męża. Czerwone włosy i idiotyczne wisiorki. Świecidełka za trzy grosze udające magiczne symbole. Joanna dotknęła szyi. Autentyczną srebrną lunulę schowaną miała bezpiecznie pod golfem. To był prawdziwy symbol magii i kobiecej siły.

– Mieszkamy poza Lipowem, ale Rodzanice są bardzo blisko – dodał Bohdan Piotrowski, nadal przyjaźnie się uśmiechając. Z taką jak on posturą mógł być misiowaty i dobroduszny. Nikt nie ośmieliłby się jednak z nim zadrzeć.

– Rzut beretem – zawtórował mu mężczyzna, który stał obok. Jego też Joanna znała. To był sąsiad Piotrowskich. Ojciec zaginionej przed laty dziewczyny, Józef Kaczmarek.

Niski. Kozia bródka. Okrągłe okularki. – Chcę mieć pewność, że moja żona i ja jesteśmy bezpieczni.

Bożena Kaczmarek pokiwała głową. Zupełnie do męża nie pasowała. Wysoka. Mocnej budowy. Nowoczesna fryzura z ogolonymi bokami. Interesująca. Silna, choć Joannie wydawało się, że próbuje udawać słabą.

Jej wygląd temu przeczył. Nie od dziś wiadomo, że ludzie oceniają po pozorach. Jeśli Bożena chciała wydawać się słaba, powinna była bardziej się postarać. Choć takie jak ona, nawet ubrane w jutowy worek, wyróżniałyby się z tłumu. Pasowała zdecydowanie bardziej do Bohdana Piotrowskiego niż do swojego niziutkiego męża.

– Czy w liście była mowa tylko o Lipowie, czy o Rodzanicach też? – zapytała Bożena.

– Czy jesteśmy bezpieczni? – powtórzył Józef Kaczmarek. Nerwowo szarpał rzadką bródkę. Należał do mężczyzn, którzy zdecydowanie nie powinni nosić zarostu.

Głośny śmiech z drugiego końca sali.

Wszyscy zebrani obrócili się w tamtą stronę. Joanna nie musiała. Wiedziała, kto tak rechotał. Kolejny mieszkaniec Rodzanic. Widać zjawili się na zebraniu wszyscy w komplecie. Mimo że sprawa dotyczyła tak naprawdę Lipowa, a ich od niebezpieczeństwa oddzielały pola i las.

– My? – Żegota Wilk wymówił to słowo, jakby wypowiadał dwie oddzielne, zupełnie niepasujące do siebie litery.

– Kto by pomyślał, że tak się martwisz o n a s wszystkich w Rodzanicach, panie Józef.

Żegota. Postawny młodzieniec. Grzywka opadająca na oczy. W ustach niezapalony papieros. Gdyby był starszy, Joanna uznałaby, że pozuje na Jamesa Deana, ale siedemnastolatek zapewne nie wiedział nawet, że ktoś taki kiedykolwiek istniał.

Ciekawe, co o swoim wnuku myślałby Rodomił. Byłby dumny? Czy może wręcz przeciwnie? Joanna zdążyła już usłyszeć niejedno o wybrykach młodego. O malowaniu sprejem po płotach, rzucaniu farbą w dachy, płoszeniu zwierząt, przekłuwaniu opon i podobnych głupotach, ale też pijaństwie, narkotykach i innych rzeczach, którymi Rodomił zawsze gardził. Ale cóż, krew to krew. Przyjaciel powtarzał to często.

Joanna wychyliła się, żeby lepiej widzieć pomiędzy ludźmi. Obok Żegoty Żywia. Córka Rodomiła. Grube, brązowe warkocze. Niemal do kolan. Wzrostem przewyższała postawnego syna. Pewnie niedługo to się zmieni. Ręce splecione na piersiach. Wyraźnie zarysowane mięśnie przedramion. Wojowniczka.

– Nas to byś się pewnie chętnie pozbył – dodał chłopak z kolejnym rechotem. Ludzie stojący wokół niego i jego matki rozstąpili się, jakby dopiero teraz zauważyli, że to właśnie Żegota Wilk tkwi tam w rogu. – Nie rozumiem, skąd w tobie taki lęk, panie Józef. Przecież w liście napisano wyraźnie, że pieniądze mają być przekazane na konto Fundacji Rusałka. A my wszyscy wiemy, że fundacja należy do Józefa i Bożeny Kaczmarków. Do was!

Szmery głosów. Poruszenie. Niechętne spojrzenia zwróciły się w stronę Kaczmarków. Joanna rozejrzała się po zebranych. Mieszkańcy Lipowa stawili się licznie. Ci, którzy nie zmieścili się w sali, stali na korytarzu, a nawet przed remizą. Wszyscy chcieli wiedzieć, co ich czeka.

O treści listu miejscowi na pewno często rozmawiali. Z rodziną w domu, z sąsiadami przy płocie, przy pracy w polu. Sprawa wyszła na jaw na początku sierpnia. Lipowo nie zdążyło jeszcze ochłonąć po śmierci sklepikarki Wiery, kiedy gruchnęła kolejna bomba. I to dosłownie. Bo anonimowy list właśnie o tym mówił. O bombach. O śmierci wszystkich mieszkańców wsi.

Już na początku spotkania Joanna włączyła dyktafon. Był doskonałej jakości, ale wątpiła, żeby w harmidrze, który teraz wypełnił pomieszczenie, cokolwiek udało się nagrać. Nie szkodzi. Pamięć ciągle miała niezgorszą. Lata praktyki nauczyły ją też szybkiego notowania słów kluczy. Kiedy zacznie pracować nad tekstem, będzie musiała polegać na własnych umiejętnościach, nie na nowoczesnej technice.

Nie chodziło przecież o to, żeby wszystkich zacytować słowo w słowo. Bardziej o ukazanie emocji, które opanowały Lipowo i pobliskie wioseczki. Strach, niepokój. Ale też o wzajemne oskarżenia i animozje, które nie wiadomo skąd nagle się pojawiały. Rozbudzone buzującymi emocjami.

Joanna od początku śledziła przebieg wydarzeń, choć przyjechała do Lipowa z zupełnie innego powodu. Anastazja dała cynk naczelnemu, że dzieją się tu rzeczy warte opisania. Zaginiona nastolatka, trup w opuszczonym ośrodku, kolejne w studni. Śledztwo w sprawie Nory. Joanna wzięła ten temat, bo ciekawa była, jak zmieniła się ta okolica.

Nie była tu od pogrzebu Rodomiła. Wrócić miała dopiero za dwa lata. Tak jak przyjaciel poprosił, ale teraz korciło ją, by tu zajrzeć. Na informację o złowieszczym anonimie wpadła zupełnie przypadkiem. Widać dziennikarski nos jej nie zawodził. Opisanie śledztwa dotyczącego Nory zostawiła innym. Czuła, że list zapowiadający zamach bombowy jest wart skupienia całej uwagi. Nie myliła się.

– Oczywiście trzeba pamiętać, że Rusałka to po prostu piękna nazwa – odezwała się nieoczekiwanie Anastazja. – Taka subtelna i miła. A naprawdę to określenie urodziwych demonic! Swoim urokiem uwodziły mężczyzn, a potem ich zabijały. To były duchy młodych dziewczyn, które popełniły samobójstwo z nieszczęśliwej miłości. Albo które zmarły przed lub po swoim ślubie. I taką nazwę wybrano dla fundacji?

W sali zapanowała konsternacja. Nikt nie wiedział, jak potraktować słowa Piotrowskiej.

– Zapewniam, że nie ma żadnego listu!

Junior Kojarski.

Joanna odwróciła się w jego kierunku. Po prawej stronie sali coś w rodzaju sceny tworzyło kilka stolików, za którymi siedziały główne osoby tego dramatu.

– Nie ma żadnego listu – powtórzył Kojarski twardo, przerywając harmider. – To zwyczajne kłamstwo.

Lniana marynarka i niebieska koszula z białym kołnierzykiem. Jeden guzik modnie rozpięty, żeby nie było zbyt poważnie. Przecież ciągle lato. Obok Kojarskiego żona z fryzurą Kleopatry. Czarna sukienka wisiała na jej chudych ramionach jak na wieszaku. Joanna podejrzewała, że ubrania obojga warte były tyle, ile majątek pozostałych zebranych razem wzięty. Kojarscy ani trochę nie pasowali do Lipowa.

Tak samo jak ich bajeczna rezydencja na obrzeżach wsi. Wielki dwór z nadzwyczajnie zadbanym ogrodem. Żadne źdźbło trawy nie wychylało się dalej, niż to było zaplanowane. Labirynt z żywopłotu i miliony rzeźb pyszniły się z tyłu. Joanna miała okazję się o tym przekonać. W ciągu tego miesiąca rozmawiała z Kojarskim kilkakrotnie. Cały czas powtarzał tę samą śpiewkę. Nie ma żadnego listu i nigdy nie było.

– Naprawdę nie ma żadnych powodów do obaw! – dodał bogacz i posłał wszystkim śnieżnobiały uśmiech. Równiutkie zęby. Uspokajające gesty. – Nie wiem, dlaczego Agnieszka Mróz twierdzi inaczej. To sianie niepotrzebnego niepokoju. Nie wiem, jaki ma w tym cel moja była pracownica, ale może państwo sami ją zapytają.

Wszystkie spojrzenia zwróciły się na Agnieszkę Mróz. Młoda kobieta siedziała przy drugim końcu rzędu stołów. Widać było, że nie czuje się najlepiej, kiedy oczy wszystkich wpijają się w nią intensywnie. Opuściła wzrok i wstała.

– Nie kłamię – oznajmiła. Niepewność. Nerwowe ruchy. – List istnieje. Pani Wiera przyszła do rezydencji rano trzydziestego lipca. Szukała pana Kojarskiego. Chciała z nim porozmawiać, ale on był akurat w Warszawie. Zapytałam, o co chodzi. Pani Wiera powiedziała, że ma mu coś ważnego do przekazania. Ona nigdy nie używała telefonu, dlatego po prostu przyszła na piechotę. Była już wtedy bardzo chora. Zrobiło mi się przykro, że przebyła całą drogę ze sklepu do rezydencji na próżno. Najpierw zaproponowałam, żeby opowiedziała wszystko mnie, a ja przekażę to panu Kojarskiemu, jak tylko wróci. Ale pani Wiera nie chciała mi nic powiedzieć. Wyglądało na to, że chce rozmawiać z nim w cztery oczy. I to jak najszybciej. Zaproponowałam najbardziej oczywiste wyjście, czyli żeby po prostu do niego zadzwoniła z rezydencji. Wykręciłam jej numer i zostawiłam samą w pokoju, żeby spokojnie porozmawiała. Zajęłam się ścieraniem kurzu w korytarzu. Rozmowę usłyszałam przypadkiem.

Joanna pokręciła głową niezadowolona. Błąd. Kłamstwem pachniało na kilometr. W sali rozległy się szepty. Agnieszka Mróz powinna przyznać się, że podsłuchiwała. Lepiej by na tym wyszła. A tak ludzie tracili do niej zaufanie z każdym wypowiedzianym zdaniem. Zdecydowanie Mróz potrzebowała kogoś, kto by jej pomógł uwiarygodnić się, by ludzie potraktowali jej słowa poważnie.

Joanna nie wątpiła, że nie można tego listu zignorować. Nie tylko dlatego, że to był nośny temat i naczelny już zacierał ręce, że będzie mógł zwiększyć nakład. Joannie nigdy nie chodziło o rozdmuchiwanie rzeczy, których nie należało rozdmuchiwać. Jej chodziło o prawdę.

Rozejrzała się po tłumie. Czuła, że tym ludziom naprawdę grozi niebezpieczeństwo, a anonimowy list nie jest tylko głupim żartem. Ale jeżeli tak dalej pójdzie, to Kojarski przekona ogół, że nie ma się czym przejmować. To się mogło zakończyć tragicznie.

– Pani Wiera powiedziała panu Kojarskiemu, że znalazła w skrzynce pocztowej list – podjęła Agnieszka Mróz. Oczy nadal wlepione w blat stołu. Jak zastraszone zwierzątko. Joanna poczuła to, co zawsze w takich sytuacjach: chęć zmiany, wzmocnienia tej kobiety. Pokazania, w czym tkwi jej siła. Kobieca siła. – Pani Wiera mówiła, że to była pojedyncza kartka papieru. Napisana na maszynie. Nie na komputerze. To był list z żądaniem okupu. Miliona złotych. Ten ktoś napisał, że nie chce pieniędzy dla siebie. Chciał, żeby trafiły do Fundacji Rusałka prowadzonej przez państwa Kaczmarków i pomogły dzieciom, które tego potrzebują. Mają być cztery raty, po dwieście pięćdziesiąt tysięcy złotych każda. Rata w każdą pełnię księżyca. Nie pamiętam dokładnie dat... Już mówiłam... A jak pan Kojarski nie wpłaci pieniędzy, to w dniu ostatniej raty wieczorem wybuchną bomby. Tu u nas w Lipowie. Będą ulokowane w takich miejscach, by zginęło jak najwięcej mieszkańców.

– Kłamiesz!

Krzyk gdzieś z tłumu.

Joanna spojrzała na Kojarskiego. Uśmiechał się delikatnie pod nosem. Być może opłacił jakiegoś klakiera. Wiedział, co robi. Sala natychmiast podchwyciła oskarżenie.

– Kłamiesz!

– Po co zmyślać takie głupoty!

– Bomby u nas w Lipowie? Też coś! Terroryści są gdzieś indziej. U nas jest spokojnie. To dobra wieś.

Joanna pokręciła głową. Nie śledziła wprawdzie losów Lipowa przez ubiegłe lata, ale docierało do niej, że naprawdę sporo się tu działo. Określenie dobra wieś nie pasowało chyba do okoliczności.

– Tracimy tu tylko czas – rzucił ktoś zniecierpliwiony. – Chodźmy do domu.

O nie. Na to Joanna nie zamierzała pozwolić. Odetchnęła głębiej i poprawiła golf. Chciała mieć pewność, że żaden element tatuażu nie będzie widoczny. To, co przedstawiał, dotyczyło przeszłości. Dziennikarka nie pragnęła do niej wracać.

Tym bardziej że z tyłu sali zobaczyła Klementynę Kopp. Była policjantka stała dotychczas zupełnie cicho. Tak jak towarzyszący jej funkcjonariusze. Czekali chyba na rozwój sytuacji.

– Pani Agnieszka Mróz nie kłamie – oznajmiła Joanna, wstając. Za mocno odsunęła krzesło, tak że drewniane oparcie uderzyło z hukiem o ścianę. Może i dobrze. Niechcący kupiła tym sobie więcej uwagi.

– A pani to kto? – krzyknął ktoś.

Bardziej chyba po to, żeby zdyskredytować jej słowa. Joanna była pewna, że wszyscy doskonale wiedzieli, kim jest. Odkąd dowiedziała się o liście, była w Lipowie niemal codziennie. Rozmawiała z mieszkańcami. Ci, do których nie zdążyła jeszcze zajrzeć ze swoim dyktafonem i notesem, na pewno słyszeli o niej od swoich sąsiadów. Była tu obca. Takich mała społeczność od razu zauważała.

– Nazywam się Joanna Kubiak – wyjaśniła mimo to. – Reprezentuję redakcję magazynu „Selene". Od początku to ja piszę o tej sprawie.

– „Selene"? Szmatławiec.

Joanna nie odwróciła się nawet w stronę Żegoty Wilka. Zbuntowani młodzieńcy, tacy jak on, tylko czekali, aby całą uwagę otoczenia zwrócić na siebie. Nie zamierzała tracić na niego czasu. Miała poważniejsze sprawy na głowie.

Kłótnia była bez sensu, bo miał rację. „Selene" nie cieszyło się dobrą opinią, co nie przeszkadzało Joannie z uczciwością podchodzić do dziennikarskich powinności. To, że później ubierała swoje artykuły w krzykliwe słowa i slogany, nie znaczyło, że nie pisała prawdy. Tekst trzeba było sprzedać. A ludzie nie grzeszyli rozumem. Jak się im nie podało wszystkiego na tacy, nic nie rozumieli. To samo działo się tutaj.

– List istnieje – oznajmiła z niewzruszonym spokojem. – To pan Kojarski kłamie, zaprzeczając.

W sali remizy znów harmider. Ludzie żądali konkretnych odpowiedzi, a tych na razie nie usłyszeli. Tylko to, o czym i tak wiedzieli od miesiąca. Agnieszka Mróz zgłosiła sprawę na policję i o anonimie zaczęła opowiadać we wsi już na początku sierpnia. Niedługo po śmierci sklepikarki Wiery.

– Spoko. Ale! Na jakiej podstawie tak twierdzisz, co? Widziałaś go, co?

Głos Klementyny Kopp nic a nic się nie zmienił. Nadal wypluwała słowa z prędkością karabinu maszynowego i trudno było ją zrozumieć. Joanna odwróciła się powoli, mając nadzieję, że ją samą minione lata zmieniły na tyle, że Kopp jej nie rozpozna. Spojrzała policjantce w oczy i nie znalazła w nich nic, co by na to wskazywało.

– Nie widziałam. To prawda – przyznała Joanna ze spokojem. Klementyna najwyraźniej jej nie rozpoznała. – Ale stało się co innego.

Joanna opowiedziała, jak przyjechała do Lipowa, żeby zebrać materiał o Norze.

*

To była sobota. Trzydziestego lipca. Joanna zagadała do jakiejś kobiety, która pielęgnowała pelargonie przed domem. To była pani Kuszewska, jak się później okazało. Pulchna. Rozbiegane oczka plotkary szukającej sensacji.

– Jak pani chce wiedzieć, co policja robi, to pani idzie do sklepu – poinformowała z zadowoleniem. – Ta nasza sklepowa to wiedźma jest, nie? Pani to trochę do niej podobna, jak się z tyłu patrzy. Włosy te same. To znaczy. O jeny. Ale żem walnęła! Nie to, że pani też wiedźma.

No ale w każdym razie ta nasz sklepowa to się przyjaźni z przyjezdną tutaj. Taką warszawianką.

Warszawianka. W jednym słowie kobiecie udało się zawrzeć zarówno niechęć do stolicy i ludzi stamtąd, jak i fakt, że Nowakowska jednak jest już trochę miejscowa. Joanna nie rozumiała, jak Kuszewskiej to się udało.

– Ruda, taka tyczka. Wysoka, jak modelka jaka z pism – opowiadała kobieta. – Zjechała do nas chyba w trzynastym roku. Czy co. No i ona kręci z policjantem, co to sprawę Nory prowadzi. Nawet ślub mieli brać, ale nic z tego. Bo on się z jedną taką policjantką wziął i przespał. Mówię pani, afera była! Bo ona zaciążyła. Ta policjantka. Strzałkowska ma na nazwisko. A potem to dziecko stracili. Taki grobek maluteńki jest u nas na cmentarzu za kościołem. Ale afera była. O jeny. Mówię pani. Taka tragedia. Wszyscy o tym gadali.

Joanna nie wątpiła w to ani przez moment. Oczy Kuszewskiej błyszczały na samo wspomnienie.

– Jeszcze starszego syna ma z tą policjantką. Łukasz się nazywa. Nieważne. W każdym razie to on w kryminale pracuje, ale przedtem to był szef komisariatu tu u nas. Jego ojciec to bohater był. Daniel to pije trochę, ale to jak każdy chłop. No ta sklepowa i ta Weronika to się przyjaźnią. To pani sobie jak baba z babą pogada. Tak normalnie, nie? Pani więcej się dowie, niżby pani u nas na posterunek poszła.

To też było oczywiste. Joanna już dawno nauczyła się, że prowadzenie rozmów z policją nigdy nie było łatwe. Szeregowi funkcjonariusze unikali dziennikarzy. Wysyłali ich natychmiast do rzeczników. Ci z kolei nabierali wody w usta albo kryli się za dobrze wyuczonymi formułkami. A to Joanny nie interesowało. Chciała napisać tekst, który porwie czytelników. Tylko takie mogły cokolwiek w tym świecie zmienić.

– Chociaż tam jest Maria Podgórska. Na recepcji siedzi – tłumaczyła dalej Kuszewska. – Ona to by może i co powiedziała, ale jej na pewno Paweł Kamiński zakaże. Bo on jest teraz szefem policji u nas w Lipowie. Jak Daniel poszedł do komendy w mieście. O Kamińskim to...

– Gdzie ten sklep? – weszła jej w słowo Joanna.

Trzeba było przerwać ten potok wymowy. Wyglądało na to, że była na dobrym tropie. W takich miejscowościach jak ta życie z reguły toczy się wokół sklepu. Ludzie przychodzą na plotki. Kobiety stoją z koszykami dłużej, niżby tego wymagała konieczność. Mężczyźni siadają na ławeczce z butelkami piwa w rękach i wymieniają informacje. A tego Joanna właśnie potrzebowała. Informacji. Czuła, że wizyta w sklepie może być owocna.

Jak się później okazało, miała rację. Wizyta w sklepie naprawdę wiele dała. Tylko nie w tej sprawie, o którą początkowo chodziło.

Budynek stał naprzeciwko remizy. Kiedy dziennikarka tam dotarła, zastała drzwi zamknięte. Lakoniczna notka informowała, że przybytek jest otwarty, kiedy właścicielka ma na to ochotę. Nad sklepem znajdowało się chyba mieszkanie. Może klienci po prostu dzwonili, kiedy chcieli coś kupić?

Joanna zaglądała właśnie do środka przez witrynę, kiedy usłyszała za plecami:

– Gdzie masz ten list?

Odwróciła się natychmiast. Garnitur. Lakierki. Włosy idealnie ułożone. Nie wiedziała wtedy jeszcze, że ma przed sobą Juniora Kojarskiego. Najwyraźniej Kuszewska miała rację, Joanna rzeczywiście była z tyłu podobna do miejscowej sklepikarki.

– Słucham? – zapytała.

– Przepraszam. Pomyliłem się. Przyszedłem do mojej matki. To jej sklep.

Uśmiech. Spokojny głos. Joanna wyczuwała jednak w mężczyźnie jakiś niepokój. Znała się na tym. Przepracowała w swoim zawodzie tyle lat, że odgadywała, kiedy ktoś coś ukrywa. A jemu nie podobało się wcale a wcale, że się pomylił.

– Ale widzę, że jej nie ma – dodał. – Do widzenia.

Wiery faktycznie nie było. Jak się później okazało, pojechała z Weroniką Nowakowską i Markiem Zarębą do ośrodka wczasowego nad jeziorem. Zaręba był jednym z miejscowych policjantów. Najmłodszym. Mieli tam coś do załatwienia w sprawie Nory. Niewiele później Wiera zasłabła. Nikomu o liście nie zdążyła powiedzieć.

*

– Obecny tu pan Kojarski pomylił mnie z panią Wierą – zakończyła opowieść Joanna. – Wyraźnie jednak zapytał mnie o list. Czyli sami państwo widzą, że pani Agnieszka Mróz nie kłamie. Chciał z Wierą rozmawiać o liście. Nie mówiłby o nim, gdyby takowy nie istniał, prawda? Jestem osobą zupełnie postronną. Musicie mi uwierzyć i potraktować rzecz poważnie. Nie mam interesu, żeby mieszać się w wasze sprawy.

– Czekaj. Stop! A jednak to robisz – wtrąciła się znów Klementyna i posłała jej krzywy uśmiech.

Joanna skinęła głową. Miała ochotę zapalić. Porzuciła tę myśl. Gdy pracowała nad tekstem, odpalała papierosa od papierosa, a jej dom zmieniał się w zadymioną klitkę. Kiedy zbierała materiał w terenie, potrafiła nie palić godzinami. Materiał był wtedy najważniejszy. Jak teraz.

– Bo zależy mi na prawdzie.

– Żadnemu pismakowi na tym nie zależy – zaśmiała się Kopp. – Jeszcze takiego nie znam. Ale! To nie znaczy, że ktoś tu nie odleciał i nie zamierza wysadzić wsi. Z tym się akurat zgadzam. Trzeba się tym zająć.

Tym razem w sali zapanowała cisza. Wszyscy odwrócili się w stronę Klementyny. Joanna widziała w ich oczach mieszaninę podziwu, niepewności, szacunku, a nawet lekkiego obrzydzenia. Kopp zdecydowanie wyróżniała się z tłumu swoimi starymi tatuażami i ogoloną na łyso głową.

– No właśnie – powiedziała Joanna. Nogi ją bolały. Miała ochotę usiąść, ale wtedy wyzbyłaby się części swojej mocy. Nie byłaby widoczna, a przez to straciłaby na znaczeniu. Póki stała, to jej słuchali. – Co pan zamierza zrobić?

Rzuciła pytaniem prosto w Juniora Kojarskiego. Kiedy chciało się coś osiągnąć, należało wybrać konkretną osobę.

– Bo że pan kłamie, tego akurat jestem pewna – dodała dla podtrzymania efektu.

W sali znów zrobiło się głośno. Joanna czuła, że zyskała zainteresowanie zebranych. I bardzo dobrze. Może dzięki temu nie dadzą się głupio zabić.

– A niby co ja mam zrobić?

Po raz pierwszy zauważyła, że jest zdenerwowany. Kojarski stracił na chwilę panowanie nad sobą. Joanna zerknęła na jego wychudzoną żonę, chyba Różę, o ile dziennikarka dobrze pamiętała. Kobieta zdawała się zaskoczona nagłą słabością męża. Czyżby była zadowolona?

Joanna poczuła znajomy dreszcz. Może dowie się więcej, rozmawiając z Kojarską. Nie m o ż e, ale na pewno. Materiał będzie doskonały.

– Na przykład wpłacić te pieniądze! – zawołał nieco histerycznie Józef Kaczmarek.

Znów rechot z drugiego końca sali.

– No jasne, że byś chciał, żeby Kojarski wpłacił, prawda? – zapytał Żegota wyraźnie rozbawiony. – Przecież to na waszą fundację poszłyby pieniążki. Dla was.

– Nie dla nas, tylko dla potrzebujących dzieci – oznajmiła Bożena Kaczmarek z mocą. – Fundacja Rusałka jest imienia mojej zaginionej córki Michaliny. Nie pozwolę go kalać. Od czasu, kiedy zaginęła moja córka, pomagamy innym dzieciom w trudnej sytuacji. Robimy wiele dobrego. Od wsparcia finansowego rodziców po rehabilitację chorych dzieci, załatwianie wyjazdów wakacyjnych, szkół językowych. Długo mogłabym wymieniać. Ktokolwiek napisał ten list, być może chciał dobrze, ale może nam zaszkodzić. Ani ja, ani mój mąż nie mamy z tym listem nic wspólnego. Absolutnie nic. Sugerowanie, że jest inaczej, jest śmieszne.

Sprawa zaginięcia Michaliny Kaczmarek wydała się Joannie obiecująca od razu, kiedy o niej usłyszała. Aż dziwne, że dowiedziała się dopiero teraz. Skoro dziewczynka została porwana w rodzinnej wsi Rodomiła, pomyśleć by można, że wieść o tym jakoś do niej dojdzie.

Chociaż niby w jaki sposób? Z nikim stamtąd nie utrzymywała kontaktu. Po śmierci przyjaciela próbowała rozmawiać z Żywią, ale córka Rodomiła nie wyglądała na zainteresowaną podtrzymywaniem znajomości. Była już wtedy w ciąży z Żegotą i chyba na tym się skupiała.

Joanna obiecała sobie, że jak zagadka anonimu się wyjaśni, wróci do tematu zaginionej dziewczyny. Tymczasem zamierzała skupić się na liście i bombach, które być może wybuchną w Lipowie. Jeżeli Kojarski nie zechce wpłacić okupu.

– Nie mamy z listem nic wspólnego! – zawtórował żonie Józef Kaczmarek. – To nie nasza wina, że jakiś wariat chce pieniądze przekazać akurat nam. To znaczy naszym podopiecznym oczywiście. Ale to chyba jedyne rozwiązanie w tej sytuacji. Zapewniam, że pieniądze zostaną dobrze wykorzystane. Dla dobra społeczności.

– Kojarski, masz tyle kasy, co ci szkodzi dać milion! – krzyknął ktoś. Teraz tłum zdawał się kierować przeciwko bogaczowi. – Zapłać!

– Nie ma żadnego listu – powiedział Junior Kojarski, znów z fałszywym spokojem. – Żegota Wilk ma być może rację. Sądzę, że chodzi o państwa Kaczmarków i ich chęć zarobku. Być może obiecali Agnieszce Mróz jakiś procent z tego miliona za rzucanie oskarżeń. Kaczmarkowie są łasi na pieniądze. Sami państwo wiedzą, że chodzili ostatnio po wsi od domu do domu i żebrali.

– Nie żebraliśmy – oburzyła się Bożena Kaczmarek, purpurowa na twarzy. – Zbieraliśmy pieniądze dla dzieci. To szczytny cel. Nie żebrzemy i nie wyłudzamy. Próbujemy pomóc potrzebującym. Proszę niczego nie insynuować z łaski swojej, panie Kojarski.

– Skoro jesteście tacy wspaniali w zbieraniu – warknął bogacz – to może zróbcie zbiórkę i zbierzcie sobie ten milion i sami wpłaćcie na konto fundacji. Łatwo od kogoś wyłudzać, gorzej, kiedy samemu trzeba by zarobić. Poza tym z całym szacunkiem, ale Robin Hood to tylko bajka. Jeszcze nie widziałem, żeby jakiś kryminalista, a ktoś, kto straszy bombami, jest kryminalistą, chciał pieniędzy dla kogoś innego niż dla siebie samego. Nie wierzę, że ktoś napisał anonim i grozi, że wysadzi całą wieś, bo żąda pieniędzy dla biednych dzieciaczków. To śmieszne. Jeżeli już, to chciałby sam coś na tym zyskać.

– Nie wszyscy są tak samolubni jak ty – powiedziała Agnieszka Mróz. Teraz zdawała się dużo odważniejsza. Nie zaszczyciła byłego pracodawcy ani jednym spojrzeniem. – Autor listu nie zażądał żadnych zbiórek pieniędzy. To mają być twoje pieniądze. Z twojego konta bankowego. Z niczyjego innego.

– Bzdury – żachnął się Kojarski. – Wcześniej o takim zapisie w tym rzekomym liście nie wspomniałaś. Rozumiem, że wszyscy mi zazdrościcie, że ojciec przepisał firmę na mnie, ale to są moje pieniądze.

Wspomnienie Seniora Kojarskiego wywołało wyraźne oburzenie wśród zgromadzonych. Joanna nie znała sprawy dokładnie, ale nestor rodu był, zdaje się, zamieszany w jakąś brudną sprawę i w końcu trafił do więzienia. Chodziło o dom w jakimś lesie. O Diabelec i czarne narcyzy czy coś w tym guście. Joanna uśmiechnęła się pod nosem. Junior popełniał teraz błąd za błędem. Drań się denerwował.

– Ja mówię tylko to, co słyszałam – oświadczyła Agnieszka Mróz.

Patrzyła teraz prosto na ludzi. Nareszcie.

– Proszę państwa! – zawołał Kojarski. – Agnieszka, jak wiecie, pracowała u mnie. Nie wywiązywała się ze swoich obowiązków, więc musiałem ją zwolnić. To jest zwyczajna zemsta z jej strony i stąd pomówienia. Oraz próba wyłudzenia grubych pieniędzy.

– Zwolniłeś mnie, bo zaczęłam być niewygodna! Zakazałeś mi mówić komukolwiek o liście! Miałam trzymać gębę na kłódkę! Chyba tak to ująłeś!

Joanna pchnęła krzesło na ścianę. Znów głośne uderzenie. Chciała zwrócić uwagę na siebie, bo sytuacja nie przebiegała po jej myśli. Gdzie histerie i kłótnie, tam ludzie zapominają o meritum.

– Wpłacenie pieniędzy niekoniecznie rozwiąże problem – oznajmiła dziennikarka. – Może, ale nie musi. Bywało, że rodziny wpłacały okup porywaczom, a oni nie zwracali porwanego. Wiem, że tu nie chodzi o porwanie, ale mechanizm jest taki sam. Sprawca domaga się pieniędzy w czterech ratach. W każdą pełnię. A więc jeżeli liczymy od trzydziestego lipca, to wypada osiemnastego sierpnia, szesnastego września, szesnastego października i czternastego listopada.

Czternasty listopada, termin ostatniej raty, to nie będzie zwykła pełnia, lecz cudowne zjawisko zwane superksiężycem. Oznaczało, że naturalny satelita Ziemi znajduje się wtedy w tak zwanym perygeum, czyli w pozycji najbliżej Ziemi, jednocześnie będąc w pełni. Naprawdę niesamowite.

Joanna kochała księżyc. Interesowało ją wszystko, co z nim związane. Wierzenia znane od wieków, ale też fakty naukowe. Była wściekła, kiedy naczelny powierzył wypindrzonej w świecidełka Anastazji Piotrowskiej napisanie tekstu o pełni, który ukazał się w jednym z ostatnich numerów „Selene". To Joanna powinna go napisać.

Przecież sama nazwa magazynu odnosiła się do greckiej bogini, uosobienia księżyca. Selene pędziła przez noc na rydwanie zaprzężonym w białe konie. Takie logo przygotowali nawet, otwierając pismo. Później uległo ono uproszczeniu i teraz tworzyło je kilka kresek.

Rzymskim odpowiednikiem Selene była Luna. Ale kiedy wiele lat temu zakładali magazyn, taka nazwa wydawała im się nazbyt oczywista. W grę wchodził jeszcze Chors, czyli słowiański władca nocnego nieba. Ale według naczelnego to nie brzmiało dobrze. Jemu wiecznie coś nie brzmiało. Zostali więc ostatecznie przy grece i białym rydwanie na nocnym niebie.

– Tak więc pierwsza rata nie została wpłacona, bo wypadała osiemnastego sierpnia – podjęła Joanna. – Mnie interesuje więc, co zrobi policja. Jak zamierzają państwo zabezpieczyć wieś przed ewentualnym atakiem?

Junior Kojarski wyglądał na zadowolonego, że dziennikarka skierowała uwagę na kogoś innego. Niedoczekanie. W swoim artykule napisze o nim niejedno, oj niejedno. Ale była realistką. Jeżeli chciała, żeby mieszkańcy wsi byli bezpieczni, musiała pobudzić do działania policję. A oddech zaangażowanego dziennikarza za plecami działał na nich najlepiej.

– Zajmujemy się tą sprawą – wyjaśnił Daniel Podgórski. Krótka broda. Włosy w lekkim nieładzie. Wzrostem zdecydowanie górował nad zebranymi. Chyba tylko dobrotliwy Bohdan Piotrowski był od niego wyższy. – Musicie zrozumieć, że nie mamy listu, możemy więc polegać tylko na poszlakach. To utrudnia prowadzenie śledztwa i zajmuje znacznie więcej czasu. Zapewniam jednak, że zrobimy wszystko, aby do ewentualnych wybuchów nie doszło. Proszę się nie martwić.

Marek Zaręba, Emilia Strzałkowska i Paweł Kamiński pokiwali głowami z aprobatą. Towarzysząca Danielowi Weronika Nowakowska uśmiechnęła się pokrzepiająco. Jej piegowata twarz otoczona była falą rudych pukli. Trzymała Podgórskiego za rękę, jak zakochana nastolatka. Joanna czuła, że nic dobrego z tego nie wyniknie. Kiedy kobiety kochają zbyt mocno, z góry skazane są na niepowodzenie. Może nawet kiedyś to Weronice uświadomi.

Joanna zaryzykowała spojrzenie w stronę Kopp. Klementyna stała bez ruchu. Trudno było stwierdzić, czy nie zgadza się z Podgórskim, czy też ma wszystko w swojej pomarszczonej dupie. Joanna nie potrafiła odgadnąć.

– A co to znaczy, że *zrobicie wszystko*? – zapytała. Ogólnikowe odpowiedzi jej nie satysfakcjonowały. Naprawdę bolały ją nogi i kręciło jej się w głowie, ale nie zamierzała usiąść. Ani tym bardziej odpuścić sprawy. – Poproszę o konkrety.

– Pani redaktor, jeszcze jest mnóstwo czasu – odezwał się Paweł Kamiński.

Wysportowana sylwetka. Czarujący uśmiech. Przez ten miesiąc Joanna miała okazję rozmawiać z kierownikiem posterunku w Lipowie kilkakrotnie. Wiedziała już, że pozory mylą. Był ostatnią osobą, której można by ufać.

*

Joanna poszła raz do jego domu. Był niewielki, nie-otynkowany, ale otoczony całkiem zadbanym ogródkiem. Najwyraźniej nie wypadało tu mieć innego. Podeszła do drzwi. Była pewna, że usłyszała krzyki. Kobiece.

– Wszystko w porządku? – zawołała, pukając do drzwi z całych sił.

Drzwi otworzyły się dopiero po chwili. W końcu korytarza stała grupka dzieci. Cztery małe dziewczynki i chudy nastolatek.

– Co tu się dzieje? – zapytała. – Słyszałam krzyk.

– Nie było żadnego krzyku. – Kamiński wyszedł z pokoju obok z tym swoim uśmiechem na twarzy. – Mówiłem pani, że o sprawach zawodowych rozmawiać będziemy tylko u mnie w biurze. Proszę przyjść na posterunek w godzinach urzędowania. Rozumiemy się?

*

Joanna obrzuciła Kamińskiego przeciągłym spojrzeniem. Dalej w tłumie zauważyła jego żonę. Włosy zaczesane na twarz. Mina zastygła w niepewności. Grażyna wyglądała jak typowa ofiara przemocy domowej. Pod grzywką zapewne chowała kolejne siniaki.

– Moim zdaniem do tej pory policja działa zbyt opieszale – powiedziała dziennikarka głośno i wyraźnie, żeby cały tłum na pewno usłyszał. Jeśli nie przypnie im łaty, policja nie kiwnie nawet palcem.

Joanna podjęła decyzję. Znów należało zastosować zasadę wskazania palcem konkretnej osoby, żeby coś się zaczęło dziać. Zamierzała upiec dwie pieczenie przy jednym ogniu. Zmusi policję do konkretnych działań i jednocześnie sprawi, że pieprzony damski bokser zostanie skompromitowany. Paweł Kamiński na razie się uśmiechał. Niedługo Joanna zetrze mu ten uśmiech samozadowolenia z twarzy.

ROZDZIAŁ 6

Sklep w Lipowie. Czwartek, 29 września 2016.
Godzina 20.15.
Joanna Kubiak

I jak wam się podoba? – zapytała Grażyna Kamińska.
Niepewnie. Oczy w dół. Z drugiej strony nadzieja w jej
głosie była wyraźnie słyszalna.

Joanna zaprosiła ją tu nie bez powodu. Jeżeli chodzi
o szycie, żona Kamińskiego musiała jeszcze trochę popra-
cować nad swoimi umiejętnościami. Widać jednak było,
że krawiectwo sprawia jej satysfakcję i dodaje odwagi.
I zapewnia własne pieniądze.

Jednym ze sposobów, w jaki mężczyźni tacy jak Kamiński próbowali podporządkować sobie swoje żony, było
odebranie im możliwości zdobywania własnych środków.
Znękanym kobietom wydawało się wtedy, że nie ma wyjścia z sytuacji. Muszą zostać w domu z oprawcą, bo to
on zapewnia byt im i dzieciom. Tymczasem rozwiązanie
było całkiem proste. Wzajemne pomaganie sobie przez
grupę kobiet.

Joanna spojrzała na Weronikę z uznaniem. Nadal nie potrafiła rozgryźć Nowakowskiej, ale to, co zrobiła dla Agnieszki Mróz, napawało nadzieją, że kobieca solidarność nie zginęła.

Kiedy Junior Kojarski wyrzucił Agnieszkę z pracy w rezydencji, Mróz znalazła się dosłownie na bruku. Pochodziła z wielodzietnej rodziny w Zbicznie i nie mogła wrócić do rodziców, więc Weronika zaproponowała, żeby Agnieszka zajęła się sprzedażą w sklepie Wiery. Mieszkać mogła nad sklepem.

Niedługo po śmierci sklepikarki okazało się, że Wiera przepisała sklep na Weronikę. Junior Kojarski trochę pomstował. Chyba bardziej dla zasady, bo niewielki dochód, jaki dawał sklepik, był kroplą w morzu interesów jego rodzinnej firmy. No ale może chodziło o lokalizację. Dokładnie w centrum Lipowa. Na skrzyżowaniu dróg. Naprzeciwko remizy. Być może mógłby tu zbudować hotel albo co najmniej luksusową agroturystykę. Do jeziora Bachotek było niedaleko. Tymczasem matka zrobiła mu psikusa.

– Jest świetnie! – powiedziała Weronika, poprawiając zasłonę. – Prawda?

Spojrzała na Podgórskiego pytająco. W jej oczach Joanna widziała miłość. Niebezpieczną miłość. Miłość to zależność. Miłość to było to, co mężczyźni wykorzystywali przeciwko kobietom. Zawsze to powtarzała i tego starała się nauczyć te, które słuchały.

– Jasne – odpowiedział policjant.

Daniel wydawał się dobrym człowiekiem, ale Joanna wiedziała, że takich nie ma. Jeżeli plotki, które krążyły o nim po wsi, były prawdziwe, to potrafił zgotować niezłe piekło w domu. Jak każdy alkoholik.

– A może uszyłabyś mi sukienkę na ślub? – zapytała Nowakowska.

Grażyna poczerwieniała na twarzy.

– Ja? Ja… Ja nie umiem aż tak dobrze szyć. Wszystko popsuję. Paweł mówił…

– Daj spokój! Paweł niech sobie gada – włączyła się do rozmowy Ewelina Zaręba. Miała lśniące włosy i długaśne różowe tipsy. Miejscowa fryzjerka była żoną najmłodszego z policjantów, Marka Zaręby. – Ja Weronice zrobię fryzurę, a ty uszyjesz sukienkę. Co ty na to?

– Ale ja nie potrafię… – zająknęła się Grażyna.

– Jasne, że potrafisz – powiedziała Agnieszka Mróz z mocą. – Zresztą ślub ma być w grudniu. Jeszcze zdążysz poćwiczyć.

Joanna poczuła, że wypełnia ją przyjemna czułość, że one wszystkie tak starały się Grażynę wesprzeć. Dziennikarka przysiadła na krześle przy ścianie i patrzyła, jak wspólnie odnawiają wnętrze sklepu. Daniel Podgórski i Marek Zaręba pomagali, drocząc się trochę z kobietami. Atmosfera zrobiła się swojska i domowa.

Początkowo sklep Wiery miał pozostać taki jak dawniej. W końcu jednak Agnieszka nieśmiało napomknęła, że chciałaby wnętrze trochę rozjaśnić. Weronika, Daniel, Marek i Ewelina zaoferowali pomoc. Joanna sprowadziła Grażynę. Wspólnie na pewno szybko się uwiną.

Marek Zaręba sugerował początkowo nieco nieśmiało, żeby zaprosić tu Emilię Strzałkowską. Joanna wyczuwała jednak, że na wspomnienie policjantki atmosfera zrobiła się napięta. Nikt nie podjął tematu. Joanna bardzo żałowała. Była ciekawa Strzałkowskiej.

Zdecydowanie chętniej zaprosiłaby ją niż Klementynę Kopp. Była komisarz przyjechała z Podgórskim i Nowakowską. Trzymała się jednak z boku, popijając colę prosto z butelki.

– Ale… Paweł na pewno mi nie pozwoli… – Grażyna zerknęła na Joannę. – Pani napisała te artykuły o nim… Jest zły.

– Napisałam wyłącznie prawdę.

– Prawda ma to do siebie, że z każdej strony wygląda inaczej – mruknęła Klementyna, rzucając nieprzyjemne spojrzenie Joannie. – A pismak to pismak.

– Czyżbyś broniła Kamińskiego? – zapytała Weronika.

– Ty? Pomyślę, że świat się kończy.

Kopp tylko wzruszyła ramionami.

– Tego nie powiedziałam. Powiedziałam tylko, że pismak to pismak.

– Teksty Joanny były dość ostre – przyznała Ewelina Zaręba. Ona z kolei uśmiechnęła się do dziennikarki miło.

– Ale czasem tak trzeba. Może Paweł sobie to przemyśli. Może go to trochę poruszy i facet się zmieni.

Joanna szczerze w to wątpiła. Tacy jak Kamiński raczej się nie zmieniają. Jej zdaniem Grażyna powinna zebrać się na odwagę, zabrać dzieci i odejść. Ale na to nie była jeszcze gotowa. Potrzebowała więcej pewności siebie. Może odnajdzie ją tu w sklepie.

Joannę ogarniała irytacja na myśl, że żadna z nich nie wspomniała o tym, że ani Daniel Podgórski, ani Marek Zaręba nie zrobili dotychczas nic, żeby pomóc Grażynie.

69

Nie ruszyli palcem, a byli przecież kolegami Kamińskiego. I doskonale wiedzieli, co dzieje się w domu kolegi. Cała wieś wiedziała. Dlatego właśnie Joanna z zasady nie ufała mężczyznom. Nawet jeżeli wydawali się dobrzy. Jak ci dwaj.

– Paweł nie wie, że ja tu przyszłam – szepnęła Grażyna.

– Spoko. Ale! Nic mu do tego. – Kopp wypluła słowa jak jeden zbitek połączonych wyrazów.

Przez chwilę pracowali w ciszy.

– Pięknie tu – powiedziała w końcu Agnieszka, przerywając milczenie. – Bardzo wam wszystkim dziękuję. Przez weekend posprzątam i otwieram w poniedziałek.

– Junior Kojarski nie zapłacił żadnej raty, prawda? – zapytała Ewelina. – Boję się, że bomby naprawdę eksplodują.

– Nie ty jedna – westchnęła Agnieszka.

Tak było. Joanna chodziła po wsi i słuchała ludzi. Do wybuchu miało dojść w listopadzie, tymczasem już we wrześniu atmosfera w Lipowie była coraz bardziej napięta. Niektórzy mieszkańcy mówili nawet o wyprowadzce. Przynajmniej czasowej. Żeby nie ryzykować. To akurat Joanna uważała za dobry pomysł. Coraz mniej osób wierzyło w zapewnienia Juniora, że listu nie było.

– Naprawdę robimy, co możemy – powiedział Podgórski uspokajająco. – Joanna, wiem, że masz dobre intencje, ale mogłaś trochę liczyć się ze słowami w swoich artykułach. Nie przedstawiłaś wszystkiego…

– Powiedziałam prawdę – przerwała mu Joanna. – Robicie niewiele.

– Robimy wszystko, co w naszej mocy – odparł Daniel spokojnie. – A swoimi artykułami sprawiasz, że we wsi narasta panika. To nie prowadzi wcale do niczego dobrego. A wręcz utrudnia nam pracę.

Joanna wiedziała, że narastająca panika to faktycznie jej wina. Do pewnego stopnia oczywiście. Szum medialny, który narastał wokół listu, to było narzędzie obusieczne. Z jednej strony zmuszał policję do działania, a z drugiej tworzył atmosferę niepokoju i strachu. To z kolei mogło pchać ludzi do działań niepożądanych. Mimo to uważała, że gra warta jest świeczki i wszyscy mogą na tym zyskać więcej niż stracić.

– Daj spokój. Pismaczce chodzi o zwiększenie nakładów jej szmatławca – rzuciła Kopp. – Nie dajcie się zwieść, że jest inaczej.

Joanna poprawiła golf. Miała wrażenie, jakby Klementyna mogła zobaczyć tatuaż przez materiał.

– Chodzi mi o bezpieczeństwo ludzi – powiedziała. – Chodzi mi o to, żeby zostało zrobione wszystko, co trzeba.

– I jest robione – zapewnił Daniel. – Rozmawiałem z Kaczmarkami i z ludźmi, którzy współpracują z nimi w Fundacji Rusałka. Z niektórymi podopiecznymi też.

Joanna skinęła głową. Sama też to zrobiła. To się nasuwało jakoś pierwsze. Gdyby Kojarski faktycznie wpłacił okup, którego żądano w anonimie, zyskaliby na tym najbardziej. Przy okazji dziennikarskiego śledztwa Joanna dowiedziała się bardzo ciekawej rzeczy. Jedna z policjantek miała chorego syna i była podopieczną fundacji. Nie w sposób bezpośredni, więc może Podgórski nawet do tej informacji nie dotarł. Joanna nie zamierzała mu mówić. Laura Fijałkowska była rozmowna, a informator w policji to dla dziennikarza osoba bezcenna.

Fijałkowska miała sporo do powiedzenia na temat Emilii Strzałkowskiej. Same niepochlebne rzeczy. Podobno Emilii zdarzało się nadużywać uprawnień. Zastrzeliła człowieka podczas służby. Postępowanie zostało umorzone, ale nie wszyscy uważali, że postąpiła słusznie. Joanna nie była kobietą naiwną. Czuła, że między Fijałkowską a Strzałkowską jest jakaś animozja. Potrzebowała trochę czasu, żeby wydobyć z Laury, o co chodziło. Postanowiła, że zajmie się tym później. Najważniejszy był anonimowy list i to, co się wokół niego działo. Potem się skupi na tych dwóch policjantkach.

– Z tych rozmów niewiele wynikło – kontynuował Podgórski. – Nikt się oczywiście nie przyzna do autorstwa, a jak nie mamy kartki z listem, to brak nam punktu zaczepienia.

– Mamy jednak jakiś punkt zaczepienia – nie zgodziła się Weronika Nowakowska. – Wiera przecież opisała, jak wyglądał. To jest już coś.

Agnieszka Mróz odłożyła pędzel. Malowali teraz z Markiem Zarębą ladę. Oboje mieli białe plamy farby na twarzach i ubraniach.

– Wiera mówiła, że to była kartka maszynopisu. Jestem pewna, że o tym wspomniała. Pojedyncza kartka bez koperty.

– Czyli ktoś ją tu po prostu przyniósł – zauważyła Weronika. – Ktoś miejscowy.

– Niekoniecznie – nie zgodził się Marek Zaręba. – Przecież mógł podjechać samochodem i już.

– Rozmawiałam ze wszystkimi mieszkańcami Rodzanic – wtrąciła się Joanna. Doszła do wniosku, że czas podzielić się swoimi przemyśleniami z policją. Narzekała, że nic nie robią, ale mogła im pomóc. – Jeszcze tego nie opublikowałam, ale zamierzam.

Podgórski westchnął nieco teatralnie.

– Oczywiście nie dasz nam tego do przeczytania?

– A niby dlaczego miałabym pokazywać ci mój tekst? Czyżby dla dobra śledztwa, którego praktycznie nie ma? – zakpiła.

– Skupimy się na zapewnieniu ludziom bezpieczeństwa w dzień ewentualnych wybuchów. To na pewno. A jeżeli wiesz coś, to mów. Byłoby dobrze, gdybyśmy mogli zatrzymać wcześniej autora listu.

Teraz Joanna westchnęła, choć podjęła decyzję rano, kiedy stawiała ostatnią kropkę w nowym artykule. Miał ukazać się w następnym numerze, więc i tak było za późno, żeby się wycofać.

– Moim zdaniem to Żegota Wilk – powiedziała.

Wcale nie czuła się dobrze z tym, co zasugerowała. Chłopak był przecież wnukiem Rodomiła. Uznała jednak, że prawda jest ważniejsza niż pokrewieństwo chłopaka z jej dawnym przyjacielem.

– Masz jakieś dowody czy chodzi tylko o to, że Żegota ciągle uprzykrza wszystkim życie? – zapytał Podgórski.

– Skoro nie mamy listu, to skupiłam się na jego treści. Wyznaczanie dat zapłaty rat okupu w pełni księżyca skojarzyło mi się z Anastazją Piotrowską. Poza tym ona pisze wszystkie swoje teksty na maszynie. Więc to nasunęło mi się samo. Tyle że jakiś czas temu ktoś jej tę maszynę ukradł. Znalazła ją potem pod lasem. Piotrowscy nie zamykają domu, więc wynieść maszynę nie było trudno.

Tak naprawdę Anastazja sama Joannie o tym powiedziała. Policji nie wspomniała o zniknięciu maszyny ani słowem. Bała się, że znajdzie się w kręgu podejrzanych. Co innego opowiedzenie o tym koleżance z redakcji.

– To na pewno sprawka Żegoty Wilka – powiedział wtedy Bohdan Piotrowski. – Ten chłopak to demon wcielony. Naprawdę.

Kiedy mąż Anastazji to mówił, z jego twarzy na chwilę zniknął uprzejmy uśmiech. Wyraźnie miał dosyć chuligańskich zachowań młodzieńca.

– Uwziął się na nas – dodała Anastazja. – Nawet mnie nie dziwi, że w tym liście jest o pełniach i tak dalej. To typowe dla Żegoty. Chciał mnie oskarżyć. Na mnie się uwziął. Nie tylko na nas. Na Kaczmarków zresztą też. Stąd być może wszystkie pieniądze miały być przeznaczone na Rusałkę.

Bohdan westchnął głośno.

– Żywia powiedziała chłopakowi, że albo ja, albo Józef Kaczmarek jesteśmy jego ojcem. Nie wiem, dlaczego to zrobiła. Ja nigdy z nią nie spałem.

– Oczywiście, że nie – żachnęła się Anastazja. Jej pulchna twarz stała się prawie tak czerwona jak włosy.

– Chłopak ma nam za złe, że nie chcemy powiedzieć prawdy. Jego zdaniem prawdy – uściślił Bohdan Piotrowski. – Bo my mu cały czas mówimy, że żaden z nas go nie spłodził i niech szuka sobie dalej po Lipowie. Ale on powtarza swoje, że Żywia by go nie oszukała. Dlatego mógł napisać list, żeby rzucić podejrzenie na moją Anastazję i na Bożenę Józefa.

*

– Czy Żegota naprawdę planuje zdetonować bombę, tego nie wiem – zakończyła swoją opowieść Joanna. – Wy go lepiej znacie.

Udała się oczywiście do gospodarstwa Wilków. Od śmierci Rodomiła wszystko się tam zmieniło. Żywia prowadziła wprawdzie hodowlę, ale jej psy w niczym nie przypominały agresywnych podopiecznych Rodomiła. Pitbule emanowały wręcz łagodnością wbrew obiegowej opinii na temat tej rasy. Joanna odważyła się nawet pobawić z kilkoma.

Córka Rodomiła zaprzeczyła wszystkim insynuacjom na temat swojego syna. Co innego mogła zrobić? Żegota z kolei nie zaprzeczał niczemu ani niczego nie potwierdzał. Joanna miała wrażenie, że chłopak po prostu lubi, kiedy wokół panuje chaos. Bez względu na konsekwencje.

Od razu go za to polubiła. Nie było w Żegocie fałszu, mimo że kłamał jak z nut. Miała go tylko ochotę przestrzec, żeby nie przesadził, bo jak kiedyś zdenerwuje kogoś, kogo nie powinien, to się źle skończy. W końcu ugryzła się w język. Niektórzy po prostu byli skazani na zagładę i konsekwentnie do niej dążyli. Co więcej, czerpali z tego dużo przyjemności.

Joanna rozważała przez chwilę, czy powiedzieć Żywii o testamencie Rodomiła, jednak uznała, że zachowa tajemnicę tak, jak prosił ją przyjaciel. Martwić się będzie za dwa lata, bo wtedy właśnie będzie musiała spełnić prośbę zmarłego.

– Żegota naprawdę sprawia sporo kłopotów – potwierdził Marek Zaręba. – Ciągle są skargi na chłopaka. Nie nadążamy z jeżdżeniem do niego. Kamiński się wścieka.

Na wspomnienie o mężu Grażyna wyraźnie się wzdrygnęła. Przerwała przycinanie materiału. Zasłona była teraz do połowy upięta. Druga połowa zwisała przydługa. Joanna podejrzewała, że kierownik komisariatu wyładowuje swoją złość na żonie.

– Ale czy naprawdę zrobiłby bomby i użył ich przeciw ludziom? Wiedziałby jak? – zastanawiał się Zaręba.

– To akurat nie jest trudne – mruknął Daniel. – W sieci można znaleźć sporo informacji na ten temat. Oczywiście pogadam z Żegotą. Ale prosiłbym, żebyś wstrzymała artykuł, póki się czegoś nie dowiemy. Nie można tak po postu rzucać oskarżeń.

– Spoko. Ale! Jej się wydaje, że może – prychnęła Kopp. – A mnie zastanawia jedno.

– Co?

Klementyna skinęła głową w stronę Joanny.

– Pismaczka pojawia się w Lipowie. Potem pojawia się list. Przypadek, co?

Tego było za wiele!

– Sugerujesz, że to ja napisałam ten list? – zapytała Joanna z irytacją.

Klementyna wzruszyła ramionami.

– Sugeruję, że tego wykluczyć nie możemy. Ktoś mnie kiedyś nauczył jednej zasady. Nie wolno ufać nikomu, bo wszyscy kłamią. Tego się trzymam w życiu.

Joanna miała ochotę ją wyśmiać, ale uznała, że to nie ma sensu. Jeżeli Kopp jej nie wierzyła, to jej nie wierzyła i nic jej nie zdoła do tego nakłonić. A Joanna postanowiła dowiedzieć się, kto napisał list. A przynajmniej nie pozwolić, żeby policja spoczęła na laurach.

– Joanna nie napisała tego listu – wzięła ją w obronę Agnieszka. – Robi, co może, żeby pomóc mnie i ludziom z Lipowa. I nie wszystkim to się podoba.

– Co masz na myśli? – zaciekawił się Podgórski.

– Ktoś mi przebił opony w samochodzie – przyznała dziennikarka. – Podejrzewam, że to Kamiński. Po ostatnim artykule. A Junior Kojarski czasem za mną jeździ. Próbował mnie zepchnąć z drogi.

– Dlaczego tego nie zgłosiłaś? – zapytała Weronika. – Przecież o wypadek nietrudno.

Joanna tylko machnęła ręką. Pogodziła się z tym, że nie wszyscy darzą ją sympatią. Ale to nie oznaczało, że da się komukolwiek zastraszyć.

ROZDZIAŁ 7

Sklep w Lipowie. Poniedziałek, 14 listopada 2016.
Godzina 8.30.
Joanna Kubiak

Czternasty listopada wstał ponury i mglisty. Na niebie kłębiły się szare chmury. Jeżeli pogoda się nie zmieni, to pełni księżyca nikt wieczorem nie zobaczy. Choć nie to było dziś najważniejsze. To była data ostatniej raty, a Junior Kojarski nie wpłacił ani złotówki na konto Fundacji Rusałka. Jeżeli autor anonimu okaże się słowny, wieczorem w Lipowie wybuchną bomby.

Od wczoraj we wsi panowało zamieszanie. Część mieszkańców spakowała się i wyjechała do rodzin w okolicznych wsiach, żeby przeczekać. Policja zachęcała do czasowej ewakuacji. Od wczoraj wszędzie kręciły się patrole z psami szkolonymi do odnajdywania materiałów wybuchowych. Jeżeli sprawca nie umieścił bomb w wybranych miejscach wcześniej, to trudno mu będzie podłożyć ładunki dziś. To napawało optymizmem i sprawiało, że Joanna czuła satysfakcję.

Miała przecież swój wkład w to, że policja tak bardzo się starała. Artykuły, które publikowała w „Selene", były ostre i trafne. Za nią poszli inni dziennikarze. Komenda nie mogła po czymś takim zignorować niewielkiego Lipowa.

– Wszyscy gotowi? – zapytała Grażyna. Córeczki pokiwały głowami. Każda z torebką z własnymi skarbami w rękach. Największy plecak miał oczywiście nastoletni Bruce. – Nic się nie martwcie. Wrócimy jutro, jak już będzie bezpiecznie.

– A tatuś? – zapytała najmłodsza Zosia. Była na tyle mała, że jako jedyna nie rozumiała chyba, że Kamiński to kawał drania.

– On sobie poradzi – ucięła Grażyna.

Nie chciała rozmawiać o Kamińskim nawet z własnymi dziećmi. Po tym, co jej zrobił, nie było w tym nic dziwnego. Najważniejsze, że Joanna dopięła swego. Po kolejnej domowej awanturze dziennikarka po prostu wyprowadziła Grażynę z domu. Paweł nie miał odwagi zbyt głośno się sprzeciwić. Pewnie bał się kolejnego artykułu na swój temat.

Joanna kazała Grażynie spakować dzieci i zaprowadziła do mieszkania nad sklepem. Agnieszka Mróz nie protestowała. Cieszyła się nawet, że będzie miała towarzystwo. Weronice Nowakowskiej nowi lokatorzy też nie przeszkadzali.

Może dlatego, że Nowakowska miała wobec Joanny dług wdzięczności. Kilka dni temu dziennikarka przyłapała bowiem Podgórskiego pijanego na drodze.

*

79

To był czysty zbieg okoliczności. Joanna jechała któregoś mglistego wieczora z Sierpca. Zazwyczaj wjeżdżała do Lipowa od strony Jajkowa, ale tym razem, dla jakiegoś kaprysu, pojechała leśną drogą z drugiej strony wsi. Subaru Podgórskiego stało w poprzek drogi. O mało w nie nie wjechała. Mgła była gęsta jak mleko i się nie spodziewała, że ktoś mógłby zaparkować w ten sposób.

Wysiadła ze starego wysłużonego mustanga i podbiegła do auta policjanta. Daniel leżał oparty o kierownicę i najwyraźniej drzemał.

– Halo! – zawołała, pukając w szybę.

Drzwi subaru otworzyły się po drugiej stronie. Z samochodu wysiadła Weronika. Dziennikarka spojrzała na nią zaskoczona.

– Wszystko w porządku? – zapytała.

– Tak. Mieliśmy mały wypadek – odparła nerwowo Nowakowska. – Ale już wszystko w porządku. Już przestawiamy samochód. Jedź dalej.

Brzmiało to tak, jakby Weronika miała się rozpłakać. Joanna otworzyła drzwi kierowcy. Zapach przetrawionego alkoholu mieszał się z papierosowym dymem. Podgórski uniósł lekko głowę. Bełkotał coś bez sensu.

– On jest zalany w trupa. Mógł kogoś zabić. Mógł zabić ciebie. Dlaczego do cholery pozwoliłaś mu prowadzić?

– Nie pozwoliłam. Przed chwilą go tu znalazłam!

Teraz Weronika faktycznie płakała.

– Pojechał gdzieś po pracy. Nie wiedziałam, że wypije. Jak długo nie wracał, to zadzwoniłam. Wtedy już wiedziałam, że się upił, ale nie chciał powiedzieć, gdzie jest. Twierdził, że wypił tylko jedno piwo i…

– I mu uwierzyłaś?

– A co miałam zrobić?!

Teraz obie krzyczały, ale ich głosy niknęły w ciemności i gęstej mgle.

– Nie mogłaś po niego pojechać?

– Skąd mogłam wiedzieć, gdzie on jest?! I tak dobrze, że tu dojechał.

Weronika uderzyła pięścią w dach samochodu. Policjant znów coś wymamrotał. Dopiero teraz Joanna zauważyła, że na kolanach ma służbowy pistolet.

– On ma broń, do jasnej cholery!

– Przed chwilą wyjęłam magazynek.

Dziennikarka nie wierzyła własnym uszom.

– Czy wy powariowaliście?! – krzyknęła. – Napisałam tekst o Kamińskim, a, zdaje się, nie powinnam była pomijać Daniela.

Weronika okrążyła samochód i podeszła do niej. Kontrolki z tablicy rozdzielczej subaru rozjaśniały jej twarz. Przez chwilę ciszę przerywało tylko głośne pikanie sygnalizacji niezapiętych pasów. Podgórski próbował wysiąść z samochodu, ale efekt był taki, jakby usiłował wdrapać się na Mount Everest.

– Proszę cię, Joanna – szepnęła Weronika. – To się nie powtórzy. Jak się wyda, to on wyleci z hukiem. Już miał kłopoty wcześniej. Teraz się dużo dzieje. Są nerwy. Minie niebezpieczeństwo związane z listami, to dopilnuję, żeby definitywnie z tym skończył. Proszę cię. On jest dobrym policjantem i dobrym człowiekiem.

Joanna pokręciła głową. Wszystkie tak mówią.

– On mógł kogoś zabić – powiedziała twardo.

– Proszę – szepnęła Weronika. – Obiecuję, że pomogę mu z tego wyjść. Uwierz mi. On da radę to zrobić.

*

Tamtej nocy Joanna po raz pierwszy poszła na ustępstwo. Chyba dlatego, że Weronika pomogła Agnieszce Mróz i Grażynie Kamińskiej. Być może to był błąd. Dziennikarka miała nadzieję, że nie będzie musiała wkrótce pisać o pijanym policjancie, który kogoś przejechał albo zastrzelił. Tego by sobie nie darowała.

– Lepiej zostańcie u twoich rodziców co najmniej dwa dni – poradziła. Grażyna z dziećmi i Agnieszką Mróz chciały na czas ewentualnego ataku przenieść się do rodziców Kamińskiej do Nowego Miasta Lubawskiego. – Kiedy na pewno będzie wiadomo, że nic się nie stało.

– Nie chcę robić problemu – powiedziała zawstydzona Agnieszka.

– Ty? Robić problem? Nam? – zaśmiała się Kamińska. Wreszcie reagowała głośno i prawie wesoło. Przerażenie, które wybudował w niej przez lata mąż, gdzieś stopniowo znikało. – Dałaś mnie i dzieciom dach nad głową. Mamy u ciebie taki dług, że…

Grażyna podeszła do Agnieszki i ją uścisnęła. Jej życzliwość była warta więcej niż słowa.

– Mam coś dla was – zakomunikowała Joanna. Wyciągnęła naszyjniki z kieszeni. – To lunule, symbol kobiecej siły. Bo przecież księżyc zawsze był związany z kobietą. Z jej płodnością, cyklem menstruacyjnym. Nie ma nic piękniejszego niż możliwość daru życia. Jak kiedyś zwątpicie we własną moc, po prostu jej dotknijcie. Doda wam siły w każdej trudnej sytuacji.

Wręczyła naszyjniki Grażynie i Agnieszce. Podziękowały nieco zmieszane. Joanna podarowała wczoraj lunulę Weronice. Po tym, co zrobił Podgórski, miała wątpliwości, czy postąpiła słusznie. W końcu uznała, że Nowakowska też będzie potrzebowała siły i wzmocnienia. Zwłaszcza jeśli chciała dotrzymać obietnicy.

– A my? – zapytała jedna z dziewczynek.

– Wy jesteście jeszcze za małe – zaśmiała się Joanna. – Bierzcie rzeczy i do samochodu. Już was tu nie powinno być.

– A ciocia zostaje?

Dziennikarka potwierdziła. Zamierzała być dziś w Lipowie cały dzień. Musiała dopilnować, żeby nie doszło do zamachu.

– Nie chcę, żeby ciocia umarła – rozpłakała się Zosia.

– Nie umrę – zapewniła ją Joanna. – Chodźcie.

Przed sklepem panowało zamieszanie. Samochody tarasowały drogę. Kierowcy trąbili, jakby oszaleli. Narastała panika. Joanna poczuła lekkie wyrzuty sumienia. Może faktycznie przesadziła, pisząc tak ostro. Lepsze jednak to, niżby wszyscy mieli siedzieć w domu na dupie i zginąć z rąk szaleńca.

– Junior Kojarski próbował uciec – krzyknął ktoś. – Próbował się wymknąć z rezydencji!

Joanna zaśmiała się pod nosem. Od dłuższego czasu ludzie zastanawiali się, gdzie autor listu mógłby umieścić bomby. Większość przypuszczała, że na pewno niektóre znajdą się przy rezydencji Kojarskich. Junior próbował zaprzeczać, ale coraz bardziej niemrawo. Najwyraźniej i on przestał wierzyć we własne kłamstwa, że listu nigdy nie było. Bał się. Bał się jak pozostali.

Pytanie, kto napisał list i czy bomby wieczorem wybuchną, pozostało nadal otwarte. Joanna miała nadzieję, że autorem nie był Żegota Wilk. Ze względu na Rodomiła.

ROZDZIAŁ 8

Plaża w Rodzanicach. Poniedziałek, 19 grudnia 2016.
Godzina 17.00.
Joanna Kubiak

Znów Rodzanice. Joanna nie przypuszczała, że wróci tu tak szybko. I to właśnie z powodu Żegoty Wilka.

*

– Ty wiesz, co narobiłaś?! – wrzasnął naczelny. Kraciasta koszula. Wąskie ramiona. Wściekły. – Wiesz, co narobiłaś?! Odpowiedz!

Joanna przysiadła na wysłużonej kanapie w gabinecie naczelnego i zapaliła papierosa. To było szesnastego listopada. Dwa dni po zapowiadanym przez anonimowy list wybuchu bomb w Lipowie.

– Przyczyniłam się do zwiększenia nakładów pisma? – zapytała spokojnie.

Nie zamierzała dać się sprowokować. Czuła się bezpiecznie. Była w redakcji od dnia założenia „Selene".

Prędzej umrze, niż wyleci. Zresztą nie takie rzeczy spotkały ją podczas jej dziennikarskiej kariery.

– Bomby nie wybuchły! Nawet jedna malutka! – zawołał naczelny. Drwina w głosie była wyraźnie dosłyszalna.

– Z bojowników o prawdę zmieniliśmy się w kłamców. A „Selene" zostanie uznana za szmatławiec! A tyle lat pracujemy na naszą renomę!

Joanna pokręciła głową.

– Wolę patrzeć na to jak na nasze zwycięstwo. Dzięki moim materiałom policja wzmogła wysiłki. Sprawca nie miał możliwości ataku. Jednym słowem „Selene" zadziałała prewencyjnie. To bardzo dużo znaczy.

Czternasty listopada nadszedł chmurny i mglisty. Odszedł równie nieprzychylny. Przynajmniej jeśli chodzi o pogodę. Za to faktycznie nie doszło do tragedii. Trudno było stwierdzić, czy dlatego, że list z żądaniem miliona złotych dla Fundacji Rusałka był głupim żartem, czy też jego autora udało się powstrzymać.

Joanna zdecydowanie wolała tę drugą wersję. Dawała więcej poczucia satysfakcji. Tak czy inaczej, była z siebie dumna. Nawet jeśli to był tylko ponury kawał jakiegoś żartownisia. Niektórych żartów nie należy ignorować. Nigdy.

– Nie martw się. O naszych zasługach w tej sprawie też napiszę – dodała, żeby naczelnego trochę udobruchać.

– Ty się nie mądrz, tylko znajdź szybko jakiś dobry temat! – fuknął zirytowany. Nie wyglądał na ani trochę uspokojonego. Wręcz przeciwnie. Nadal wyglądał na rozsierdzonego. – Natychmiast!

*

Joanna przystanęła w głębi plaży i przypatrywała się, jak policjanci pracują przy ciele Żegoty Wilka. Zrobiło się już ciemno, ale zapalili reflektory zasilane agregatem. Westchnęła. Temat się znalazł. Bo wcześniej czy później zawsze się znajdował.

Joanna przyjechała do Rodzanic, jak tylko Laura Fijałkowska dała jej cynk. Dobrze było mieć informatorkę w policji. Zanim zdążyli skończyć z ciałem chłopaka, ona była już na miejscu. To było bolesne przeżycie. Zginął wnuk Rodomiła. Do tej pory pamiętała, jak chciała przestrzec Żegotę, żeby nie przeholował. Nie zrobiła tego. Czuła się poniekąd odpowiedzialna.

– Nie powinno pani tu być.

Zamyślona nawet nie usłyszała, kiedy podszedł do niej Marek Zaręba. Jego twarz ledwie była widoczna spod wysoko postawionego kołnierza kurtki dla osłony przed wiatrem. Zrobiło się zimno, ale dobrze, że nie spadł jeszcze śnieg. Joanna liczyła na to, że zima będzie ich oszczędzać.

– Czy to prawda, że Paweł Kamiński wyrzucił ich z posterunku, kiedy przyszli złożyć doniesienie na Żegotę?

Laura zadzwoniła przed chwilą z nowymi wiadomościami. Sensacyjnymi. Podobno w komendzie huczało od plotek, że śmierć Żegoty Wilka to zgniłe jajo, którego trzeba się pozbyć jak najszybciej. Zanim zlecą się dziennikarze. Zapewne ich wścibstwa komendant obawiał się najbardziej. Zwłaszcza jeżeli to, co powiedziała Joannie Fijałkowska, było prawdą.

– Nie wiem – przyznał Marek Zaręba. Cicho. Zmartwiony.

Podobno Bohdan Piotrowski i Józef Kaczmarek przyszli przed południem na posterunek do Lipowa. Chcieli zgłosić, że Żegota Wilk znów łobuzuje. Paweł Kamiński odprawił ich z kwitkiem. Ponoć powiedział coś w stylu: sami sobie z jednym gówniarzem kurwa nie poradzicie? I zostawił ich samych sobie.

Joanna pokręciła głową. To było oburzające. A myślała, że jej artykuły nauczą rozumu Kamińskiego. Widać nie nauczyły. Teraz udupi go całkowicie. Żegota może i był chuliganem, ale nie zasługiwał na śmierć z rąk sąsiadów.

Pomyślała o niziutkim Józefie Kaczmarku i olbrzymim dobrotliwym Bohdanie Piotrowskim. Oni też nie budzili zaufania na tyle, żeby powierzać sprawę w ich ręce. Od tego była policja. Od tego był szef komisariatu w Lipowie Paweł Kamiński.

Joanna postanowiła sobie, że nie odpuści tej sprawy. To było karygodne niedopełnienie obowiązków. A w konsekwencji tyle niepotrzebnych tragedii.

ROZDZIAŁ 9

Rodzanice. Sobota, 24 grudnia 2016. Godzina 20.00.
Joanna Kubiak

Znów Rodzanice. Joanna wprost nie mogła w to uwierzyć! Dopiero co napisała artykuł o linczu na Żegocie Wilku, a wyglądało na to, że maleńka wioseczka zapewni jej kolejny materiał życia. Nie zamierzała się przejmować tym, co powiedział jej ostatnio lekarz: Podejrzenie zawału. Sygnał ostrzegawczy, że pracuje za dużo i nie żyje zdrowo. Musi zmienić nawyki, bo kto wie, co może się zdarzyć. Może pęknięcie tętniaka? Cichy zabójca.

Bzdury. Nie zamierzała poddać się ani metryce, ani zawracaniu dupy przez lekarzy. Była na ważnym tropie.

*

Śledztwo w sprawie śmierci wnuka Rodomiła nadal nie zostało do końca wyjaśnione. To znaczy otwarcie mówiło się, że Paweł Kamiński dopuścił się skandalicznego zaniedbania. W to nie wątpił już właściwie nikt i należało się spodziewać, że prokurator Ligia Więcek wystąpi o jego odwołanie. Pewnie odbiorą mu odznakę. Joanna cieszyła się, że sprawy nie zamiatano pod dywan.

Nadal nie udało się jednak wyjaśnić nieścisłości dotyczących przebiegu wydarzeń. Początkowo policja sądziła, że Bohdan Piotrowski i Józef Kaczmarek wrócili do Rodzanic i we dwóch dokonali samosądu na chuliganie, który od lat uprzykrzał im życie.

Tak zeznał mąż Anastazji. Dzięki Laurze Joanna widziała nagrania z przesłuchań. Dobrotliwy uśmiech olbrzyma zniknął. Twarz Bohdana przedstawiała żywy obraz smutku. Nie wypierał się. Mówił, że ich poniosło. Nie chcieli zabić. Chcieli tylko nastraszyć, ale wyszło, jak wyszło.

Józef Kaczmarek natomiast wszystkiemu zaprzeczał. Ciągnąc się za cienką kozią bródkę, zapewniał, że po opuszczeniu posterunku wrócił do domu. Nie wiedział, co planuje sąsiad. W samosądzie nie brał udziału. Alibi zapewniała mu Bożena.

– Ja miałbym pobić Żegotę na śmierć? – pytał.

Kaczmarek był niewielkiego wzrostu i drobnej postury i raczej nie poradziłby sobie z rosłym młodzieńcem. To oczywiście nie wykluczało, że mógł pomóc Bohdanowi albo że był obecny podczas całego zajścia. Policja próbowała to ustalić.

*

– Idzie – szepnął ktoś.

Strach. Niepokój. Ciekawość.

Joanna przesunęła się, żeby lepiej widzieć. Nie było to łatwe, bo wokół zgromadziło się sporo ludzi. Zarówno dziennikarzy, którzy jak ona próbowali dowiedzieć się jak najwięcej, jak i mieszkańców Lipowa, którzy przyszli się pogapić. Policja uwijała się jak w ukropie, żeby trzymać ich wszystkich z daleka. Wszyscy, dosłownie wszyscy chcieli zobaczyć Michalinę Kaczmarek. Zaginioną przed ośmiu laty dziewczynkę. Odnalezioną.

– Proszę się odsunąć – przez szum przebił się głos Daniela Podgórskiego. – Z szacunku dla Michaliny. Przeszła bardzo wiele. Nie jest gotowa na takie zbiegowisko.

Joanna czuła, że policjant ma rację, ale się nie cofnęła. Patrzyła mu prosto w twarz. Odwrócił wzrok. Unikał jej od czasu feralnego nocnego spotkania na drodze.

Umundurowani funkcjonariusze prewencji starali się odgrodzić gapiów od budynku, ale tłum napierał nieubłaganie. Joanna zastanawiała się, jak to się stało, że informacja o odnalezieniu dziewczyny wyciekła tak szybko. Joanna dowiedziała się oczywiście od swojej stałej informatorki.

*

Była Wigilia i Joanna postanowiła jak co roku ubrać choinkę. Mimo wielu życiowych zawirowań tego zwyczaju nie zarzuciła nigdy. Zawsze ubierała drzewko dokładnie dwudziestego czwartego grudnia. Tak jak każe tradycja. Nigdy wcześniej.

Święta miała spędzić sama, ale dom i tak pachniał piernikiem, kompotem z suszu i choinkowymi igłami. Radio trochę trzeszczało, ale włączyła je w nadziei na kolędy. Fijałkowska zadzwoniła, kiedy bracia Golec zaczęli właśnie śpiewać: „Wśród nocnej ciszy głos się rozchodzi".

– Anastazja Piotrowska pojechała do męża na widzenie – poinformowała policjantka bez zbędnych wstępów. – Wiesz, są święta i w ogóle. Nie zgadniesz, co on jej powiedział!

Bohdan Piotrowski i Józef Kaczmarek zostali osadzeni w zakładzie karnym w Starych Świątkach. Przynajmniej do czasu zakończenia śledztwa. W areszcie w Brodnicy nie mogli przecież zostać do procesu. Nie byłoby miejsca dla wszystkich.

Joanna wiedziała, że Józef miał szanse się z tego wykaraskać. Przy ciele Żegoty Wilka nie znaleziono jak dotąd niczego, co wskazywałoby na udział Kaczmarka w zabójstwie. W przeciwieństwie do Bohdana, który po pierwsze sam się przyznał, a po drugie na miejscu zbrodni było dostatecznie dużo jego śladów.

– Naprawdę nie zgadniesz, co on powiedział Anastazji na widzeniu!

Fijałkowska wyraźnie czekała, aż Joanna zapyta. Dziennikarka wolałaby, żeby informatorka od razu przeszła do rzeczy. Uznała jednak, że musi podjąć jej grę.

– Co?

– Pamiętasz tę zaginioną córkę Kaczmarków?

Joanna przyciszyła radio. Była Wigilia, ale sprawa zapowiadała się ciekawie. Przecież i tak już dawno obiecała sobie, że zajmie się historią zaginionej dziewczyny. Gdyby nie doszło do samosądu na Żegocie Wilku, być może już po kłótni z naczelnym zajmowałaby się porwaniem Michaliny.

– Michalina Kaczmarek. Zniknęła w dwa tysiące ósmym roku. Jako dziewięciolatka – wyrecytowała dziennikarka.

– Oczywiście, że pamiętam.

– Ona cały czas była w Rodzanicach – poinformowała Fijałkowska. Triumf w głosie.

Joanna była tak zaskoczona, że upuściła jedną z bombek na ziemię. Stara. Szklana. Rozbiła się w drobny mak.

– Jak to?

– Tak to. Wygląda na to, że mamy własnego Josefa Fritzla. Kto by pomyślał, że coś takiego zdarzy się u nas. Przetrzymywał ją przez lata w piwnicy. Podobno przygotował tam specjalne pomieszczenie w części warsztatu. Drzwi były ukryte za regałem z narzędziami. Wszystko wygłuszone i tak dalej.

– Kto?!

– Bohdan Piotrowski. Kaczmarkowie szukali jej przez lata, a córka była dosłownie za miedzą. W Rodzanicach.

Joanna nie odpowiedziała. Cały czas miała przed oczami dobroduszny uśmiech olbrzyma. Bohdan Piotrowski przetrzymywał dziewczynę osiem lat? Aż trudno było uwierzyć, że mógł wymyślić i zrobić coś tak przerażającego. Nigdy by się po nim tego nie spodziewała. Kolejny dowód, żeby nie ufać mężczyznom.

– Anastazja Piotrowska twierdzi, że o niczym nie wiedziała – kontynuowała Laura Fijałkowska. Podejrzliwość w głosie. – Dziś mąż opowiedział jej o wszystkim na widzeniu. Od razu zgłosiła to policji. Zresztą obok byli klawisze, więc też słyszeli. Jedzie tam cała ekipa, żeby dziewczynkę uwolnić. Musisz się pospieszyć, jeśli chcesz zdążyć.

*

Tłum dziennikarzy i gapiów zamarł. Joanna zdołała przesunąć się jeszcze bliżej. Za stara już była, żeby bić się o miejsce w pierwszym szeregu, ale miała swoje sposoby. W końcu ją zobaczyła. Michalina szła prowadzona pod ramię przez Bożenę Kaczmarek. Podgórski osłaniał dziewczynę z drugiej strony przed gapiami, ale od razu rzucała się w oczy różowa sukienka małej baletnicy na wyrośniętym ciele niemal dorosłej kobiety. Było w tym obrazie coś nieskończenie przerażającego i smutnego. Na tyle, że nawet ci najbardziej żądni sensacji ucichli.

– Chcę do tatusia.

Słowa przerażonej dziewczyny aż zawibrowały w pełnej napięcia ciszy.

– Chcę do tatusia – powtórzyła.

Skąd mogła wiedzieć, że Józef Kaczmarek jest za kratami w Starych Świątkach?

ROZDZIAŁ 10

Remiza Ochotniczej Straży Pożarnej w Lipowie.
Sobota, 31 grudnia 2016. Godzina 23.50.
Joanna Kubiak

Joanna zerknęła na zegarek. Za dziesięć dwunasta. Za dziesięć minut zacznie się Nowy Rok. Zawsze w takich momentach zastanawiała się, co przyniesie. Lubiła tę niepewność, choć czasem przywoływała wspomnienia. I palące wyrzuty sumienia.

Muzyka grała nadal, ale ludzie przestali tańczyć. Pogrążeni byli w rozmowach i dolewaniu sobie drinków. Część wyszła na papierosa. To był moment przerwy w zabawie. Półmetek przed północą. Niedługo odliczanie.

– Wszystko w porządku? Dobrze się bawisz?

Joanna odwróciła się na pięcie. Weronika Nowakowska, a właściwie już Podgórska. Wysoko upięte rude włosy. Biała sukienka z delikatną koronką. Wyglądała naprawdę pięknie. Ewelina Zaręba i Grażyna Kamińska bardzo się postarały, żeby zrobić z warszawianki najpiękniejszą pannę młodą w okolicy.

– Jesteś pewna, że to dobry pomysł? – odparła Joanna zamiast odpowiedzi.

Obie trochę sztywne. O Danielu nie rozmawiały na osobności ani razu. Zawsze spotykały się w towarzystwie Grażyny i Agnieszki.

– Powinnaś uważać – dodała dziennikarka. – Z nim będziesz miała same kłopoty. To czuć na kilometr.

Obie spojrzały w stronę wyjścia. Podgórski stanął właśnie w drzwiach. Galowy mundur. Równo przystrzyżona broda i dobrze ostrzyżone włosy. Uniósł paczkę papierosów. Dawał nowo poślubionej żonie znać, że idzie zapalić.

Dotychczas zachowywał się wzorowo.

*

Ślub mieli piękny. Kościół w Lipowie. Kolorowe światełka świątecznych dekoracji przełamywały biel stroików, którymi kobiety z Lipowa przyozdobiły ławki. Pracowały wszystkie razem, jak każe tradycja. Nawet te, które przyglądały się warszawiance z pewną nieufnością. Mimo kilku lat, które Weronika spędziła w tej miejscowości, nadal wiele z nich czuło, że nie jest do końca swoja.

Kościół pachniał kadzidłem i sosnowymi szpilkami. Joanna usiadła w ławce z tyłu. Nie pchała się przed ołtarz. Nie było tam miejsca dla takich jak ona. Doskonale to wiedziała. Z tyłu panował chłód. Miała wrażenie, że wielkie kościelne drzwi przepuszczają zimowy wiatr. A może tylko dopadły ją dawne wspomnienia.

– Danielu i Weroniko… – mówił stary ksiądz. Plamy wątrobowe na drżących rękach. Mlecznobiałe włosy.

– Wysłuchaliście słowa Bożego. Przypomnieliście sobie olbrzymie znaczenie sakramentu małżeństwa i miłości w naszym życiu. W imieniu Kościoła pytam was, jakie są wasze postanowienia. Danielu i Weroniko, czy chcecie dobrowolnie i bez przymusu zawrzeć związek małżeński?

W kościele panowała cisza. Wszyscy byli skupieni na dwójce młodych ludzi stojących przed ołtarzem. Biała suknia i galowy policyjny mundur. Wzdłuż ławek umundurowani policjanci z komendy. Za Danielem i Weroniką świadkowie: Marek Zaręba i jego żona. Zaczerwienione twarze. Emocje.

– Chcemy.

– Czy chcecie wytrwać w tym związku, w dobrej i złej doli, w zdrowiu i w chorobie, aż do końca życia?

– Chcemy.

– Czy chcecie z miłością i po katolicku wychować potomstwo, którym was Bóg obdarzy?

– Chcemy.

Głos księdza załamywał się, kiedy recytował dalsze formułki. Joanna prawie go nie słyszała. Teraz rozległy się organy. Joanna odwróciła się. Znajdowały się na chórze nad wejściem do świątyni. Organista śpiewał z pasją. Nie rozróżniała słów.

– A więc – wydusił stareńki ksiądz, kiedy muzyka ucichła – podajcie sobie prawe dłonie i powtarzajcie za mną słowa przysięgi małżeńskiej.

Joanna poczuła, że łzy napływają jej do oczu. Było w takich uroczystościach coś poruszającego, mimo że prawie każda prowadziła do zguby.

– Ja, Daniel, biorę sobie ciebie, Weroniko, za żonę i ślubuję ci miłość, wierność i uczciwość małżeńską oraz że cię nie opuszczę aż do śmierci. Tak mi dopomóż, Panie Boże Wszechmogący w Trójcy jedyny i wszyscy święci.

Głos Podgórskiego drżał delikatnie. Patrzył Weronice prosto w oczy, trzymając ją za rękę. Jakby byli tam tylko we dwoje.

– Ja, Weronika, biorę sobie ciebie, Danielu, za męża i ślubuję ci miłość, wierność i uczciwość małżeńską oraz że cię nie opuszczę aż do śmierci. Tak mi dopomóż, Panie Boże Wszechmogący w Trójcy jedyny i wszyscy święci.

– Co Bóg złączył, człowiek niech nie rozdziela – zagrzmiał stary ksiądz.

Joanna usłyszała, że trzasnęły drzwi. Ktoś chyba wyszedł z kościoła. Obróciła się za późno, żeby zobaczyć kto. Wstała ostrożnie i po cichu wydostała się z ławki. Młodzi zaraz wymienią się obrączkami. Standard. Bardziej interesowało ją, kto opuścił właśnie świątynię.

Wyszła na dwór. Zaczynały padać pierwsze w tym roku płatki śniegu. Dotychczas zima ich rozpieszczała, ale jak widać, to się miało skończyć. Ostatni dzień starego roku. Rozejrzała się. Za ogrodzeniem znikała właśnie niewysoka kobieta z farbowanymi na jaskrawy blond włosami. Strzałkowska.

– Jeszcze zobaczymy, kto się będzie śmiał ostatni.

Joanna odwróciła się natychmiast. Paweł Kamiński. Postępowanie wobec niego przystopowało. Wszyscy skupieni byli teraz na dopiero co uwolnionej Michalinie Kaczmarek. Kamiński zszedł na drugi plan. Nie znalazły się zdecydowane dowody oprócz słów podejrzanych, więc nie stracił ostatecznie pracy. Stracił stanowisko kierownika posterunku, a jego stołek zajęła dobrze Joannie znana Joanna Fijałkowska.

Dla takiego szowinisty jak Kamiński szefowa kobieta to musiało być nie lada upokorzenie. Jednak takie upokorzenie to za mało za wszystkie jego przewinienia. Joanna się złościła, że Kamiński może się z tego wywinąć. Mimo że napisała o nim ostrzejszy artykuł niż kiedykolwiek.

Zanim zdążyła cokolwiek odpowiedzieć, Kamiński odwrócił się i ruszył z powrotem w stronę kościoła. Asysta umundurowanych policjantów salutowała właśnie wychodzącym na dwór świeżo poślubionym małżonkom. Wielkie płatki śniegu sprawiały, że scena przypominała bajkę. Joanna odwróciła się raz jeszcze w stronę, gdzie odeszła Strzałkowska.

A przecież za każdą, nawet najpiękniejszą bajką być może kryje się czyjeś cierpienie.

*

– Powinnaś uważać – powtórzyła Joanna, przyglądając się Weronice.

Cicho. Nie chciała robić sensacji. Wokół kręcili się przecież goście wesela połączonego z sylwestrem. Nadal nie umiała rozszyfrować rudowłosej warszawianki, ale mimo to uważała, że powinna ją przestrzec. Weronika zrobiła dużo dobrego dla Grażyny i Agnieszki. Chociażby dlatego zasługiwała na pomoc Joanny.

– Być może – odparła Podgórska. Z uśmiechem. Jeżeli ktoś patrzyłby z daleka, mógłby pomyśleć, że rozmawiają o czymś miłym. – Ale to moja sprawa. I Daniela. Nie twoja.

Twardo. Nie pozostawiając miejsca na dalsze dyskusje. Joanna skinęła głową. Nie czas było na rozwijanie tematu. Nie tu. Nie przy ludziach. Ruszyła do wyjścia.

– Za każdą piękną fasadą kryje się jakaś brudna tajemnica, co?

Klementyna Kopp stała w korytarzu prowadzącym na dwór. Popijała coca-colę z krzywym uśmiechem na przedwcześnie pomarszczonej twarzy. Dziennikarka przez chwilę doznała wrażenia, że była policjantka ją rozpoznała.

Szybkie bicie serca. Być może Joanna zrobiła błąd, że tak często bywała w Lipowie. Upewniła się, że Agnieszka Mróz i Grażyna Kamińska sobie poradzą. Będzie je oczywiście odwiedzać i pomagać im, ale wróci tu dopiero w styczniu dwa tysiące osiemnastego roku. Tak jak obiecała Rodomiłowi, zanim zginął.

– Nie wiem, o czym mówisz.

Joanna wyszła, zanim Kopp zdążyła odpowiedzieć. Wtedy zobaczyła Podgórskiego. Szedł za budynek remizy z papierosem w ustach. Najwyraźniej ktoś tam na niego czekał.

No właśnie. Joanna nienawidziła mieć racji.

KSIĘGA TRZECIA

2018
Dzień

ROZDZIAŁ 11

Powrót na zasypaną śniegiem plażę przyniósł ulgę. Wprawdzie tu też nie byli osłonięci od silnych podmuchów, jednak wiatr zdawał się nie smagać aż tak mocno jak na zamarzniętej tafli jeziora, gdzie leżało ciało Michaliny Kaczmarek.

Daniel uchwycił się jednego z głazów i z pewnym trudem wydostał się na brzeg. Nogi grzęzły mu w głębokim śniegu, a stopy nie znajdowały oparcia na lodzie pod spodem. Przy największym kamieniu stał drewniany krzyż. Pod nim palił się niewielki znicz. Pewnie na pamiątkę śmierci Żegoty Wilka. Chłopak został zakatowany dokładnie w tym miejscu.

– Jak ja kurwa nienawidzę tych pierdolonych Rodzanic – mruknął Kamiński, przepychając się za Podgórskim na plażę.

Daniel poszedł za nim bez słowa. Miał wobec Pawła dług. Olbrzymi dług. Tym większy, że kolega nie powiedział nikomu ani słowa o tym, co się wydarzyło naprawdę. Nigdy o tym nie rozmawiali.

– Michalinę znalazł jej ojciec, kiedy wracał z joggingu – wyjaśnił Marek Zaręba.

Młody policjant sam codziennie biegał i uprawiał inne sporty. Nie miał najmniejszych problemów z wydostaniem się z lodu na brzeg, mimo kopnego śniegu. Daniel westchnął. Będzie musiał wziąć przykład z Młodego i w końcu wziąć się z powrotem za siebie. Kiedy przestał pić, wrócił do dawnego sposobu odżywiania się i stracone wcześniej kilogramy wracały z dużą prędkością. Nic nie mógł na to poradzić, że jego ciało zdawało się po prostu wygłodniałe. No ale był dopiero styczeń. Może do wiosny się uda.

– Są tam – dodał Zaręba.

Kaczmarkowie stali w drugim końcu plaży przytuleni do siebie. Bożena była zdecydowanie wyższa od męża. Z daleka wyglądało to tak, jakby ona była mężczyzną. Nie miałaby najmniejszych trudności, żeby zadać córce pojedynczy cios w brzuch, przebiegło Podgórskiemu przez myśl.

– Idźcie z technikami do domu Kaczmarków trochę się rozejrzeć – poprosił. – Ja i Emilia tu sobie teraz z nimi pogadamy. Niech nie mają czasu, by w razie czego coś ukryć.

Podgórski nie chciał dodawać, że zdecydowanie lepiej by było, gdyby Kamiński i Józef Kaczmarek się nie spotkali. Oskarżenia wobec Pawła były ciągle świeże. Tak samo jak wobec samego Józefa. Sąd uznał jednak, że Kaczmarek nie brał udziału w linczu, a samosądu dokonał Bohdan Piotrowski. Sam. Nie wszyscy w to wierzyli. Natomiast wszyscy oskarżali Pawła o karygodne niedopełnienie obowiązków.

Daniel znów poczuł wyrzuty sumienia. Może gdyby znali prawdę, zmieniliby zdanie o Kamińskim.

– Jasne – powiedział Marek Zaręba i pociągnął za sobą Pawła.

Kamiński splunął, kiedy mijał Kaczmarków. Daniel westchnął. Zimne powietrze wypełniło mu płuca jak tysiące drobniutkich igiełek.

– Pomóc ci? – zapytał, odwracając się do Emilii.

Policjantka miała trudności z wejściem na brzeg. Wyglądała, jakby utknęła w zaspie na dobre. Wyciągnął do niej rękę. Strzałkowska rzuciła mu tylko wściekłe spojrzenie i zaczęła sama gramolić się na ląd. Podgórski usiłował się nie uśmiechnąć. Nie wyszło mu.

– Bardzo kurwa zabawne – warknęła.

– Widzę, że słownictwa uczysz się od swojego chłopaka.

– Tak bardzo cię interesuje, z kim sypiam? – zakpiła.

Podgórski podniósł ręce w geście poddania.

– Chciałem tylko pomóc. Chodźmy pogadać z Kaczmarkami.

Ruszyli we dwoje po zaśnieżonej plaży.

– To pan znalazł ciało, tak? – zapytał Daniel, kiedy przedstawili się rodzicom ofiary. Znali się przelotnie, ale uznał, że w tej sytuacji zwyczajowa formułka i okazanie blach były nieodzowne.

Józef Kaczmarek poprawił okrągłe okularki i pociągnął się za kozią bródkę nerwowym gestem. Jakby chciał ją wyrwać jednym ruchem.

– Tak. Wyszedłem rano pobiegać. Mam taką trasę, że biegnę przez las. Potem dobiegam do mostu nad Skarlanką. Biegnę dalej wzdłuż rzeki. Obok młyna, gdzie działy się te okropności – miał zapewne na myśli to, co wydarzyło się podczas śledztwa w sprawie Łaskuna. Dotąd mieszkańcy nie mogli o tym zapomnieć. – Później przez Gaj i wracam ścieżką wzdłuż jeziora. Kiedy tak biegłem, zobaczyłem, że coś leży w śniegu na jeziorze. Ja…

Głos mu się załamał. Szczupłym ciałem wstrząsnęły łkania, ale po twarzy nie popłynęły łzy.

– Nie jest pan w stroju do joggingu – zauważyła Emilia Strzałkowska. Słowa zabrzmiały ostro i trochę nie na miejscu w obliczu rozpaczy ojca, który właśnie stracił dziecko.

Podgórski opanował chęć sięgnięcia po papierosa. Za każdym razem, kiedy musiał się zająć śledztwem dotyczącym śmierci dziecka, myślał o Justynce. Ciekaw był, czy dla Emilii to też nadal bolesne przeżycie. On był pewien, że ból po stracie córeczki nie minie nigdy. Bez względu na to, jak bardzo by się starał go w sobie stłumić. A może wcale nie chciał, żeby ból się przytępił. Czasem miał wrażenie, że to by oznaczało zdradę. Jakby chciał o maleńkiej Justynce zapomnieć.

– Przebrałem się, zanim państwo przyjechali – wyjaśnił Józef Kaczmarek, oddychając głębiej. – Było mi strasznie zimno. Buty mi przemokły na śniegu. Spodnie też. Jest lodowato…

Józef Kaczmarek poprawił czapkę i znów nerwowo przejechał ręką po rzadkiej bródce. Kilka włosów na krzyż upodabniało go do ucznia, który próbuje przekonać wszystkich, że jest już dorosłym mężczyzną.

Daniel dotknął swojego zarostu automatycznym ruchem. Od jakiegoś czasu zaczął chodzić do profesjonalnego barbera. Przyjmował niedaleko komendy, więc zawsze dało się znaleźć chwilę. Skoro znów był gruby, przynajmniej o to mógł zadbać.

– Doprawdy – powiedziała Emilia.

Zabrzmiało to jak wyrzut. Józef chyba też tak to odebrał, bo znów poruszył się niespokojnie.

– Proszę pani, nie mogłam pozwolić, żeby mąż zachorował – odezwała się Bożena Kaczmarek.

Była wysoka, o męskiej posturze, ale twarz, choć rysy miała ostre, była wyraźnie kobieca. Nawet na swój sposób piękna. Podobieństwo Michaliny do matki było uderzające.

– Nawet w obliczu śmierci naszej córki – dodała Bożena. – A może nawet tym bardziej w takiej sytuacji. Teraz przed nami trudny czas. Musimy być silni. Oboje.

Strzałkowska najwyraźniej nie była przychylnie nastawiona do Józefa, ale Daniel z kolei nie mógł oprzeć się wrażeniu, że to w Bożenie jest coś dziwnego. Na pewno była zdenerwowana, choć mocno starała się to ukryć. Z drugiej strony czego innego oczekiwać po matce, która właśnie straciła dziecko.

– A pani co robiła w tym czasie? – zapytał.

– Ja?

Bożena wydawała się zaskoczona pytaniem. Podgórski skinął głową.

– No jak mąż poszedł pobiegać, to ja wyszłam porozmawiać z sąsiadkami. – Spojrzała w górę na Rodzanice. – Ale nie schodziłam tu na dół, a stamtąd nie widać… Nie zobaczyłabym…

Nie dokończyła. Po jej policzkach potoczyły się łzy. Józef objął żonę opiekuńczym gestem. Przy jego niskim wzroście i jej potężnej budowie wyglądało to dziwacznie. Tym bardziej że Bożena zdawała się nie zwracać uwagi na męża. Jakby nawet nie zauważyła jego starań.

Daniel poczuł sympatię do niziutkiego Józefa Kaczmarka. A jeżeli nie sympatię, to przynajmniej z r o z u m i e n i e. Kobiety czasem nie zdają sobie sprawy, że mężczyzna też potrzebuje pocieszenia, kiedy stara się stanąć na wysokości zadania w takiej sytuacji jak ta. Kiedy jego córka leży martwa na śniegu.

– Moja córeczka. Moja Miśka – szepnęła Bożena. – Najpierw myślałam, że ją straciłam, kiedy ten potwór ją porwał… Potem odzyskałam… A teraz…

Daniel zganił się w duchu za wcześniejszą podejrzliwość. Bożena Kaczmarek miała prawo być zdenerwowana. Mało która matka przeżywa najpierw porwanie córki, a potem jej morderstwo. Tego byłoby za wiele dla każdego.

– Gdyby nie to, że Bohdan się powiesił w więzieniu, można by pomyśleć… – Józef Kaczmarek nie dokończył.

G d y b y. Ale porywacz nie żył. Mordercą Michaliny był więc ktoś inny. I Podgórski zamierzał jak najszybciej dowiedzieć się kto.

– Kiedy widzieli państwo córkę po raz ostatni? – zapytał.

– Wczoraj wieczorem – podpowiedziała Bożena. Otarła łzy i otuliła twarz szalikiem.

– Wczoraj? – wtrąciła się Emilia. – I nie zdziwili się państwo, że jej nie ma?

– Miśka miała nocować w sklepie – wyjaśnił Józef Kaczmarek.

Daniel skinął głową. Po śmierci Wiery sklep odziedziczyła Weronika. Bardzo przeżywała odejście przyjaciółki, więc gdyby nie wynikła sprawa anonimowego listu, zapewne długo nic by się tam nie działo.

Kiedy rozpętała się afera z anonimowym listem, Weronika zdecydowała w geście solidarności, że pomoże Agnieszce Mróz. Kiedy dawna służąca Kojarskiego zamieszkała w mieszkaniu na górze, wkrótce dołączyła do niej Grażyna Kamińska z dziećmi, a sklep zmieniał się powoli w społeczność kobiet skrzywdzonych przez los. Weronika wspominała Danielowi, że Michalina zaczęła tam spędzać sporo czasu.

– Ja tak bardzo się bałam, jak ona sama chodziła do Lipowa. Przez ten las… po tym wszystkim. No ale niedługo przed dwudziestą zadzwoniła, że dotarła na miejsce. Dlatego się nie martwiliśmy.

Daniel zauważył, że Strzałkowska zerka na niego. Michalina leżała przecież martwa blisko rodzinnej wsi. Dotarła do Lipowa, żeby potem tu wrócić? Jak się znalazła z powrotem w Rodzanicach?

– Polubiła Agnieszkę i Grażynę – dodał Józef. – Dobrze się z nimi czuła. Taka nić zrozumienia skrzywdzonych kobiet. Zajmowała się dzieciakami Kamińskiej. Jak nam o nich opowiadała, to się zawsze uśmiechała.

– Myśleliśmy, że to dobrze na nią wpływa – szepnęła Bożena. – W piątek też tam spała i nic się nie stało. Bezpiecznie przebyła całą trasę. Skąd mogliśmy wiedzieć?

– Wiem, co państwo zapewne myślą… Że jesteśmy nieodpowiedzialni, że po tym wszystkim puszczaliśmy ją do Lipowa samą – wtrącił się znów Józef Kaczmarek. – Ale psycholog, który zajmował się Miśką po porwaniu, radził nam, żebyśmy dali córce trochę wolności. Musiała powoli zacząć żyć. Krok po kroku. Nie mogła siedzieć w domu. To było dla nas trudne, ale wręcz zachęcaliśmy ją, żeby próbowała pokonać lęki. Staraliśmy się być dla niej oparciem. Potrzebowała trochę wolności.

Daniel nie był pewien, czy nocna wędrówka do sąsiedniej wsi to t r o c h ę wolności, czy już bardzo dużo. Co by zrobił, gdyby był na ich miejscu? Gdzie przebiegała granica? Spojrzał w stronę zamarzniętego jeziora, gdzie Koterski pakował właśnie ciało Michaliny do worka na zwłoki. Być może granica przebiegała właśnie tam.

– Jak się nazywa ten psycholog? – zapytała Strzałkowska. – Z nim też będziemy musieli porozmawiać.

– Doktor Andrzej Duchnowski. Przyjmuje w Magnolii – wyjaśniła Bożena Kaczmarek. – To psychiatra i psycholog. Naprawdę świetny specjalista. Miśka zrobiła bardzo duże postępy. Od całkowitego załamania do odzyskania radości. Miała jeszcze całe życie przed sobą, a ktoś...

Matka zamordowanej dziewczyny znów nie dokończyła.

– Doktor Duchnowski, tak? – zapytała Emilia, wyciągając notes, nieco oschłym, oficjalnym tonem. Znów wyszło niezbyt taktownie.

Daniel miał ochotę powiedzieć jej, że niepotrzebnie zapisuje. Znał Duchnowskiego. Doktor pomógł mu przestać pić. Po skandalu na weselu nie było innego wyjścia. Podgórski nawet nie chciał wspominać tego upokorzenia. Duchnowski faktycznie był człowiekiem godnym zaufania.

Weronika radziła, żeby Daniel wyjechał do ośrodka pod Warszawą i w ten sposób oderwał się od codziennych kłopotów. Nie chciał. Wręcz przeciwnie. Po tym, co się stało, w pracy znajdował powód, żeby nie zwariować.

Dlatego ostatecznie zdecydował się na sesje w Magnolii. Była przecież blisko Lipowa. Podgórski mógł tam wpadać po służbie albo przed nią. Duchnowski pomógł mu poradzić sobie z kilkoma problemami. Może nie ze wszystkimi, ale przynajmniej ze wstydem i wyparciem, które towarzyszą chyba każdemu alkoholikowi.

Zdawało się, że do czasu wesela sprawa picia została zamieciona pod dywan. Mieszkańcy Lipowa oczywiście plotkowali, ale Daniel bardzo się starał nie dawać im powodów. Ukrywał się z tym, jak mógł. Kiedy teraz myślał o tym, jak jeździł od stacji do stacji, od sklepu do sklepu, żeby nikt nie zorientował się, jak dużo alkoholu kupuje, ogarniał go jeszcze większy wstyd. Kłujący i nieprzyjemny, mimo że minęło sporo czasu. Łudził się, że nikt niczego nie zauważył. Te grzeczne uśmiechy sprzedawczyń, kobiet, które widziały już dostatecznie dużo, żeby takiego jak on rozpoznać z daleka. Tylko uprzejmość, czy obojętność, sprawia, że nie komentują zakupu kolejnych butelek.

Daniel zerknął na Emilię. A potem było wesele. Wtedy utrzymywanie pozorów stało się po prostu niemożliwe. Wszystkie zahamowania jakby puściły. Zalał się w trupa. Zrobił burdę. Porzygał się na galowy mundur, zeszczał się i naopowiadał takich głupot każdemu, kto się nawinął, że szkoda gadać.

Jeśli ktokolwiek miał jeszcze wątpliwości, czy Podgórski ma problem alkoholowy, w tamtym momencie zniknęły zupełnie. Nigdy w życiu nie czuł się tak upokorzony jak następnego dnia, kiedy wytrzeźwiał i wyszedł z domu. Ale może czegoś takiego potrzebował. Kubeł zimnej wody na głowę i marsz na terapię.

No nic. Trzeba będzie zadzwonić do doktora i umówić się znowu. Podgórski chętnie by tego uniknął, ale należało porozmawiać z nim o Michalinie. Może psychiatra powie im coś, co pozwoli szybciej odnaleźć sprawcę.

– Miśka wzięła nawet ten swój koc – powiedziała Bożena, przerywając milczenie. Głos już jej nie drżał. Teraz był głuchy i beznamiętny. – Wszystko wydawało się takie jak zawsze. Skąd mogliśmy wiedzieć, że tym razem stanie się coś złego.

Daniel i Emilia znów wymienili spojrzenia. Przed chwilą zastanawiali się, skąd na ciele zamordowanej dziewczyny znalazł się koc. Wyglądało na to, że nie przyniósł go sprawca, ale sama Michalina.

– Ten swój koc? – podchwyciła Strzałkowska.

– Koc z piwnicy – powiedział z wyraźnym obrzydzeniem Józef. – Miśka dostała go od Bohdana. Nie rozstawała się z nim przez te wszystkie lata.

Bożena chciała chyba coś dodać, ale Józef posłał jej ostrzegawcze spojrzenie, żeby mu nie przerywała.

– Zawsze spała przykryta tym kocem – opowiadał mężczyzna, pociągając się co rusz za kozią bródkę. – Próbowaliśmy jej go zabrać. Myśleliśmy, że przypomina jej o tamtym cierpieniu, ale ona najwyraźniej czuła się z tym kocem bezpieczna. Jakby był tarczą.

Tarcza na niewiele się zdała, skoro Michalina leżała na lodzie martwa, miał ochotę dodać Daniel, ale się powstrzymał. Oschłe komentarze to specjalność Strzałkowskiej. Jej domena.

– A gdzie państwo byli wczoraj wieczorem? – zapytała Emilia.

Nadal twardo trzymała notes w dłoniach. Daniel schował ręce do kieszeni. Palce miał zgrabiałe z zimna. Niebo poszarzało, mimo że był środek dnia. Przez te chmury dziś zmrok zapadnie pewnie wcześniej niż zwykle.

Bożena zerknęła w stronę Józefa, jakby oczekiwała odpowiedzi od niego.

– Wszyscy razem – poinformował po chwili wahania Kaczmarek. – Byliśmy wszyscy razem.

– To znaczy?

– To znaczy wszyscy z Rodzanic – dodała tonem wyjaśnienia Bożena. – My, Żywia Wilk i Anastazja Piotrowska.

– Czego dotyczyło spotkanie? – zapytał Podgórski.

– Rozmawialiśmy o sprzedaży ziemi. Mamy tu pola. Przedtem cała ziemia należała do Rodomiła Wilka, ale jak sprzedawał domy nam i Piotrowskim, to podzielił też pola. Do każdego domu przypisany jest pas ziemi. Oczywiście nigdy jej nie uprawialiśmy. Dzierżawimy je rolnikom z Lipowa, jak pan pewnie wie. Jesteśmy z wykształcenia okulistami, więc nie mamy o rolnictwie najmniejszego pojęcia. Zresztą poznaliśmy się z żoną właśnie na studiach.

Józef zerknął na żonę z uśmiechem. Bożena skinęła lekko głową. Policzki miała zaczerwienione od mrozu.

– Skąd pomysł na sprzedaż? – chciała się dowiedzieć Strzałkowska.

– Po prostu Junior Kojarski zaproponował, że kupi od nas tę ziemię. Chce tam chyba zbudować magazyn. Zdaje się na te noże, co je teraz próbuje sprzedawać. Chyba chce rozwinąć produkcję.

No proszę, przebiegło Danielowi przez myśl. A więc Kojarski pojawia się w sprawie po raz drugi. Co prawda za każdym razem pośrednio, ale jednak. Najpierw nóż jego produkcji znaleziony przy ciele Michaliny, a teraz on sam. Trudno było na razie stwierdzić, jak ten fakt może łączyć się ze śmiercią dziewczyny, ale niczego nie można było wykluczyć.

– Michalina znała Juniora Kojarskiego? – zapytała Emilia.

Znów pomyślała chyba o tym samym, co on. Pomijając wszystkie zaszłości, Daniel naprawdę lubił z nią pracować. Brakowało mu tego przez ostatnie miesiące.

– Nic o tym nie wiem – powiedział Józef Kaczmarek i zerknął na żonę pytająco.

Bożena pokręciła głową bez słowa.

– Skąd to pytanie? – zainteresował się ojciec dziewczyny.

Daniel nie zamierzał mu nic wyjaśniać. Przy odrobinie szczęścia informacja o obecności noża na miejscu zbrodni nie wycieknie, póki nie zechcą, żeby tak się stało. Junior Kojarski był bogaty. Nie ma co się oszukiwać. Stać go było na prawników. Zanim się obejrzą, będzie nimi tak obwarowany, że do niego nie dotrą. Trzeba z nim chociaż porozmawiać, zanim tak się stanie. Postawić go przed faktami i zobaczyć reakcję.

– Chcieliśmy stąd wyjechać – powiedziała ledwo dosłyszalnie matka Michaliny. Po jej policzku znów spłynęła łza. – Mieliśmy stąd wyjechać. Z tych przeklętych Rodzanic. Nie zdążyliśmy. A teraz nasza córka nie żyje. Miśki już nie ma...

Doktor Koterski i jego ludzie właśnie podnosili ciało z lodu. Przez chwilę nikt nic nie mówił. Kaczmarkowie przyglądali się czarnemu workowi szeroko otwartymi oczami.

– Jak długo trwało wczorajsze spotkanie? – zapytał Daniel, kiedy zostali na plaży sami.

Koterski wspomniał, że z powodu niskiej temperatury być może będą trudności z określeniem czasu zgonu. Wszystkie informacje w takim razie były na wagę złota. Bożena twierdziła, że córka zadzwoniła do niej około dwudziestej. Trzeba będzie oczywiście sprawdzić billingi telefonów dziewczyny, ale jeżeli to się potwierdzi, znaczy, że wczesnym wieczorem Michalina jeszcze żyła. Teraz trzeba było określić górną granicę. Jak porozmawiają z Grażyną Kamińską i Agnieszką Mróz, dowiedzą się, o której dziewczyna wyszła ze sklepu. I czy wspomniała cokolwiek o swoich planach na wieczór.

– Zaczęło się po dziewiętnastej. I trwało może dwie godziny. Czyli mogło się skończyć jakoś po dwudziestej pierwszej. Mniej więcej.

– Moim zdaniem raczej trwało do dziesiątej – wtrąciła się Bożena. – A nawet jedenastej. Nie patrzyliśmy na zegarki. Nie byliśmy w nastroju.

Zabrzmiało to trochę dziwnie, ale Podgórski uznał, że nie będzie na razie drążył dlaczego. I tak będą musieli porozmawiać z Anastazją Piotrowską i Żywią Wilk. Może one powiedzą coś więcej na ten temat. Zresztą bez względu na to, o której się rozstali, morderstwa mogli dokonać potem. Jeżeli Michalina była w sklepie o dwudziestej, i tak potrzebowałaby czasu, żeby wrócić do Rodzanic.

Poza tym było mu już naprawdę zimno i chciało mu się palić. Czas było wreszcie zakończyć tę rozmowę.

– Czyli Michalina wyszła w trakcie? – zapytał.

– Miśka nie uczestniczyła w spotkaniu – wyjaśniła Bożena. – Nie interesowały jej takie rzeczy. Była dzieckiem... To znaczy w tym roku miała skończyć dziewiętnaście lat... ale przecież połowę z tego spędziła zamknięta w piwnicy Bohdana.

Józef znów objął żonę. Tym razem przylgnęła do niego, jakby nagle zapragnęła ciepła. Twarz Kaczmarka wyraźnie się rozpromieniła. Nie wydawał się już śmiesznym chudzielcem w okrągłych okularkach. Teraz dało się w nim zauważyć ponurą determinację. Podgórski przyjrzał mu się z zainteresowaniem. Dotąd zupełnie tego w ojcu Michaliny nie zauważył.

– Jak przebiegła ta rozmowa? – zapytała Strzałkowska.

Wyglądało na to, że ona też ma dosyć zimna. Schowała notes. Skrzyżowała ręce i przyciskała je z całych sił do piersi. Przestępowała z nogi na nogę. Śnieg skrzypiał pod jej butami.

– Generalnie chodzi o to, że Anastazja Piotrowska jest przeciwna sprzedaży – wyjaśnił Józef. – Chcieliśmy ją przekonać do zmiany decyzji.

– Najgorsze jest to, że do niej należy środkowy kawałek pola, więc trzyma nas w szachu – dodała Bożena. – Jeżeli ona nie zechce sprzedać, to ani my, ani Żywia Wilk też nie możemy sprzedać. Bo po co Kojarskiemu dwa paski ziemi, które do siebie nie przylegają?

– A potem? – zapytała policjantka.

– Co potem?

– Co potem państwo robili?

– Jak Żywia i Anastazja sobie poszły, po prostu

116

położyliśmy się spać – powiedziała Bożena, wzruszając potężnymi ramionami. – Co mieliśmy robić?

– Chyba nie sugeruje pani, że jesteśmy podejrzani? – zapytał Józef Kaczmarek ostro. – Bo zaczynam mieć wrażenie, że do tego ta rozmowa zmierza.

– To rutynowe pytania – zapewnił Daniel. Ojciec zamordowanej dziewczyny zaczynał pokazywać zupełnie inną twarz. – Czy przychodzi państwu do głowy ktoś, kto mógł źle życzyć Michalinie?

– Bohdan oczywiście, to wiadomo. Ale on nie żyje. I Anastazja. Nie wierzę, że nie wiedziała, że Miśka jest u nich przetrzymywana – syknęła Bożena. – Musiała wiedzieć! Przez tyle lat! W jednym domu. Nie obchodzi mnie, że nie znaleziono na nią żadnych dowodów. Musiała wiedzieć!

Anastazja była wróżką. To znaczy pisała horoskopy do magazynu „Selene". Daniel nie wiedział, co o niej myśleć. Zawsze wydawała mu się dziwna. Co prawda faktycznie w piwnicy Bohdana Piotrowskiego nie znaleziono ani jednego śladu jego żony. Ani paluchów*, ani śladów biologicznych. Ściany w więzieniu Michaliny były wygłuszone, a drzwi kryły się za regałem z narzędziami. Bohdan znosił jedzenie na dół pod pretekstem, że bierze je dla siebie do warsztatu. Miał tam łazienkę, więc bez problemu mógł opróżniać wiadro, które stanowiło toaletę uwięzionej dziewczynki. Wszystko doskonale zamaskowane.

W podobnych sytuacjach za granicą żony też nie wiedziały o makabrycznych zachowaniach swoich mężów.

* Odciski palców.

117

Ale rzeczywiście trudno było uwierzyć, że przez osiem lat Anastazja zupełnie nic nie zauważyła. Choć oczywiście było to teoretycznie możliwe i tak właśnie uznał sąd. Piotrowskiej nie postawiono żadnych zarzutów. Tym bardziej że poniekąd przyczyniła się do uwolnienia Michaliny, przekazując śledczym bezzwłocznie wyznanie męża.

– No i oczywiście jeszcze jest Żywia – dodał ostro Józef Kaczmarek. – Ona też mogła chcieć skrzywdzić naszą córkę.

– Kochanie...

– No tak, Bożenka. Dobrze wiesz, że Żywia jest niepoczytalna. Jak jej synek. – Józef Kaczmarek pokazał głową krzyż przy głazach upamiętniający śmierć Żegoty Wilka. – Cały czas mnie oskarża, że brałem w tym udział. A ja nie zamordowałem jej syna! Cholera jasna. To Bohdan. Pedofil, porywacz i do tego morderca. Aż strach, że tyle lat mieszkaliśmy obok niego. Zresztą nie doszłoby do mordu, gdyby nie ten policjant, co tu był przed chwilą. Cholerny Kamiński. Odprawił nas z kwitkiem. Nawet nie wpuścił do swojego gabinetu! To wszystko jego wina.

Daniel poczuł, że robi mu się gorąco.

– Jaki to ma związek ze śmiercią pańskiej córki? – zapytała Emilia. Jej głos zrobił się niemal tak samo lodowaty jak wiatr, który niestrudzenie rozdmuchiwał śnieg wokół nich.

Od pewnego czasu mówiło się w Lipowie, że Strzałkowska i Kamiński ze sobą sypiają. Emilia z mężczyzną, który miał bardzo specyficzny stosunek do kobiet? Zwłaszcza tych w mundurach. To było najdziwniejsze połączenie, jakie można sobie wyobrazić, więc Daniel nie był pewien, czy ktoś po prostu tego nie wymyślił, a potem wieść poniosła się dalej, bo była zdecydowanie chwytliwa i dobrze się o tym rozmawiało przy płocie. Przynajmniej niektórym.

– Jaki? – żachnął się Józef. – Oczywisty. Jeżeli Żywia uważa, że ja zabiłem jej syna, mogła chcieć zabić moją córkę. Taka zemsta. Oko za oko.

– Straszyła pana otwarcie?

– Poza tym wiecie, co ona tam chowa u siebie w gospodarstwie? – zapytał zamiast odpowiedzi Kaczmarek.

ROZDZIAŁ 12

W drodze do sklepu w Lipowie.
Wtorek, 30 stycznia 2018. Godzina 13.20.
Weronika Podgórska

Całe szczęście, że mieszkańcy Lipowa sumiennie odśnie-
żali chodniki przed swoimi domami, więc mimo wczorajszej
zawieruchy można było bez problemu dotrzeć na piechotę do centrum wsi. Szosą też przejechała już piaskarka.
Dobrze, że nie posypali solą, przebiegło Weronice przez
myśl. Bajce trudno byłoby iść.

Suczka szarpnęła mocniej smycz. Pociągnęła Weronikę
w bok, zwabiona jakimś zapachem. Podgórska o mało się
nie poślizgnęła. Bolała ją ręka i bark. Będzie w końcu
musiała poświęcić trochę czasu na tresurę. W przeciwnym
razie źle się to skończy. Mała psotnica nie wykazywała
żadnej agresji, ale była wesoła i aż nadto skora do zabawy.
Przydałaby się odrobina dyscypliny.

Były już prawie na miejscu. Nowy szyld sklepu pysznił się nad drzwiami i przypominał, że nie króluje tu już
Wiera. Leżący półksiężyc. Taki sam jak na naszyjnikach,

które dostały od Joanny Kubiak. Lunule, symbol pełni księżyca i kobiecej mocy, jak powtarzała wielokrotnie dziennikarka.

Weronika wiedziała, że Joanna ma dobre chęci. Na pewno była też interesującą i wyrazistą osobowością. W tym roku miała skończyć siedemdziesiąt osiem lat, ale na oko można jej było dać co najmniej dwadzieścia lat mniej. A energii Podgórska mogła jej tylko pozazdrościć, mimo że była ponad czterdzieści lat młodsza od dziennikarki.

Ale Joanna bywała też trudna i, co tu się oszukiwać, męcząca. Bardzo lubiła wtykać nos w nie swoje sprawy. Mówiąc szczerze, Podgórska zwyczajnie jej nie lubiła. Wiedziała jednak, że dziennikarka jest kimś bardzo ważnym dla Grażyny i Agnieszki. Starała się więc swej niechęci nie okazywać.

Może po prostu była uprzedzona. Cały czas miała wrażenie, że Joanna to tykająca bomba zegarowa. Choćby wtedy, kiedy niby przypadkiem zjawiła się nocą na drodze i znalazła Daniela pijanego. To był cud, że zgodziła się tego faktu nie nagłaśniać, bo Podgórski już dawno nie byłby policjantem.

A potem wesele…

– Chodź, Bajka – rozkazała Weronika, porzucając te myśli. Nie chciała do nich wracać.

Wspięły się po schodach na tarasik przed sklepem. Ależ tu się zmieniło od czasów Wiery. Nie chodziło tylko o szyld z półksiężycem nad wejściem. W oknach wisiały wesołe zasłony w grochy. W środku nie było już pachnących ziół ani jutowych worków z towarami. Pojawiły się za to białe półki i słoiki z serwetkami. Sklep przypominał słodki salonik. Weronika uśmiechnęła się pod nosem. To też miało swój klimat, ale Wierze pewnie by się nie spodobało.

To znaczy tylko wystrój, bo Weronika była pewna, że przyjaciółka cieszyłaby się z nowych lokatorek. Agnieszka Mróz i Grażyna Kamińska z dziećmi. Obie starały się, żeby zwykły sklep stał się miejscem przyjaznym dla wszystkich kobiet. Zwłaszcza tych, które w jakikolwiek sposób zostały skrzywdzone.

Panie przychodziły na zakupy albo na przymiarki ubrań, które szyła Grażyna, a właściwie po to, by szczerze porozmawiać o tym, co leżało im na sercu. Najczęściej o mężczyznach. Weronika też z niejednego im się zwierzyła.

Związek z Danielem, po początkowej fazie euforii, przeżywał wzloty i upadki. Zwłaszcza ostatnio, kiedy Podgórska poczuła, że jest gotowa zostać matką. Jedyną odpowiedzią Daniela na to było kupno psa i unikanie tematu.

Najwięcej przejść miała oczywiście Grażyna. Przez lata tkwiła w traumatycznym małżeństwie z Kamińskim. Z zaklętego kręgu przemocy domowej wyrwały ją nieoczekiwanie wydarzenia z zeszłej jesieni. I Joanna. Gdyby nie dziennikarka, kto wie, jak by to się potoczyło. Grażyna nadal ukrywałaby siniaki pod makijażem.

Weronika miała wyrzuty sumienia, że sama nic wcześniej nie zrobiła. Może stąd też się wzięła jej niechęć do Joanny. Dziennikarka pokazała im wszystkim czarno na białym, że woleli przymykać oczy na cudze nieszczęście. A wystarczyło ruszyć palcem, żeby pomóc gnębionej kobiecie.

Podgórska otworzyła drzwi sklepu. Mimo że minął już ponad rok od śmierci Wiery i bywała tu regularnie, nadal czekała na dźwięk dzwoneczków. Wiera zawiesiła je w progu, żeby oznajmiały przybycie kolejnego klienta. Słyszała je, nawet będąc w swoim mieszkaniu nad sklepem. Teraz już ich nie było, a drzwi otwierały się niemal bezszelestnie na naoliwionych zawiasach. Nawet najmniejszego skrzypnięcia, które Wiera tak lubiła.

– Ciocia Weroniczka!!!

– Bajunia!

Dzwoneczków i skrzypienia nie było, ale była za to gromadka dzieci Grażyny. Cztery dziewczynki rzuciły się w stronę Bajki, żeby się przywitać. Suczka zareagowała na to z wielkim entuzjazmem.

– Cześć, ciotka.

Najstarszy syn Grażyny miał piętnaście lat i wyraz ciągłej powagi na twarzy. Nie było to nic dziwnego. Jego dzieciństwo w domu Kamińskich nie należało do najłatwiejszych. Może dlatego najlepiej odnajdywał się w komiksach. Zwłaszcza tych o Batmanie. Teraz też czytał kolejny.

Wszyscy mówili na niego Bruce. Jak Bruce Wayne, miliarder, który nocami przemierzał Gotham City w stroju nietoperza. Weronika znów się uśmiechnęła. Ileż się nasłuchała o wyższości filmów Nolana i Burtona nad najnowszymi produkcjami.

– Cześć, Bruce. Gdzie mama i Agnieszka?

– Na zapleczu.

Weronika zostawiła Bajkę pod opieką dziewczynek i poszła do pokoju z tyłu. Mieszkanie znajdowało się nad sklepem, ale zaplecze też zostało odremontowane. Grażyna zrobiła tu pralnię i szwalnię. Mimo zimy na zewnątrz, w pomieszczeniu pachniało intensywnie kwiatami. Kamińska uwielbiała spryskiwać tkaniny perfumami.

– Cześć – rzuciła Kamińska. Cięła właśnie jakiś materiał wielkimi krawieckimi nożycami. – Co słychać?

Od czasu, kiedy zamieszkała w sklepie, Grażyna bardzo się zmieniła. Odżyła i wypiękniała. Cienkie włosy zaczęła kręcić na wałki, malowała się delikatnie. Nie wyglądała już jak bojąca się własnego cienia kobieta, którą była jeszcze rok temu.

– Zastanawiałam się, czy Joanna przyjechała? – zapytała Weronika.

– A skąd to pytanie?

Weronika tak długo przyglądała się zdjęciu, które zrobiła na spacerze z Bajką, że w końcu zrozumiała swój błąd. Na moście nad Skarlanką nie stała Wiera. To było niemożliwe. Przyjaciółka nie żyła. To był ktoś bardzo do niej podobny.

Joanna Kubiak ze swoimi wciąż czarnymi, poprzetykanymi tylko siwizną włosami z tyłu bardzo sklepikarkę przypominała. Dlatego Junior Kojarski niechcący zdradził się, że wie o liście. Pomylił dziennikarkę z matką, kiedy stała odwrócona do niego plecami. Weronice dziś przydarzyło się dokładnie to samo.

Tak, na moście nad Skarlanką stała Joanna. To było jedyne logiczne wyjaśnienie. Mimo to pozostawała dziwna, zupełnie nieracjonalna nadzieja, że może jednak Wiera w jakiś sposób wróciła. Weronika postanowiła przyjść do sklepu i sama sprawdzić. Nawet jeżeli to zakrawało na głupotę i naiwność.

– Wydaje mi się, że ją dziś widziałam – wyjaśniła i opowiedziała Grażynie o zdjęciu, które zrobiła rano na spacerze.

Kamińska pokręciła głową.

– Nie, raczej nie. U nas jej w każdym razie nie ma i nic nie wiem, żeby planowała przyjazd. Niby po co? Nic się nie dzieje. Zapytamy Agnieszkę, jak wróci. Poszła się przejść. Bruce'a postawiłam za ladą, a ja szyję dla ciebie sukienkę w stylu lat pięćdziesiątych. Podobną do tej ze ślubu. Tylko niebieską. Do twoich rudych włosów będzie idealnie pasowała. Chcesz zobaczyć?

Weronika skinęła głową. Grażyna odnalazła się w szyciu. Sprawiało jej to wyraźną radość. Początki nie były idealne, ale Weronika i tak postanowiła, że to Kamińska uszyje jej suknię ślubną. Efekt niespodziewanie okazał się piorunujący. Przynajmniej tak twierdził Podgórski. Póki nie wypił odrobinę za dużo i nie zdemolował połowy remizy.

– I co? Daniel się zgodził? – zapytała Kamińska, drapując materiał na Weronice. – Tu upniemy... Będziecie się starać o dziecko?

Weronika westchnęła.

– Nie wiem. Miesiąc temu powiedział, że pomyśli. Dwa miesiące temu też. Trzy też. Cały czas odwleka decyzję. Dziś to by było możliwe i...

– Nie martw się. Wszystko się jakoś ułoży – pocieszyła ją Kamińska. – Masz trzydzieści trzy lata. W tych czasach kobiety i po czterdziestce rodzą.

– Tylko że ja nie chcę czekać. Chciałabym to zrobić teraz. O niczym innym nie myślę.

Weronika poczuła, że to wynurzenie zabrzmiało żałośnie. Zrobiło jej się głupio.

– Nie wiem, o co chodzi – dodała mimo to. Musiała się wygadać. – Powiedziałam mu, że nic nie będzie musiał robić. Zupełnie nic. Oprócz samego aktu oczywiście. Resztą zajmę się sama. Nawet nie kiwnie palcem.

Grażyna poklepała ją pocieszająco po ramieniu.

– W końcu na pewno zrozumie, jakie to dla ciebie ważne. Mężczyźni mają to do siebie, że czasem nie od razu to do nich dochodzi.

W tym momencie trzasnęły drzwi od zaplecza. Agnieszka Mróz otrzepała buty ze śniegu na wycieraczce.

– Weronika?

W głosie dawnej służącej Kojarskiego słychać było dziwną nutę. Jakby nie była zachwycona, że widzi Podgórską. Weronika poczuła żal. Pozwalała im tu mieszkać, mimo że nie płaciły czynszu. O pozostałych opłatach nie wspominając. Choć odrobina entuzjazmu by się przydała.

– Przed chwilą wyjęłam to ze skrzynki – poinformowała Mróz, pokazując im pojedynczą kartkę papieru. – List. Chyba wszystko zaczyna się od początku!

ROZDZIAŁ 13

Gospodarstwo Wilków w Rodzanicach.
Wtorek, 30 stycznia 2018. Godzina 13.20.
Młodsza aspirant Emilia Strzałkowska

To prawda, że jesteś z Kamińskim? – zapytał Podgórski, rzucając niedopałek papierosa w śnieg. – Słyszałem plotki we wsi.

Stali przed wejściem na posesję Żywii Wilk. Zza wysokiego drewnianego płotu słychać było ujadanie psów. Ogrodzenie było na tyle wysokie, że Emilia nie widziała żadnego. Choć wydawało jej się, że co najmniej jeden jest tuż za furtką.

Mieli sporo do zrobienia w samym Lipowie. Trzeba choćby porozmawiać z kobietami ze sklepu, żeby ustalić, jak długo była u nich wczoraj Michalina. Najpierw jednak postanowili przesłuchać w Rodzanicach Żywię i Anastazję.

Musieli też zajrzeć do domu Kaczmarków. Sprawdzić, czy Paweł i Marek znaleźli tam jakiś trop. Na wieczór umówili się z doktorem Duchnowskim, a przedtem jeszcze powinni wpaść na komendę. Krótko mówiąc, zapowiadał się długi dzień. A Strzałkowska już była zmęczona.

– A co cię to obchodzi? – zapytała. – To nie twoja sprawa. Mógłbyś się postarać przynajmniej tu nie śmiecić.

Śnieg wokół był gładki i nienaruszony. Idealnie biały. Był. Bo teraz leżał tam pet i psuł obraz.

– Mila…

Strzałkowska mocniej nacisnęła guzik przy furtce. Od strony domu rozległo się jeszcze więcej szczekania.

– Już ci mówiłam, żebyś mnie tak nie nazywał – powiedziała stanowczo. Kiedyś tak się do niej zwracał. Te czasy się skończyły. – Myślałam, że wyraziłam się jasno. Pracujemy razem, bo naczelnik tak postanowił. To nie znaczy nic więcej. Nie wyobrażaj sobie nie wiadomo czego.

Zaśmiał się.

– Niczego sobie nie wyobrażam, Emilio. Dobrze mi z Weroniką. Nie chcę tego psuć.

– Świetnie.

– Świetnie.

Przez chwilę stali w milczeniu. Strzałkowska jeszcze raz nacisnęła guzik dzwonka przy furtce. Kiedy ta Żywia wreszcie im otworzy? Rozmowa stała się co najmniej niezręczna.

– Chcę tylko powiedzieć, że Paweł ma łatwość zdobywania kobiet – odezwał się Podgórski. – Potrafi je oczarować, ale różnie się to kończy. Sama wiesz, że bił Grażynę.

– Niezwykle mi miło, że tak się o mnie martwisz, ale potrafię o siebie zadbać – odparła policjantka chłodno. – Zapewniam cię.

Jej relacja z Kamińskim zrodziła się dość nieoczekiwanie. Po śmierci Żegoty Wilka cała społeczność rzuciła się z pazurami na Pawła. Joanna Kubiak przygotowała serię bardzo ostrych artykułów. Nie pozostawiła na nim suchej nitki. Poza tym Grażyna zaczęła opowiadać wszem wobec i każdemu z osobna o swoim tragicznym losie. Wszyscy się od Pawła odwrócili.

Emilia nigdy go nie lubiła. Był szowinistyczną świnią, a wiązanki jego przekleństw powodowały, że chętnie by mu obcięła język. Nie zważając na konsekwencje. Ale wtedy poczuła z nim jakąś dziwną bliskość.

Pewnie dlatego, że swojego czasu Strzałkowską również tak atakowano i wiedziała dobrze, co to znaczy. Zastrzeliła kobietę podczas dochodzenia w sprawie czarnych narcyzów. Nikogo nie obchodziło, że kogoś w ten sposób uratowała. Zewsząd dochodziły do niej oskarżenia.

Przekroczenie uprawnień służbowych lub, jak w przypadku Pawła, ich niedopełnienie. To było hasło wytrych. Zwłaszcza dla mediów i prokuratorów. Czasem zdecydowanie nadużywane. Być może dlatego jako jedyna wyciągnęła rękę do Pawła.

Potem okazało się, że Kamiński jest bardzo dobry w łóżku. Od tamtej pory sypiali ze sobą regularnie. Bez zobowiązań i dyskusji o życiu. Sam seks. Tak ustalili na początku i obojgu to odpowiadało. Dla niej było to doświadczenie wyzwalające. I bezpieczne. Miłość postanowiła zawiesić na kołku. Skoro mężczyźni mogli, to ona też.

A niechby Kamiński tylko spróbował podnieść na nią rękę... Cóż, gorzko by tego pożałował. I chyba zdawał sobie z tego sprawę. Strzałkowska nie była potulna jak Grażyna.

– Jak chcesz – powiedział Podgórski beznamiętnie.

Wyciągnął pomiętą paczkę papierosów. Emilia miała właśnie zaprotestować, kiedy dało się słyszeć skrzypnięcie drzwi. Potem kroki. Nareszcie ktoś wyszedł z domu i zmierzał do furtki, żeby im otworzyć.

– W czym mogę pomóc?

Strzałkowska nie mogła oderwać oczu od kobiety, która im otworzyła. Żywia Wilk była niewiele niższa od Podgórskiego. Musiała mieć co najmniej metr dziewięćdziesiąt wzrostu. Ubrana była w kożuch z futrzanym kapturem i wąskie skórzane spodnie. Dwa długie, czarne warkocze sięgały jej prawie do kolan.

Emilia poprawiła czapkę. Sama nigdy nie mogła pochwalić się zbyt imponującą fryzurą. W końcu przefarbowała swoje mysie strączki na platynowy blond, a ostatnio obcięła je na krótko. Ewelina Zaręba twierdziła, że to doda jej pazura.

Może i fryzjerka miała trochę racji. Strzałkowska nie wyglądała już myszowato. Tylko że zimą ta krótka fryzura niezbyt się sprawdzała. Jak policjantka zdejmowała czapkę, włosy się elektryzowały.

Irytowało ją to tak, że czasem miała ochotę wziąć maszynkę i ogolić się na łyso wzorem Kopp. Ile by to dało satysfakcji. Wreszcie koniec ciągłej, nieudanej walki o atrakcyjny wygląd. To musiało być równie wyzwalające jak seks bez zobowiązań. Tylko Strzałkowska nie była pewna, czy jest gotowa na taki krok. Dlatego codziennie nakładała coraz więcej lakieru w nadziei, że ujarzmi zbuntowane kosmyki.

– Daniel? – zapytała Żywia, jakby dopiero teraz zorientowała się, kto przed nią stoi. Najwyraźniej się znali. Strzałkowska wyciągnęła blachę i uniosła ją wysoko. Musiała zadzierać głowę, żeby patrzeć w oczy gospodyni.

– Młodszy aspirant Emilia Strzałkowska i aspirant Daniel Podgórski z wydziału kryminalnego Komendy Powiatowej Policji w Brodnicy – wyrecytowała. Ta magiczna formułka dodawała siły. – Możemy chwilę porozmawiać?

– Jasne – zaśmiała się Żywia. Miała wysoki, dziewczęcy głos. Strzałkowska spodziewałaby się raczej niskiego, tubalnego. Bardziej pasującego do wyglądu wojowniczki. Wilk otworzyła szerzej furtkę. – Wchodźcie. Jak się sprawuje Bajka? Jesteście z Weroniką zadowoleni?

– Jasne. Daje nam mnóstwo radości. Zwłaszcza mojej ż o n i e.

Strzałkowska przewróciła oczami. Miała wrażenie, że Daniel specjalnie podkreślił ostatnie słowo. I bardzo dobrze, uznała w duchu. Niech Podgórski pamięta. Ona nie potrzebowała wyznaczania granic. Dawno sama zdecydowała, gdzie są.

– To prawda, że chowa tu pani wilka? – zapytała, przerywając im pogawędkę.

Józef Kaczmarek twierdził, że Żywia ukrywa w swoim gospodarstwie udomowionego wilka. Strzałkowska nie była pewna, czy to dozwolone. Trzeba to będzie sprawdzić. To mogło być o tyle ważne, że rękę Michaliny rozszarpało jakieś zwierzę. Wilk pasowałby idealnie.

Jak na zawołanie gdzieś nieopodal rozległo się przeciągłe wycie. Daleko z lasu odpowiedziało mu inne. I kolejne. Strzałkowska zadrżała. Nie przypominało wcale tego, które słyszała w filmach. Było niepokojące i głośne. Trudne do porównania z czymkolwiek innym.

– W okolicy pojawiła się wataha – wyjaśniła Żywia. – Wilki wyją, żeby utrzymywać kontakt z członkami swojej rodziny. Mój czasem im odpowiada.

– Wydawało się, że wycie dochodzi z bliska – zauważył Daniel.

– Bo one czasem podchodzą naprawdę blisko. Tak się zdarza. Zwłaszcza kiedy polują. Bo często zabijają swoje ofiary przy jakiejś przeszkodzie. Czasem może być nią mój płot. – Żywia zaśmiała się głośno. – I wcale nie chodzi o to, że polują na zwierzęta gospodarskie. Tylko rozbite watahy robią coś takiego. Chodźcie. Pokażę wam mojego wilka.

Ruszyli za nią. Gospodarstwo składało się z dużego drewnianego domu i stodoły. Opodal zbudowano otoczone siatkami wybiegi dla psów. Wszędzie unosił się ich ostry zapach.

– Czy wilki atakują ludzi? – zapytała Strzałkowska. Nie mogła zapomnieć poszarpanej ręki Michaliny. – Zdarza się to często?

– Pyta pani z jakiejś konkretnej przyczyny?

– Ofiara była pogryziona.

Emilia wiedziała, że Podgórski wolałby zachować takie szczegóły w tajemnicy, przynajmniej na razie, ale uznała, że to bez sensu. I tak wieści się roznoszą lotem błyskawicy. Wolała skupić się na tym niż na nożu z logo *JK*.

Jak tylko wróci do domu, będzie musiała sprawdzić, gdzie jest ten, który ona nabyła. Może Łukasz zabrał go do siebie, wpadło jej nagle do głowy. W pokoju nastolatka wszystko ginęło. Miała wrażenie, że to czarna dziura bez dna. Pokiwała głową zadowolona. Tak, to musiało być rozwiązanie. Syn zabrał nóż do siebie. Niepotrzebnie się martwiła.

– Michalina była pogryziona? – zapytała Żywia.

– Tak – przyznał Podgórski z wyraźną niechęcią.

– To musiało się raczej stać, jak już nie żyła. Zdarza się, że wilki jedzą padlinę. Wydaje mi się, że w lesie jest jeden samotny. Może to on. Albo odłączył się od watahy, albo skądś przyszedł i szuka nowego terenu. A może to zaginiony brat lub siostra tego mojego? Samemu trudno mu na coś zapolować. To by się zgadzało.

Żywia zaprowadziła ich na tył gospodarstwa. Tam znajdował się największy wybieg. W środku przechadzał się szarobury wilk. Strzałkowska wprawdzie się na tym nie znała, ale wydawał jej się młody.

– To Rodek – wyjaśniła Żywia. – Właściwie to Rodomił. Na cześć mojego zmarłego ojca. Ale nigdy go tak nie nazywam. Zbyt oficjalnie. Popatrzcie na niego. To nie jest poważny typ. A przynajmniej jeszcze nie.

Kobieta zrobiła zawadiacki ruch ręką. Wilk przykucnął, jakby zapraszał ją do zabawy. Błyskał szelmowskimi oczami na prawo i lewo. W jednej chwili przestał wydawać się groźny. Choć nadal budził zdecydowanie większy respekt niż psy. Emilia cieszyła się, że odgradza ich siatka wybiegu.

– W wilczym języku jest o wiele mniej dźwięków niż w psim – wyjaśniła Żywia. – Wilki posługują się mową ciała. Warczenie oznacza ostateczność. Jak zobaczycie warczącego wilka, to macie problem.

Zaśmiała się głośno.

– Jego matkę znalazłam późną wiosną we wnykach – podjęła. – Poszłam po tropach i odkryłam gniazdo. Kłusownik musiał już wybrać szczenięta. Tylko Rodek został. Nie wiem, dlaczego go pominął. Wilki mają z reguły około sześciu szczeniąt, więc niemożliwe, żeby był tylko on. Gdybym nie przyszła, Rodek by umarł. Dla jego matki było za późno.

– Dlaczego nie pokazałaś nam go, jak byliśmy tu z Weroniką odebrać Bajkę? – zapytał Podgórski.

– Nie wiedziałam, jak zareagujesz – przyznała gospodyni. – Pomyślałam, że mi go odbierzecie. Liczę na to, że nie macie teraz takiego zamiaru. Chcę go tylko odchować. Nie będę go tu trzymać. Staram się go nie przyzwyczajać do ludzi. Oprócz mnie oczywiście. Żeby potem nie podchodził do zagród. Jak już mówiłam, wilki boją się ludzi. I bardzo dobrze. To my stanowimy niestety największe zagrożenie.

– Poradzi sobie sam na wolności? – zapytała Strzałkowska z lekkim powątpiewaniem.

Żywia wzruszyła ramionami.

– Oswojone wilki i tak z reguły uciekają od swoich właścicieli. Poza tym w razie czego mam znajomego, który zna się na tych zwierzętach. On się Rodkiem zajmie, jak przyjdzie pora. Dlatego proszę, nie zabierajcie mi go. Niech nie skończy w jakiejś klatce w zoo. W Polsce od dwudziestu lat jest zakaz polowania na wilki. To tego kłusownika, który zabił jego matkę, powinniście szukać. To nie jest wina Rodka, że musi być u mnie.

– Nie przyszliśmy po niego – zapewnił Podgórski.

– Domyślam się. A może inaczej: mam taką nadzieję – poprawiła się Żywia. – Zapewne chodzi o Michalinę.

– Wie pani, że ona nie żyje? – upewniła się Emilia.

W Lipowie wieści rozchodziły się z prędkością światła. W Rodzanicach były tylko trzy domy. Paradoksalnie to mogło utrudniać przepływ informacji, jeżeli sąsiedzi nie chcieli się nimi dzielić. Teraz na dole na plaży kręciło się mnóstwo ludzi. Z gospodarstwa Wilków nie było przecież daleko.

– Jo. Akurat rozmawiałam z sąsiadkami, kiedy nadbiegł Józef. Dopiero co ją znalazł.

Emilia skinęła głową. Bożena też o tym wspomniała.

– Z sąsiadkami, czyli z Anastazją Piotrowską i Bożeną Kaczmarek? – upewniła się policjantka.

Żywia znów zaśmiała się perliście.

– A z kim innym? Tu nie ma nikogo oprócz nas. Stałyśmy na drodze i rozmawiałyśmy, kiedy Józef przybiegł i powiedział, że na lodzie chyba leży Michalina. Pobiegł do domu zadzwonić na policję. Ja i Anastazja wróciłyśmy do siebie. Nas to nie dotyczy… Ale spodziewałam się, że ktoś od was zajrzy, żeby ze mną porozmawiać.

– Dlaczego?

– To chyba oczywiste. Rozmawiacie ze wszystkimi, prawda?

Emilia skinęła głową.

– Tylko bardzo proszę, nie mieszajcie w to moich zwierząt. Ani Rodek, ani moje psy nie pogryzły Michaliny. Wiem, że pewnie od razu przyszło wam do głowy to, co się stało z moim ojcem, i zaczynacie wyciągać jakieś błędne wnioski. Nie pozwolę, żeby moje zwierzęta na tym ucierpiały. Psy ojca zostały uśpione. Mimo że to nie była ich wina. Tata uczył je agresji. Tylko to znały. Można powiedzieć, że sam się przyczynił do swojej zguby. Ja postępuję z moimi psami zupełnie inaczej. Są bardzo łagodne. Nie zamierzam popełnić błędów taty. Domyślam się, że Józef Kaczmarek mnie o to obwinia. Czy się mylę?

– Dużo pani zakłada z góry – mruknęła Strzałkowska.

– Czyli mam rację. Pewnie Józef twierdzi, że to ja zabiłam Miśkę, mszcząc się na nim. Za to, że on zabił mojego Żegotę.

– Niczego mu nie udowodniono – powiedział Podgórski. Wyciągnął papierosa z paczki. Wsadził do ust, ale nie zapalił.

– Daniel, daj spokój – zaśmiała się Żywia. – Jestem pewna, że Bohdan nie zabił mojego syna sam. Oczywiście fizycznie był do tego zdolny. Ale nie psychicznie. Nigdy nie potrafił nic sam zaplanować. Ulegał wpływom. Jeżeli nawet Józef nie bił, to jestem pewna, że sprowokował Bohdana, żeby to zrobił. Nic mnie nie przekona, że było inaczej.

– Ale Michalinę Piotrowski przetrzymywał sam.

Żywia znów się zaśmiała perliście.

– Tak jak nie wierzę, że Józef nie brał udziału w linczu na moim synu, tak nie wierzę, że Anastazja nic nie wiedziała o przetrzymywaniu Michaliny. Osiem lat! I nic? W jednym domu? Dajcie spokój. Może i nie znaleźliście na to dowodów, ale Anastazja musiała o tym wiedzieć. A wręcz nie zdziwiłabym się, gdyby ona to zaplanowała. Już wcześniej Bohdan miał problemy. Kilka razy dobierał się do dziewczynek. Anastazja to tuszowała. Może uznała, że jak mu zapewni jedną, to go trochę okiełzna. Taka jest moja teoria.

– Z całym szacunkiem, ale nasza praca musi opierać się na dowodach, a nie na teoriach – wtrąciła się Emilia. Najpierw Żywia jej się spodobała. Teraz zaczęła patrzeć na nią krytycznie. – Inaczej to by były tylko zgadywanki.

Wilk skinęła głową.

– No właśnie. Zgadywanki. Więc z łaski swojej nie czepiajcie się mojego Rodka i psów, bazując tylko na tym.

– Na razie nikogo się nie czepiamy – zapewnił Daniel z uśmiechem, wyciągając zapalniczkę. – Mogę zapalić?

Emilia przewróciła oczami. Mógł się przecież powstrzymać. Przesłuchiwali potencjalnego świadka. Przyszli z plaży na piechotę, a on palił całą drogę. Chyba wystarczy. Zadrżała, kiedy szarpnął nią kolejny silny podmuch wiatru.

Z plaży wydawało się tu całkiem blisko, ale teraz żałowała, że samochody zostały na dole. Szybki marsz ją rozgrzał, ale stali przy wybiegach już dobrą chwilę i zaczynała mieć powoli dość. Zwłaszcza że przedtem spędzili sporo czasu na zamarzniętej tafli jeziora. Co gorsza, Żywia nie wyglądała na taką, która zaprosi ich do domu. Może Anastazja Piotrowska będzie bardziej gościnna.

– Jasne. Pal sobie – rzuciła Żywia. – Mnie to nie przeszkadza, chociaż sama nigdy nie paliłam. Swoją drogą, patrzcie, jaka to sprawiedliwość. Józef Kaczmarek i Anastazja Piotrowska współpracowali z Bohdanem. Józef w linczu na moim Żegocie, a Anastazja w porwaniu Miśki. Nie zaprzeczajcie, pozwólcie mi dokończyć. Współpracowali z nim, a żyją i mają się dobrze, a mój syn i Miśka umarli. Niewinne dzieciaki. W tym roku oboje mieliby po dziewiętnaście lat. Całe życie było przed nimi. Gdzie tu sprawiedliwość?

Emilia z miejsca pomyślała o Łukaszu. Piętnastego stycznia syn miał osiemnaste urodziny. Michalina i Żegota byli jedynie o rok starsi. Opanował ją irracjonalny lęk o Łukasza. Nie darowałaby sobie, gdyby cokolwiek mu się stało. Tym bardziej że jedno dziecko już straciła.

Zerknęła na Daniela. Nagle zapragnęła po prostu się do niego przytulić. Żeby powiedział, że wszystko będzie dobrze. Poprawiła czapkę zgrabiałymi palcami. Nic takiego oczywiście nie wchodziło w grę.

– To co byście chcieli w takim razie wiedzieć? Skoro nie przyszliście tu po Rodka.

– Opowiedz o spotkaniu wczoraj wieczorem – poprosił Podgórski, zaciągając się głęboko papierosem.

– Co konkretnego?

– Józef i Bożena powiedzieli, że rozmawialiście o sprzedaży ziemi.

Emilia miała wrażenie, że Kaczmarkowie nie powiedzieli im wszystkiego o wczorajszym wieczorze. Instynkt mówił jej, że coś ukrywają. Żywia też nie zdawała się zbyt chętna do rozmowy na ten temat. Grymas przebiegł po jej twarzy, zanim się odezwała.

– Tak. Chcieliśmy przekonać Anastazję, żeby sprzedała swój kawałek ziemi. Uparła się, że tego nie zrobi.

– Dlaczego? – zapytała Emilia. – Chodzi o pieniądze?

Żywia wzruszyła ramionami. Poprawiła futrzany kaptur i uśmiechnęła się.

– Zapytajcie ją. Sama niech wam wytłumaczy.

– Kto wyszedł ze spotkania pierwszy?

– Właśnie Anastazja. Ja jeszcze zostałam, żeby pogadać z Kaczmarkami. Podsumować to wszystko.

– O której skończyliście?

– Anastazja mogła wyjść koło dziewiątej. Może trochę przedtem, może potem. Nie jestem pewna. Ja zostałam dłużej.

– Do której?

– Nie mam pojęcia. Nie noszę zegarka. Na komórkę zerkam tylko wtedy, kiedy ktoś do mnie dzwoni. Żyję rytmem natury.

– Kiedy widziałaś Michalinę po raz ostatni? – zapytał Daniel.

– Wczoraj wieczorem. Wyszła w trakcie spotkania. Potem zadzwoniła do Bożeny, że dotarła do sklepu. Tam miała nocować.

Emilia i Daniel wymienili spojrzenia. Czyli zeznanie Bożeny Kaczmarek było prawdziwe.

– Przychodzi ci do głowy, kto mógłby chcieć zabić Michalinę Kaczmarek?

– Joanna Kubiak – odparła bez wahania Żywia.

ROZDZIAŁ 14

Sklep w Lipowie. Wtorek, 30 stycznia 2018.
Godzina 14.10.
Weronika Podgórska

Weronika, Grażyna i Agnieszka usiadły we trzy przy stole na zapleczu sklepu. Dzieci nadal bawiły się z Bajką, więc miały spokój. Kamińska poskładała materiały, nożyczki i naparstki w niezbyt porządną kupkę, żeby zrobić miejsce. Na środku położyły list, który Mróz znalazła przed chwilą w skrzynce. Przypatrywały mu się już dłuższą chwilę.

– Musimy go oddać policji – zawyrokowała Agnieszka. – Nie może być tak jak dwa lata temu. Wtedy ciągle gadali, że nie mają podstaw.

Weronika skinęła głową. Mróz miała oczywiście rację. Będą musiały oddać anonim policji. Dlatego wyciągnęła telefon i odblokowała ekran. Udało się za trzecim razem. Pstryknęła kilka zdjęć, póki jeszcze działał. Chciała mieć możliwość przyjrzenia mu się potem, jeśli zajdzie taka konieczność, a oryginału już nie będzie miała.

Zwykła biała kartka pokryta pismem maszynowym. Tusz był nieco wyblakły. W kilku miejscach papier zamókł. Pewnie śnieg dostał się do skrzynki. Koperty nie było. Znaczków tym bardziej. Autor musiał dostarczyć list osobiście.

– Wygląda zupełnie tak samo jak ten z dwa tysiące szesnastego – zawyrokowała Agnieszka.

– Przecież tamtego nie widziałaś na własne oczy – zauważyła Grażyna trzeźwo.

– Nie widziałam, ale słyszałam, co Wiera opowiadała Juniorowi. Przecież wiesz. Treść też jest podobna.

– *Jeżeli nie zabijemy jednej z nas, to trzydziestego pierwszego stycznia w superpełnię wszyscy zginiemy. Nie wolno nam o tym mówić. Bo wtedy spotka nas kara* – przeczytała Weronika na głos. – *Zamiast jednej zginą wszyscy. Pomocy. Proszę*.

– Znów jest o pełni księżyca. Tak jak wtedy. Cztery raty, każda w pełnię księżyca – przypomniała Agnieszka.

– Poza tym i tu, i tu jest mowa o zabijaniu.

Weronika skinęła głową. List z dwa tysiące szesnastego roku zapowiadał śmierć wszystkich mieszkańców Lipowa, jeżeli Junior Kojarski nie wpłaci miliona złotych na konto Fundacji Rusałka. Tu też była mowa o śmierci, choć nie było żądania okupu, ale z listu wynikało, że ktoś ma zostać zmuszony do zabicia jakiejś kobiety. Jeżeli tego nie zrobi, zginie więcej osób. Kto to napisał? Kto i kogo chce zmusić do dokonania morderstwa? Dlaczego?

– Myślicie, że to napisała ta sama osoba? – zapytała Grażyna.

– Moim zdaniem nie ma najmniejszych wątpliwości, że ta sama – powiedziała Agnieszka. – Tak jak mówię.

Nawet to, że wrzucił list do skrzynki przy sklepie. Wtedy też tak było. Tylko że tym razem wreszcie policja będzie miała co badać, skoro mamy tę kartkę. Nie pójdziemy do nich bez dowodu. Nie będą musieli nam wierzyć na słowo. Sami zobaczą, porobią analizy, badania i tak dalej.

– Strasznie chcesz z tym iść na policję – mruknęła Kamińska.

– A niby co innego możemy zrobić? Przecież ktoś prosi nas o pomoc.

– To czemu ta osoba sama nie zgłosi się na policję? Po co wrzuciła list do naszej skrzynki?

Weronika skinęła głową. Grażyna miała rację. To było dobre pytanie.

– Tak czy inaczej, trzeba to przekazać policji – upierała się Agnieszka Mróz. – Dwie baby policjantów i chcą ukrywać dowody?

Grażyna poczerwieniała.

– Ten komentarz mogłaś sobie darować – mruknęła.

Weronika spojrzała na nie zaskoczona. Wyczuła pomiędzy Agnieszką i Grażyną jakiś konflikt. To było zaskakujące. Do tej pory wydawało jej się, że relacja pomiędzy kobietami jest wręcz wzorowa.

– Jasne, że przekażemy policji – zapewniła Weronika. – Ale tak się zastanawiam... Przecież faktycznie równie dobrze można było podrzucić kartkę na posterunek w Lipowie. Albo do domu któregokolwiek z policjantów. Do mnie do dworku, żeby Daniel znalazł, albo do Marka, do Pawła, albo do Emilii. A może nawet do Marii Podgórskiej. Przecież ona też by go przekazała. A jednak ktoś wrzucił ten list do skrzynki właśnie tu.

– Do czego zmierzasz? – zapytała Agnieszka.

– Może ten ktoś miał jakiś powód, żeby unikać policji.

– Na przykład jaki?

Weronika wzruszyła ramionami. Brakowało jej Wiery. Gdyby przyjaciółka żyła, debatowałyby nad listem we dwie. Z Agnieszką i Grażyną nie było tak pełnego zrozumienia, choć Podgórska bardzo je lubiła.

– Pierwsze, co przychodzi mi do głowy, to że ta osoba mogła się obawiać, że zamieszany jest w to któryś z policjantów. Myślę, że nie chodzi o Daniela.

Agnieszka zaśmiała się głośno.

– No wiesz! Skoro taki z ciebie detektyw, to nie możesz zakładać, że nie jest podejrzany tylko dlatego, że jest twoim mężem.

– Właśnie o to chodzi – powiedziała Podgórska z godnością. – Daniel jest moim mężem. Ja tu u was często bywam. Sklep należy do mnie. Ktokolwiek to podrzucił, mógł się spodziewać, że mi to pokażecie. A jeżeli tak, to mógł też się spodziewać, że ja powiem Danielowi. To znaczy, że Daniela się nie obawia. Gdyby się go obawiał, podrzuciłby list gdziekolwiek indziej. Do kogoś, kto nie jest związany w żaden sposób z policją.

– Nie kombinujesz za bardzo? – zaśmiała się znów Agnieszka. – Jeżeli to jest ta sama osoba, to może ma jakąś obsesję związaną ze sklepem. Wtedy wrzuciła tu list i teraz też. Nieważne dla niego, kto go przeczyta.

– Wtedy było ważne – nie zgodziła się Grażyna. – Przecież list był skierowany do Wiery, a pieniądze miał dać Junior. Czyli jej syn. Więc to było powiązane. Może w takim razie któraś z nas jest tym razem kluczem. Tylko która?

ROZDZIAŁ 15

Dom Anastazji Piotrowskiej w Rodzanicach.
Wtorek, 30 stycznia 2018. Godzina 14.10.
Aspirant Daniel Podgórski

Anastazja Piotrowska postawiła tacę na stole. Herbata
roznosiła wokół aromat miodu i cytryny. Drożdżowe bu-
łeczki pachniały konfiturą malinową. Były jeszcze ciepłe.
Widocznie gospodyni niedawno je upiekła.

– Proszę się częstować – zachęciła z uśmiechem na
pulchnej twarzy. Czerwień włosów podkreślała rumieńce
na policzkach. – Wyglądają państwo na przemarzniętych.
Strasznie zimno się zrobiło na dworze, ale u mnie jest
zawsze przytulnie i ciepło. Mimo że wchodzi się od razu
z dworu. Wiatrołap tu był, ale zlikwidowaliśmy.

Faktycznie w saloniku Anastazji panowało przyjemne
ciepło. Ogień trzaskał w kominku i można było zapomnieć,
że na dworze huczy zimowy wiatr. Można by rozsiąść się na
jednym z ciężkich szerokich foteli i zwyczajnie nic nie robić.

Podgórski poczuł się senny i zmęczony. Może sprawiło
to właśnie przyjemne ciepło, a może to, że nareszcie usiedli.

Po raz pierwszy od rana. A może kadzidełko, które paliło się na stoliku przy oknie. Stało obok niewielkiej szklanej kuli. Powierzchnia zdawała się nieco popękana.

– Widzę, że patrzy pan na moje biurko – zauważyła Anastazja z uśmiechem. – To moja kula. Niestety ostatnio mi upadła. Ale nie szkodzi. Czytam z niej przyszłość. I potem zapisuję w horoskopach dla „Selene". Ano właśnie. Skoro państwo tu są, to chciałabym zgłosić kradzież. Wiem, że to może nie jest odpowiedni moment, skoro Miśka nie żyje, ale...

Wróżka przerwała. Przypatrywała się im wyczekująco.

– Co pani skradziono? – zapytała Emilia.

– Ależ niech pani się częstuje – zachęciła Anastazja.

Strzałkowska zerknęła na filiżankę herbaty z wyraźną podejrzliwością. W stronę bułeczek z malinową konfiturą nawet się nie odwróciła. Daniel nie zamierzał robić podobnych ostentacji. Upił kilka łyków gorącego naparu. Ciepło natychmiast rozeszło się po całym ciele. To była przyjemna odmiana po ostatnich godzinach na mroźnym wietrze. Sięgnął po drożdżówkę. Była niemal tak dobra jak wypieki, z których słynęła jego matka.

– Zrobiłam też szarlotkę z prażonymi jabłkami i cynamonem, ale zaniosłam sąsiadom. Mam jeszcze pyszną struclę ze śliwkami – powiedziała Anastazja z wyraźnym zadowoleniem. – Może by pan spróbował? Chętnie przyniosę.

– Nie, to wystarczy – zapewnił policjant, sięgając po drugą bułkę. Był naprawdę głodny. – Dziękuję.

– Pani się nie poczęstuje? – zapytała Anastazja, odwracając się do Strzałkowskiej. Miała na sobie niezliczoną ilość naszyjników i bransoletek. Przy każdym ruchu podzwaniały głośno.

Wyglądała jak stereotypowa wróżka z programu telewizyjnego. Powłóczysta szata. Talizmany. Daniel rozpoznał nawet półksiężyc podobny do tego, który nosiły kobiety ze sklepu i Weronika. Prezent od Joanny Kubiak. Ten, który miała na szyi Anastazja, był nieco inny. Nie dostała go pewnie od dziennikarki.

– Jestem na diecie – poinformowała Emilia oschłym tonem.

Strzałkowska faktycznie sporo schudła. Daniel zauważył to dopiero, kiedy zdjęła puchową zimową kurtkę. Krótkie, pofarbowane na bardzo jasny blond włosy potęgowały to wrażenie i wyostrzały jej rysy. Poprawiała fryzurę co jakiś czas szybkim ruchem ręki. Chyba nie była do niej jeszcze przyzwyczajona.

– Ja nigdy nie mogę wytrwać – powiedziała Anastazja z żalem. – Może jednak przyniosę tę struclę. Taki duży mężczyzna musi dobrze zjeść. Wiem, bo mój Bohdan też nie był chucherkiem. Pójdę po nią.

Wróżka ruszyła korytarzem na tył domu.

– Objadasz się jej jedzeniem – syknęła cicho Strzałkowska do Daniela – a tam gdzieś jest piwnica, gdzie jej mąż przetrzymywał Michalinę. To wstrętne.

Podgórski odstawił powoli filiżankę na spodek. Chciał odpowiedzieć, ale Anastazja wróciła właśnie z ciastem.

– Przepraszam, że zostało tak mało, ale połowę sama zjadłam. Jestem niepoprawna – zaśmiała się wesoło. Nie wyglądała na szczególnie przejętą swoim łakomstwem. – Może do sześćdziesiątki schudnę. Zostały trzy lata.

Sześćdziesiąt lat to wiek magiczny, więc muszę się postarać. Miałam o tym napisać artykuł. No i tu właśnie wracam do tej kradzieży.

– No więc co pani zginęło? – zapytała Strzałkowska. Równie chłodno jak wcześniej.

Anastazja zerknęła na nią.

– Przepraszam. Wiem, że nie powinnam zajmować teraz państwa takimi błahostkami, ale… skoro już zaczęłam. Ktoś mi ukradł maszynę do pisania. Gdyby Żegota Wilk żył, tobym była pewna, że to on znów mi zrobił psikusa. A tak to nie mam zupełnie pomysłu, kto by to mógł być. To dla mnie spory problem, bo jestem tradycjonalistką. Wszystkie teksty piszę właśnie na tej maszynie. Nie uznaję komputerów. Komputery zupełnie odzierają nas z magii. No i ktoś mi ukradł maszynę. Nie zamykam drzwi. Tu u nas to się wydaje niepotrzebne, a jednak… Właśnie byłam w trakcie pisania artykułu o magicznej sześćdziesiątce. Też do „Selene". Przełomowy moment w życiu każdej kobiety. Tak jak mówiłam. Myślałam, że to będzie tekst do następnego numeru, ale nie mam jak go dokończyć. Natomiast chcę państwu powiedzieć, że w najnowszym numerze jest mój duży artykuł o superpełni, która będzie jutro. Duża rzecz. Takie zjawisko nie zdarza się często. Zaćmienie księżyca, do tego perygeum. Krwawy superksiężyc. Mówi się, że to może obfitować w różne rzeczy. Niektórzy twierdzą, że to może być zły omen.

Zły omen. Dokładnie to samo powiedziała wczoraj Weronika, kiedy pogoda zaczęła się tak gwałtownie zmieniać. Tymczasem Strzałkowska przewróciła swoim zwyczajem oczami. Daniel uśmiechnął się pod nosem. Najwyraźniej złe znaki nie robiły wrażenia na Emilii.

– Albo dobry – zaśmiała się Anastazja. – Bo pełnia to również miłość i płodność. Słowianie celowali z nocą poślubną tak, żeby wypadła właśnie w pełnię, bo to miało zapewnić powodzenie w powiększaniu rodziny. Pełnia przynosi płodność, potomstwo i powodzenie. Więc jeżeli państwo mają takie plany, to teraz jest idealny moment.

Podgórski sięgnął po następną bułkę. Czuł, że musi zająć czymś ręce, a palić tu nie wypadało. Powiększanie rodziny to był ostatnio drażliwy temat.

– Oczywiście tu w Rodzanicach inaczej nam się kojarzy pełnia. A zwłaszcza ta wypadająca trzydziestego pierwszego stycznia. Szczególnie ta jutrzejsza.

– Co ma pani na myśli? – zapytała Strzałkowska.

Anastazja uśmiechnęła się tajemniczo.

– Noce Odrodzenia oczywiście.

– Czyli?

– To taka lokalna legenda. A właściwie rodzinna legenda Wilków. Mówi, że jeden z ich przodków został zmieniony w wilkołaka. Zdarzyło się to właśnie trzydziestego pierwszego stycznia. Nigdy nie wybaczył reszcie rodziny, że nie pomogli mu zdjąć zaklęcia. Mówi się, że może powrócić za każdym razem, kiedy pełnia wypada właśnie tego dnia. A z pewnością powróci trzydziestego pierwszego stycznia dwa tysiące osiemnastego roku, bo to okrągła rocznica. Już nie pamiętam dokładnie która. Jutro mamy tak zwany krwawy superksiężyc. Pełnia, perygeum i zaćmienie. Magiczna noc. Wtedy, kiedy rzucono czar, również wystąpiły te trzy zjawiska. Jutro ma powrócić wilkołak.

– Jutro? – powiedział Podgórski głównie po to, żeby nie zaczęła tłumaczyć wszystkich tych astrologicznych zawiłości.

– Jutro – powtórzyła za nim Anastazja, kiwając głową.

– Oczywiście to tylko legenda. Ale w każdej legendzie jest ziarno prawdy. No i Żywia... Przecież ona przyhołubiła sobie wilka. Być może to nie jest przypadek, że właśnie teraz.

– Dobrze – powiedziała Strzałkowska z wyrazem zupełnego braku przekonania na twarzy. – Może przejdźmy do tego, z czym do pani przyszliśmy. Do śmierci Michaliny Kaczmarek.

– Oczywiście. Oczywiście. Skoro już o tym mowa, to Kaczmarkowie i Żywia na pewno oskarżyli mnie – pożaliła się Piotrowska. – Czy się mylę?

– Podobno wczoraj była pani na spotkaniu z Kaczmarkami i Żywią Wilk. To prawda? – zapytał Podgórski zamiast odpowiedzi.

– Ano tak. Byłam.

– Widziała pani Michalinę?

– Tak. Ale tylko przelotnie. Jak wychodziła. Bożena wspomniała, że Miśka idzie nocować do sklepu. Później dziewczyna zadzwoniła, że dotarła.

Daniel skinął głową. A więc kolejna osoba potwierdzała słowa Bożeny Kaczmarek. Nadal pozostawało pytanie, dlaczego Michalina wróciła do Rodzanic. Dlaczego nie została w sklepie, jak to planowała? Koniecznie trzeba porozmawiać z Agnieszką i Grażyną.

– Podobno wyszła pani ze spotkania pierwsza – zagaiła Emilia.

– Tak.

– Dlaczego?

– A dlaczego nie? – Nieufność w głosie Anastazji była teraz wyraźnie słyszalna. – Czy to jest sugestia, że ja zabiłam Miśkę? To jest naprawdę straszne i okropnie niesprawiedliwe, że całe życie będę musiała pokutować za grzechy mojego Bohdana. Wszyscy na mnie patrzą, jakbym to ja była sprawczynią tych okropności. A ja naprawdę nic nie wiedziałam o piwnicy za regałem z narzędziami. Myślałam, że to zwykły warsztat. Ani tym bardziej nie wiedziałam o tym, że Żegota zostanie zaatakowany. Ile razy mam przysięgać?

Wróżka usiadła ciężko na obitym zielonym pluszem krześle. Zatrzeszczało delikatnie, jakby protestowało pod jej wagą.

– Wiem, jak to zabrzmi, ale Bohdan nie był złym człowiekiem – zapewniła. – Sam nie mógł sobie poradzić ze swoimi demonami. Dlatego popełnił samobójstwo w więzieniu. Może wreszcie osiągnie spokój. Za to składam rodzanicom codziennie ofiary.

Anastazja skinęła głową w stronę okna. Na parapecie stały trzy talerzyki. Na pierwszym leżał kawałek białego sera, na drugim kilka kromek chleba, na trzecim postawiono słoik z miodem. Nie wzbudziły wcześniej zainteresowania Podgórskiego. Wyglądały raczej jak przygotowana przekąska niż ofiara dla kogokolwiek. Zwłaszcza za duszę samobójcy pedofila.

– Ofiara dla rodzanic – wyjaśniła jeszcze raz Anastazja. W jej głosie pojawił się uroczysty ton. – Tak naprawdę to składam ją, odkąd tu mieszkam. Nie tylko teraz. To dawna słowiańska tradycja. Oprócz chleba, sera i miodu kobiety często warzyły dla rodzanic kaszę. Ja akurat tego nie robię. Wydaje mi się, że trzy rzeczy wystarczą. Trzy. Jak trzy rodzanice.

– Mówi pani, jakby rodzanice to były jakieś... istoty – odezwała się Emilia. – Myślałam, że to nazwa tej miejscowości.

Piotrowska zaśmiała się krótko.

– Rodzanice to słowiańskie demonice przeznaczenia. Coś jak nordyckie norny albo greckie mojry. Opiekowały się kobietami w ciąży i potem, kiedy dziecko się urodziło, zjawiały się przy kołysce, żeby ustalić przebieg jego życia. Czyli wyznaczyć jego przyszły los. Snują nić naszego przeznaczenia przez całe nasze życie i zjawiają się przy nas na koniec, kiedy umieramy. Przecinają nić ostatecznie. Od nich wywodzi się nazwa naszej wsi. Ale moim zdaniem to nie tylko nazwa. Sami niech się państwo zastanowią. Rodzanice były trzy. Tu u nas są trzy domy. Przypadek? Nie sądzę.

Daniel zerknął na Strzałkowską. Policjantka znów przewróciła oczami zniecierpliwiona. Uśmiechnął się pod nosem.

– Co najważniejsze, często oddawano rodzanicom cześć razem z bogiem Rodem – kontynuowała Anastazja niezrażona ich niechęcią do opowieści na temat wierzeń dawnych Słowian. – Tu mam figurkę przedstawiającą Roda.

Skinęła głową w stronę kredensu przy drzwiach. Stała tam spora drewniana rzeźba. Zrobiono ją z jednego kawałka litego drewna. Przypominała Danielowi sporą pałkę na klockowatym postumencie. Z przodu wystrugano podobiznę mężczyzny z długą brodą.

– Z Rodem to jest taka dziwna rzecz, bo nie do końca wiadomo, co on dokładnie robił – poinformowała Piotrowska. – Zresztą w ogóle jest problem z wierzeniami słowiańskimi, bo zapisów pozostało mało. Są niezwykle rzadkie. Dolać herbaty?

– Nie trzeba – zapewnił Daniel. – Przejdźmy może do sprawy Michaliny.

– Tylko jeszcze dokończę. Naprawdę nie zajmie to wiele czasu, a to bardzo ciekawe. Rod prawdopodobnie był związany z kultem płodności. Płodność i dawca życia. Inni badacze uważają, że Rod witał ludzi w Wyraju, czyli w zaświatach. Ale do czego zmierzam… Kupiliśmy z mężem ten dom od właściciela tych ziem. Ojca Żywii. Który nazywał się…

– Rodomił – dokończył za Anastazję Podgórski.

Wróżka skinęła głową.

– Tak. Rodomił. Miły Rodowi. Stare, dobre słowiańskie imię. Podobnie jak Żywia. To z kolei była bogini patronująca wiośnie, życiu i płodności. Bardzo ludziom przychylna. Ale zostawmy Żywię. Skupmy się na Rodomile. Bóg Rod był przedstawiany w postaci wysokiego starca z długą brodą. Pani Rodomiła Wilka nie znała, ale pan może go kojarzy?

Podgórski potwierdził kiwnięciem głowy. Widywał czasem Rodomiła, gdy przychodził do szkoły po Żywię. Dzieciaki się go bały. Wszyscy wiedzieli, że hoduje niebezpieczne psy. Poza tym zawsze miał chmurny wyraz twarzy i z nikim nie chciał rozmawiać. Daniel pamiętał, że matka nazywała pana Wilka pustelnikiem. Nic dziwnego. Po śmierci żony długie lata mieszkał w Rodzanicach sam z córką. Dopiero pod koniec milenium sprzedał część ziem

Piotrowskim i Kaczmarkom, zapewniając Rodzanicom nowych lokatorów.

– Pamięta pan, jak on wyglądał?

– Miał długą brodę i był bardzo wysoki.

– No właśnie – powiedziała Anastazja z wyraźnym zadowoleniem. – No właśnie.

– Sugeruje pani, że ojciec Żywii to bóg Rod? – zapytała Strzałkowska.

Nie starała się nawet ukrywać sceptycyzmu i zniecierpliwienia. Daniel wcale się jej nie dziwił. Też dochodził do wniosku, że tracą czas. Dobrze, że przynajmniej nie stali na mrozie, tylko grzali się w pachnącym malinową konfiturą saloniku.

Piotrowska uśmiechnęła się spokojnie.

– Państwu może się to wydawać wariactwem. Ale ja z kolei nie wierzę w przypadki. Rodomił. Właściciel wsi Rodzanice. Gdzie są trzy domy jak trzy demonice. Nie za dużo tu zbiegów okoliczności? I powiem państwu coś jeszcze. My z mężem kupiliśmy ten dom w dziewięćdziesiątym szóstym. Przez dwa lata mieszkaliśmy tu tylko my i Rodomił z Żywią. Trzeci dom, ten, gdzie mieszkają teraz Kaczmarkowie, stał pusty. Nadawał się do kapitalnego remontu. Kupców nie było. Dopiero koło dziewięćdziesiątego ósmego znalazł się pewien bogaty wdowiec. Chciał tu osiąść na starość. Oferował zawrotną sumę za tę ruinę. Ale Rodomił nie chciał mu sprzedać. Sprzedał za to dom Kaczmarkom. A właściwie Bożenie, bo to ona podpisywała umowę. I w ten sposób w Rodzanicach były trzy kobiety. Żywia, ja i Bożena.

Daniel i Emilia wymienili spojrzenia. Wyglądało na to, że Anastazja zupełnie odleciała w swoich opowieściach.

Najpierw sugerowała, że Rodomił Wilk był wcieleniem słowiańskiego boga Roda, a teraz chyba chciała powiedzieć, że ona sama i pozostałe mieszkanki niewielkiej wioski były rodzanicami, demonami, które mu towarzyszyły.

Podgórski odwrócił się od policjantki i przyjrzał się Anastazji. Policzki miała rozpalone z ekscytacji. Była wyraźnie poruszona. Jeżeli uważała się za demona przeznaczenia, to może uznała, że trzeba przeciąć nić życia Michaliny? Tylko czy pojedynczy cios nożem to była robota szaleńca? Bo przecież to, co mówiła, zaczynało zakrawać na szaleństwo. Czy osoba niepoczytalna nie zadałaby więcej dźgnięć? Na oślep?

– I to jeszcze nie wszystko! – zawołała Anastazja, uderzając pulchną dłonią w stół, aż podskoczyły filiżanki z herbatą. – Bożena i Józef przyjechali tu, bo chcieli znaleźć spokój po zgiełku Warszawy. W stolicy starali się o dziecko, ale nic z tych starań nie wychodziło. A tu proszę... Już kilka miesięcy po ich przyjeździe Bożena była w ciąży z Miśką. Rodzanice jej wysłuchały. Przyniosły jej upragnione dziecko. Zresztą w tamtym czasie Żywia również zaszła w ciążę.

Cały problem z Żegotą polegał na tym, że chłopak ciągle próbował się dowiedzieć, kto jest jego ojcem. Bohdan czy Józef. Daniel pamiętał, jak Żywia przyznała, że tego nie wie. To był koniec roku. Klasa maturalna. Wszyscy to komentowali. Bo jak porządna dziewczyna mogła sypiać z dwoma mężczyznami. Oboma żonatymi. Większość nauczycieli patrzyła na nią z wyraźną pogardą. Podgórskiemu było jej żal. Nigdy nie powiedział na nią złego słowa. Po maturze nie widywali się zbyt często.

– Swoją drogą nic dziwnego, że z tego chłopaka był taki łobuz – dodała Anastazja. – Już samo imię, które mu wybrała Żywia, na to go skazywało. Też stare, tradycyjne. Od słowa „żec", „zażec", czyli palić. No i taki właśnie był Żegota. Szkoda, że Rodomił zginął przed jego urodzeniem. Może w dziadku miałby męski wzór. Żywia sobie z nim zupełnie nie radziła. No i łobuz się doczekał…

Anastazja nie dodała, że to jej mąż dokonał samosądu na nastolatku.

– Przychodzi pani do głowy ktokolwiek, kto mógł źle życzyć Michalinie Kaczmarek? – zapytał Podgórski szybko. Nie miał najmniejszej ochoty zajmować się śmiercią Żegoty Wilka. Nadeszła pora, żeby w końcu przejść do sprawy, z którą tu przyszli.

– No i dlatego nie chcę sprzedać mojej działki. To magiczne ziemie. Ale przechodząc do pańskiego pytania… Oczywiście, że wiem, kto Miśce źle życzył – oznajmiła Piotrowska. – Wiem, bo sam mi się przyznał, że zamierzał ją zabić.

ROZDZIAŁ 16

Sklep w Lipowie. Wtorek, 30 stycznia 2018.
Godzina 14.30.
Weronika Podgórska

Jeżeli nie zabijemy jednej z nas, to trzydziestego pierwszego stycznia w superpełnię wszyscy zginiemy – przeczytała Weronika jeszcze raz. *– Nie wolno nam o tym mówić. Bo wtedy spotka nas kara. Zamiast jednej zginą wszyscy. Pomocy. Proszę.*

Zerknęła na Grażynę i Agnieszkę. Przypuszczenia, że list był skierowany do którejś z nich trzech, nie można było oczywiście odrzucić, ale nagle przyszło jej do głowy coś zupełnie innego. *Jeżeli nie zabijemy jednej z nas.* Chodziło więc o śmierć jednej spośród kobiet. A to z kolei mogło oznaczać…

– Wy tego nie napisałyście? – zapytała podejrzliwie. Musiała się upewnić.

– Chyba żartujesz – żachnęła się Agnieszka. – Jestem ostatnią osobą, która żartowałaby w tak głupi sposób.

Mróz miała oczywiście rację. Całe jej życie zmieniło się przez anonim z dwa tysiące szesnastego roku. Raczej

156

trudno było sobie wyobrazić, żeby napisała ten i chciała znów wywołać strach. Zwłaszcza że ułożyła sobie życie w sklepie.

– Przepraszam.

– Ktoś to musiał przynieść w nocy – powiedziała Grażyna. – Wczoraj zaglądałam do skrzynki, zanim wyszłam do Pawła.

– Do Pawła? – zdziwiła się Weronika. – Myślałam, że nie utrzymujecie kontaktów.

Kamińska zaczerwieniła się.

– Oczywiście, że nie utrzymujemy. Nie na co dzień. Ale musiałam z nim pogadać o dzieciach. Może i jest chujem, ale jest też ich ojcem. Nie chcę go odcinać od dzieciaków. Bruce oczywiście jest na tyle dorosły, że wszystko rozumie, ale dziewczynki nie. Zosia jest malutka. Ledwo pamięta, co Paweł robił. Tęskni za tatą.

– Nie musisz się tłumaczyć – powiedziała uspokajająco Agnieszka Mróz i zerknęła na Weronikę ostrzegawczo.

– Jasne, że nie – przytaknęła Podgórska natychmiast.

Miała nadzieję, że Grażyna nie wróci do Kamińskiego. Kiedy Weronika prowadziła praktykę w Warszawie, miewała takie pacjentki. Bite i poniżane kobiety po jakimś czasie nie wytrzymywały rozstania i wracały do swoich oprawców. Z reguły nie kończyło się to najlepiej. Nie chciała, żeby to się przytrafiło Grażynie. Nawet na samo wspomnienie męża Kamińska wyraźnie gasła. Nie można dopuścić, żeby znów dała się mu omamić.

– No ale wtedy nic się złego ostatecznie nie stało – powiedziała Kamińska. – To może teraz też jest tylko blef.

Agnieszka Mróz pokręciła głową.

– Mówisz jak Junior Kojarski wtedy. Jakoś strasznie nie chcesz mieszać w to policji.

– Może i nie chcę – bąknęła Kamińska. – Bo ile z tego wynikło wówczas problemów? Mamy spokój. Wszystko się układa. Jak przekażemy list policji, to znów rozpęta się burza.

Grażyna wyglądała, jakby miała się zaraz rozpłakać. Była zupełnie roztrzęsiona. Weronika i Agnieszka wymieniły spojrzenia.

– To co proponujesz? – zapytała Mróz uspokajająco.

– Nie wiem – szepnęła Grażyna. – Naprawdę nie wiem.

– Jeżeli faktycznie widziałam dziś Joannę nad Skarlanką – wtrąciła się Weronika, żeby zmienić temat – to może jej nagłe pojawienie się jest jakoś związane z tym listem? Wtedy też przyjechała i nagle pojawił się anonim. Pamiętacie, że Klementyna rzuciła taką sugestię? Teraz Joanna przyjeżdża i znów mamy list.

– Ale przecież Joanna bywała tu przez ten czas całkiem często – nie zgodziła się Mróz. – A nowych listów jakoś nie było. Poza tym co? Uważasz, że to ona napisała?

Takie podejrzenia padły i po pierwszym anonimie. Niektórzy mówili, że dziennikarka sama wywoływała sensację ich kosztem.

– Nie wiem, ale może po prostu do niej zadzwońmy. Zanim zaczniemy cokolwiek robić – zaproponowała Weronika. Od początku powinna była to uczynić. – A potem zastanowimy się, czy przekazujemy list policji, czy nie. Co wy na to?

Agnieszka i Grażyna skinęły głowami. Weronika z trudem wybrała numer dziennikarki. Popękany ekran był naprawdę irytujący. Ustawiła rozmowę na tryb głośno-mówiący, żeby wszystkie mogły w niej uczestniczyć. Przez chwilę słuchały sygnału wybieranego połączenia. W końcu ktoś odebrał.

– Joanna? – zapytała Weronika.

– Potrzebna jest nam pomoc. Ta pismaczka zaraz ko-pyrtnie, a ja…

Podgórska nie kryła zaskoczenia. Głos wydawał się znajomy, ale zdecydowanie nie należał do dziennikarki.

– Klementyna?! Co…

Odpowiedziała tylko cisza przerwanego nagle połą-czenia.

– Czy tylko mnie się wydawało, że tam było słychać wycie wilka? – zapytała powoli Grażyna.

ROZDZIAŁ 17

Dom Kaczmarków w Rodzanicach.
Wtorek, 30 stycznia 2018. Godzina 14.40.
Aspirant Daniel Podgórski

Daniel i Emilia rozglądali się po pokoju Michaliny. Postanowili zajrzeć tu przed kolejną rozmową z Kaczmarkami. Marek i Paweł byli na dole z technikami. Zajmowali się teraz resztą domu.

Podgórski podszedł do szafy i otworzył ją ostrożnie. W środku zobaczył zaledwie kilka ubrań. W większości czarne. Nic, co przyciągnęłoby uwagę. Żadnych wskazówek, kto mógł Miśkę zabić. W szufladach biurka też nic ciekawego.

– Strasznie tu pusto – skomentowała Strzałkowska. – U Łukasza jest taki bałagan, a tu…

Nie dokończyła. Pomieszczenie rzeczywiście sprawiało niezbyt przyjemne wrażenie. Nie było tu właściwie żadnych rzeczy osobistych. Pokój wyglądał przez to na niezamieszkany. Biurko, łóżko, szafa. Nic więcej. Żadnych plakatów na ścianach. Zero książek czy płyt z muzyką. Nawet nie

160

było komputera. Jedyny kolorowy akcent stanowiła pościel w jednorożcc. Odcinała się od tej pustki intensywnymi barwami różu i błękitu.

Telefon zawibrował Podgórskiemu w kieszeni. Kolejny raz. Emilia rzuciła mu krótkie spojrzenie.

– Nie odbierzesz?

– To Weronika. Pewnie chce pogadać – mruknął Daniel. – Teraz skupmy się na pracy. Jest dużo roboty.

Nie chciał rozmawiać z Weroniką. Nie przy Emilii. Tym bardziej że pewnie chodziło o temat, który ciągle powracał. O dziecko. Ostatnio właściwie nie rozmawiali o niczym innym. To znaczy on słuchał, a Weronika mówiła. Kiedy próbował jej wytłumaczyć, jak on to widzi, nie słuchała, więc przestał nawet próbować.

– Dalej, odbierz. Nie wygłupiaj się.

– Nic dziwnego, że technicy poradzili sobie tutaj tak szybko – powiedział, ignorując słowa Strzałkowskiej. – Tu właściwie nic nie ma. Ale wygląda na to, że Kaczmarkowie się przeprowadzają. Widziałaś, co się dzieje na dole. Może spakowali już rzeczy Miśki.

Na parterze pełno było kartonowych pudeł z rzeczami. Wszędzie walały się sznurki, taśma klejąca i papier pakowy.

– Myślisz, że Anastazja powiedziała prawdę? – zapytała Emilia.

Wizyta u wróżki zajęła im więcej czasu, niż się spodziewali. Głównie dlatego, że Piotrowska opowiadała im o słowiańskich bóstwach, legendach o wilkołaku i kradzieży maszyny do pisania. Dopiero na końcu przeszli wreszcie do rzeczy.

Opowiedziała im, że kiedyś bardzo przyjaźniła się z Józefem Kaczmarkiem. To było jeszcze przed porwaniem

Michaliny. Często zasięgali swojej rady w różnych sprawach. Znaleźli wspólny język. Któregoś razu Kaczmarek zwierzył się Anastazji, że nie potrafi zaakceptować córki, że jest zazdrosny o żonę i zrobiłby wszystko, żeby znów byli tylko we dwoje. Podobno pozwolił Miśce bawić się na lodzie w nadziei, że dziewczynka utonie i nie będzie musiał zabijać jej sam. To było dokładnie w tym miejscu, gdzie dziś znalazł ciało.

– Najbardziej interesujący jest oczywiście wątek dotyczący plaży – powiedział Podgórski.

Być może Anastazja broniła samej siebie i szukała winnych, ale Daniel z jakiegoś powodu jej wierzył. Rozmowa pomiędzy nią a Józefem na pewno się kiedyś odbyła. Tylko trudno było stwierdzić, czy to mogło mieć związek ze śmiercią Michaliny wiele lat później.

– Anastazja mogła to wymyślić, żeby uwiarygodnić całą historię – mruknęła Emilia. Lubiła grać adwokata diabła.

– Mogła, ale niekoniecznie to zrobiła. Żywia twierdziła, że Bohdan nie wymyśliłby sam ani samosądu na Żegocie, ani porwania Michaliny. Mówiła, że w jednym pomagał mu Józef, a w drugim Anastazja. A jeśli było troszkę inaczej?

– To znaczy?

– Jeśli Anastazja naprawdę nie miała o niczym pojęcia, natomiast to Józef Kaczmarek pomagał Piotrowskiemu i w porwaniu, i w zabójstwie?

– Chyba jej słodkości naprawdę ci zasmakowały, że jej tak bronisz – zaśmiała się Strzałkowska.

– Przestań żartować. Nie bronię jej.

– No proszę. Teraz nagle taki poważny jesteś?

– Nie bronię jej – powtórzył Daniel, ignorując zaczepkę Emilii. Myśl, która właśnie wpadła mu do głowy, zupełnie go zaskoczyła. Tym bardziej że przedtem poczuł sympatię do ojca ofiary. – Pomyśl przez chwilę, Mila. Jeżeli Józef faktycznie nie potrafił zaakceptować córki. Jeżeli chciał się jej pozbyć... A jeśli to on podsunął pomysł porwania Miśki Bohdanowi i przez te wszystkie lata wiedział o tym, że córka jest tuż obok?

Przez chwilę stali w milczeniu. Telefon Podgórskiego znów zawibrował. Odgłos zdawał się nienaturalnie głośny w ciszy, która teraz zapadła.

– Ale tak czy inaczej z tej Anastazji to niezły numerek – powiedziała Strzałkowska. Tym razem nie zachęcała Daniela do odebrania komórki. – Te wszystkie opowieści o bogu Rodzie i jego rodzanicach.

Podgórski skinął głową. Anastazja faktycznie miała chyba tendencję do fantazjowania. Trudno było stwierdzić, czy naprawdę wierzyła w swoje opowieści, czy była po prostu doskonałą aktorką.

– Co nie zmienia faktu, że mogła mówić prawdę o rozmowie z Józefem. Takie miałem wrażenie. Cały czas myślę też o kocu, którym Michalina była przykryta. To by pasowało do któregoś z rodziców. Jakby naprawdę zabójca się martwił, że jest jej zimno, i chciał się nią zaopiekować. Może Młody miał rację.

Mogło to brzmieć absurdalnie, ale Daniel doskonale wiedział, że tak się zdarza. Zamordowani mężowie, do których żony zabójczynie nadal się przytulały. Kobiety pobite do nieprzytomności, obok płaczący mąż z kwiatami. Ludzie nie byli istotami logicznymi. Składali się z paradoksów.

Zanim Emilia zdążyła odpowiedzieć, drzwi pokoju się otworzyły. W progu stanął Kamiński. Daniel miał ochotę powiedzieć mu, żeby trzymał się od Emilii z daleka, ale ugryzł się w język. To nie był czas i miejsce, a zważywszy na jej wcześniejszą reakcję, Strzałkowska zapewne by się wściekła.

Ale to wcale nie był główny powód. Daniel miał wobec Kamińskiego palący wstydem dług wdzięczności.

– Chodźcie na dół. Jak zobaczycie, co znaleźliśmy... Kurwa. Ta Bożena jest totalnym zjebem. Moim zdaniem to ona zajebała córeczkę. Jak nic. Jeszcze mi podziękujecie, że tak szybko mamy rozwiązanie.

Ruszyli za Kamińskim na dół. Przesuwali się pomiędzy pakami w stronę pokoju na końcu korytarza.

– Tu – poinformował Kamiński, puszczając ich przodem.

Weszli do niewielkiego gabinetu. Pośrodku stało biurko. Nieco z tyłu regał z książkami. Całą ścianę po lewej zajmowały noże. Niektóre małe, inne długie. Kilka przypominało japońskie katany.

– To nie ma żadnego związku – mówiła właśnie Bożena Kaczmarek. Stała z mężem w kącie pokoju.

– Tu jest cała biblioteczka o tym, jak walczyć nożem i mieczem – powiedział Marek Zaręba. Stał przy regale i przeglądał książki. – Jak zabić nożem i tak dalej.

– Przy ciele był nóż – powiedział Paweł, wchodząc do pokoju. – Czaicie, o co mi chodzi?

Daniel posłał mu ostrzegawcze spojrzenie. Chciał, żeby ta informacja została na razie między nimi. Oczywiście z Kamińskim to było niemożliwe. Strzałkowska też nie wyglądała na zachwyconą zdradzeniem tej informacji. Zmarszczyła brwi na samo wspomnienie noża.

– Państwo twierdzą, że nie mieli noża wyprodukowanego przcz Juniora Kojarskiego – przypomniał Marek.

– Bo nie mieliśmy – odparowała Bożena. Bez kaptura widać było, że ma ogolone boki głowy. Długą grzywkę irokeza zaczesała za ucho. – Znam moją kolekcję na wylot. Nie miałam żadnego takiego noża. Zresztą żadnego tu nie brakuje.

– Zauważyłem jeden pusty gwóźdź – nie zgodził się młody policjant. – O tam.

Wszyscy spojrzeli w stronę ściany, gdzie pokazywał Marek. Faktycznie jeden z gwoździków sterczał samotnie. Józef Kaczmarek szarpał swoją niezbyt imponującą bródkę krótkimi nerwowymi ruchami. Podgórski zupełnie nie wiedział, czemu wcześniej poczuł jakiekolwiek pozytywne uczucia wobec ojca ofiary. Teraz mężczyzna wydawał się dziwnie diaboliczny. Jakby do koziej bródki brakowało tylko kopyt i ogona. Nie trzeba było być biegłym profilerem, żeby wydedukować, że mężczyzna się denerwuje. To, że ma coś do ukrycia, rzucało się w oczy na kilometr.

– Na pewno nic tu nie wisiało? – zapytała Strzałkowska. Najwyraźniej również to zauważyła, bo zwróciła się bezpośrednio do Kaczmarka.

– To kolekcja żony – powiedział Józef. – Ona wie najlepiej.

Zabrzmiało to trochę, jakby ojciec Michaliny chciał winą obarczyć Bożenę. Żona spojrzała na niego zaskoczona. Chyba też tak jego słowa odebrała.

– Józek, czy ty nie rozumiesz, że oni chcą nas wrobić w morderstwo Miśki? Ten typ – skinęła głową w stronę Pawła Kamińskiego – w szczególności. Przecież go znasz.

– Ja Żegoty Wilka nie zamordowałem – warknął Kamiński. – W przeciwieństwie do niektórych.

Przez chwilę Paweł i Józef mierzyli się chłodnymi spojrzeniami.

– No i proszę! – zaśmiała się Bożena nieco histerycznie. – Oni mogą wszystko. To policja.

– Państwo nie chcą, żebyśmy zabrali te noże do sprawdzenia – powiedział Ziółkowski, wchodząc do pokoju. – Mam zabierać czy nie?

– Se kurwa mogą nie chcieć – zaśmiał się Kamiński. – Zabierajcie i tyle. Przecież to potencjalne dowody zbrodni.

– No i proszę – powtórzyła Bożena Kaczmarek. – Podrzucą dowód, jeśli będzie im tak pasować. Zobaczysz, Józek.

– O żadnym podrzucaniu dowodów nie ma mowy – odpowiedział z godnością szef techników. – Wszystkie poczynania dokumentuję. To nie jest film sensacyjny, droga pani. A jeżeli nie jest pani zadowolona, to proszę napisać pismo do mojego przełożonego. Inaczej potraktuję to jako pomówienie. A tych nie zamierzam tolerować. Za dużo tego się ostatnio narobiło. Kryminaliści myślą, że tak się do nas dobiorą, ale niedoczekanie.

Faktycznie niektórzy zatrzymani próbowali swoich sił, na różne sposoby starając się utrudnić dalsze postępowanie i nabruździć policjantom, ile się da. Niestety trudno było z tym walczyć. Mimo że czasem pomówienia były zgoła śmieszne. Mniej śmiesznie się robiło, kiedy trzeba było kolejny raz tłumaczyć się przed prokuratorem z jakiejś głupoty.

– Nie mówię, że pan to zrobi – zaczęła wycofywać się Bożena Kaczmarek. Chyba przestraszyła się ostrego tonu Ziółkowskiego. – Bardziej mówiłam o tym.

Pokazała głową Kamińskiego.

– Już dawno powinien był wylecieć – poparł żonę Józef. – Po tym, co się stało z Żegotą. Gdyby nie odprawił z kwitkiem mnie i Bohdana, Bohdan może nie wpadłby w szał i nie stałby się mścicielem. Typ ma szczęście, że wtedy wszyscy byli zajęci odnalezieniem mojej córki.

Paweł zerknął na Daniela. Podgórski spuścił oczy. Był na siebie wściekły. Znów poczuł piekący wstyd.

– Typ stoi obok – powiedział Kamiński bardzo powoli, odwracając się z powrotem do Kaczmarków. – I również kurwa nie ma chęci wysłuchiwać steku bzdur i pomówień. Miałem pierdolone postępowanie i mnie oczyszczono. Pójdę z tym, kurwa, do sądu, jak będziecie mnie dalej pomawiać.

– Szkoda, że nie nagrywamy, jak pan się wyraża – powiedziała Bożena.

Sytuacja zaczynała wymykać się spod kontroli.

– Musimy zbadać te noże – odezwał się więc Daniel. Starał się nadać swemu głosowi uspokajający ton. – To normalna procedura.

– Jeżeli nie mają państwo z morderstwem nic wspólnego, nie mają się państwo czego obawiać – dodała Strzałkowska cierpko.

Daniel był ciekaw, co Kamiński jej powiedział o dniu, kiedy odprawił Piotrowskiego i Kaczmarka z posterunku. Podgórski poczuł, że ogarnia go jeszcze większy wstyd. Miał wrażenie, że dłużej nie wytrzyma. Musiał wyjść na dwór i zapalić.

– Zabierajcie te noże – rzucił tylko do Ziółkowskiego i ruszył na dwór.

Temperatura na zewnątrz chyba jeszcze spadła. Przynajmniej ta odczuwalna. Niebo poszarzało. Krótki zimowy dzień chylił się ku szybkiemu końcowi. Policjant włożył papierosa do ust. Wyjął zapalniczkę. Dłonie drżały mu tak bardzo, że nie mógł zapalić.

– Ognia? – zapytał Marek.

Najwyraźniej też uznał, że chce się przewietrzyć. A może zobaczył, że z Danielem coś się dzieje. Ciekawe, ile Młody wiedział. Ciekawe, czy Kamiński powiedział komukolwiek. Dotychczas nikt z Danielem o tym nie rozmawiał. Ani nic nie sugerował. Wyglądało więc na to, że Paweł trzyma język za zębami, tak jak obiecał.

– Wszystko w porządku, szefie?

– Jasne – skłamał Daniel.

Przyjaźnili się z Markiem, ale mimo to Podgórski czuł dziwny opór, żeby powiedzieć młodemu policjantowi prawdę o tamtym dniu. Prawdę, że Kamiński go krył. Znalazł Daniela zalanego w sztok, kiedy jeździł po Lipowie. Dosłownie wyciągnął go z jakiegoś rowu i zabrał na posterunek, żeby trochę doszedł do siebie, zanim wróci do domu.

W tamtym czasie naczelnik już zaczął podejrzewać, że Podgórski znów sięga po butelkę. Wbrew swoim wcześniejszym obietnicom, że pokona nałóg. A może nawet Joanna Kubiak poszła do Sienkiewicza i powiedziała mu o tamtej nocy na drodze. W każdym razie przełożony kilka razy napomknął, że Daniel będzie musiał pożegnać się z odznaką, jeśli nie przestanie pić.

Gdyby Kamiński wpuścił Piotrowskiego i Kaczmarka do gabinetu, natknęliby się na pijanego Daniela. Dlatego Paweł ich odprawił. Uznał, że przyszli zgłosić jakiś kolejny wybryk Żegoty. Skąd mógł wiedzieć, że to się tak skończy?

Kiedy rozpętało się piekło po śmierci chłopaka, Daniel chciał do wszystkiego się przyznać, ale Kamiński się nie zgodził. Obaj by za to zawiśli. Zresztą miał wobec Daniela własny dług wdzięczności. Milczenie Kamińskiego to był nie tylko koleżeński gest solidarności, ale także niejako prezent za to, że Podgórski nigdy nie zareagował na to, co działo się w domu Kamińskich.

Podgórski poczuł do siebie narastające obrzydzenie. Splunął. Papieros też smakował dziwnie gorzko. Policjant oparł się o drewniany płot. Dziura po sęku wyglądała, jakby ktoś strzelił w deskę. Zaciągnął się głęboko, mimo że niesmak w ustach narastał. Nie pił już trzysta dziewięćdziesiąt cztery dni. Jeżeli dotrwa do północy oczywiście. Ale co z tego, skoro konsekwencje jego nałogu tak naprawdę zdawały się nie mieć końca?

Może gdyby nie doszło do uwolnienia Michaliny Kaczmarek, Kamiński by pękł i sprawa wyszłaby na jaw. Ale skoro nie było dalszych nacisków i postępowanie zakończyło się uniewinnieniem, Paweł dalej milczał. W ten sposób Michalina Kaczmarek poniekąd uratowała ich obu. A teraz nie żyła.

Telefon znów zadzwonił. Daniel zgasił papierosa i sięgnął do kieszeni po komórkę. Weronika chyba miała coś ważnego do powiedzenia, skoro nie odpuszczała.

KSIĘGA
CZWARTA

2008
Michalina Kaczmarek

ROZDZIAŁ 18

Plaża w Rodzanicach. Wtorek, 1 stycznia 2008.
Godzina 10.00.
Michalina Kaczmarek

Miśka poczuła uderzenie śnieżnej kuli. Zaraz potem
rozległ się śmiech. Żegota wyskoczył zza najwyższego
z trzech głazów.

– Orientuj się! – zawołał, rechocząc w najlepsze.

Zrobiła obrażoną minę. Niech wie, że ją zdenerwował.
Tak naprawdę nawet go nie lubiła. Nie bawiłaby się z nim,
gdyby nie to, że był jedynym dzieckiem w Rodzanicach.
Oprócz niej oczywiście. Gdyby miała wybór, nigdy, prze-
nigdy by się nie bawili. Przecież to chłopak.

Całe nieszczęście polegało na tym, że jej wszystkie
koleżanki mieszkały w Lipowie. Rodzice nie pozwalali
Miśce samej chodzić do wsi. Wiele razy prosiła, wręcz się
upierała. Kilka razy nawet płakała – najgłośniej jak umiała.
Oni cały czas powtarzali swoje. Że jest za mała. Że coś
może się zdarzyć. Wcale nie była mała. Miała dziewięć
lat. Wiedziała już dużo o życiu.

Przede wszystkim, że ma dosyć Żegoty Wilka!

– Nie wolno tu wchodzić na lód – powiedziała głośno.

Chłopak zaśmiał się znów.

– A niby czemu?

– Bo lód może pęknąć!

Mama wściekła się na tatę, kiedy się okazało, że zachęcał Miśkę do biegania po lodzie. Krzyczała na niego i wymachiwała jednym ze swoich noży. Tym z najwyższego haczyka. Tym najdroższym. Czyli sprawa musiała być poważna.

Chłopak znowu się roześmiał i wlazł z powrotem na lód. Oczywiście na złość. Chodził, stawiając wielkie kroki. Śnieg leciał na wszystkie strony.

– Jakoś nic się nie dzieje!

– Ale ty jesteś głupi!

Na te słowa Żegota zrobił zabawną minę. Musiała bardzo się powstrzymywać, żeby nie wybuchnąć śmiechem. Przecież nie powinien wiedzieć, że udało mu się ją rozweselić. Wszystkich zawsze próbował rozśmieszyć. Nawet wtedy, kiedy dzieciaki z klasy sobie z niego drwiły, że ma tylko mamę, a taty nie.

Czasem na przerwach niektórzy mówili, że Żywia to puszczalska suka. Miśka nie wiedziała, co to znaczy, ale bała się zapytać mamy. Czuła, że to są słowa, za które dostałaby karę. Koleżanki i koledzy byli za bardzo zadowoleni, kiedy rzucali je w Żegotę, żeby było inaczej. Miśka czasem też tak z nimi krzyczała. Musiała. Inaczej naśmiewali się również z niej. Jakby było możliwe, że ona i Żegota są rodzeństwem.

Wiele razy próbowała znaleźć w twarzy kolegi podobieństwo do Józefa, ale nigdy się nie udało. To ją uspokajało.

Jeśli już, to bardziej był podobny do wielgachnego wujka Bohdana niż do taty.

– Orientuj się! – zawołał znów chłopak. Rzucił w nią kolejną śnieżną kulką i pobiegł dalej na lód.

– Wracaj! – zawołała za nim. Mimo wszystko wolała, żeby Żegota nie utonął. Nawet jeśli był głupkiem i robił idiotyczne miny.

Lód trzasnął złowieszczo. Żegota zatrzymał się w pół kroku. Teraz też miał głupią minę, ale to chyba dlatego, że po prostu się przestraszył.

– Boidudek – zawołała. Ale dopiero kiedy był już z powrotem na zaśnieżonej plaży i była pewna, że nie utonie. Może i był chłopakiem, a nie jedną z jej koleżanek, mimo to Miśka nie chciała zostać w Rodzanicach sama. Z kim miałaby się wtedy bawić?

Z dorosłymi to przecież nie było to samo. Mama i tata zwykle zajęci byli sobą. Żywii Miśka zawsze się bała. Wujek Bohdan i ciocia Anastazja byli mili i dawali cukierki, kiedy tylko mieli, ale przecież to nie to samo. Nie wyobrażała sobie, żeby gruba ciocia Anastazja zjeżdżała z nią na sankach, a wielgachny wujek Bohdan wspinał się na drzewa.

Chociaż ciocia miała fajne czerwone włosy i mnóstwo niesamowitych naszyjników! To było coś!

– Chodźmy stąd!

Żegota chwycił sanki za sznurek i pognał na przełaj pod górkę w stronę domu Piotrowskich. Stamtąd zjeżdżali prosto na plażę. Odkąd wujek Bohdan zaczął remontować swój warsztat w piwnicy, nie lubił, jak kręcili się z tyłu domu. To był jedyny raz, kiedy Miśka widziała go zdenerwowanego. Ale to ich nie powstrzymywało oczywiście. Nadal się tu bawili.

– Może wujek Bohdan ma skarb w piwnicy? – zgadywał czasem Żegota. – I nie chce, żebyśmy zobaczyli!

– Ale z ciebie głupek. Wujek nie ma tam skarbu, tylko warsztat z narzędziami.

Bohdan był złotą rączką. Wszystko umiał naprawić. Nieraz reperował różne rzeczy również u nich w domu. Swój warsztat remontował całą jesień. Wszystkim o tym opowiadał. Nowe narzędzia, stół stolarski. Sam nawet zbudował regał na całą ścianę.

– Skarbów nie ma – oznajmiła. – Są tylko w bajkach dla dzieci.

A ona nie była już dzieckiem. Miała przecież dziewięć lat.

ROZDZIAŁ 19

W drodze do Lipowa. Czwartek, 31 stycznia 2008.
Godzina 11.15.
Michalina Kaczmarek

O jeny! Jeny! Jeny! Nareszcie dopięła swego! Rodzice
pozwolili jej iść samej do Lipowa! Wreszcie pobawi się
z dziewczynami i nie jest skazana na tego głupka Żegotę! Ciągle rzucał w nią śnieżkami i z niej żartował. Poza
tym Miśka wcale nie chciała, żeby był jej bratem ani nic
takiego. Teraz wreszcie koniec! Będzie sobie siedział sam,
jak jest taki!

Podskakiwała, idąc poboczem leśnej szosy. Była już
w połowie drogi do Lipowa. Przeszła przez leśną drogę
i znalazła się na asfalcie. Zaraz wyjdzie spomiędzy
drzew i będzie już na polach. Stamtąd prosta droga
do wsi. No i po wszystkim. Nic trudnego. Żadnych
niebezpieczeństw!

Pamiętała wszystkie przestrogi mamy. Nie rozmawiać z obcymi. Koniecznie iść lewą stroną drogi! Ale to
koniecznie. Bo wtedy widzi się nadjeżdżające z przodu

samochody i można zejść na pobocze. O jeny! Jeny! Jeny! Kto by się przejmował! Przecież zimą i tak nikt prawie tędy nie jeździ!

Trzasnęła gałązka. Miśka zatrzymała się w pół kroku. Odwróciła się nerwowo.

– Żegota? Wiem, że to ty!

Na pewno chciał ją nastraszyć, bo był zazdrosny, że nie będzie się już z nim bawiła. Wczoraj zabrał ją na polanę w lesie i opowiedział historię o wilkołaku. Że niby w tym miejscu jeden z jego przodków został przeklęty. Słyszała oczywiście te bajki już wcześniej, ale na polanie brzmiało to jeszcze bardziej przerażająco. Wybrali się tam, kiedy już było prawie ciemno, i mama okropnie na nią nakrzyczała, kiedy Michalina wróciła. Miała zupełnie mokre buty.

– Żegota! Wyłaź!

Nikt nie wyszedł z krzaków. Łyse, zimowe drzewa zaszeleściły na wietrze. Bała się. Zaczęła biec. Tak szybciej dotrze do skraju lasu.

Nagle za plecami usłyszała odgłos silnika. Ktoś jedzie. Całe szczęście!

– Co tam, Miśka?

Wujek Bohdan i ciocia Anastazja! Zatrzymali samochód na poboczu obok niej. Wujek wysiadł z samochodu i uśmiechnął się szeroko.

– Wskakuj z tyłu! Podwieziemy cię!

Nie trzeba jej było dwa razy powtarzać. Mama się przecież nie będzie gniewała. To nie byli obcy. To byli sąsiedzi.

– Chodź tędy.

Samochód Piotrowskiego nie miał bocznych drzwi. Musiała więc zaczekać, aż wujek Bohdan odsunie przedni fotel, żeby mogła wsiąść do tyłu. Pochyliła się i zanurkowała do auta.

Wtedy poczuła mocne uderzenie w głowę.

ROZDZIAŁ 20

Ciemność
Michalina Kaczmarek

Miśka obudziła się w całkowitej ciemności. Głowa bolała
ją z tyłu. Wszystko ją bolało. Leżała chyba na materacu.
Okryta jakimś kocem. Nie miała na sobie ubrania. Nie
wiedziała, gdzie jest. Coś pisnęło? Szczury?! Poruszyła się
niespokojnie. Próbowała wstać, ale uderzyła głową o coś
twardego. Upadła z powrotem na materac.

Bała się ruszyć. Ciemność otaczała ją z każdej strony.
Z każdej strony mógł ktoś nadejść. Zakryła głowę kocem.
Było tak samo ciemno jak wcześniej, ale bała się mniej.
Troszeczkę mniej. Leżała, oddychając ciężko. Chciało
jej się siku.

– Mamo! Mamusiu!

Czasem tak wołała. Jak była mała oczywiście. Wtedy
Bożena przybiegała z sypialni rodziców i prowadziła ją do
łazienki, żeby Miśka nie musiała sama iść przez ciemny

dom. Ale teraz nikt nie przychodził. Miśka zaczęła cicho płakać. Krztusiła się własnymi łzami.

– Mamo!

Już nie miała siły wołać. Poczuła lepkie ciepło pomiędzy nogami.

KSIĘGA PIĄTA

2018
Popołudnie

ROZDZIAŁ 21

Sklep w Lipowie. Wtorek, 30 stycznia 2018.
Godzina 16.00.
Młodsza aspirant Emilia Strzałkowska

Czyli nie wiedziałyście, że Joanna przyjechała? – zapytała Laura Fijałkowska. – Nic wam o tym nie wspomniała?

Strzałkowska przeklinała w duchu, ale starała się zachować kamienną twarz. I nie patrzeć w stronę Fijałkowskiej. Tak było lepiej. Gdyby cholerny Daniel odebrał telefon od Weroniki wcześniej, Emilia nie musiałaby tu teraz siedzieć z jednym ze swoich większych wrogów. Ale Podgórski oczywiście musiał odebrać dopiero po stu latach i Weronika zdążyła przez ten czas zadzwonić na posterunek do Lipowa. Prosto do Fijałkowskiej.

Laura była teraz kierowniczką posterunku. Zastąpiła Pawła po jego karnej degradacji za skandal z powodu śmierci Żegoty Wilka. Strzałkowska poznała ją wcześniej. Fijałkowska pracowała na komendzie w wydziale kryminalnym. Do momentu, kiedy naczelnik nie zdecydował się oddać jej miejsca Emilii. Laura została przeniesiona najpierw do plutonu*, potem do ruchu**, żeby na koniec trafić do Lipowa i teraz rządzić tam żelazną ręką godną Margaret Thatcher. To był de facto awans, ale Fijałkowska nigdy Strzałkowskiej nie zapomniała, że przez nią straciła swoją ciepłą posadkę w krymie***.

– Nie – zapewniła Grażyna Kamińska. – Widziałyśmy się z nią jakiś miesiąc temu. Później nie miałyśmy z nią kontaktu.

Agnieszka zerknęła na swoją lokatorkę, ale się nie odezwała. Kiwnęła tylko głową.

– Myślicie, że coś im się stało? Joannie i Klementynie? – zapytała Grażyna. – To połączenie tak nagle się urwało!

– Jesteście pewne, że Klementyna prosiła o pomoc? – upewniła się Emilia.

Starała się zachować profesjonalizm. Z Laurą po jednej stronie, a Grażyną Kamińską po drugiej nie było to łatwe. Z jednej wróg, z drugiej była żona obecnego kochanka. Między młotem a kowadłem, uśmiechnęła się pod nosem Strzałkowska. Zaczął ją ogarniać czarny humor. Bo przecież nie można zapomnieć jeszcze o jednym.

A właściwie j e d n e j. W mieszkaniu nad nimi siedziała Weronika. Zgodziła się popilnować dzieci na czas rozmowy policjantek z kobietami ze sklepu. Czyli Emilia miała jeszcze nad sobą obecną żonę byłego kochanka. Tyle przyjaznych dusz w jednym budynku, pomyślała Strzałkowska z przekąsem. Nic tylko skakać z radości.

* Ogniwo patrolowo-interwencyjne.

** Wydział Ruchu Drogowego.

*** Wydział kryminalny.

– Tak – potwierdziła Agnieszka Mróz, kiwając głową. Chyba tylko ona z kobiet w sklepie nie była do Emilii wrogo nastawiona. – Weronika włączyła tryb głośnomówiący i wszystkie trzy to słyszałyśmy. Klementyna odebrała telefon Joanny. Powiedziała, że potrzebna jest pomoc. Później zaczęła mówić, że Joanna zaraz umrze, i się urwało.

– No i słyszałyśmy wycie – dodała Grażyna z przejęciem. Zwracała się do Fijałkowskiej. Na Emilię nie patrzyła.

– Weronika próbowała się dodzwonić do Daniela, ale nie odbierał – dopowiedziała Agnieszka. – Więc w końcu uznałyśmy, że trzeba zawiadomić posterunek. To brzmiało groźnie. Było oczywiste, że trzeba działać.

Przyjechali do sklepu w Lipowie zaraz po kolejnym telefonie Weroniki do Daniela. Fijałkowska już tam była. Podgórska wyjaśniła, gdzie spotkała rano Klementynę na spacerze, i opowiedziała o zdjęciu zrobionym niechcący Joannie Kubiak. Wszystko w okolicach Skarlanki. Daniel zabrał Marka i Pawła, żeby od razu to sprawdzić.

Emilia została z Fijałkowską, żeby przesłuchać Agnieszkę i Grażynę. Nie tylko na okoliczność tajemniczo urwanej rozmowy z Klementyną, ale przede wszystkim w kwestii Michaliny Kaczmarek. To przecież planowali zrobić tego dnia. Skoro Daniel chwilowo zajął się czymś innym, ktoś musiał kontynuować dochodzenie w sprawie morderstwa. Mieli nadzieję, że nic złego się nie stało i policjant zaraz wróci do swoich zadań.

Tylko że w międzyczasie Strzałkowska była skazana na Fijałkowską. Laura czuła się w sklepie jak ryba w wodzie. Zaglądała tu dość często. Jako samotna matka chorego syna wpisywała się w to miejsce dość dobrze. Emilia też wychowywała Łukasza sama, ale z oczywistych przyczyn nikt jej tu nie zapraszał.

– No i chciałyśmy od razu przekazać ten list, który nam ktoś podrzucił – dodała jeszcze Mróz. – Żebyście mogli się nim zająć.

– Bardzo dobrze – powiedziała Laura Fijałkowska z uśmiechem. Miała czarne włosy obcięte na krótkiego boba z grzywką. Przypominała Umę Thurman w roli Mii Wallace w *Pulp Fiction*. – Oczywiście zajmiemy się tym niezwłocznie.

Anonimowy list napisany na maszynie to kolejna niespodzianka, która czekała na policjantów w sklepie. Emilia z miejsca pomyślała o tym, co powiedziała wcześniej Anastazja. Ukradziono jej maszynę, na której pisała swoje teksty i horoskopy. Wtedy potraktowali jej słowa jako pozbawione sensu ględzenie. Teraz okazało się, że może wcale tak nie było. Strzałkowska nie zamierzała oczywiście dzielić się tą informacją z Laurą.

– Ale najpierw porozmawiajmy o Michalinie Kaczmarek – dodała Fijałkowska.

– Wiemy, że Michalina dotarła tu do was około dwudziestej – wtrąciła się Emilia. Nie pozwoli Laurze przejąć całkowicie pałeczki. – Co się stało dalej?

Agnieszka i Grażyna wymieniły spojrzenia.

– Michaliny tu nie było – wyjaśniła Kamińska. – To znaczy mnie też, bo poszłam spotkać się z Pawłem.

– Byłaś wczoraj z Pawłem? – zapytała Strzałkowska.

– Jo. Wybieramy szkołę dla Bruce'a i…

– Daj spokój, Grażyno – przerwała jej łagodnie Fijałkowska. – Nie musisz się tłumaczyć Emilii. Nie jej.

Strzałkowska przewróciła oczami. Laura mówiła słodkim tonem, ale wiadomo było, o co chodzi. Odkąd Emilia zaczęła sypiać z Kamińskim, zyskała w Lipowie status złodziejki mężów. A właściwie go potwierdziła, bo już wcześniej tak o niej szeptano.

Z Danielem faktycznie się nie udało. Podczas dochodzenia w sprawie Utopców spędzili razem noc. To było na miesiąc przed jego planowanym ślubem z Weroniką. Do ślubu nie doszło. Później bywało różnie. Kiedy rok temu odbył się ślub numer dwa, a właściwie formalnie numer jeden, Emilia postawiła jasną granicę. Nie chciała być tą trzecią.

Natomiast z Pawłem to była zupełnie inna historia. Poszli do łóżka, kiedy Kamińscy byli już po rozwodzie. Mieszkańcom Lipowa zapewne nie przeszkadzało to w plotkach. Tak jak i to, że to Grażyna złożyła papiery rozwodowe i za namową Joanny Kubiak wykopała Pawła ze swojego życia. Emilia nie miała z tym nic wspólnego. Insynuacje były więc wyssane z palca.

Teraz Strzałkowską bardziej zainteresowało co innego. Grażyna powiedziała właśnie, że wczoraj była z Pawłem. Emilia z kolei była prawie pewna, że Kamińska kłamie. Od pewnego czasu Paweł chodził gdzieś w każdy poniedziałek wieczorem. Nigdy nie powiedział Strzałkowskiej gdzie i wściekał się, kiedy próbowała tego dociec. W końcu więc machnęła na to ręką. Jeden wieczór bez seksu mogła wytrzymać. Jeżeli wczoraj poszedł tam, gdzie wybierał się zazwyczaj, to nie mógł być na spotkaniu z byłą żoną. Na pewno wspomniałby o zmianie planów. Puściłby wiązankę przekleństw, że Grażyna wybrała akurat ten dzień i tak dalej. A tu nic. Cisza. Chyba że…

– Spotykacie się z Pawłem w każdy poniedziałek? – zapytała Strzałkowska, ignorując pełne irytacji spojrzenia Laury.

Istniała możliwość, że Kamiński ukrywa przed nią regularne spotkania z byłą żoną. Strzałkowska nie widziała co prawda potrzeby, żeby miał to robić. Już na początku umówili się, że tylko seks znaczy naprawdę tylko seks. Nie łączyła się z tym konieczność dochowywania sobie nawzajem wierności. Emilia nie miałaby do niego pretensji. No może odrobinę, przyznała w duchu, ale Paweł o tym nie wiedział.

– Nie, tylko wczoraj… Bo ta szkoła i w ogóle…

– Nie musisz się tłumaczyć – wtrąciła się znów Fijałkowska. – Masz prawo spotykać się z mężem.

Specjalnie chyba nie użyła czasu przeszłego, żeby jątrzyć. Emilia wiedziała, że Paweł ma regularne scysje z nową przełożoną. Nic w tym dziwnego. Kobieta szef nie mieściła się w jego światopoglądzie. Niech Kamiński sobie traci kontrolę, ale Strzałkowska nie zamierzała dać się Laurze sprowokować.

– W każdym razie Agnieszka została z dziećmi – wyjaśniła Grażyna wyraźnie uspokojona poparciem Laury. – Miśka do nas wczoraj nie przyszła, prawda?

Mróz pokręciła głową.

– Nie. Nie wspominała nawet, że chciałaby nocować. Spała u nas w piątek, ale wczoraj nie.

Strzałkowska poprawiła włosy. Znów były naelektryzowane od czapki. Musiała wyglądać jak idiotka. Ale mniejsza z tym. Teraz liczyło się bardziej to, co właśnie powiedziały Agnieszka i Grażyna. Michalina nie dotarła do sklepu.

A przecież mieszkańcy Rodzanic zgodnie twierdzili co innego.

– Około dwudziestej Michalina zadzwoniła do matki, żeby powiedzieć jej, że jest u was – poinformowała policjantka. Chciała sprawdzić, jak Agnieszka i Grażyna zareagują. – Potwierdziły to wszystkie przesłuchiwane osoby.

Trzeba będzie sprawdzić billingi z telefonu ofiary. Wtedy potwierdzą to ponad wszelką wątpliwość, ale Emilia wątpiła, żeby akurat w tej kwestii mieszkańcy Rodzanic kłamali. Michalina naprawdę zadzwoniła do matki. Czy to znaczyło, że kobiety ze sklepu coś ukrywają?

– Nie było jej tu – ucięła Agnieszka kategorycznie.

Teraz wyglądało na to, że i ona jest wrogo nastawiona do Strzałkowskiej. Trudno. Emilia nie potrzebowała tu sojuszników. Miała do wykonania swoją pracę i to właśnie zamierzała zrobić.

– Z Michaliną nie rozmawiałyście, z Joanną też nie – powiedziała Emilia znacząco, choć może niezbyt profesjonalnie, ale nie mogła się powstrzymać. – A jednak...

Fijałkowska odchrząknęła i posłała porozumiewawcze spojrzenie gospodyniom. Spojrzenie, które wyraźnie mówiło: *przepraszam za nią*. Najwyraźniej Laura zamierzała budować koalicję. Pokazywała Agnieszce i Grażynie, że jest po ich stronie.

– Przychodzi wam do głowy, dlaczego Michalina mogła skłamać matce? – zapytała, podkreślając w ten sposób, że nie podejrzewa rozmówczyń o wprowadzenie w błąd.

– To raczej oczywiste – zaśmiała się Agnieszka Mróz.

– Co masz na myśli?

– Bo chciała pójść gdzie indziej i wolała, żeby Bożena o tym nie wiedziała.

– Ukrywała coś przed matką? – wtrąciła się Emilia.

– Bo to jedną rzecz! – zawołała Agnieszka. – Bożena Kaczmarek potrafi być strasznie zaborcza. Nie chciała pozwolić Miśce żyć, mimo że ciągle ogłasza wszem wobec, że jest inaczej. Dziewczyna czuła się u nich jak w klatce.

– Z drugiej strony nie ma co się dziwić – powiedziała Grażyna cicho. – Gdyby ktoś porwał jedno z moich dzieci, nie wiem, czybym je potem gdziekolwiek wypuściła, jak już bym je odzyskała. To wymaga wielkiej odwagi. Ja się Bożenie nie dziwię.

Emilia przytaknęła. Naprawdę trudno sobie wyobrazić, co zrobiłoby się w takiej sytuacji. Miała nadzieję, że nigdy się o tym nie przekona. Tym bardziej że doskonale wiedziała, co to znaczy stracić dziecko.

– Tylko że to Miśce ciążyło – zauważyła Agnieszka.

– Mówiła o tym? – zapytała Laura Fijałkowska.

– Nieraz. Miśka wspomniała mi nawet, że czuła się w domu jeszcze gorzej niż w piwnicy. Więc chyba same rozumiecie, że u Kaczmarków dobrze nie jest. A jakiś czas temu Miśka powiedziała, że Bożena zabrała pieniądze z Fundacji Rusałka. Na swoje cele prywatne. Więc…

– Michalina była tego pewna? – zapytała Laura. – Defraudacja pieniędzy i chęć jej ukrycia to niezły motyw morderstwa.

– Nie wierzę, żeby Bożena ją zabiła. To jednak jej matka – szepnęła Grażyna. – Podobno Bożena wzięła te pieniądze, bo chciała kupić mieszkanie w Warszawie. Chciała Miśkę stąd zabrać. Tyle tu przecież przeszła. Chciała ją chronić. Która matka by tego nie zrobiła?

– Nie bądź naiwna – żachnęła się Agnieszka Mróz. –
Bożena mogła ją zabić, jak każdy inny. Chociaż faktycznie
może prędzej pozbyłaby się w tej sytuacji Joanny, żeby tej
defraudacji nie opisała w swojej gazecie. Mit działalności
charytatywnej by upadł. A skoro jest teraz nowy list, to wszyscy by sobie przypomnieli, że w starym pieniądze miały być
przekazane na konto Rusałki. Czyli de facto Kaczmarkom.

– Anastazja Piotrowska też mogłaby zabić – wtrąciła
się Grażyna. – Przecież Miśka zaczęła opowiadać o tym,
że Anastazja brała udział w porwaniu. Może i nie było
śladów w piwnicy, ale ludzie nie potrzebują dowodów.
Czasem wystarczy słowo.

Emilia skinęła głową. Wiedziała o tym aż za dobrze.
Anastazja mogła mieć motyw. Utrata reputacji, ostracyzm
w społeczności. Mogła się tego bać, nawet jeżeli postępo-
wania by nie wznowiono.

– Bo Joanna chciała wydać wspomnienia Miśki – wyjaśniła Agnieszka Mróz. – Miało tam być wszystko czarno
na białym. Jej wypowiedzi, fragmenty pamiętnika. Bo ona
pisała pamiętnik, jak była zamknięta w tej piwnicy. Powinien być u niej w pokoju. Chociaż Miśka chyba później
się rozmyśliła…

Strzałkowska pomyślała o pustym pokoju Michaliny.
Żadnego pamiętnika tam nie było. Technicy nie wspo-
minali, żeby znaleźli jakieś zapiski gdziekolwiek w domu
Kaczmarków. Ciekawe, czy to ma jakieś znaczenie.

– Ale wróćmy na razie do tego kłamstwa – zaproponowała Laura Fijałkowska. – Michalina nie planowała
nocować tu u was. W takim razie wybierała się gdzieś
indziej. Przychodzi wam do głowy gdzie?

– A gdzie dziewczyny z reguły chodzą w takich sytuacjach? – zaśmiała się Agnieszka Mróz.

Wszystkie spojrzały na nią.

– Do chłopaków, prawda?

– Michalina miała chłopaka? – zapytała Strzałkowska.

To była zupełnie nowa informacja. Do tej pory Emilii nawet nie przyszło do głowy, że po tym wszystkim, co przeszła w piwnicy Bohdana Piotrowskiego, Michalina chciała się z kimkolwiek spotykać.

Z drugiej strony może nie było w tym nic dziwnego. Każdy tęskni za uczuciem. Dziewczyna była młoda. Od porwania minął rok. Jeżeli faktycznie był jakiś chłopak, dla nich oczywiście to był kolejny trop. Partner z reguły jest pierwszym podejrzanym w takich sytuacjach.

– Wiesz, kto to był? – zapytała Strzałkowska.

Agnieszka posłała jej długie spojrzenie.

– Jo – powiedziała, kiwając głową. – Jasne, że wiem.

ROZDZIAŁ 22

Sklep w Lipowie. Wtorek, 30 stycznia 2018.
Godzina 16.30.
Weronika Podgórska

Weronika siedziała z dziewczynkami na dywanie w saloniku. Mieszkanie nad sklepem też zmieniło się od czasów Wiery. Kiedyś zdawało się mroczne i tajemnicze. Pełne sekretów. Teraz wszędzie porozrzucane były zabawki i dziecięce ubrania.

Metraż był wprawdzie niewielki, ale Agnieszka z Grażyną i piątką jej dzieci jakoś się tu mieściły. Kobiety spały w saloniku. Dziewczynki zajęły dawną sypialnię sklepikarki. A Bruce jako jedyny chłopak dostał oddzielny pokój. Właściwie był nim dawny stryszek na tyłach. Nic wielkiego, ale powoli wchodzący w wiek męski nastolatek zadowolony był, że ma odrobinę prywatności.

– Ciocia, co teraz rysujemy? Ciocia!

– Nie wiem. Narysujcie, co chcecie – zaśmiała się Weronika. – Do dzieła!

Trzy dziewczynki natychmiast zaczęły wyrywać sobie blok i kredki. Tylko najmłodsza siedziała w kącie i w skupieniu głaskała Bajkę, chociaż to właśnie Zosia z reguły była najgłośniejsza i najbardziej gadatliwa.

Weronika podeszła do niej na czworakach. Suczka otworzyła oko, ale zaraz znów zasnęła. Zosia nie przerwała głaskania. Podgórska uśmiechnęła się do dziewczynki szeroko. Zosia odpowiedziała uśmiechem, ale wydawało się, że oczy ma smutne.

– Co się stało, Zosieńko?

Dziewczynka pokręciła głową. To chyba znaczyło, że nic. Weronika mocno ją przytuliła. To zwykle działało. Siedziały tak przez chwilę. Podgórska znów poczuła tęsknotę, której nie potrafiła w sobie zgasić. Bardzo chciała wreszcie zostać mamą. Podgórski nie pił od roku. Panował spokój. Czuła, że to jest właśnie ten moment. Miała nadzieję, że dziś Daniel w końcu się zgodzi.

Kiedy przyjechał do sklepu, nie było oczywiście czasu na rozmowy na ten temat. Powiedziała mu tylko, gdzie widziała Klementynę i potem Joannę. Później policjanci odjechali. Nie mogła się doczekać wieczoru. Może zanim Daniel wróci, przygotuje kolację niespodziankę. Romantyczny nastrój na pewno nie zaszkodzi.

– Ciociu?

Bruce wszedł do saloniku tak cicho, że Weronika, zatopiona w swoich rozważaniach, go nie usłyszała.

– Co się stało?

– Możemy pogadać?

– Jasne.

– Ale u mnie.

Weronika skinęła głową.

– Porysujecie teraz same? – zapytała dziewczynek.

Obiecała Grażynie, że będzie ich pilnować, ale były na tyle duże, że nic się nie stanie, jak na chwilę pójdzie z Bruce'em do jego pokoju. Tak naprawdę dzieciaki Kamińskich od dawna radziły sobie same. Zanim Grażyna rozwiodła się z Pawłem, łatwego życia nie miały.

– Spokojnie, dadzą radę – zapewnił chłopak.

– Okej. Chodźmy.

Pokój Bruce'a był maleńki. Składał się właściwie z samych skosów. Przedtem Wiera używała tego pomieszczenia jako stryszku. Udało się tu wcisnąć łóżko i mikroskopijne biureczko. Na jedynej prostej ścianie wisiały plakaty z Batmanem. Superbohatera nie mogło przecież zabraknąć w pokoju jego fana.

Weronika zamknęła za sobą drzwi i usiadła na łóżku. W tej małej przestrzeni na krzesło miejsca już nie było.

– Ciociu, jeśli chodzi o list…

Czekała, aż dokończy, ale Bruce usiadł koło niej na łóżku i milczał.

– Mówisz o tym, który ciocia Agnieszka znalazła dziś rano w skrzynce? – zapytała Weronika, pokazując głową w stronę okna. Na zewnątrz zapadła już ciemność. Drobne płatki śniegu tańczyły w świetle lampy wiszącej przy drzwiach na zaplecze, ale skrzynkę było stąd widać całkiem dobrze. – Czy o ten stary z dwa tysiące szesnastego?

Bruce najwyraźniej się wahał.

– No bo ja wiem, kto napisał ten poprzedni – powiedział w końcu.

– Ten o bombach? W dwa tysiące szesnastym?

– Jo.

– Kto? – zapytała natychmiast Weronika.

Biorąc pod uwagę, że nowy anonim miał sporo punktów stycznych z poprzednim, istniała możliwość, że autor był ten sam. Mimo różnic, które też oczywiście dało się zauważyć.

– Nie napisał go wcale Żegota Wilk, jak wtedy podejrzewała ciocia Joanna.

Weronika skinęła głową. Żegota nie mógł też napisać nowego listu. Już od ponad roku nie żył. Poczuła narastającą ekscytację. *Jeżeli nie zabijemy jednej z nas, to trzydziestego pierwszego stycznia w superpełnię wszyscy zginiemy. Nie wolno nam o tym mówić. Bo wtedy spotka nas kara. Zamiast jednej zginą wszyscy. Pomocy. Proszę.* Nie musiała nawet odblokowywać nieszczęsnego popękanego ekranu i sprawdzać zdjęcia. Treść listu znała już prawie na pamięć. Teraz może wreszcie dowie się, kto go napisał.

– Kto go napisał? – zapytała, werbalizując swoje pełne ekscytacji myśli. Pozna prawdę. Przekona się, czy opisane w anonimie niebezpieczeństwo jest prawdziwe. A jeżeli tak, to będzie można mu zapobiec.

ROZDZIAŁ 23

Nad Skarlanką. Wtorek, 30 stycznia 2018.
Godzina 16.30.
Aspirant Daniel Podgórski

Było dopiero wpół do piątej, ale w lesie panowała prawie całkowita ciemność. Potęgowały ją chmury kłębiące się na niebie. Księżyca zupełnie nie było widać. Zjechali z szosy obok pola namiotowego i niewielkiej smażalni ryb. Leśna droga prowadząca do mostku na Skarlance nie została odśnieżona. Koła radiowozu buksowały na śniegu.

– Zaraz kurwa ugrzęźniemy – warknął Kamiński, kontrując kierownicą. – Albo nam pierdolnie zderzak. I dopiero Laurze odbie. Groziła mi postępowaniem, jak zarysowaliśmy z Młodym drzwi podczas interwencji.

Zaręba zaśmiał się głośno. Daniel patrzył na kolegów z tylnej kanapy. Nie chciał pchać się do przodu. Mieli ustalony swój rytm pracy. Mieszanie się w to było bez sensu. Choć prawdę powiedziawszy, poczuł lekkie ukłucie zazdrości. Czasy, kiedy jeździł z nimi radiowozem z posterunku w Lipowie, wydawały się teraz odległe i przyjemnie pozbawione wszelkich komplikacji.

– Jo. Pojechaliśmy do takiego nienormalnego gościa – zaśmiał się Zaręba. – Dosłownie rodzina Addamsów to była i…

Kamiński zahamował nagle. Silnik zgasł. Jakieś zwierzę przecięło leśną drogę i zniknęło wśród drzew.

– Co to było? – zapytał Zaręba.

– Nie wiem, Młody. Ale kurwa sam bym to odjebał, jeżeli będę musiał płacić za tego gruchota. – Kamiński walnął pięścią w kierownicę. – Tu nie ma kontrolki, która by się nie paliła. Jak Laura chce się do mnie przypierdolić, to niech najpierw kurwa naprawi grata.

Kamiński znów uderzył ze złością w kierownicę. Klakson zatrąbił głośno, przerywając leśną ciszę.

– Kurwa – mruknął i przekręcił kluczyk w stacyjce.

Silnik zaskoczył, charcząc.

– Nie wiem, czy to nie był wilk – powiedział Podgórski, kiedy ruszyli dalej. – Podobno w okolicy jest jeden, który odłączył się od watahy i kręci się samotnie po lesie. Tak opowiadała Żywia, jak byliśmy z Milą w Rodzanicach.

– Przeleciałbyś ją, co? – zarechotał Kamiński.

– Żywię?

– Nie, kurwa. Emilię oczywiście.

– Przestań pierdolić bez sensu.

Podgórski wyciągnął telefon. Jeszcze raz wybrał numer Klementyny. Przez całą drogę próbował się do niej dodzwonić. Sygnał był, ale Kopp nie odbierała. Wysłał wiadomość chłopakom na komendzie, żeby zlokalizowali jej komórkę. Jeżeli Klementyna się o tym dowie, to się wścieknie. Ale Daniel niezbyt się tym przejmował. Jeżeli coś się stało, to nie chciał sobie potem wyrzucać, że ominął jakąś możliwość pomocy.

– Do Joanny próbowałeś dzwonić? – zapytał Zaręba, odwracając się do niego w fotelu. Jego twarz oświetlały czerwone kontrolki kokpitu. Samochód faktycznie świecił się jak choinka. Przegląd by się przydał.

– Jo.

– I?

– Też nic. Jest sygnał, ale nie odbiera. Oba telefony będą namierzane.

– Znacie Kopp. Pewnie znów coś jej odjebało – podsumował Kamiński. – Zresztą zaraz będziemy na miejscu, to się rozejrzymy. Nie ma co się martwić na zapas.

Łatwo mówić, pomyślał Daniel. Kiedy Klementyna zniknęła ostatnim razem, podczas śledztwa w sprawie domu czwartego, omal nie została zabita. Podgórski nie chciał powtórki z rozrywki. Kopp może i była dziwna, ale przyjaźnili się. A przyjaciół nie zostawia się w potrzebie.

– Nie wiadomo nawet, czy coś się stało – dodał Marek pocieszająco.

– Klementyna powiedziała przez telefon, że potrzebna jest pomoc.

Przejechali przez mostek. Po drugiej stronie był niewielki parking z wiatą i stołem. Turyści siadywali tam latem z prowiantem. W świetle reflektorów radiowozu widać było, że zaparkowano tam jakiś samochód.

– Mustang Joanny Kubiak – powiedział Marek Zaręba.

Dziennikarka jeździła imponującym fordem mustangiem z siedemdziesiątego drugiego roku. Auto potrzebowało renovacji, ale i tak robiło duże wrażenie i budziło zazdrość. Daniel podejrzewał, że nie tylko w nim.

– Kurwa, mieć taką maszynę i o nią nie zadbać. Grzech.

Przez chwilę siedzieli we trzech w ciszy, kontemplując słowa Kamińskiego. Podgórski się z nim zgadzał. Gdyby miał tego mustanga na własność, zrobiłby z nim, co trzeba.

– Chodźmy – zarządził w końcu. Najważniejsze było teraz znalezienie Klementyny, a nie marzenia motoryzacyjne. – Skoro samochód Joanny tu jest, to może ją też tu znajdziemy. Chyba że odjechały fabią Kopp, skoro skody tu nie ma.

Albo coś im się naprawdę stało, pomyślał, ale uznał, że lepiej nie wypowiadać tych słów na głos. Zły omen. Weronika powiedziała, że spotkała Klementynę, jak wracała ze spaceru. Kopp szła od strony Gaju-Grzmięcy. Może samochód zostawiła gdzieś tam.

– Myślicie, że one się miały tu spotkać? – zapytał Marek. – Mówię o Klementynie i Joannie oczywiście.

– Jak Weronika spotkała Klementynę, to Kopp jej powiedziała, że idzie na spacer – przypomniał Podgórski. Kiedy przyjechali do sklepu, Weronika streściła im wydarzenia dnia. – O planowaniu spotkania nic nie wspomniała.

– Lesba miałaby sobie urządzać spacerek dla zdrowia? – zarechotał Paweł. – Raczej niezbyt to do niej pasuje, nie?

Poza doborem słów Daniel nie mógł się z Kamińskim nie zgodzić. Nagła chęć spacerowania nie pasowała do Klementyny. Z drugiej strony, odkąd miała pod opieką Martę i małego Jasia, zupełnie się zmieniła.

Wysiedli z radiowozu. Mróz szczypał w twarz. Musiało być co najmniej minus piętnaście stopni, o ile temperatura jeszcze nie spadła. Prószył lekki śnieg, chociaż może to tylko marzły resztki wilgoci w powietrzu. Wiatr się za to uspokoił i las tonął w zupełnej ciszy. Nie poruszyła się ani jedna gałązka. Wyglądało to, jakby drzewa zamarzły.

– Macie – powiedział Marek, podając im latarki. – Bez tego w tej ciemności ani rusz.

Młody miał rację. Księżyc uparcie krył się za chmurami. Trzeba było sobie jakoś radzić.

– Sprawdźmy najpierw po tej stronie rzeki – zarządził Daniel. – Potem wrócimy na tamtą i zobaczymy, okej?

Nagle gdzieś po lewej rozległo się wycie. Było głośne i zdecydowanie niepokojące. Wszyscy trzej się zatrzymali. Paweł zaczął świecić latarką pomiędzy drzewa. Snop światła zdawał się wątły wśród mrocznych cieni kryjących się w nocnym lesie.

– Chyba miałeś rację co do tego wilka – mruknął Zaręba.

– Podobno wilki do ludzi nie podejdą – powiedział Daniel, przypominając sobie słowa Żywii. – Za bardzo się boją. Więc raczej nic się nie stanie.

– Lepiej niech się kurwa trzyma z daleka od nas – warknął Kamiński. – I jeszcze do tego piździ jak chuj.

Rozglądali się przez chwilę w milczeniu.

– Rozdzielamy się czy… – Marek nie dokończył zdania.

Nikt nie odpowiedział, ale ruszyli, trzymając się blisko siebie, skrzypiąc butami na śniegu. Chyba żaden nie miał ochoty zostać sam w ciemności. Przeczesywali teren długimi posunięciami latarek. Niewiele to dawało, bo snopy światła rozjaśniały tylko niewielki fragment lasu. Wycie się nie powtórzyło, ale za to z drugiej strony rzeki dało się słyszeć głośne krakanie. Ono też było dziwnie niepokojące i na pewno nie poprawiało nastroju poszukiwaczom.

– To co, Daniel, planujecie z Weroniką dziecko, tak? – zagadnął Kamiński po chwili milczenia.

– O! – podchwycił natychmiast Marek. – Czemu nic nie mówiłeś?

Podgórski zatrzymał się, żeby zapalić. Poczęstował pozostałych. Twarze Zaręby i Kamińskiego wyglądały nieco demonicznie oświetlone czerwonym żarem papierosów.

– Skąd ten pomysł? – zapytał. Starał się zachować neutralny ton.

– Wczoraj widziałem się z Grażką i powiedziała, że Weronika jej o tym wspominała kilka razy.

Podgórski zapomniał na chwilę o zimnie i lęku o Klementynę. Poczuł narastającą irytację. Weronika mogła jednak powstrzymać gadatliwość. Nie chciał, żeby intymne sprawy omawiane były poza domem. A już zwłaszcza żeby o jego planach lub też ich braku wiedział Paweł czy nawet Marek.

– Super – powiedział Zaręba. – To będziemy mogli wyjeżdżać wszyscy razem z dzieciakami.

Młody miał dwie córki. Piętnastoletnią Andżelikę i prawie pięcioletnią Zuzię. Kamiński dorobił się całej gromadki.

– Mam już syna – mruknął Podgórski, ucinając temat. – Chodźmy zobaczyć po drugiej stronie. Tu nic nie ma.

Zawrócili w stronę mostku, oświetlając sobie drogę. Znów zerwał się wiatr. Chmury na niebie zaczęły się przerzedzać. Dzięki temu robiło się coraz jaśniej. Jeszcze chwila i księżyc stanie się widoczny. Jutro pełnia, więc da dużo światła. Łatwiej będzie szukać. Może nawet latarki nie będą potrzebne.

– Stary, Łukasz się nie liczy – nie dawał za wygraną Marek. Cały czas się uśmiechał. – To duży chłop. I lepiej uważaj, bo podobno serce mojej Andżelice złamał i już się z nią nie widuje. Pilnuj swojego chłopaka, bo się zdenerwuję.

– To dzisiaj po służbie…?

Kamiński nie dokończył. Zaczął ruszać biodrami znacząco, udając kopulację. Zaręba zaśmiał się głośno i zagwizdał. Podgórski miał ochotę wrzasnąć, żeby się zamknęli.

– Jeszcze nie podjęliśmy decyzji – mruknął. Nie chciał dyskutować o tych sprawach z kolegami. Zwłaszcza pośrodku mroźnego lasu. Zwłaszcza kiedy Klementynę mogło spotkać coś złego.

– Kurwa, człowieku! Kogo ty oszukujesz – zarechotał Kamiński. – Chyba tylko kurwa siebie. Podobno Weronika opowiadała Grażynie, że zaraz ma dni płodne. A ty się łudzisz, że decyzja nie została podjęta?! Stary, masz przejebane. Jak baba poczuje taki zew, to wiesz, już nie ma powrotu. Nie, Młody? Nie mam racji?

Paweł klepnął Zarębę w ramię. Marek zaśmiał się wesoło. Najwyraźniej ta rozmowa ich bawiła. Podgórskiemu wcale nie było do śmiechu.

– Skupcie się kurwa, co? Zamiast głupio gadać.

– Pomyśl, że pieluchy będziesz zmieniał tylko jakiś czas – chichotał Zaręba. – Potem będzie tylko łatwiej.

– Z Łukaszem ci się upiekło, to teraz będziesz kurwa miał za swoje – zawtórował mu Kamiński. – Dzidzi, dzidzi.

Podgórski zaciągnął się głębiej papierosem. Koledzy, zdaje się, nie pamiętali, że to nie był jego wybór. Że Emilia zapomniała go powiadomić, że jest w ciąży, i zjawiła się w Lipowie z Łukaszem dopiero pięć lat temu. A już na pewno Daniel nie wybrał sobie tego, że Justynka urodziła się jako wcześniak i zmarła, zanim miał szansę zmienić chociaż jedną pieluchę.

Policjant poczuł nieprzyjemny ucisk w gardle. Nie zamierzał przypominać im o tym wszystkim. To nie był na to czas.

– Tam coś jest – rzucił Kamiński, przerywając jego ponure rozmyślania.

Daniel spojrzał we wskazanym kierunku. Droga rozwidlała się w tym miejscu i skręcała w stronę małego jeziora Kochanka. Na śniegu faktycznie coś leżało. Podeszli bliżej. Krakanie stawało się coraz głośniejsze. Dochodziło zza zakrętu.

– Co to jest? – zapytał Marek. – Jakiś zeszyt?

Daniel rzucił niedopałek papierosa w śnieg. To mogło nie być nic ważnego, ale chciał się skupić.

– Okładka z mundialu – powiedział Kamiński, podnosząc brulion. Poświecił latarką. – RPA. Dwa tysiące dziesięć. W finale byłem za Holendrami i kurwa nic z tego nie wyszło.

– Hiszpanie byli lepsi – nie zgodził się Marek. – Zacny był ten gol Iniesty. Naprawdę zacny.

– Pierdolisz. Szczęście mieli i tyle. Jeszcze dobrze, że nie w karnych. Na okładce jest Müller. On był chyba królem strzelców, nie?

– Jo.

Kamiński uchylił okładkę.

– *Pamiętniczek* – przeczytał. – Dalej kilka wyrwanych kartek. Te pieprzone ptaszory nie przestaną krakać? Skupić się nie można.

– Ale wiecie, że gdzie kruki, tam może być padlina – powiedział Marek powoli.

Młody policjant nie dodał nic więcej. Nie musiał. Padlina mogła oznaczać trupa. Daniel spojrzał w tamtą stronę. Droga zakręcała. Stąd nic nie było widać. Ruszyli bez słowa, żeby to sprawdzić. Kiedy minęli załom drogi, zobaczyli, że kawałek dalej ktoś leży. Postać wyraźnie odcinała się od bieli śniegu. Ptaki zerwały się do lotu z głośnym świstem potężnych skrzydeł.

Puścili się biegiem w złudnej nadziei, że coś można jeszcze zrobić. Choć tak naprawdę wiedzieli, że to na nic, skoro ptaki już zaczęły ucztę.

– Martwa jak nic – mruknął Marek.

Wszyscy trzej oddychali ciężko, mimo że przebiegli zaledwie kilka metrów. Emocje brały górę. Daniel poświecił na twarz kobiety i poczuł niesamowitą ulgę. Joanna Kubiak. Straszne, że nie żyła, to jasne. Ale najważniejsze, że to nie była Klementyna.

Dziennikarka leżała na plecach. Golf miała rozerwany prawie do połowy. Rękawy kurtki też. Na ręce widać było ślady ugryzień jak u Michaliny Kaczmarek. Twarz, szyja i dekolt zlepione były zamarzniętą krwią. Na brzuchu denatki leżał telefon. Mniej więcej w tym miejscu, gdzie w ciele Michaliny była rana od pojedynczego dźgnięcia nożem.

Daniel spróbował wybrać numer Joanny Kubiak. Komórka zadzwoniła cicho.

– Przynajmniej wiemy, czemu kurwa nie odbierała – mruknął Kamiński. – Ktoś jej nieźle przypierdolił w głowę i twarz. Nie trzeba być doktorem ostatniego kontaktu, żeby stwierdzić przyczynę zgonu.

Faktycznie twarz Joanny została potraktowana z niezwykłą brutalnością. Ktoś musiał ją atakować z dziką furią.

– Tu pod śniegiem są kamienie – zauważył Marek. – Może tym jej to zrobili.

– No to dziennikarkę już mamy. Jest jakiś postęp. Tylko gdzie jest w takim razie ta lesba? – zastanawiał się Kamiński.

Poświecili dookoła latarkami. Byle tylko nie znaleźć kolejnego ciała, powtarzał sobie w duchu Daniel. Weronika mówiła, że połączenie telefoniczne zostało przerwane nagle. To mogło oznaczać wszystko i nic.

– Trzeba zawiadomić dyżurnego i…

Daniel nie dokończył. W ciszy zimowego lasu dały się nagle słyszeć uderzenia łap i głośne świszczące ziajanie. W ich stronę biegło jakieś zwierzę. Podgórski odruchowo sięgnął po służbową broń. Pozostali zrobili to samo.

ROZDZIAŁ 24

Dom Strzałkowskiej w Lipowie.
Wtorek, 30 stycznia 2018. Godzina 16.40.
Młodsza aspirant Emilia Strzałkowska

Dość tu przytulnie – skomentowała Laura z wyraźną drwiną w głosie. – Dasz mi coś do picia?

Strzałkowska zacisnęła zęby. Jej kuchnia nie należała do największych. To prawda. Tak jak i cały dom. Kiedy się tu wprowadziła, miała wrażenie, że jest najbrzydszy w całej wsi. Długi jak tramwaj jednopiętrowy prostopadłościan z płaskim dachem. Nauczyła się go lubić.

Wyciągnęła szklankę z szafki nad blatem. Nalała wody z kranu i postawiła przed Laurą z najbardziej słodkim uśmiechem, na jaki mogła się zdobyć. Nigdy nie przypuszczała, że będzie musiała gościć Fijałkowską we własnej kuchni.

Nie było niestety wyboru. Jeżeli Emilia nie pozwoliłaby jej tu przyjść albo opóźniała przesłuchanie, czekając na powrót Daniela, Laura gotowa byłaby uznać to za podejrzane. A tego Emilia chciała uniknąć. Zwłaszcza w świetle zeznań Agnieszki Mróz.

Dawna służąca Kojarskiego twierdziła, że Michalina Kaczmarek zaczęła w ostatnim czasie wychodzić ze swojej skorupy. Zamordowana dziewczyna w tym roku miała skończyć dziewiętnaście lat, więc, mimo zamknięcia w strasznej piwnicy Bohdana Piotrowskiego, rodziła się w niej powoli kobieta. Co za tym idzie, zaczęła spotykać się z chłopakami. A właściwie z jednym.

Emilia zerknęła na swojego syna. Łukasz siedział po drugiej stronie stołu z zuchwałą miną. Chyba miała ukryć zdenerwowanie. Strzałkowska znała syna na tyle dobrze, żeby widzieć w kącikach jego oczu nerwowe drgnięcia. Przy odrobinie szczęścia Laura nie zwróci na nie uwagi.

– To o co chodzi? – zapytał chłopak zaczepnie.

W ostatnim czasie głos zrobił mu się głęboki prawie jak u ojca. Zresztą wyglądał jak wierna kopia Podgórskiego. No może nieco szczuplejsza i bez brody, zaśmiała się w duchu policjantka. Ale podobieństwo było uderzające. Siebie w twarzy Łukasza nigdy nie mogła dostrzec. Zawsze ogarniał ją żal, kiedy sobie o tym przypominała.

Tak jak i na myśl o tym, że jej relacje z synem nie były już takie jak dawniej. Minęły czasy, kiedy siadali we dwoje przed telewizorem i śmiali się z jakiejś komedii, zajadając przypaloną pizzę. Łukasz skończył osiemnaście lat, a ona miała wrażenie, że już niewiele o nim wie.

Na przykład sądziła, że dziewczyną Łukasza jest Andżelika, córka Marka Zaręby. Nie przyszło jej nawet do głowy, że mógł się spotykać z kimś innym. I dlaczego do jasnej cholery akurat z ofiarą morderstwa?

No i gdzie jest ten cholerny nóż z logo firmy Kojarskiego?! Z tego wszystkiego zapomniała o nim na chwilę.

Teraz oczywiście nie mogła ani przeszukać kuchni, ani zapytać o to syna. Nie przy Fijałkowskiej.

– Podobno spotkałeś się z zamordowaną Michaliną Kaczmarek? – zagadnęła Laura. Nawet nie spojrzała na szklankę, którą postawiła przed nią Emilia. Zachowywała się teraz, jakby brzydziła się dotknąć tu czegokolwiek. – Była twoją dziewczyną, tak?

– Nie. Przyjaźniliśmy się tylko – powiedział Łukasz. – Nie uprawialiśmy seksu, jeśli o to pani pyta.

Strzałkowska poczuła, że serce bije jej szybciej. Może i oddalali się od siebie, ale takie rzeczy wiedziała. K ł a m a ł. Łukasz kłamał. Miała nadzieję, że Fijałkowska tego nie wyczuła. Dlaczego kłamał? Bo się bał? A może nie chciał mówić o seksie przy Emilii? A może…

Strzałkowska szybko odgoniła te myśli. Która matka podejrzewa swojego syna o morderstwo? Nawet jeżeli tylko przelotnie.

– Ale chciałeś, żeby to było coś więcej niż przyjaźń? – indagowała dalej Fijałkowska.

Łukasz wzruszył ramionami. Nie odpowiedział.

– Widzieliście się wczoraj? – zapytała policjantka.

– Nie, ale słyszałem, co się stało, jeszcze zanim tu przyszłyście. Cała wieś o tym mówi. Zresztą babcia zadzwoniła, żeby mi powiedzieć.

Maria Podgórska pracowała w recepcji posterunku w Lipowie. Była też dostarczycielką najlepszych wypieków, jakie można sobie wymarzyć. Zawsze zachowywała się serdecznie w stosunku do Emilii, mimo całej skomplikowanej sytuacji, a Łukasza wręcz rozpieszczała.

– Czyli nie widzieliście się wieczorem? – zapytała Laura.

– Nie. I nie zabiłem jej, jeśli pani to sugeruje.

Strzałkowska przypatrywała się synowi gorączkowo. Tym razem powiedział prawdę czy nie? Błagam, zaklinała Emilia w duchu, nie wziąłeś noża i nie zamordowałeś tej dziewczyny na zamarzniętym jeziorze. Nie zrobiłeś tego! Nie mój syn.

Nagle zrobiło jej się bardzo duszno. Podeszła do okna i uchyliła je gwałtownym ruchem. Zatrzeszczało w zawiasach. Zbliżyła twarz do szpary. Oddychała ciężko.

– Wszystko w porządku? – zapytała Laura z pozorną troską.

– Tak – zapewniła Emilia twardo. Niepotrzebnie pozwoliła sobie na chwilę słabości.

– Jeżeli interesuje panią, z kim Miśka sypiała – odezwał się Łukasz, patrząc na Fijałkowską – to powinna pani rozmawiać z kimś innym. Nie ze mną.

ROZDZIAŁ 25

Sklep w Lipowie. Wtorek, 30 stycznia 2018.
Godzina 16.40.
Weronika Podgórska

Weronika przesunęła się do Bruce'a. Siedzieli teraz na jego łóżku niemal ramię w ramię.

– Jeżeli to nie Żegota Wilk napisał tamten list z dwa tysiące szesnastego roku, to kto? – zapytała.

– Ja – szepnął nastolatek.

Takiej odpowiedzi Weronika zupełnie się nie spodziewała. Oszołomiona absolutnie nie wiedziała, co powiedzieć. Czyżby nastolatek żartował? Zza drzwi maleńkiego pokoju słychać było śmiechy dziewczynek. Najwyraźniej dobrze się bawiły podczas rysowania, a może Bajka znów coś zbroiła. Tymczasem Bruce wyglądał na całkowicie poważnego. Chyba więc o żartach nie mogło być mowy.

– Ale nie mów mamie i tacie – dodał cicho. Głos mu drżał. Przez chwilę zdawał się młodszy, niż był naprawdę. – Wściekną się, że to ja. Tata… Ciocia Joanna tyle złego na niego przez to nawypisywała. Wścieknie się, jeżeli się dowie, że to ja. Dlatego mówię tobie, a nie im, ciociu. Tata naprawdę byłby na mnie zły.

W to Weronika akurat nie wątpiła. Grażyna wielokrotnie opowiadała o napadach szału Kamińskiego. Paweł potrafił wściec się nawet wtedy, kiedy wydawało się, że wszystko jest w porządku. Jedno nieodpowiednie słowo mogło wywołać lawinę agresji. Kamiński został niemal zaszczuty przez media. W tym głównie przez Joannę. Na pewno nieraz przeklinał autora anonimowego listu. Co by zrobił, gdyby poznał prawdę?

– Tata mówił wielokrotnie, że by zajebał tego, kto to napisał – szepnął znów Bruce, odpowiadając niejako na pytanie, które przyszło Weronice właśnie do głowy. – Dlatego bałem się przyznać. Ale chciałem dobrze. Nie wiedziałem, że tata tak za to oberwie od cioci Joanny i innych. Chciałem dobrze.

Weronika miała zupełny mętlik w głowie. Skąd Bruce'owi przyszło do głowy, żeby pisać anonim i wrzucać go do skrzynki Wiery? Dlaczego chciał, żeby Junior Kojarski przekazał pieniądze na Fundację Rusałka? Skąd pomysł z pełniami księżyca? Dlaczego straszył całą społeczność bombami? No i najważniejsze – czy napisał również list, który Agnieszka znalazła dziś rano w skrzynce?

Pytania kłębiły jej się w głowie. Odetchnęła głębiej, żeby nie zalać chłopca potokiem słów. Trzeba to było wszystko uporządkować. To ona była tu dorosłym i ona powinna panować nad sytuacją. On był tylko przestraszonym dzieckiem.

– Opowiedz mi o tym po kolei – poprosiła.

– Wtedy latem państwo Kaczmarkowie chodzili po domach i zbierali na Fundację Rusałka – zaczął swoją

214

opowieść Bruce. – Jeszcze mieszkaliśmy z tatą. Tata nie chciał, ale mama coś tam im dała. Mama miała swoją puszkę, którą chowała przed tatą...

Weronika kiwnęła głową. Wiedziała, o jakiej puszce chłopiec mówił. Grażyna nieraz o tym opowiadała. Kamińska nie pracowała. Była z dziećmi całkowicie na utrzymaniu Pawła. Od czasu do czasu udawało jej się trochę schować do starej puszki po herbacie. Zbierała, żeby pewnego dnia odejść. Przynajmniej tak sobie powtarzała w duchu, choć wydawało jej się to zupełnie nierealne. Gdyby nie Joanna, nigdy nie zebrałaby się na odwagę. Weronika miała nadzieję, że też się trochę do tego przyczyniła, pozwalając Grażynie i dzieciom zamieszkać razem z Agnieszką w sklepie.

– No i Kaczmarkowie gadali z mamą, że byli u Seniora Kojarskiego, żeby on coś dał – podjął opowieść Bruce. – Wtedy jeszcze go nie aresztowali. Ale on odmówił. Tata wtedy powiedział, że się nie dziwi, bo to jest dusigrosz i skąpiec. A mama powiedziała, że tak naprawdę to państwo Kaczmarkowie powinni byli pójść do Wiery, żeby przekonała Juniora. Może on wtedy coś da. Bo matka z synem zawsze się dogadają. No i sobie pomyślałem, że coś trzeba zrobić. Że jak Kojarscy mają tyle kasy, to mogliby dać na te dzieciaki z fundacji. Strasznie się głupie to teraz wydaje, ale chciałem być jak Batman.

Ostatnie słowa niemal zmieniły się w szept. Weronika otoczyła chłopca ramieniem i przytuliła. Nastolatek o dziwo nie protestował. Widocznie potrzebował bliskości.

– Chciałeś dobrze – powiedziała pocieszająco, powtarzając jego własne słowa. – Zresztą nic takiego się nie stało.

Bruce spojrzał na nią, jakby zraniło go jej kłamstwo. Stało się, i to dużo, mówiły jego oczy. List sprzed dwóch lat wprawił w ruch machinę, która toczyła się nadal. Bomby co prawda nie wybuchły, ale Grażyna rozwiodła się z Pawłem. Agnieszka Mróz wyleciała z pracy u Kojarskiego. Obie zamieszkały w sklepie. Z jednej strony to dobrze. Z drugiej wszystko miało swoje konsekwencje. Nie tylko dla nich.

W miesiącach poprzedzających rzekome wybuchy Lipowo żyło w strachu. Wieś podzieliła się na dwa obozy. Tych, którzy wierzyli Agnieszce, i tych, którzy ją wyśmiewali. Po okolicy, jak sępy, krążyli dziennikarze. Gotowi rzucić się na każdy skrawek informacji. Weronika bała się wyjść z domu, żeby jej nie dopadli. Była przyjaciółką zmarłej Wiery. Tej, do której zaadresowany był list. A więc stanowiła dla nich łakomy kąsek. Nie mówiąc już o tym, że była narzeczoną policjanta prowadzącego sprawę.

Anonimowy list sprawił też, że rozsypało się imperium Juniora Kojarskiego. Senior trafił do więzienia w wyniku śledztwa w sprawie czarnych narcyzów. Rodzinna firma pozostała w rękach syna. Ale Junior zaczynał popadać w coraz większą obsesję i manię prześladowczą. W końcu interesy przejęła jego żona, Róża, i wyjechała, a on został w wielkiej rezydencji sam.

Joanna Kubiak napisała o tym wiele artykułów. A potrafiła być ostra jak brzytwa. Juniora Kojarskiego i Pawła Kamińskiego nigdy nie oszczędzała. Żaden z nich nie odzyskał swojej pozycji sprzed czasów anonimowego listu.

Tak więc powiedzieć, że nic się nie stało, było błędem. Weronika żałowała, że tak to określiła.

– Chciałeś dobrze – powtórzyła więc, żeby pocieszyć chłopca. – Opowiedz, co było dalej.

– No więc po tym, co powiedziała mama, wpadłem na pomysł, że muszę dotrzeć do Juniora Kojarskiego przez panią Wierę. Tylko początkowo nie wiedziałem, jak bym ją miał przekonać, żeby ona przekonała jego. Bałem się jej trochę. Przecież była wiedźmą.

Weronika uśmiechnęła się na wspomnienie przyjaciółki. Tak tu wszyscy o niej mówili. W i e d ź m a. Z powodu jej ciemnych, poprzetykanych siwizną włosów i czarnych szat bardzo ta nazwa do niej pasowała. Poza tym znała się na ziołach jak mało kto. Chodziła po lasach, żeby je zebrać. Potem suszyła i przygotowywała różnego rodzaju wywary. Czasem Weronika miała wrażenie, że Wiera naprawdę umiała czarować.

– Pomysł z listem wpadł mi do głowy też dzięki mamie. A właściwie dzięki jej gazecie. Tej o wróżbach, w której pracuje ciocia Joanna. To znaczy wtedy cioci jeszcze nie znaliśmy – uściślił Bruce. Chodziło mu oczywiście o „Selene". – Tam był taki artykuł o pełni księżyca i różnych takich. Obok zdjęcie pani z czerwonymi włosami przy maszynie do pisania. Mama mi wtedy powiedziała, że ona się nazywa Anastazja Piotrowska i mieszka niedaleko. Za lasem. W Rodzanicach. Jak zobaczyłem tę maszynę, to jakoś pomyślałem o tym, że mógłbym napisać na niej list do Wiery. I nikt by nie wiedział, że to ja. Jak w filmach. W filmach czasem wycinają literki z gazet, ale to mi się wydawało głupie i strasznie pracochłonne. Poza tym jakbym wziął gazety z domu, toby zaraz mama albo tata zauważyli. A na kupowanie…

217

Bruce nie dokończył. Nie dodał, że na kupowanie nie miał po prostu pieniędzy. Żadne z dzieci Kamińskich nie dostawało kieszonkowego. Weronika zmierzwiła mu włosy.

– I tak sobie pomyślałem, że jeśli uda mi się wykraść tę maszynę do pisania, to będę też tak pisał, żeby wyglądało, że to ta Anastazja napisała list. Jakby ktoś potem próbował zgadywać. Straszny ze mnie tchórz, bo się bałem, że ktoś się zorientuje, że to ja.

– Nie mów tak…

Weronika nie bardzo wiedziała, czy powinna Bruce'a pocieszać, czy ganić za to, co zrobił. Na razie wybierała to pierwsze. Chciała usłyszeć całą historię. Potem ewentualnie przyjdzie czas na moralizowanie. Jeśli w ogóle. Bruce miał dopiero piętnaście lat.

– Dlatego napisałem o tych pełniach księżyca. Tak jak było w artykule. I wtedy wymyśliłem, żeby podzielić okup na cztery części. Przygotowałem sobie ten tekst na karteczce. Wziąłem rękawiczki, żeby nie zostawić odcisków palców, i poszedłem do Rodzanic, żeby spróbować wkraść się do domu tej Anastazji. Albo wynieść maszynę. Nie wiedziałem za bardzo, jak to przeprowadzić.

– Jak to zrobiłeś?

– Zakradłem się do Rodzanic, żeby się zorientować, co i jak. Wtedy przyłapał mnie Żegota. On się tam kręcił. Zaczął mnie wypytywać, po co przyszedłem i tak dalej. Był tak namolny, że w końcu mu się przyznałem. I on na to, że nie ma problemu, że on mi wyniesie tę maszynę. Żebym przyszedł następnego dnia. No i jak tam poszedłem, on faktycznie ją miał. Spotkaliśmy się na skraju lasu. Napisałem list. On miał odnieść maszynę, ale potem powiedział, że ją zostawi tam na złość Anastazji. Niech sobie szuka. Mnie się to niezbyt podobało, bo się bałem, że się wszystko wyda. Ale nie mogłem nic zrobić, bo jak niby miałem ją odnieść na miejsce?

Przez chwilę żadne z nich nic nie mówiło.

– Potem w nocy list wrzuciłem pani Wierze do skrzynki tu przy sklepie – powiedział w końcu Bruce. – No i to się wszystko wymknęło spod kontroli. A najgorsze, że Junior Kojarski nie wpłacił żadnych pieniędzy na tę fundację. Ja oczywiście nie miałem żadnych bomb, ciociu.

– No ja myślę, że nie miałeś bomb! – zaśmiała się Weronika, próbując rozładować nieco napięcie.

– Tylko tak napisałem, bo chciałem, żeby bogaty oddał biednym – dodał jeszcze nastolatek. – Chciałem dobrze.

Weronika skinęła głową. Obróciła się tak, że patrzyła teraz Bruce'owi prosto w twarz. Pora na najważniejsze pytanie.

– A ten list, który Agnieszka znalazła dziś w skrzynce, też ty napisałeś?

– Nie.

A więc nowy anonim był prawdziwym wołaniem o pomoc. *Jeżeli nie zabijemy jednej z nas, to trzydziestego pierwszego stycznia w superpełnię wszyscy zginiemy. Nie wolno nam o tym mówić. Bo wtedy spotka nas kara. Zamiast jednej zginą wszyscy. Pomocy. Proszę.* Teraz brzmiało to jeszcze bardziej złowieszczo.

– A wiesz może, kto to napisał? – zapytała szybko Weronika. Nie mogła przecież tego tak zostawić. Nie chciała, żeby ktokolwiek zginął.

Wydawało jej się, że chłopiec się waha. Na jego twarzy malowało się napięcie.

– Bruce? Wiesz, kto mógł to napisać?

– Nie. Ale trzeba to potraktować poważnie, ciociu!

– Na pewno nie wiesz?

– Nie.

Tym razem ton chłopca był twardy.

– Bruce, jeżeli coś wiesz, to powinieneś powiedzieć. Tu może chodzić o czyjeś życie. Rozumiesz to, prawda?

– Dlatego mówię, żebyście to potraktowały poważnie!

Weronika przyjrzała mu się podejrzliwie. Postanowiła zagrać w otwarte karty. Wiedziała, że z nastolatkami to jest najlepsza metoda.

– Mam wrażenie, że coś ukrywasz. Niezbyt mi się to podoba.

– Jeżeli już, to nie ja coś ukrywam – odparował Bruce – tylko ciocia Agnieszka.

ROZDZIAŁ 26

Nad Skarlanką. Wtorek, 30 stycznia 2018.
Godzina 17.20.
Aspirant Daniel Podgórski

Uderzenia łap na zmrożonym śniegu były coraz głośniejsze. Trójka policjantów stała przygotowana do strzału. W mroku zimowej nocy obok ciała martwej Joanny Kubiak to nie wydawało się szczególną nadgorliwością.

Nagle zza zakrętu wybiegły dwa wielkie owczarki niemieckie.

– Ramzes! Reza! – rozległo się z tyłu za nimi, zanim którykolwiek z policjantów zdążył coś zrobić. Wkrótce zza zakrętu wyłonił się mężczyzna w ciemnej parce. – Noga!

Psy posłusznie zawróciły do swojego pana. Zapiął im szybko smycze. Oczy wilczurów błyszczały w świetle księżyca. Ich szybkie głębokie oddechy zmieniały się w wielkie obłoki pary.

– Kurwa! Psy się prowadzi na jebanej smyczy! – warknął Paweł, chowając klamkę* z powrotem do kabury. Atakiem próbował chyba maskować chwilowy przestrach.

Daniel i Marek też schowali pistolety. Chyba za bardzo ulegli ponuremu nastrojowi. Las wyglądał teraz, jakby był pełen duchów kryjących się w ciemności.

– No więc zapiąłem je – powiedział wściekle Junior Kojarski, zdejmując z głowy kaptur.

Nie wyglądał najlepiej z zapadniętymi oczami i bladą twarzą pokrytą szczeciną nierównego krótkiego zarostu. Podgórski miał wrażenie, jakby patrzył na siebie sprzed miesięcy. Ileż to razy wpatrywał się w swoje odbicie w lustrze, kiedy rano budził się z potwornym kacem. Czuł jakąś dziwnie perwersyjną przyjemność w patrzeniu we własne przepełnione wstydem oczy. Jakby w jakikolwiek sposób zmazywało to chociaż cząstkę winy.

Tak samo działało układanie pustych butelek w równe rządki. Czysto, schludnie, jak w normalnym domu. Poza tym człowiek mógł zobaczyć, jak dużo tak naprawdę pił. Kolejny powód do wstydu. A potem wynoszenie tego i ukradkowe wyrzucanie gdzieś w mieście w drodze do pracy. Żeby sąsiedzi nie widzieli masy butelek w pojemnikach wystawianych do odbioru szklanych odpadów. Wstyd i poczucie przegranej. Ukrywane głęboko, a jednak wyraźnie wyczuwalne pod powierzchnią pozorów. Kłujące jak wrzód. Nawet teraz, kiedy już zerwał z nałogiem.

Podgórski nie był pewien, czy Junior Kojarski pije, ale coś z nim było mocno nie w porządku. Plotki, które krążyły

* Pistolet.

222

po wsi, okazały się prawdziwe. W każdym razie nie wyglądał jak wymuskany bogacz, którym był kiedyś. Był wrakiem.

– Co z tego, że pan je teraz zapiął – atakował dalej Kamiński. – Przedtem biegały luzem. Wszyscy to widzieliśmy. Płoszy pan zwierzynę. Gdyby był tu leśniczy…

– Ale kurwa nie ma – warknął wściekle Kojarski. Głos mu drżał.

Psy zaczęły warczeć, jakby wyczuły zdenerwowanie swojego właściciela, a może bliskość martwej kobiety tak je pobudzała.

– Wzywam pana do zaprzestania używania takiego słownictwa – powiedział Kamiński wyniośle.

– Hej, Paweł, daj spokój – mruknął Marek Zaręba. – Sam przed chwilą…

– Zamknij się, Młody – syknął Paweł. – Jeszcze musisz się wiele nauczyć, jeżeli kwestionujesz moje słowa przy kliencie.

Daniel odchrząknął głośno. Ta wymiana zdań mogła się źle skończyć. Dobrze, że Paweł schował już broń.

– Ma pan szczęście, że nie wypiszę mandatu. A teraz proszę stąd odejść. – Kamiński zrobił kilka kroków w stronę Kojarskiego.

Ramzes i Reza zawarczały znów głośno. Milioner przytrzymał smycze.

– To miejsce zbrodni – dodał Paweł. – Ale może pan już to wie!

Junior rzucił krótkie spojrzenie na trupa Joanny Kubiak. Daniel też zerknął w tamtą stronę. Dopiero teraz zwrócił uwagę, że dziennikarka ma jakiś tatuaż na dekolcie. Nigdy go wcześniej nie widział. Zawsze chodziła w golfie.

223

– Dziennikarka zalazła ci za skórę, to ją zajebałeś? – znowu zaatakował Kamiński, płynnie przechodząc na „ty".

– Zamknij się, Paweł – warknął Daniel.

To naprawdę szło w złą stronę i było zupełnie niepotrzebne. Tym bardziej że mieli z Kojarskim rozmawiać o nożu znalezionym przy ciele Michaliny Kaczmarek. Jeśli Paweł się nie uspokoi, bogacz obstawi się prawnikami, zanim dojdzie do rozmowy.

– Ty i te twoje bestie?! – pieklił się dalej Kamiński. – Powinno się je wystrzelać.

Jak na zawołanie oba owczarki ponownie zaczęły warczeć. Większy spróbował rzucić się na Pawła, ale Junior znów ściągnął smycz.

– Ramzes, noga – rozkazał. Pies posłusznie się cofnął, ale przyglądał się Kamińskiemu złowrogo. – A może to nie ja ją zajebałem, ale ty! Wszyscy dobrze wiemy, że nie tylko mnie Kubiak zniszczyła życie! Nie byłby to pierwszy morderca w mundurze. O nie!

– Nie zapędzajmy się – powiedział Marek Zaręba ostrzegawczo.

Każdy policjant reagował wręcz alergicznie na słynne w swoim czasie hasło „mordercy w mundurach". Daniel też poczuł, że zaczyna się w nim gotować. W ciągu kilku chwil z dosłownie niczego zaczęła się robić awantura.

– No i pięknie – zaśmiał się gorzko Junior Kojarski. – Cała trójka przeciwko mnie. I komu uwierzą? Facetowi, który ma już zszarganą reputację, czy trójce funkcjonariuszy? Nawet jeżeli jeden z nich jest pijakiem, drugi bije żonę, a trzeci to nieopierzony naiwniak.

Daniel zdusił chęć wyjaśnienia, że nie pije już od trzystu dziewięćdziesięciu czterech dni. To nie był czas na tłumaczenie się. Tym bardziej że Kamiński znów wyciągnął służbową broń.

– Uważaj kurwa na słowa! – warknął.

Junior Kojarski sięgnął do kieszeni po telefon komórkowy. Kliknął kilka razy w ekran.

– Schowaj kurwa klamkę, Paweł – rozkazał cicho Daniel. – Chyba nie chcesz kłopotów.

Paweł tym razem posłuchał nieoczekiwanie szybko.

– Ano proszę – powiedział Kojarski. – Szkoda, że nie nagrywałem od początku naszej rozmowy. Wtedy bym wszystkim mógł pokazać. Cały czas uczę się na własnych błędach. Nawet jeżeli człowiekowi się wydaje, że jest sam w lesie, nie należy wyłączać kamer. Nigdy nie wyłączać.

Teraz Junior mruknął tak, jakby rozmawiał sam ze sobą.

– Pojebany jesteś – mruknął Kamiński, ale na tyle cicho, że Kojarski chyba nie usłyszał.

– Nie tylko ja jestem chory na głowę – zaśmiał się Junior, chowając telefon. – Przecież widujemy się w…

– Michalinę Kaczmarek też zajebałeś? – krzyknął Paweł, przerywając mu.

Twarz Juniora Kojarskiego zmieniła się momentalnie.

– O czym ty mówisz? – zapytał gorączkowo.

Jeżeli Kojarski nie słyszał o śmierci Michaliny, musiał naprawdę być zupełnie wyobcowany ze społeczności Lipowa. Podgórski był pewien, że we wsi już huczało od plotek. Utrzymanie czegokolwiek w tajemnicy graniczyło u nich z cudem.

Chyba że Kojarski doskonale wiedział, co się stało, a jedynie udawał zdziwienie.

– Zginęła, zginęła. – Paweł wskazał głową ciało Joanny Kubiak. – Zajebana jak ta tu. Masz z tym coś wspólnego?

Zanim Junior zdążył odpowiedzieć, rozdzwonił się telefon Daniela. Chłopaki z komendy. Dobrze, bo przecież i tak musiał wezwać tu techników i Koterskiego. Czas skończyć te dyskusje nad ciałem zamordowanej kobiety.

– Halo?

– Chyba już wiemy, gdzie jest Kopp – usłyszał zamiast przywitania.

ROZDZIAŁ 27

Rezydencja Kojarskich. Wtorek, 30 stycznia 2018.
Godzina 17.30.
Młodsza aspirant Emilia Strzałkowska

Laura Fijałkowska zaparkowała radiowóz przed rezydencją Juniora Kojarskiego. Jeździła niezbyt dobrze. Hamowała za ostro i samochód kilka razy wpadł w poślizg. Chociaż to nie była do końca jej wina. Do willi dojeżdżało się boczną, prywatną drogą. Nikt jej nie odśnieżył, w głębokim białym puchu widać było tylko koleiny po terenowym aucie milionera.

– Jak z jakiegoś horroru – skomentowała Fijałkowska.

Nie odezwały się do siebie ani słowem przez całą trasę, ale widocznie Laura nie wytrzymała. Strzałkowska wcale jej się nie dziwiła. Rezydencja Kojarskich robiła duże wrażenie na tych, którzy widzieli ją niezbyt często albo po raz pierwszy. W świetle zimowego księżyca budynek sprawiał wrażenie nawiedzonego. Albo zamku Draculi.

Ogromną willę w stylu dawnych angielskich dworów zbudowano z widoczną przesadą i megalomanią.

W ogrodzie stało mnóstwo rzeźb i fontann. Olbrzymi labirynt z żywopłotu ciągnął się z tyłu. Pozłacane meble były w środku.

Kiedyś o wygląd rezydencji dbało wielu ludzi. Teraz była zaniedbana i niemal opuszczona. Gdy wybuchła afera z listem w dwa tysiące szesnastym, Kojarski zwolnił Agnieszkę Mróz, która ośmieliła się zarzucać mu kłamstwo. Potem pozbył się kolejnych pracowników, bo uważał, że go szpiegują. W końcu nie było już nikogo do zajmowania się olbrzymim domem i ogrodem.

Teraz zaniedbania nie było widać, bo otoczenie przykrył śnieg, ale Emilia była tu latem na spacerze i widziała, że pielęgnowane niegdyś trawniki zawłaszczyły chwasty. Żywopłot rozrósł się tak, że stracił pierwotny kształt. Co działo się w środku dworu, pozostawało tajemnicą, bo Junior nikogo tam nie wpuszczał.

Rodzinną firmą zarządzała teraz jego żona, Róża. Mówiło się, że to Joanna Kubiak z nią porozmawiała i dodała jej sił, żeby się usamodzielniła. Róża zamieszkała z synem w Warszawie. Junior został w willi sam. Podobno powoli popadał w obłęd. Emilia widywała go czasem we wsi, gdzie pojawiał się ze swoimi wielkimi psami. Wyglądał dziwnie i faktycznie trudno było stwierdzić, co się dzieje w jego głowie.

Zaraz być może się tego dowiedzą, przebiegło Strzałkowskiej przez myśl. Łukasz powiedział im, że Michalina od pewnego czasu sypiała z Juniorem. W tajemnicy przed wszystkimi. Emilia wyczuwała w głosie syna ból, kiedy o tym mówił. Może zazdrość. Nie starał się ich nawet ukryć. Może nie potrafił.

– Pójdę zadzwonić do furtki – mruknęła Emilia. – Sprawdzę, czy Kojarski jest w domu. W żadnym oknie się nie pali, więc chyba go nie ma.

Laura zaśmiała się cicho.

– Co cię tak bawi?

– Kochasz swojego syna? – zapytała Laura, odwracając się do Strzałkowskiej.

Emilia nie zamierzała zaszczycić tak idiotycznego pytania odpowiedzią.

– Myślisz, że to, co zeznał o Kojarskim, mu pomoże?

– Co masz na myśli? – zapytała Strzałkowska powoli. Serce biło jej szybko i głośno. Miała wrażenie, że Laura może to usłyszeć. Nie podobał się jej wyraz, który zagościł teraz na twarzy kierowniczki posterunku w Lipowie.

– Pokazałam ci mojego syna, pamiętasz? – zapytała Fijałkowska zamiast odpowiedzi.

Oczywiście, że Strzałkowska pamiętała. To było latem dwa tysiące szesnastego roku. Tuż przed aferą z pierwszym listem. Kończyli właśnie śledztwo w sprawie Nory i naczelnik Sienkiewicz napomknął Emilii, że może liczyć na miejsce w wydziale kryminalnym na komendzie w Brodnicy.

Laura zaprosiła ją wtedy do siebie do domu. Pokazała jej chorego syna. Adaś był chyba w wieku Łukasza. Leżał na łóżku i patrzył bez ruchu w sufit. Strzałkowska nie wiedziała, co mu się stało. Ani dlaczego Fijałkowska ją tam przywiozła.

Wkrótce okazało się, że próbowała wymóc na Emilii rezygnację z propozycji Sienkiewicza. Prosiła, zaklinała. Mówiła, że to ze względu na Adasia, bo tylko jedna z nich mogła zostać w wydziale. Strzałkowska wyszła stamtąd rozbita, ale propozycję Sienkiewicza przyjęła. Nie zamierzała robić z siebie męczennicy dla dobra Fijałkowskiej. Poza tym zasłużyła na tę robotę. I tym sposobem zrobiła sobie z Laury największego wroga.

– Do czego zmierzasz? – zapytała Emilia chłodno.

– Poprosiłam cię, żebyś nie przyjęła tej posady w krymie, żebym ja mogła tam zostać. Ale nie posłuchałaś mnie.

– Laura, cholera jasna. Zakończmy tę farsę. Wiem, co się wtedy stało. Chyba tak źle na tym nie wyszłaś, prawda? Jesteś kierownikiem posterunku. Masz ustabilizowaną pracę. Od do. Masz lepiej, niż miałabyś w krymie. Właściwie powinnaś mi dziękować.

Laura zaśmiała się gorzko.

– Dziękować? – wycedziła przez zęby.

Emilia uznała, że być może faktycznie trochę przesadziła, ale też była zdenerwowana. Nie zamierzała tłumaczyć się ze swoich słów i dawać Fijałkowskiej satysfakcji.

– Matka zrobi wszystko dla swojego dziecka, prawda? – zapytała Laura.

– Do czego zmierzasz? – powtórzyła znów Strzałkowska. Wcale jej się to nie podobało. Wcale a wcale.

– Do tego, że zemsta zdecydowanie lepiej smakuje na zimno.

KSIĘGA SZÓSTA

2008–2016
Michalina Kaczmarek

ROZDZIAŁ 28

Nasz Mały Świat
Dziewczynka

Dziewczynka leżała przytulona do Tatusia. Głaskał ją delikatnie. Najpierw po głowie. Wiedziała, że potem będzie przesuwał rękę coraz niżej. Aż do Muszelki. Tak nazywał miejsce pomiędzy jej nogami, którego mama zawsze zabraniała dotykać. On wsuwał tam palce i wcale się nie przejmował, kiedy Dziewczynka tłumaczyła, że nie wolno. Szeptał tylko czułe i uspokajające słowa.

Na początku Dziewczynka próbowała się wyrwać, ale wiedziała już, że nie warto. Tatuś złościł się wtedy i wychodził, a ona zostawała sama w ciemności. Wolała przeczekać, nawet jeśli Przyjemnostki bolały. Wpatrywała się wtedy w latarenkę, którą Tatuś ze sobą przynosił. Na tym próbowała się skupić.

– Dobra Dziewczynka.

Mrugała. Jej oczy nie były przyzwyczajone do takiego blasku. Na ogół panowała tu zupełna ciemność. Jak pierwszego dnia. Światło to był prezent i przywilej, który

233

pojawiał się wraz z Tatusiem. Dziewczynka dawno już to zrozumiała.

– To jest Nasz Mały Świat – mówił Tatuś, kiedy tu wchodził, i zataczał latarenką koło po niewielkim pomieszczeniu. Miało nierówną betonową podłogę. Betonowe ściany i betonowy sufit. Z jednej strony było zdecydowanie niższe. Tatuś tłumaczył, że jak budował dla nich to miejsce, konstrukcja domu na górze nie pozwalała, żeby wszędzie było na tyle wysoko, aby można było stanąć. Dlatego w kącie ułożył materac.

Bardzo, bardzo się złościł, kiedy Dziewczynka nazwała kiedyś to miejsce piwnicą. Teraz pamiętała już, żeby tego nie robić. Tak samo nie wolno było nigdy mówić, że ona nazywa się Miśka, a Tatuś to wujek Bohdan.

W Ich Małym Świecie był tylko Tatuś i Dziewczynka. Bez Tatusia Dziewczynka była nikim. Na górze nikt na nią nie czekał. Rodzice jej nienawidzili. Poza tym tam było dużo, dużo różnych Niebezpieczeństw. Tatuś zrobił Ich Mały Świat, żeby Dziewczynkę przed nimi obronić, bo ją bardzo kochał. Tylko on. Nikt inny. Bez niego była nikim. Nikt by jej nie obronił przed Niebezpieczeństwem. Za Drzwiami czekała tylko Śmierć.

Tatuś wyjął palce z jej Muszelki. Dziewczynka wiedziała, że to jeszcze nie koniec Przyjemnostek. Teraz Tatuś przestanie ją przytulać. Zdejmie spodnie i wyjmie Ptaszka.

– Ptaszek musi wejść do Muszelki – tłumaczył zawsze, mimo że Dziewczynka doskonale już wiedziała, co to oznacza.

Potem już nic nie mówił, tylko dyszał ciężko, a Dziewczynka patrzyła w żaróweczkę latarenki.

– Cieszysz się, że Tatuś jest z tobą? – pytał na koniec, kiedy jego ciało opadało na nią całym ciężarem.

– Jo – odpowiadała.

Na początku, jak jeszcze nie wiedziała, że nie wolno, czasem płakała i mówiła, że nie. Wtedy Tatuś też płakał i mówił, że Dziewczynka bardzo go zraniła. Później długo nie wracał, a ona siedziała sama w ciemności. Bała się zejść z materaca, więc załatwiała się w kącie. Mimo że Tatuś potem bardzo na nią krzyczał, a zamiast Przyjemnostek było Lanie. I nie dostawała jedzenia.

– Bardzo się cieszę – powtarzała więc posłusznie.

– Dobra Dziewczynka! A wiesz, co dostają dobre dziewczynki?

– Prezenty!

Tatuś uśmiechnął się szeroko. Pamiętała jak przez mgłę, że widziała ten jego uśmiech na górze. W Rodzanicach. Jak dawał jej cukierki. Teraz to wydawało się dawno temu. Żegota zawsze się wtedy krzywił, bo on z reguły dostawał mniej, mimo że był chłopakiem.

– Tu masz Walizeczkę – poinformował Tatuś. Dziś przyniósł ze sobą kilka rzeczy. Nadal stała przy drzwiach. – Idź obejrzeć.

Dziewczynka nie poruszyła się. Jeszcze jedną zasadą było, że nie wolno jej podchodzić do drzwi. Za to było Lanie.

– No idź!

Wstała chwiejnie z materaca. Po Przyjemnostkach zawsze kręciło jej się w głowie. Poza tym Tatuś czasem przynosił Soczki. Pachniały jak to, co tata i mama pili czasem z butelek z korkiem. Jej nigdy nie było wolno, bo była przecież dzieckiem. Dzieci takich rzeczy nie piją. Tatuś czasami jej kazał.

Dotarła do drzwi i ostrożnie dotknęła walizki. Była skórzana i stara.

– Przynieś ją tu – rozkazał Tatuś. Dziewczynka przytaskała ją do materaca. – To teraz tu będziesz mogła chować swoje skarby. Każda mała dziewczynka ma swoje skarby, prawda?

Pokiwała głową.

– No to dostaniesz coś jeszcze, jak pocałujesz Ptaszka.

Całowanie Ptaszka Dziewczynka też dobrze już znała. Wiedziała, że nie wystarczy tak naprawdę pocałować. Trzeba było bardziej się postarać. Zresztą Tatuś nie puszczał jej głowy, póki nie zrobiła wszystkiego, jak trzeba.

– Dobrze – pochwalił, oddychając ciężko. – Otwórz walizkę. Tam jest coś jeszcze.

Dziewczynka nie miała ochoty tam zaglądać. Chciała schować się pod kocem. Ale wiedziała, że nie wolno. Jak Tatuś pójdzie, będzie miała dużo czasu, żeby leżeć skulona na materacu.

– Otwórz! – rozkazał.

Dziewczynka zaczęła posłusznie rozpinać klamry walizki. W środku była najpiękniejsza różowa sukienka, jaką kiedykolwiek widziała.

– Tak się ubierają małe księżniczki – powiedział Tatuś zadowolony chyba z jej reakcji. – Ale najpierw to!

Rozsunął zamek wewnętrznej kieszeni walizki. W środku był zeszyt z grubą okładką. Na okładce piłkarz.

– To zeszyt dla chłopców – powiedział Tatuś z odrazą – ale niczego innego nie było w sklepie. Szał jest teraz na piłkę nożną. Ale przecież każda Mała Dziewczynka ma swój Pamiętniczck, prawda? Prawda?!

Skinęła głową.

– Tu będziesz zapisywała swoje sekrety, a ja nie będę zaglądał – zachichotał jak mały chłopiec. – A teraz ubieraj się.

Dziewczynka włożyła sukienkę. Pierwszy raz od bardzo dawna była ubrana. W Ich Małym Świecie nie musiała przecież nic na siebie wkładać. Tylko tatuś ją widywał, a przed nim nie trzeba się wstydzić.

– Obróć się, żebym zobaczył cię z każdej strony.

Zrobiła niezgrabny piruet. Była jego Małą Księżniczką. Grzeczną Dziewczynką.

ROZDZIAŁ 29

Nasz Mały Świat
Dziewczynka

Jezus Malusieńki leży wśród stajenki – śpiewał Tatuś, kołysząc Dziewczynkę w ramionach.

Skończyli już Przyjemnostki. Dziś trwały dłużej niż zazwyczaj. Była Wigilia, a w tym dniu trzeba być dla siebie bardzo, bardzo miłym. Tatuś przynosił wtedy sosnową gałązkę i kilka bombek. To była ich Choineczka. Ubierali ją razem. Dziewczynka nie pamiętała już, który raz z rzędu.

Po ubieraniu Choineczki i zaśpiewaniu kolęd znów przychodziła pora na Przyjemnostki. Dziewczynka nie musiała już patrzyć tęsknie w latarenkę, bo dawno dostała ją w prezencie. Tatuś przynosił ze sobą nowe baterie. Teraz sama mogła decydować o dniu i nocy.

Byłaby szczęśliwa, gdyby nie to, że bolał ją brzuch. Muszelka zdawała się napuchnięta. Dziewczynka wiedziała już, co to może oznaczać. Miała nadzieję, że krew nie popłynie, póki Tatuś sobie nie pójdzie. Krew oznaczała, że Tatuś będzie zły i nie wróci przez kilka dni. Brzydził się nią wtedy.

– Załóż sukieneczkę – rozkazał.

Różowa sukieneczka Małej Księżniczki była spłowiała i gdzieniegdzie przetarta. Dziewczynka z trudem ją na siebie wciskała. Dawno z niej wyrosła, ale wiedziała, że musi się w nią zmieścić. Tatuś byłby bardzo rozczarowany, gdyby się nie udało. Nie chciała go smucić. Nie w Wigilię.

ROZDZIAŁ 30

Rodzanice. Sobota, 24 grudnia 2016. Godzina 20.00.
Dziewczynka

Światła.
Ludzie.
Głosy.
Dziewczynka skuliła się przerażona w kącie materaca.
W tym najgorszym, gdzie było mokro i brudno. Ale wolała
to niż obce ręce, które ktoś do niej wyciągał. Zupełnie nie
spodziewała się czegoś takiego, kiedy szczęknął zamek
w drzwiach.

Tatuś nie przychodził od dłuższego czasu. Nie umiała
obliczyć, ile dni minęło. Jedzenie się skończyło. Bateria
w latarence zaczęła się wyczerpywać. Dziewczynka wy-
mieniła ją na nową, ale ta też już dogorywała. Wiadro
na Brzydkie Rzeczy było pełne po brzegi. Nie rozumiała, dlaczego Tatuś nie wracał. Przecież Dziewczynka nie
zrobiła nic złego.

Dziś rano założyła Sukieneczkę Małej Księżniczki.
Miała nadzieję, że to jakimś sposobem sprawi, że Tatuś

przyjdzie. Była strasznie głodna. Kiedy szczęknął zamek w drzwiach, o mało tam nie podbiegła, mimo że nie wolno.

Ale to nie był Tatuś. To byli Oni.

– Już jesteś bezpieczna, Misiuniu! Już jesteś bezpieczna – mówiła mama. Wydawała się mniejsza niż kiedyś. Włosy miała inne. Tylko głos pozostał taki sam. – Już cię zabieramy z tego okropnego miejsca. Już jesteś bezpieczna.

Wyprowadzili Dziewczynkę przez drzwi. Próbowała się zapierać, ale bezskutecznie. Cała drżała.

– Niech ktoś okryje ją kocem – usłyszała.

Ktoś chwycił jej Kocyk. Pociągnęła za sobą walizkę.

– Potem to weźmiemy – obiecała mama. – Niczym się nie martw. Już jesteś bezpieczna.

Dziewczynka wiedziała, że nie była. Nie za drzwiami Ich Małego Świata.

– Zabierzcie tych ludzi! – warknął ktoś.

Dziewczynka drżała. Wyprowadzili ją na dwór. Błyski z każdej strony. Obce twarze wpatrzone w nią w skupieniu.

– Gdzie jest Tatuś? – zapytała przerażona.

Mama mogła mówić, co chce. Kłamała. Dziewczynka nie była bezpieczna. Nie za drzwiami Ich Małego Świata.

Tam czeka tylko śmierć.

KSIĘGA SIÓDMA

2018
Wieczór

ROZDZIAŁ 31

Sklep w Lipowie. Wtorek, 30 stycznia 2018.
Godzina 19.30.
Weronika Nowakowska

Moim zdaniem Joannę zabiła Żywia Wilk – oznajmiła
Agnieszka Mróz.

Siedziały znów we trzy przy stole na zapleczu sklepu.
Weronika została dłużej, niż planowała. Daniel zadzwonił,
że muszą się zająć drugim morderstwem. Joanna Kubiak
nie żyła. Co więcej, Klementyna zniknęła. Policjanci z komendy zlokalizowali jej komórkę. Niestety po początkowej
radości z sukcesu nastąpiło rozczarowanie, bo telefon
leżał w mieszkaniu byłej policjantki, ale po Kopp nie było
tam ani śladu.

Weronika westchnęła, bo to oznaczało, że Daniel wróci
później. Każda żona policjanta musiała liczyć się z tym,
że służba może się w każdej chwili przedłużyć. Podgórska
oczywiście wiedziała o tym doskonale. Miała już w tych
sprawach spore doświadczenie. Jej pierwszy mąż też był
mundurowym. Mimo to oczywiście czuła się rozczarowana

w takich sytuacjach. Zwłaszcza że ułożyła już sobie w głowie przebieg romantycznej kolacji niespodzianki.

Ale może jeszcze nie cały wieczór stracony, pocieszyła się w duchu. Tak czy inaczej, może przygotować jedzenie. Daniel w końcu wróci do domu. I na pewno będzie głodny.

– Z jakiego powodu? – zapytała Grażyna. Nie oderwała wzroku od kartki. Była w trakcie tworzenia kolejnego projektu sukienki.

– Sama wiesz, co było po sylwestrze – powiedziała Agnieszka.

Weronika zerknęła na nią podejrzliwie. Cały czas miała w pamięci to, co powiedział jej wcześniej Bruce. Kiedy wypytywała go, czy wie, kto mógł napisać nowy anonim, chłopak zaprzeczył. Podgórska nie dawała za wygraną, bo miała wrażenie, że Bruce coś ukrywa. Wtedy przyznał, że nie on coś ukrywa, ale Agnieszka.

Wyjaśnił, że Mróz miała wczoraj pilnować dziewczynek, bo Grażyna poszła spotkać się z Pawłem. To Weronika już wiedziała. Kobiety ze sklepu powiedziały jej to wcześniej. Agnieszka nie wspomniała jednak, że w sklepie nie została, tak jak obiecała.

Kiedy tylko Grażyna wyszła, Mróz wzięła Bruce'a na stronę i poinformowała, że musi wyjść. Nie tłumaczyła gdzie, poprosiła tylko chłopca, żeby zajął się siostrami. Oczywiście się zgodził. Był do tego przyzwyczajony. Zdziwiło go natomiast, że Agnieszka poprosiła, żeby nikomu nie mówił, że wyszła. To miała być ich wspólna tajemnica.

– A co się stało po sylwestrze? – zapytała Weronika, nie spuszczając Agnieszki z oczu.

Bruce powiedział Weronice to wszystko w tajemnicy. Zaufał jej. Uznała więc, że na razie nie będzie pytać Agnieszki, gdzie wyszła wczoraj wieczorem. Nie chciała zawieść chłopca. Tym bardziej że miała wrażenie, że na temat nowego anonimu Bruce wie więcej, niż mówi. Być może potrzebował trochę czasu, żeby w pełni jej zaufać i wszystko opowiedzieć. Nie mogła tego zepsuć, wypytując Agnieszkę.

Choć oczywiście bardzo Weronikę korciło, żeby się dowiedzieć, co dziewczyna wtedy robiła. Michalina zginęła wczoraj wieczorem. Agnieszka wyszła w tym czasie gdzieś w tajemnicy. Podgórska bardzo lubiła Mróz, ale podejrzenia nasuwały się same. Zwłaszcza że to Agnieszka znalazła list, kiedy dziś rano wyszła na spacer. Nie wiadomo gdzie. A teraz… Joanna nie żyła, a Klementyna zniknęła.

Weronika westchnęła. Bardzo brakowało jej Wiery. Ona na pewno potrafiłaby ocenić sytuację i zauważyć to, co Podgórskiej umykało.

– Żywia Wilk tu do nas od czasu do czasu zagląda. Wiesz przecież. Wydawało mi się, że Joanna ją lubi. Chyba jest starą znajomą jej ojca czy coś takiego. To znaczy była – poprawiła się Agnieszka. – Trudno uwierzyć, że Joanna nie żyje.

Weronika znów spojrzała na Mróz podejrzliwie. Agnieszka mówiła szczerze czy kłamała? Być może sama ją zabiła.

– W każdym razie pierwszego stycznia Joanna przyszła i powiedziała, że mamy Żywii już tu nie wpuszczać – podjęła Agnieszka. – Wydawało mi się, że coś między nimi zaszło, ale nie wiem co. Joanna nie chciała powiedzieć, kiedy o to zapytałam. Napomknęła tylko, że Żywia może być niebezpieczna i musimy się od niej trzymać z daleka. Wszystkie.

– Masz rację – powiedziała powoli Grażyna. – Zapomniałam o tym, bo Żywia dotąd się nie pokazała. Zresztą one już od pewnego czasu miały ze sobą na pieńku.

– Dlaczego? – zapytała Weronika.

Wychodziło na to, że w ogóle nie wiedziała, co się dzieje w sklepie. Uważała Grażynę i Agnieszkę za przyjaciółki. Zawsze była z nimi szczera. Może szukała w nich substytutu Wiery. One z kolei najwyraźniej nie uważały za konieczne dzielić się z nią tajemnicami.

– Chodziło o pamiętnik Miśki – wyjaśniła Grażyna. Poprawiła coś jeszcze w rysunku i uniosła go do góry, żeby pokazać Weronice. – Wydaje mi się, że w takim fasonie będzie ci dobrze.

Sukienka miała być rozkloszowana i bardzo dziewczęca. Odkąd Weronika mieszkała w Lipowie, właściwie chodziła tylko w spodniach. Sukienki niezbyt pasowały do pracy w stajni, a tym się głównie zajmowała. Oprócz pakowania się w kłopoty co jakiś czas, oczywiście. I próby stworzenia rodziny z Danielem, dodała w duchu z goryczą.

– Jaki pamiętnik? – zapytała. O tym oczywiście też nic nie wiedziała.

– Miśka miała taki zeszyt. Dostała go od Bohdana Piotrowskiego w piwnicy. Joannie bardzo zależało, żeby to wydać. Żywia kilka razy wyraziła zdanie, że to jest zwykłe żerowanie na nieszczęściu dziewczyny. Joannie oczywiście niezbyt się to spodobało. A potem zrobiło się jeszcze gorzej, bo Miśka zmieniła zdanie. Joanna podejrzewała, że to przez gadanie Żywii.

– To chyba nie jest motyw, żeby mordować – mruknęła Weronika.

Patrzyła na Agnieszkę i Grażynę z coraz większą podejrzliwością. Pomyślała, że pora już wyjść, bo chyba przelewała na nie całą frustrację spowodowaną niedogadaniem się z Danielem. Nawet jeżeli Mróz gdzieś wyszła wczoraj wieczorem, to nie oznaczało, że była morderczynią.

– Wiesz, rodzina Wilków zawsze była dziwna – powiedziała Grażyna. – Ja, Daniel i Paweł chodziliśmy z Żywią do jednej klasy. Ten jej ojciec... Rodomił... zawsze się szeptało, że on nie jest normalny. Ale po cichu i ze strachem. Hodował psy i ćwiczył je w agresji.

– Żywia tego nie robi – wtrąciła się Weronika. – Przecież wiecie, jaka łagodna jest Bajka.

– Jak byliśmy dzieciakami, on nas straszył wilkołakiem, jak odprowadzał Żywię do szkoły. Sikaliśmy niemal ze strachu – zaśmiała się Grażyna. – A jak sobie poszedł, to się z Żywii wszyscy śmiali. Że ojciec uciekł z wariatkowa i tak dalej. W twarz nikt by się nie odważył mu tego powiedzieć. Był strasznie wysoki. I miał takie spojrzenie... Nie wiem... no przerażające. Żywia też ma takie czasem. Agnieszka, masz rację. Żywia mogłaby zabić.

– Joanna mówiła, że jest niebezpieczna – przypomniała Agnieszka – a Joanna nie rzucała słów na wiatr.

– Jest jeszcze Anastazja. Ona też mogła zabić Joannę – powiedziała Grażyna. Najwyraźniej się rozkręcała. – Wręcz chorobliwie chciała się dostać tu do sklepu. Że niby przejmie moc Wiery. To dopiero jest dziwne. A Joanna cały czas powtarzała, żebyśmy jej nie pozwoliły włączyć się do społeczności. Może Anastazji się wydawało, że jak zabije Joannę, to my ją tu zaraz przyjmiemy.

Agnieszka wzruszyła ramionami.

– Wydaje mi się, że Joanna trochę przesadzała. Anastazja ma prawo czuć się samotna i skrzywdzona. Przecież to miejsce jest właśnie dla takich kobiet. Wiem, jak to jest, kiedy ludzie rzucają fałszywe oskarżenia.

– Co ty tak nagle jej bronisz? – zapytała sucho Grażyna. – Przecież jej mąż przetrzymywał Miśkę. Nie ma tu dla niej miejsca.

Agnieszka wzruszyła ramionami.

– Zostawmy to – mruknęła. – Właśnie. Weronika, mam pieniądze dla ciebie. Za wynajem. Przepraszam, że tak długo z tym zwlekałyśmy. Tu jest kwota za wszystkie miesiące. Przelicz.

Zaskoczona Weronika wzięła zwitek banknotów. Prawdę mówiąc, nie sądziła, że Agnieszka i Grażyna kiedykolwiek jej zapłacą. Skąd wzięły nagle pieniądze? I to od razu tak dużo. To było bardzo dziwne.

ROZDZIAŁ 32

No więc to by było na tyle – zakończył doktor Andrzej Duchnowski.

Strzałkowska i Fijałkowska siedziały w gabinecie terapeuty Michaliny Kaczmarek. Z twarzy Laury nie schodził pełen samozadowolenia uśmiech. Był tam od momentu, kiedy poinformowała Emilię, że ma zamiar się zemścić.

Z Kojarskim nie udało im się porozmawiać. Nie było go w rezydencji. Szybko wyjaśniło się, że był w tym czasie przy ciele Joanny Kubiak razem z Danielem i resztą ekipy. W międzyczasie okazało się, że zlokalizowano telefon Klementyny. Podgórski chciał od razu pojechać to sprawdzić, więc Emilia musiała udać się nad Skarlankę, by nadzorować czynności związane z zabezpieczeniem dowodów. Między innymi zeszytu z pamiętnikiem Miśki. No i znów była skazana na Laurę.

Potem przyszedł czas, żeby pojechać na umówione wcześniej przez Daniela przesłuchanie psychiatry, który zajmował się Michaliną po jej uwolnieniu. Były niedaleko, więc naczelnik kazał im dwóm pojechać.

Laura odeszła kilka kroków, kiedy z nim rozmawiała przez telefon. Strzałkowska miała wrażenie, że dyskusja dotyczy nie tylko spotkania z Duchnowskim. Uśmiech Laury to potwierdzał. Na razie nie było jednak sposobu, żeby wybadać, o co chodzi. Musiała skupić się na słuchaniu psychiatry.

Duchnowski zdążył opowiedzieć im całą historię porwania, a potem przeanalizować trudności z powrotem Michaliny do rzeczywistości na zewnątrz. Początkowo nie było oczywiście łatwo, ale z czasem dziewczyna zrobiła znaczące postępy. Zniknęły myśli samobójcze i zależność od oprawcy, które towarzyszyły jej na początku. Pojawiła się za to chęć życia, a to zdaniem doktora było najważniejsze.

Co ciekawe, w im lepszym stanie była Miśka, tym bardziej jej rodzice zdawali się gasnąć. To normalne zjawisko, bo dla nich ta sytuacja też była przecież niesamowicie trudna. Do tego stopnia, że Duchnowski zaproponował terapię również im, ale Bożena i Józef odmówili. Nie mógł ich oczywiście do tego zmusić.

– No więc to by było na tyle – powiedział doktor raz jeszcze. – Ale widzę, że chyba panie zanudzam?

Strzałkowska wyprostowała się natychmiast. Dotychczas słuchała go z rosnącym zniecierpliwieniem. Psychiatra nie powiedział im jak dotąd właściwie nic nowego. Fotele, w których je posadził, były miękkie i wygodne. Miała wrażenie, jakby zapadła się w wielką poduchę. Oczy same jej się zamykały, mimo że w głowie miała gonitwę myśli. Laura. Łukasz. Nóż. Do tego ten cholerny Podgórski.

– Proszę wybaczyć koleżance – powiedziała Laura.

Ton był tak protekcjonalny, że Strzałkowska chętnie walnęłaby ją w tę pełną samozadowolenia twarz.

– Kiedy ostatnio widział pan Michalinę? – zapytała, by zachować profesjonalizm.

Zwłaszcza będąc w szpitalu psychiatrycznym, przebiegło Emilii przez myśl. Miała wrażenie, że w każdej chwili ktoś może jej tu powiedzieć, że jest szalona, i nigdy już stąd nie wypuścić. Choć klinikę Magnolia trudno było nazwać szpitalem.

Przypominała raczej luksusowe spa dla bogaczy. Znajdowała się kawałek za Lipowem. Magnolia oraz ośrodek wczasowy Słoneczna Dolina zapewniały utrzymanie wielu mieszkańcom Lipowa. Kobiety pracowały tu jako pielęgniarki. Mężczyźni zajmowali się porządkami w ogrodzie i budynkach. Latem było tu naprawdę pięknie. Białe domki z niebieskimi okiennicami w stylu greckim. Wokół krzewy dzikich róż. W nosie aż kręciło od zapachu kwiatów.

Kamiński śmiał się, że to miejsce dla starych bab z dużych miast, które nie wiedzą, co ze sobą zrobić, ale mają za to sporo kasy, żeby przyjechać na maseczki błotne i przy okazji wdawać się w idiotyczne gadki z terapeutami w drogich koszulach. Może i coś w tym było. Podobno dla przyjezdnych były tu inne stawki niż dla miejscowych, którzy szukali pomocy. Tajemnica poliszynela.

Daniel leczył się tu z alkoholizmu. Strzałkowska nie znała szczegółów, ale najwyraźniej mu pomogli. Podgórski wypowiadał się o Duchnowskim pochlebnie.

– Widziałem Michalinę w zeszłym tygodniu na terapii – wyjaśnił lekarz. – Nie zauważyłem nic dziwnego. Natomiast rozmawiałem z nią wczoraj po południu przez telefon. I...

Duchnowski nie dokończył. Podrapał się po brodzie. Miał kilkudniowy modny zarost. Lekka siwizna dodawała mu uroku. Przypominał Emilii George'a Clooneya. I prokuratora Gawrońskiego. Dawno nie widziała byłego partnera. Wyprowadził się z Brodnicy, kiedy się rozstali. Chyba pracował teraz w Toruniu.

– Wczoraj nie sądziłem, że to może mieć jakieś znaczenie. Ale teraz...

– Teraz? – zachęciła go Fijałkowska.

Obie wpatrywały się w terapeutę. Na chwilę zapomniały o wzajemnych animozjach i były po prostu policjantkami. Strzałkowska czuła, że wreszcie trafiły na coś ważnego.

– Michalina powiedziała, że ktoś jest na nią strasznie zły, i zapytała mnie, co powinna zrobić w takiej sytuacji. Wyczułem, że chodziło chyba o jakąś kłótnię.

– Z kim? – zapytała Emilia.

– Nie wiem. Michalina nic konkretnego nie powiedziała. Zapytała tylko, co powinna zrobić, jak ktoś jest na nią bardzo zły. Dokładnie tak zapytała.

– Czemu nie próbował się pan dowiedzieć więcej?

– Teraz oczywiście inaczej na to patrzę, wiedząc, że ona nie żyje. Ale wczoraj to się wydawało niezbyt poważne. Błahe nawet. Poza tym mieliśmy taki zwyczaj, że jak ona nie mówi więcej, to ja nie naciskam. Jak za bardzo się naciskało, zamykała się w sobie. A po jakimś czasie mówiła, co jej leży na sercu. Teraz nie zdążyła... Mam wyrzuty sumienia, że nie zapytałem.

Nagle w głosie psychologa pojawiło się lekkie drżenie. Odchrząknął, żeby się opanować.

– Nie mógł pan wiedzieć – podsunęła gładko Emilia. Nie chciała, żeby teraz się rozkleił. Chciała, żeby mówił.

– Jasne – odpowiedział. Trudno było stwierdzić, czy się z nią zgadza, czy nie. – Powiedziałem, że jak się zrobi komuś coś złego, to najlepiej przeprosić. To z reguły działa. Michalina powiedziała, że tak zrobi.

– Coś jeszcze? – zapytała Fijałkowska. Wyglądała na podekscytowaną.

– Nic. Umówiliśmy się na następne spotkanie w przyszłym tygodniu. Naprawdę nie mogę sobie darować, że nie zapytałem o więcej. Najwyraźniej ten ktoś przeprosin nie przyjął.

ROZDZIAŁ 33

Komenda Powiatowa Policji w Brodnicy.
Wtorek, 30 stycznia 2018. Godzina 20.00.
Aspirant Daniel Podgórski

Martwi mnie udział Kopp w tym wszystkim – powiedział naczelnik Sienkiewicz. Zbierał papiery z biurka i układał je w teczkach. Zrobiła się już ósma, ale nie wyglądało na to, żeby szef wybierał się do domu. Był samotny, może dlatego nikt tego od niego nie wymagał.

Przed chwilą wyszła stąd prokurator Ligia Więcek. Daniel skończył relacjonować im wydarzenia dnia. Znalezienie przykrytego kocem ciała Michaliny Kaczmarek na zamarzniętym jeziorze. Przesłuchanie jej rodziców, państwa Kaczmarków. Potem rozmowa z Żywią Wilk i z Anastazją Piotrowską. Później odwiedziny w sklepie, kolejny anonimowy list i przede wszystkim śmierć dziennikarki Joanny Kubiak. Dwie ofiary i zaginiona Klementyna. Oficjalna odprawa miała być jutro rano, ale Sienkiewicz lubił takie podsumowania. Ligia też naciskała, chcąc się wszystkiego dowiedzieć. Do oglądania ciał na mrozie aż tak jej się nie spieszyło.

– Martwię się raczej, czy nic jej się nie stało – powiedział Daniel. Naczelnik najwyraźniej sugerował, że Kopp może być podejrzana. Podgórskiemu zupełnie się to nie podobało. – Świadkowie mówią, że przez telefon wzywała pomocy. Póki połączenie nie zostało przerwane.

– Klementyna zniknęła – przypomniał naczelnik. – Dałem do systemu informację, żeby chłopaki szukali na drodze jej skody. No i oczywiście jej samej. Posłałem ludzi z psami, lecz zgubiły trop. Ale znajdziemy ją. Bez względu na to, jaka jest jej rola w zdarzeniach.

Telefon Kopp udało się zlokalizować stosunkowo szybko. Daniel był wtedy z Pawłem i Markiem przy ciele Joanny. Kłótnia z Juniorem Kojarskim trwała w najlepsze. Podgórski z ulgą wysłał go do domu i zadzwonił po wsparcie. Sam chciał jak najszybciej pojechać tam, gdzie znajdowała się komórka Kopp. Strzałkowska i Fijałkowska zluzowały ich w lesie, a Podgórski i reszta ekipy ruszyli do Brodnicy. Nie było czasu, żeby Kamiński i Zaręba odwozili go do jego samochodu. Zresztą po awanturze z Kojarskim Daniel wolał mieć Pawła do końca dnia na oku.

Wszystko wskazywało na to, że telefon Klementyny znajduje się w jej mieszkaniu na rogu Świętego Jakuba i Przedzamcza, minutę drogi na piechotę z komendy. Chłopaki z patrolu byli więc już na miejscu, kiedy Daniel i reszta tam dotarli.

Dobijali się, ale nikt nie otwierał. W końcu wybili kopniakiem drzwi. Teoretycznie powinni czekać na strażaków, którzy otworzyliby je nieco bardziej kulturalnie, jednak Podgórski nie chciał tracić czasu. Okazało się, że w mieszkaniu nikogo nie było. Za to telefon Kopp leżał sobie jakby nigdy nic na stole w kuchni. Pełen powiadomień o nieodebranych połączeniach. Od niego, od Weroniki i od Marty.

Klementyna zniknęła. A to nie mogło oznaczać niczego dobrego.

– Dzwoniłem do Marty, która z nią mieszka – wyjaśnił Daniel. – Pojechała z synkiem do znajomych nad morze. Klementyna odprowadziła ją rano na pekaes. Nic więcej nie wie. Też nie mogła się dodzwonić. Martwi się.

Policjant specjalnie to podkreślił. Nie zamierzał pozwolić, żeby Klementynę uważano za podejrzaną. Sam doskonale wiedział, jak to jest ze ścigającego nieoczekiwanie i niesłusznie stać się ściganym. Przekonał się dobrze podczas śledztwa w sprawie Łaskuna.

– Sąsiedzi też od rana nic niepokojącego nie zauważyli. Widzieli tylko, że rano wsiadła do samochodu i gdzieś pojechała. Teraz wiemy, że w okolice Skarlanki. Nikt nie widział, żeby potem wróciła do domu.

Podgórski skontaktował się ze wszystkimi osobami, jakie przyszły mu do głowy, które mogły cokolwiek wiedzieć na temat Kopp. Zadzwonił do jej rodziny w Złocinach, a nawet do Starych Świątek, gdzie osadzony był Dawid. Nikt nic nie wiedział. Klementyna jakby zapadła się pod ziemię.

– Tak jak mówiłem, ruchacze* będą zwracać uwagę na skody – zapewnił Sienkiewicz. – Znajdziemy ją.

Znów zabrzmiało to, jakby Klementyna była poszukiwana za zabójstwo. Podgórski chciał zaprotestować, ale naczelnik nie dopuścił go do głosu, unosząc rękę.

---

* Policjanci Wydziału Ruchu Drogowego.

– Wystarczy. Porozmawiamy o tym jutro, Daniel. Dwójka z Lipowa czeka na ciebie na dole, tak?

Podgórski skinął głową. Paweł i Marek zostali w dyżurce. Gadali z jednym z chłopaków, czekając, aż Daniel skończy rozmawiać z Sienkiewiczem. Potem mieli razem wrócić do Lipowa.

– Jo.

– To zaproś mi tu Kamińskiego. Muszę sobie z nim pogadać.

Podgórski przełknął ślinę. Chyba nie mogło chodzić o samosąd? A może Paweł zdecydował się jednak powiedzieć prawdę? Że to przez Daniela... Zrobiłby to? Dlaczego właśnie teraz?

KSIĘGA
ÓSMA

2018
Bożena i Józef Kaczmarkowie
Agnieszka Mróz i Grażyna Kamińska
Junior Kojarski
Żywia Wilk

ROZDZIAŁ 34

Dom Kaczmarków w Rodzanicach.
Wtorek, 30 stycznia 2018. Godzina 20.20.
Józef Kaczmarek

Józef Kaczmarek poprawił szczapy drewna w kominku. Po papierze pakowym, który tam rano spalił, nie zostało ani śladu. Technicy policyjni w każdym razie żadnych resztek nie zauważyli. Albo nie uznali za warte uwagi.

Do studni daleko na tyłach gospodarstwa też nie zajrzeli. Może jeszcze nie. Nawet jeśli to zrobią jutro, nic się nie stanie. Józef już wyciągnął stamtąd nóż. Wymył bardzo dokładnie, zanim go tam schował. Czuł się uspokojony. Raczej jego nikt nie może podejrzewać. Chyba że...

Zerknął na żonę. Bożena zwinęła się w kłębek na kanapie. Przypominała zbitego psa, a nie dumną kobietę, którą przecież była. Udawała. Tego był pewien. Spojrzenie, które mu posłała, wiało chłodem. Uśmiechnął się. Nie zareagowała. Szukał w jej oczach miłości, która kiedyś ich połączyła. Dawno nic z niej nie zostało.

Poznali się na studiach. Byli młodzi i beztroscy. Bożena przyjechała do Warszawy z maleńkiego Lipowa, ale wcale nie miała małomiasteczkowego kompleksu. Wręcz przeciwnie. Chodziła z wysoko podniesioną głową. Niczego się nie wstydziła. To mu bardzo imponowało, bo on uważał się za gorszego. Efekt ostrego wychowania i ciągłej walki o to, żeby ojciec choć odrobinę przychylniej na niego spojrzał.

Szybko znaleźli z Bożeną wspólny język. Śmiali się z tych samych żartów. Podobały im się te same filmy i muzyka. Zaprosił ją na randkę. Potem na następną i jeszcze następną. Jakoś to się potoczyło, mimo że Józef nie był adonisem, a ona górowała nad nim wzrostem.

Wzięli ślub z wielką pompą. Zaprosili mnóstwo znajomych. Był nawet rektor uczelni, znajomy ojca Kaczmarka. Po ślubie też byli szczęśliwi. Do momentu, kiedy zaczęli starać się o dziecko i okazało się, że bez skutku.

Wtedy Bożena zaproponowała przyjazd do Rodzanic. Matka powiedziała jej, że w maleńkiej wioseczce blisko Lipowa jest do sprzedania dom. Uznali to za znakomity pomysł. Spokój i wytchnienie od wielkiego miasta. Wiejskie powietrze dobrze im zrobi. Pozbędą się wielkomiejskiego stresu i na pewno się uda zostać rodzicami.

– Nasza córka nie żyje – odezwała się Bożena zupełnie nieoczekiwanie.

Odłożył pogrzebacz i usiadł w fotelu obok niej.

– N a s z a? – zaśmiał się pod nosem.

– Co mówisz?

Nie odpowiedział.

– Ty to zrobiłeś? – zapytała żona rzeczowo. – Zabiłeś?

Józef znów nie odpowiedział. Nie miał ochoty rozmawiać o wydarzeniach wczorajszej nocy i dzisiejszego ranka. Nie chciał budzić w niej żadnych niepotrzebnych podejrzeń. O legendzie lepiej było nie wspominać.

– Mogę zapytać ciebie o to samo. Odpowiesz?

– Co zrobiłeś z nożem? – zapytała Bożena, unikając odpowiedzi. – Wiem, że brakuje noża, który zawsze brałeś, kiedy wychodziłeś do lasu.

– Już jest na swoim miejscu. To znaczy będzie, jak oddadzą ci całą tę twoją kolekcję. Bo nie będę go przecież teraz wieszać, żeby wisiał sam.

Na twarzy Bożeny załamywało się światło księżyca. Razem z blaskiem rzucanym przez płonący w kominku ogień były to jedyne źródła światła w salonie. Nie zapalili lamp. Nastrój był taki jak wczoraj wieczorem. Wzdrygnął się na samo wspomnienie.

– Wiem, że Miśka nie była moją córką – oznajmił.

Poczuł ulgę. Tyle lat nie powiedział żonie, że zna prawdę. Nareszcie mógł to zrobić, skoro Miśka nie żyła.

– Kiedy się dowiedziałeś? – zapytała Bożena. Wyczuła chyba w jego głosie, że nie było sensu zaprzeczać.

– Wiedziałem od początku.

– Skąd?

– Jestem bezpłodny – powiedział.

To wyznanie też przyniosło mu ulgę. Kiedy latami bezskutecznie starali się o dziecko, nie miał serca powiedzieć Bożenie o chorobie, którą przeszedł w młodości. Potem słuchał, jak żona wmawia mu, że wreszcie im się udało. Wiejskie powietrze i relaks na łonie natury zadziałały. Ciągle to powtarzała. Wiejskie powietrze i łono natury.

Miał wtedy ochotę krzyczeć jej w twarz: *Nie kłam! Nie kłam! Powiedz mi prawdę, a wybaczę ci, że mnie zdradziłaś. Po prostu powiedz mi prawdę.*

Ale Bożena tego nie zrobiła. Kłamała jak z nut, a on nigdy jej tego nie wypomniał. Potakiwał i udawał, że wierzy. Trochę ją rozumiał. Tak bardzo pragnęła mieć dziecko. On zresztą też. Ale w ł a s n e. Nie cudzego bękarta. Kiedy patrzył na Michalinę, zawsze wydawała mu się obca. Cieszył się, że już jej nie ma. I nigdy nie będzie. To była niesłychana wręcz ulga. Niesamowita lekkość i wolność.

I jaka satysfakcja. Nie żył potężny Rodomił, głowa rodu Wilków. Nie żył Bohdan z jego wielkimi łapami i potężnymi plecami. Nie żył nawet chuligan Żegota. W Rodzanicach został tylko jeden mężczyzna i był to właśnie on, Józef Kaczmarek. Śmieszny, mały, bezpłodny okularnik.

Te s t a m e n t. Jeżeli zdobędzie to, o czym powiedziała mu rano Joanna, to taki śmieszny już nie będzie. Będzie miał pieniądze. Więcej niż te marne grosze, które dziś zarobił. A pieniądze dają władzę. To jedyna nadzieja dla takich mężczyzn jak on. Zamierzał zrobić wszystko, co będzie konieczne. W s z y s t k o.

Spojrzał raz jeszcze na żonę. W jej oczach znów nie odnalazł ciepła. Łudził się kiedyś, że jak Miśki zabraknie, Bożena skupi się tylko na nim. Teraz już wiedział, że tak nigdy się nie stanie. Widział to w jej twarzy. Do miłości nie da się nikogo zmusić. A skoro nie mógł mieć miłości żony, to ona nie jest mu potrzebna. Ale o tym przekona się dopiero jutro. W Noc Odrodzenia.

– Wiesz, kto był ojcem Miśki? – zapytała powoli Bożena. Cedziła teraz słowa, jakby przychodziły jej z trudem.
– Wiesz?

Józef nie zdążył odpowiedzieć. Ktoś zadzwonił do drzwi.
Poszedł otworzyć. To była Laura Fijałkowska.

*

– Co ta walizka tu robi? – zapytała Bożena zupełnie
zaskoczona, kiedy Józef wczołgał się pod łóżko w ich
sypialni i wyciągnął stamtąd starą skórzaną walizę. –
Przecież to własność Miśki. Dlaczego nie jest w jej pokoju?

Córka uparła się, żeby zabrać z piwnicy Bohdana dwie
rzeczy. Koc, pod którym sypiała nawet teraz na wolności,
i walizkę, w której miała trzymać swoje skarby.

– Dobre pytanie, moja droga – powiedział Józef.
W pierwszej chwili nie zamierzał odpowiadać. Nagle uznał,
że maleńkie kłamstwo nie zaszkodzi. – Cieszysz się chyba,
że nie za bardzo grzebali? To rzeczy naszej córki, zabraliby
je. A tak zostały w domu. Przynajmniej mamy pamiątkę.
Ale to nieważne w tym momencie. Skupmy się na tym,
co nam powiedziała Laura.

Znali oboje Fijałkowską. Nie tylko dlatego, że od roku
kierowała posterunkiem policji w pobliskim Lipowie. Laura
i jej syn byli podopiecznymi Rusałki. To Kaczmarkowie
załatwili jej opiekunkę dla chorego Adasia. Znacznie tym
policjantkę odciążyli. Nie tylko jeśli chodzi o czas, ale
również pieniądze. Bożena rozważała wsparcie leczenia
chłopaka. Józef przychylał się do jej decyzji.

Nocna wizyta Fijałkowskiej była zupełnie nieoczekiwana, ale Kaczmarkowi jak najbardziej na rękę. Zamierzał poważnie potraktować słowa policjantki, chociaż doskonale wyczuwał, że chodziło jej o osiągnięcie własnego celu, a nie tylko o chęć pomagania im. Oby się nie przeliczyła. Józef strasznie nie lubił być niedoceniany. A miał wrażenie, że właśnie tak się stało.

Poczekał, aż Fijałkowska opowie im, z czym przyszła, i obiecał zastosować się do jej rad. Jak tylko policjantka wyszła, zabrał Bożenę na górę do sypialni, żeby pokazać jej, co znalazł w walizce Miśki.

Wyjął to, o co mu chodziło, i pokazał żonie z triumfem.

– Ale… – Bożena wyglądała na zupełnie zaskoczoną. – Nic nie wiedziałam… Myślisz, że on… że oni…?

– Nie wiem, ale rano idę z tym na policję.

ROZDZIAŁ 35

Sklep w Lipowie. Wtorek, 30 stycznia 2018.
Godzina 21.00.
Agnieszka Mróz

Agnieszka i Grażyna zmywały naczynia po kolacji. Przy piątce dzieciaków i dwóch dorosłych było tego całkiem sporo, ale sprzątanie miały dobrze opanowane. Jedna szorowała, druga wycierała. Zamieniały się co drugi dzień, żeby każda mogła odpocząć od moczenia rąk i niszczenia skóry dłoni płynami do zmywania. Na zmywarkę ciągle nie było ich stać.

To znaczy teraz było, poprawiła się w duchu Agnieszka. Dużą część zdobycznych pieniędzy oddała co prawda Weronice, ale trochę jeszcze zostało. Mróz potrzebowała ich więcej. Zwłaszcza teraz, kiedy czekały ją spore wydatki.

– Czego chciała od ciebie Anastazja? – zapytała Grażynę.

Jakieś piętnaście minut temu Piotrowska zadzwoniła do drzwi na zapleczu. Chciała widzieć się z Kamińską. Stały przez jakiś czas na ganku. Grażyna nie wpuściła wróżki do środka. Kiedy wróciła do kuchni, wydawała się zdenerwowana.

Grażyna machnęła ręką.

– Nic takiego – powiedziała nonszalancko. – Same głupoty. Wiesz, jak to Anastazja.

Agnieszka nie uwierzyła w ani jedno słowo. Postanowiła jednak, że nie będzie się kłócić. Nie warto w tej sprawie.

– Tak się stresowałam, kiedy Emilia i Laura nas przesłuchiwały – przyznała się Grażyna.

– Zauważyłam – mruknęła Mróz. – Zrobiłaś idiotyczny błąd.

– To znaczy? – zapytała Kamińska defensywnie.

Agnieszka nie mogła Grażynie wybaczyć głupoty. Jak się kłamie, to trzeba trzymać się prawdy tak blisko, jak to tylko możliwe. W tym cała sztuka. Jak się zaczyna kombinować, to z łatwością można p r z e k o m b i n o w a ć.

– Miałaś męża policjanta i niczego się nie nauczyłaś?! – zaatakowała. – Musiałaś zeznać, że Joanna się z nami nie komunikowała?! Przecież sprawdzą billingi. Na litość! Nawet w każdym głupim filmie to robią! Tam będzie czarno na białym, że do nas dzwoniła wczoraj rano! I wiesz, co zrobią, jak to odkryją?

Grażyna nie odpowiedziała. Przypatrywała się Agnieszce z trudnym do zinterpretowania wyrazem twarzy.

– Otóż zaczną się zastanawiać, w czym jeszcze ich okłamałyśmy. Zaczną drążyć! Chcesz tego?

– Zawsze to ja jestem winna – powiedziała Grażyna z goryczą.

– Przestań się nad sobą użalać! – warknęła Agnieszka. Nie wytrzymała. Ostatnio Grażyna naprawdę działała jej na nerwy. Zupełnie jak Joanna. Miśka. Wszyscy. – Zawsze robisz z siebie ofiarę, a ja wiem, jaka jesteś.

– To znaczy?

– Tu mąż cię bije. Tu zapracowana matka Polka, która odkłada pieniądze do puszeczki. I tak dalej, i tak dalej. A naprawdę...

– A naprawdę co? – zapytała Kamińska chłodno. Pozwoliła, żeby talerz, który właśnie myła, spadł z powrotem do zlewu.

– Kłamliwa, zdolna do wszystkiego suka – syknęła Agnieszka. – Joanna cię w końcu przejrzała. Dlatego jej tu nie chciałaś, prawda?

– A myślisz, że ciebie nie przejrzała? Znała twój sekret, chociaż ci się wydaje, że taka jesteś sprytna. Myślałaś, że ona o tym napisze, prawda? Dlatego ją zabiłaś? I Miśka wiedziała. A teraz nie żyje. I ja wiem. Mnie też zamierzasz zabić?

Agnieszka poczuła, że serce bije jej coraz gwałtowniej. Wiedza to była potężna broń. Jeżeli zna się cudze sekrety, można je przeciwko temu komuś wykorzystać. Nie zamierzała na to pozwolić. Nie teraz.

– Co tak naprawdę robiliście z Pawłem? – zaatakowała więc. Czasem najlepszą obroną był atak. Od razu zobaczyła, że trafiła w dziesiątkę. Grażyna aż się skuliła. – No proszę... Mnie oskarżasz o morderstwa, a może sama to zrobiłaś, co? Razem z mężem, którego niby tak nienawidzisz. Policjant się przydaje. Zwłaszcza do zacierania śladów. Mam rację?

Już kiedy to mówiła, Agnieszka wiedziała, że popełnia błąd.

271

– Ty najlepiej o tym wiesz – odparowała Grażyna natychmiast.

Agnieszka miała rację. Kamińska była twardą zawodniczką. Uderzała bezbłędnie w najczulszy punkt. Stały naprzeciw siebie w ciasnej kuchni i spoglądały jedna na drugą jak dzikie zwierzęta gotowe do ataku. Dobrze, że dzieci były już w swoich pokojach. Lepiej, żeby nie usłyszały, o czym tu była mowa. Czasem wiedzieć za wiele też było niebezpiecznie. Bardzo niebezpiecznie.

ROZDZIAŁ 36

Rezydencja Kojarskich. Wtorek, 30 stycznia 2018.
Godzina 22.00.
Radosław Junior Kojarski

Junior schował twarz w dłoniach. Tarł oczy, aż zaczęły
łzawić. Mimo to twarz Michaliny nie znikała. Jakby była
przyczepiona do siatkówki. Michalina. Michalina. Michalina. Jej rozłożone nogi. Jej uśmiechnięta twarz. Jej okrzyki.
Bólu czy rozkoszy. Czasem trudno było stwierdzić. Jego
własne podniecenie.

A teraz miał za to zapłacić. Śmierć Michaliny wydawała się wybawieniem. Ale tylko na początku. Właśnie
zrozumiał, że jest zupełnie odwrotnie.

– Ramzes… Reza…

Chciał krzyknąć, ale z gardła wydobył się tylko zdu-
szony szept. Mimo to psy go usłyszały i natychmiast
zjawiły się przy jego nogach. Ramzes z prawej. Reza
z lewej. Wierne jak zawsze. Szkolił je obsesyjnie godzinami aż do bezwzględnego posłuszeństwa. Tylko
im mógł teraz ufać.

Bo nie mógł ufać nawet sobie. Tabletki sprawiały, że niekiedy nie wiedział, co robi. Próbował je odstawić, ale nie potrafił. Już nie potrafił.

Wstał i podszedł do barku. Wcale nie po to, żeby się napić. Otworzył szufladę stojącej obok szafki. Noże. Wszystkie z jego pięknym, zdobionym inicjałem. Nowa firma. Jego własna inicjatywa, która pomoże mu odrodzić się jak Feniks z popiołów. Przejąć interes od Róży. Wrócić do tego, co było kiedyś.

Junior ważył przez chwilę nóż w dłoni. Pasował idealnie. W końcu robiony był pod niego. Każdy z wyprodukowanych egzemplarzy. A wkrótce będzie ich znacznie więcej. Tyle, że będzie potrzebował dużego magazynu. Potem stopniowo jeszcze większego i tak dalej. To była tylko kwestia czasu, kiedy wszystko wróci do normy.

Rzucił nożem z wściekłością o ziemię. Kogo oszukiwał?! Żałował teraz, że nie wbił noża w ciało Joanny Kubiak, kiedy był w lesie. To ona go zniszczyła! To ona zszargała mu opinię i doprowadziła do obłędu! To ona nakręciła Różę tak, że z przerażonej żonki zmieniła się w prężną bizneswoman.

Kiedy awantura z powodu listu się rozwijała, Róża zaczęła przejmować coraz więcej jego obowiązków. Radziła mu, żeby skupił się na walce z przeciwnikami. Początkowo przyjął to za dobrą monetę. Lipowo podzieliło się na tych, którzy mówili, że bomby wybuchną, i na tych, którzy uważali, że to blef. Ci pierwsi, na czele z Joanną Kubiak i Agnieszką Mróz, byli bardzo zapalczywi. I uważali, że Junior powinien wpłacić milion na konto Fundacji Rusałka.

Oczywiście nie zamierzał tego zrobić. To były jego pieniądze, nie jakichś cholernych biednych dzieci. I jego pieniędzmi miały pozostać. Róża zdawała się z nim zgadzać. Tylko że nie zauważył nawet, kiedy on zajmował się już tylko walką z „bombiarzami", jak ich w głowie nazywał, a żona zaczęła zamiast niego jeździć do Warszawy w interesach. To była dywersja. Zwykła cholerna dywersja ze strony Joanny Kubiak. Nie docenił dziennikarki.

List oczywiście istniał. Junior go zniszczył. Po śmierci matki od razu ze szpitala pojechał do sklepu. Miał zapasowy klucz. Anonim leżał sobie po prostu na stole. Tam, gdzie Wiera go zostawiła. Cholerna kartka papieru. Z treścią słowo w słowo taką, jak powiedziała Agnieszka.

Podarł go i spalił. A popiół spuścił w toalecie. W ten sposób pozbył się go ostatecznie. Zostały tylko słowa Agnieszki, a służącej pozbył się z rezydencji jak najszybciej. To był błąd. Powinien był zostawić ją przy sobie. W ten sposób mógłby ją kontrolować. Albo się jej pozbyć. A tak znajdowała się poza zasięgiem. Otoczona opiekuńczym ramieniem cholernej Joanny Kubiak.

To wszystko wina Joanny! Jego upadek to jej wina! Michalina to jej wina! Wszystko! Od początku do końca! Ale on im jeszcze wszystkim pokaże! Produkcja noży to nie była tylko fanaberia. To był plan! Lubił noże. Golił się tylko brzytwą. Ostrza go fascynowały. To prawda. Ale nie to było najważniejsze. To było coś, do czego Róża nie będzie miała dostępu z centrali firmy. Dlatego zrobił to, czego być może nie powinien. Zaufał…

Usiadł przy biurku. Przeniósł je tu z gabinetu już dawno. Teraz całe centrum dowodzenia znajdowało się w pokoju bilardowym. Tu czuł się bezpiecznie. Reszta domu zmieniła się w przygnębiające pobojowisko, więc tak było lepiej.

Wyjął z szuflady fiolkę z tabletkami. Połknął jedną. Tylko jedną. Więcej nie. Ręce tak drżały, że ledwo mu się udało zamknąć opakowanie. Odetchnął dopiero, kiedy znalazło się z powrotem w szufladzie. Poruszył myszką. Ekrany komputera rozświetliły się natychmiast. Miał przed sobą monitoring całej posiadłości. Prawdziwe centrum dowodzenia. Czasem po prostu siedział i patrzył. Napawał się systemem, który stworzył. Jego dom to była twierdza.

Najpierw rzucił okiem na obrazki z czasu obecnego. Nic szczególnego się nie działo. Noc zdawała się spokojna. Śledził wzrokiem obrazek za obrazkiem. Każdy z kwadracików, na który podzielony był ekran, pokazywał obraz z jednej kamery.

– Zaraz! – wyrwało mu się.

Kliknął na kamerę numer pięć. Pokazywała wnętrze ogrodu z przodu domu. Gładki świeży śnieg. Coś na nim leżało. Wyraźnie odcinało się od intensywnej bieli.

ROZDZIAŁ 37

Plaża w Rodzanicach. Wtorek, 30 stycznia 2018.
Godzina 22.00.
Żywia Wilk

Żywia stanęła na środku plaży przodem do jeziora. Lodowaty wiatr uderzył ją w twarz. Rozłożyła szeroko ręce. Pozwoliła, żeby światło księżyca wędrowało po jej twarzy. Jego tarcza była niemal idealnie okrągła. Jutro miała być pełnia. Noc Odrodzenia. Żałowała, że Joanna jej o tym przypomniała.

Zamknęła oczy. Teraz wszystkie dźwięki stały się głośne i wyraźne. Ale wcale nie te, które ją otaczały teraz. Nie trzask lodu i dudniące podmuchy wiatru znad jeziora. Krzyki. Śmierć, którą zadała, i ta, którą zadać miała.

Z drugiej strony jeziora rozległo się wycie. Otworzyła oczy. Rodek stał na lodzie. W miejscu, gdzie przedtem leżała Michalina. Zwabił go pewnie zapach krwi. Zadarł teraz głowę wysoko i wietrzył. Wycie powtórzyło się. Rodek odpowiedział przeciągle, kierując głowę prosto w stronę olbrzymiego księżyca.

Zamknęła oczy i znów rozpostarła ręce. Kto nie słyszał wilczego wycia, ten nie wie, co to znaczy. Ile w tym jest mocy. Z jej płuc wydobył się przeciągły ryk. Wyła. Jak wilk. Przez chwilę ich trzy głosy zlewały się w jeden.

W końcu wszyscy ucichli.

– Chodźmy – powiedziała do wilka. I ruszyła w kierunku ściany lasu. Było jeszcze wcześnie. Za wcześnie na powrót do domu.

Nie spodziewała się porannego telefonu od Joanny i opowieści o testamencie. Nie spodziewała się, że dziennikarka tyle wie. Czy znała w s z y s t k i e tajemnice Rodzanic, to już zupełnie inna historia. Wiedziała o Żywii, Bożenie, Bohdanie, o Żegocie i Miśce? Wiedziała? Nawet jeżeli, to Joanna nikomu nic już nie powie. Była martwa. A przecież Noc Odrodzenia jeszcze nawet nie nadeszła.

Żywia zboczyła z drogi i ruszyła na przełaj przez łąkę. Buty zapadały się w zmrożonym śniegu z głośnym trzaskiem. Pokryta bielą przestrzeń lśniła w świetle księżyca. Jakby zasypały ją spadające gwiazdy. Rodomił zaskomlał cicho. Z reguły robił tak, kiedy coś go zainteresowało. Żywia spojrzała natychmiast w tamtą stronę. Wilk kołował teraz przy ścianie lasu.

Przyspieszyła kroku. Tam coś chyba leżało. Zdjęła futrzany kaptur, żeby lepiej się przyjrzeć. Maszyna do pisania Anastazji! Leżała dokładnie w tym samym miejscu co w dwa tysiące szesnastym, kiedy wszyscy podejrzewali, że to Żegota ją ukradł. Skąd się tu wzięła?

Rodek zastrzygł uchem. Żywia też to usłyszała, mimo że droga znajdowała się trochę dalej za drzewami. Ktoś nadchodził. Śnieg skrzypiał w rytm krótkich, nierównych kroków.

– Chodźmy sprawdzić, kto to – szepnęła do wilka.

Nie trzeba było mu dwa razy powtarzać. Popędził pomiędzy drzewami. W świetle księżyca widać było jego tropy odciśnięte w śniegu. Łapy miał prawie tak duże jak ludzka dłoń. A przecież ciągle jeszcze rósł.

– Zabierz tę bestię! – usłyszała. – Wiem, że się czaisz w krzakach. Zabierz go!

Żywia uśmiechnęła się pod nosem. To była Anastazja.

– No proszę, co za spotkanie – powiedziała, wychodząc na drogę.

– Zabierz go!

Rodek zaczął krążyć wokół wróżki. Żywia nie zamierzała go odwoływać.

– Tam na skraju lasu leży twoja maszyna do pisania – poinformowała.

– Ukradliście ją!

– Niby kto?

– Nie wiem. Ale to musiało być któreś z was. A teraz jeszcze ktoś podrzucił do sklepu list! Przed chwilą tam byłam i Grażyna mi wspomniała. Jak mogliście? Przecież nie wolno było! Wszyscy zginiemy!

Żywia zaśmiała się głośno.

– Nie boję się śmierci – oznajmiła spokojnie.

– A ja tak! – pisnęła Anastazja. – I to bardzo. Bo mam szacunek dla życia. W przeciwieństwie do ciebie. Ty nie szanujesz niczego.

– Doprawdy?

Rodek podszedł do Anastazji. Wróżka pisnęła głośno ze strachu.

– Zabierz go!

– Tak ci się podobało wczoraj igranie z wilkołakiem, a teraz boisz się Rodka? To tylko wilczy młodzieniec. Jeszcze nie jest całkiem dorosły.

– Z niczym nie igrałam. To się stało samo! – krzyknęła Anastazja. – Rozumiesz? Samo!

KSIĘGA DZIEWIĄTA

2018
Noc przed pełnią

ROZDZIAŁ 38

Dworek Weroniki w Lipowie.
Wtorek, 30 stycznia 2018. Godzina 22.30.
Weronika Podgórska

W nocnej ciszy dało się słyszeć skrzypnięcie bramy. Daniel. Nareszcie! Światła samochodu błysnęły w oknach, kiedy subaru wjeżdżało na teren gospodarstwa. Bajka obudziła się natychmiast i pobiegła do drzwi, machając radośnie ogonem. Wspięła się na tylne łapy i zaczęła drapać drewno. Weronika westchnęła. Poszła szybko do holu, żeby otworzyć. Niedawno odmalowała drzwi wejściowe. Teraz znów będą rysy.

Suczka wybiegła przywitać Daniela. Do domu wpadł tuman śniegu. Po południu lodowaty wicher nieco się uspokoił, ale teraz w nocy dął z nową siłą. Weronika stanęła na ganku, obejmując się rękami. Czarna wieczorowa sukienka nie chroniła od zimna. Patrzyła, jak policjant zapala papierosa i bawi się z psem. Nawet nie zerknął w jej stronę.

Weronika wycofała się do domu. Nie chciała, żeby zobaczył, że ma łzy w oczach. Wytarła je i ruszyła do kuchni.

Trzeba jak najszybciej pozbyć się śladów przygotowań. Nie miała teraz najmniejszej ochoty, żeby zobaczył, że wyjęła świeczki i serwetki. Ani że przygotowała kolację. Na czarną sukienkę narzuciła pleciony sweter.

– Cześć – zawołał Podgórski z korytarza.

Nie zajrzał do kuchni. Tego było już za wiele.

– Tylko tyle powiesz? – zapytała Weronika, wychodząc z powrotem do holu. Nie chciała robić scen, ale było jej na tyle przykro, że nie mogła się powstrzymać.

– A co mam powiedzieć? – zapytał policjant najwyraźniej zdziwiony. Czuć było od niego dymem papierosowym.

– Jest dwudziesta druga trzydzieści.

– No tak – odparł spokojnie, zerkając przelotnie na zegarek.

Nie odpowiedziała. Znów czuła, że łzy napływają jej do oczu. Chyba to zauważył.

– Weronika, przecież mówiłem, że się przedłuży. Byłem na dwóch trupach, potem u Klementyny. Na pogadance u naczelnika i proroka*. Dałem ci znać. Sama przecież wiesz, że czasem tak bywa.

No tak. Żony policjantów m u s i a ł y się liczyć z tym, że służba nie drużba. Weronika była do tego przyzwyczajona. Ale czasem miała wrażenie, że to wymówka. Na przykład teraz.

– Do tej pory byłeś w pracy?

Podejrzliwy ton w jej głosie był wyraźnie słyszalny. Nawet nie starała się go ukryć. Splotła ręce na piersi i przyglądała się Danielowi.

* Prokurator.

– Skończyliśmy jakoś po dwudziestej – przyznał policjant. – Potem pojechaliśmy z Pawłem i z Młodym do McDonalda, żeby coś zjeść i chwilę pogadać. Kamiński może mieć kłopoty. Fijałkowska powiedziała dziś naczelnikowi...

– Do McDonalda? – przerwała mu Weronika.

Bajka przypatrywała im się z zainteresowaniem. Stukała ogonem głośno o podłogę. Chyba nie wyczuła jeszcze, że się kłócą.

– Dobra. Nie byliśmy w McDonaldzie. Byliśmy w Teksasie.

Teksas to był pub w centrum Brodnicy. Ulubione miejsce Klementyny Kopp. Daniel też tam swojego czasu regularnie wpadał. Weronika westchnęła. Naprawdę miała dosyć.

– Ale ja nie piłem, jeśli o to ci chodzi – dodał. – Prowadziłem samochód. Obiecałem ci. Zero chlania.

– Wszystko mi jedno, gdzie byłeś. Nie było cię tu.

Już nie mogła się powstrzymać. Łzy popłynęły jej po policzkach. Daniel podszedł i objął ją.

– Przepraszam – szepnął, całując ją delikatnie w czoło.
– Kamiński ma kłopoty. Chcieliśmy z Młodym dać mu się wygadać. Był strasznie wkurwiony. Fijałkowska stara się doprowadzić do tego, żeby go wywalili. I tyle. Idę się umyć i szybko spać, bo padam po całym dniu. A z samego rana mamy odprawę w bazie, więc...

Weronika otarła oczy. Nie chciała uchodzić za histeryczkę.

– Nie jesteś głodny? – zapytała.

Obiecywała sobie, że nie powie mu, że przygotowała specjalną kolację. Ale może jednak wegańska paella z ciecierzycą i kaszą jaglaną do czegoś się przyda. Autorka bloga obiecywała, że to łatwy przepis. Nie przypuszczała chyba, że ktoś ma tak mierne umiejętności kulinarne jak Podgórska. Wyszła raczej w a r i a c j a na temat oryginalnego przepisu, ale danie było chyba zjadliwe. Wystarczyło teraz odgrzać. Tak bardzo chciała, żeby spróbował. Strasznie się starała, przygotowując to wszystko.

Daniel pokręcił głową.

– Nie, naprawdę. Jadłem po drodze. Zresztą sama wiesz, że muszę schudnąć. – Zaśmiał się i ruszył na górę, nie oglądając się w jej stronę.

Weronika stała, słuchając, jak pluszcze woda z prysznicu w łazience na górze. Odetchnęła głębiej. Pora przestać histeryzować i postawić sprawę jasno. A właściwie przejść do drugiego punktu programu. Nieważne, że kolacji nie zjedli razem.

Weszła do sypialni i szybko się rozebrała. Miała na sobie błękitną koronkową bieliznę. Na noc być może bardziej pasowałaby czarna albo ogniście czerwona, ale Weronika chciała czuć się komfortowo. Zamówiła ten komplet w tajemnicy specjalnie na okazję taką jak ta.

Podgórski wyszedł z łazienki z ręcznikiem owiniętym wokół pasa. Blizna na piersi w miejscu, gdzie trafiła go kula, była wyraźnie widoczna. Dobitnie świadczyła o tym, że nie uważał roty ślubowania policjanta tylko za słowa. Kiedy przyszedł czas, nie wahał się zaryzykować życia.

Za każdym razem, kiedy Weronika patrzyła na tę bliznę, miała ochotę walnąć Daniela w głowę, żeby zapamiętał sobie, że następnym razem ma nie być takim bohaterem.

Z drugiej strony czuła niesamowitą dumę, że jest tak bardzo zaangażowany w swoją pracę.

Podgórski zatrzymał się w pół kroku, widząc ją rozebraną.

– Muszę się za siebie wreszcie wziąć – powiedział, klepiąc się po wyraźnie zarysowanym teraz brzuchu. – Przydałoby się chociaż zejść do setki. Przy moim wzroście to by nie było tak źle.

Podeszła do niego. Próbował najwyraźniej zmienić temat, ale nie zamierzała rezygnować.

– Mnie się podoba – powiedziała, unosząc głowę, żeby spojrzeć mu w oczy.

Spróbowała przybrać zalotny ton, ale gardło miała zaciśnięte ze stresu. Nigdy nie była szczególnie dobra w uwodzeniu. Robiła się wtedy czerwona i zawstydzona.

Dotknęła brzucha Daniela. Potem zjechała dłonią w dół, żeby rozwinąć ręcznik.

– Weronika – powiedział. Nie brzmiało to jak zachęta. Wręcz przeciwnie. Odsunęła natychmiast rękę. – Nie dzisiaj. Jestem padnięty. Marzę tylko o tym, żeby się położyć.

– Kochasz mnie jeszcze? – zapytała.

Obiecała sobie przed chwilą, że będzie unikać histerycznych tonów, ale emocje dnia dzisiejszego brały górę.

– Byłem na służbie od rana do teraz. Miałem dwa trupy. Klementyna zaginęła. Sienkiewicz i Ligia Więcek ją podejrzewają. Martwię się, czy coś jej się nie stało. No i naprawdę jestem zmęczony. Chcę się przespać. Tylko tyle.

– To nie jest odpowiedź. Kochasz mnie?

– Przestań kombinować – zaśmiał się. – Chodźmy spać.

– To nie jest odpowiedź! – krzyknęła Weronika głośno.

– Dlaczego po prostu nie odpowiesz. Tak czy nie?

Bajka zaskomlała przestraszona gwałtownością jej słów. Weronika przykucnęła i zaczęła głaskać suczkę po głowie. Łóżko skrzypnęło. Daniel najwyraźniej się położył. Nie odwróciła się.

– Nie wiem, dlaczego musisz wszystkim opowiadać o dziecku – mruknął.

Trzasnął kamień zapalniczki. Poczuła dym papierosowy. Nigdy nie palił w domu. Nawet w najgorszym czasie, kiedy każde wolne popołudnie i wieczór kończyły się z trudem skrywanym przed innymi pijaństwem, Podgórski nigdy nie zapalił w domu. Do teraz. Może chciał jej w ten sposób zrobić na złość? Nie zareagowała.

– To są nasze sprawy – dodał. – Nie musisz od razu opowiadać o tym Grażynie i innym. Zwłaszcza że kurwa nie uzgodniłaś tego ze mną. Nie jestem jakimś samcem rozpłodowym. Albo dawcą spermy. Może tego nie wiesz, ale też mam jakieś uczucia.

Wstała z kolan. Za szybko. Zakręciło jej się w głowie.

– Od początku tak naprawdę nie byłeś pewien, prawda?

– Czego niby?

– Że chcesz być ze mną.

Daniel zaśmiał się głośno.

– Co ty opowiadasz?! – zapytał zniecierpliwiony. – Jakbym z tobą nie chciał być, tobym z tobą nie brał ślubu.

– Doprawdy. A co się stało na weselu?

Weronika poczuła, że robi się czerwona na samo wspomnienie. Od początku miała złe przeczucia. Zarówno jeśli chodzi o termin, jak i miejsce wesela. Chciała skromnego ślubu. Najlepiej, żeby byli tylko we dwoje w towarzystwie świadków. Tymczasem zrobili to z największą pompą. Eskorta policyjna, pięknie przystrojony kościół, wesele połączone z sylwestrem. Przyszła właściwie cała wieś.

Wydawało się, że obejdzie się bez niespodzianek. Do momentu, kiedy Daniel nie wyszedł na papierosa tuż przed północą. Potem nastąpiła zupełna katastrofa. Upił się do nieprzytomności, ale przedtem rozpętał awanturę i spowodował zupełny chaos. Na oczach wszystkich niemal mieszkańców Lipowa.

Początkowo myślała, że to po prostu dalszy ciąg jego alkoholowego ciągu. Myliła się.

– Po co do tego wracasz? – zapytał z irytacją. – Przecież nie piję już od roku. Poszedłem na terapię, jak chciałaś. Sto razy cię przepraszałem.

Niechlubny koniec weselnej nocy zadziałał jak kubeł zimnej wody. Weronika przekonała Daniela, żeby poszedł na odwyk. Udało jej się nawet załatwić miejsce u doktora Duchnowskiego w Magnolii. Porozmawiała z nim i zgodził się na zmniejszenie opłaty. Nie tylko dlatego, że Podgórski był miejscowym. Duchnowski miał w rodzinie policjanta i chyba wiedział, że czasem bywa naprawdę trudno.

– Nie chodzi mi o to, że się upiłeś – powiedziała. – Joanna widziała cię z Emilią.

Dziennikarka też wyszła zapalić. Zobaczyła Podgórskiego ze Strzałkowską. Emilia wprawdzie była zaproszona na ślub, ale Weronika liczyła na to, że policjantka taktownie się nie pojawi. Pomyliła się.

Joanna powiedziała, że Daniel i Emilia całowali się za budynkiem remizy. Jeszcze przed ślubem Joanna wielokrotnie próbowała Weronikę odwieść od pomysłu małżeństwa. Podgórska za każdym razem dawała jej do zrozumienia, żeby dziennikarka się nie wtrącała w jej życie. Dlaczego pozwoliła jej o tym opowiedzieć? Może lepiej byłoby nie wiedzieć, że mąż zdradził ją już na weselu? Błogosławiona nieświadomość.

Daniel nie odpowiedział.

– Przez ten rok też się z nią spotykałeś? Z twoją Milą?

Weronika myślała, że nigdy go o to nie zapyta, chociaż sama zadawała sobie to pytanie niemal codziennie, odkąd Joanna powiedziała jej, co zobaczyła.

– Weronika, przestań już. Nie widywałem się z nią nawet w pracy. Dopiero dziś pracowaliśmy razem. Ale tylko dlatego, że naczelnik wysłał nas do tej sprawy razem. Nie dlatego, że chciałem albo planowałem. Rozumiem, że jesteś rozgoryczona. I że chcesz mieć dziecko teraz, zaraz, natychmiast. Ale ja nie jestem gotowy. Rozumiesz? Daj mi trochę czasu.

– A ty nie rozumiesz, że ja tego potrzebuję?! Mam trzydzieści trzy lata i to jest ostatni dzwonek, żebym została mamą.

Może nie była to prawda, ale tak to właśnie Weronika od pewnego czasu odczuwała. Przez chwilę żadne z nich nic nie mówiło.

– Jeszcze masz czas – powiedział w końcu Daniel sucho.

Poszedł do łazienki. Wrzucił niedopałek papierosa do sedesu.

– Z Emilią jakoś mogłeś mieć dzieci – zaatakowała Weronika, wchodząc za nim do łazienki.

Daniel stał oparty o kran. Ich spojrzenia spotkały się w lustrze. Teraz jego oczy zdawały się całkowicie ciemne. Niemal czarne. Minął ją bez słowa i wrócił do łóżka.

– Nic nie odpowiesz?! – warknęła.

– Nie masz bladego pojęcia, jak to jest stracić dziecko – powiedział powoli i wyraźnie. – Nie masz kurwa pojęcia.

Weronika poczuła, że faktycznie powiedziała za wiele. Córeczka Daniela i Emilii nie żyła. Podgórski chyba nie doszedł jeszcze do siebie po jej śmierci.

– Po prostu daj mi kurwa jego mać trochę czasu – dodał, odwracając się do niej plecami.

Zanim Weronika zdążyła odpowiedzieć, Bajka zaczęła głośno szczekać. Była jeszcze młoda, ale głos już miała basowy. Chwilę później rozległo się natarczywe dzwonienie do drzwi. Najwyraźniej komuś bardzo zależało, żeby dostać się do środka.

ROZDZIAŁ 39

Dom Strzałkowskiej w Lipowie.
Wtorek, 30 stycznia 2018. Godzina 22.30.
Młodsza aspirant Emilia Strzałkowska

Emilia zamknęła szufladę kuchennej szafki. Nie ma. Zajrzała do kolejnej. Sztućce, zapałki, jakieś stare faktury i rachunki. Noża z inicjałami firmy Juniora Kojarskiego nie było. Strzałkowska zaklęła w duchu. Odkąd wróciła do domu z przesłuchania doktora Duchnowskiego, przeszukała kuchnię już co najmniej pięć razy. Nie mogła dłużej się łudzić, że go tu znajdzie. Noża nigdzie nie było.

A przynajmniej nie w kuchni. Pora sprawdzić gdzie indziej. Poszła do pokoju syna. Zatrzymała się przed drzwiami. Łukasz powiesił tam blaszaną tabliczkę z napisem *Nieupoważnionym wstęp wzbroniony*. Znalazł ją gdzieś jakiś czas temu. Zapukała. Oczywiście zero odpowiedzi. Zapewne syn siedział ze słuchawkami na uszach i grał na komputerze. I tak miała szczęście, że nie słuchał muzyki na cały regulator. Praktycznie nigdy nie było go słychać.

Może nawet nie ma go teraz w środku, przebiegło jej przez myśl.

Znów opanowało ją nieprzyjemne wrażenie, że nie zna własnego dziecka. Oddalali się od siebie. Po części była to może wina trudnego wieku, który teraz przechodził, ale po części na pewno też jej samej. Może nie zdała egzaminu jako matka. Gorzka konstatacja bolała.

Otworzyła drzwi. Łukasz siedział odchylony na krześle. Całkowicie skupiony na ekranie. Wokół niego piętrzyły się torebki po chipsach i puszki napojów energetyzujących. Odwrócił się gwałtownie.

– Co? – warknął, zdejmując jedną słuchawkę z ucha.

Odetchnęła głębiej. Ona nie wzięła noża, więc jedyną osobą, która mogła to zrobić, był Łukasz. A dziś rano nóż został znaleziony na lodzie obok martwego ciała Michaliny Kaczmarek. Z którą syn się podobno spotykał. On sam twierdził, że się tylko przyjaźnili. Strzałkowska była pewna, że kłamał. Czuła się winna, że podejrzewa własnego syna, ale nic nie mogła poradzić na to, że nieprzyjemna myśl zaczynała gnieździć się w jej głowie.

Do tego cholerna Laura i jej słowa, że zamierza się zemścić. Po wizycie u doktora Duchnowskiego Fijałkowska dodała jeszcze, że uderzy tam, gdzie najbardziej zaboli. Emilia próbowała z tego kpić, ale w tonie Laury było coś takiego, że Strzałkowska nie miała najmniejszej wątpliwości, że to nie są czcze słowa. Kierowniczka posterunku miała jakiś plan.

– Pamiętasz nóż, który kupiłam od Kojarskiego? – zaczęła Strzałkowska ostrożnie. Nie chciała, żeby zabrzmiało to jak wyrzut. – Jest mi potrzebny. Widziałeś go może?

– Nie.

– Nie ma go gdzieś tu?

Zatoczyła ręką po pogrążonym w nieładzie pokoju nastolatka.

– Nie.

– Na pewno?

– O co ci chodzi, mamo? Mam teraz rozgrywkę. Nie mam czasu gadać.

Westchnęła. Nie mogła powiedzieć Łukaszowi, że się boi, że to on zabił z jakiegoś powodu Michalinę, a ich własny nóż zostawił na miejscu zbrodni. Brzydziła się sobą, że nawet rozważa ten pomysł. Ale uparta myśl jej nie opuszczała.

– Nie wiesz, gdzie on może być?

– Nie mam pojęcia.

Serce zabiło jej szybciej. Łukasz kłamał. Znów kłamał.

– Nie możesz po prostu kupić nowego? – dodał jeszcze. – Chyba był tani?

Emilia chciała coś powiedzieć, ale rozległ się pojedynczy dzwonek do drzwi. Przerwa i potem dwa szybko następujące po sobie. Czyli Kamiński. Mieli swój kod. Zawsze ją to bawiło. Zazwyczaj czuła się wtedy jak rozchichotana nastolatka. I było jej z tym dobrze. Dziś oczywiście nie.

– Twój gach przyszedł – zadrwił Łukasz. – Zamknij za sobą drzwi. Nie chcę znów was słyszeć.

Przez chwilę miała ochotę skarcić syna za te słowa. No ale cóż mogłaby powiedzieć. Łukasz miał rację.

Wyszła z pokoju i ruszyła do drzwi. Korciło ją, aby pogadać o tym problemie z Pawłem, ale nie była pewna, czy może mu zaufać. Sypiała z nim niemal od roku, ale nie

294

uważała, by Kamiński był odpowiednią osobą do dyskusji na temat zaginionego noża. Przecież chodziło o Łukasza.

Ale przynajmniej wygada się na temat Fijałkowskiej i jej gróźb. To zawsze coś. Opowie też Pawłowi, co powiedział doktor Duchnowski. Podobno Michalina zrobiła komuś coś złego. Cokolwiek to było, mogło stać się motywem morderstwa.

Kiedy tylko Emilia otworzyła drzwi, Paweł od razu ją objął. Nie zdążyła nawet nic powiedzieć. Przez chwilę stali, po prostu się przytulając. Kamiński przycisnął ją mocniej do siebie. Pachniał papierosami i piwem. Chyba nie przyszedł tu bezpośrednio po służbie.

– Śmierdzisz – mruknęła. – Szlajałeś się gdzieś po spelunach czy co?

– Fijałkowska chce mnie wyjebać z roboty, więc musiałem odreagować. Ale pomyślałem, że od piwa lepsze małe ruchanko. Co ty na to?

– Hej, poczekaj. Łukasz jest u siebie – próbowała go powstrzymać.

Nie było to łatwe. Odwzajemniała jego pocałunki, zupełnie tracąc kontrolę. Tak było za każdym razem, kiedy przychodził. Był damskim bokserem, ale umiał obchodzić się z kobietami, kiedy chciał.

Zaniósł ją do sypialni. Całowali się na łóżku. Zdjęła z niego bluzę. Nie był kulturystą, ale lubiła jego delikatnie wyrzeźbione ciało i silne ręce. Szczerze mówiąc, niezbyt ją obchodziło, że te same dłonie, które teraz delikatnie błądziły po jej piersiach, spadały kiedyś razami na Grażynę. To nie była Emilii sprawa. Jej Kamiński nigdy nie uderzył.

Zamknęła oczy, poddając się jego coraz silniejszym pieszczotom. Całował skórę wokół jej sutków. Stwardniały momentalnie.

– A może zmajstrujemy sobie dzieciaka? – odezwał się nieoczekiwanie, podnosząc głowę. – Co ty na to?

Emilia natychmiast otworzyła oczy.

– Co ty gadasz? – zaśmiała się.

Paweł też się uśmiechnął, ale nie wyglądało na to, żeby żartował.

– Nie wystarczy ci, że masz już piątkę? – zapytała, unosząc się na łokciu.

Zsunął się z niej. Leżeli teraz obok siebie. Od jego ciała biło przyjemne ciepło. To była miła odmiana po całym dniu na mrozie. Za oknem huczał znów zimowy wiatr, ale potęgował tylko wrażenie przytulności, które zapanowało w sypialni.

– Skąd w ogóle taki pomysł?

– Naszło mnie – zaśmiał się Paweł, przysuwając ją bliżej do siebie. Objął ją ramieniem. Nogi mieli splecione. – Może dlatego, że Weronika i Daniel planują dziecko.

Emilia przełknęła ślinę. Intymny nastrój jakoś zupełnie uleciał. Zakryła piersi kołdrą.

– Laura naprawdę chce cię wyrzucić? – zagadnęła, zmieniając temat.

– Chyba jo. Przypierdoliła się do mnie u naczelnika. Wezwał mnie do siebie, jak szykowaliśmy się do domu. Na razie wszyscy mają mieć na mnie kurwa oko. Wszystko się zaczyna od początku. A teraz kurwa nawet nic nie odjebałem. Cały dzień wzorowo w robocie. Kurwa.

Zadzwonił telefon Pawła. Melodia *Marsza imperialnego* z *Gwiezdnych wojen* oznaczała, że to dzwoni Grażyna. Nagle Strzałkowską ogarnęła irytacja. Ano właśnie! Zeznanie Kamińskiej. Grażyna twierdziła, że była wczoraj wieczorem na spotkaniu z Pawłem. Strzałkowska z kolei wiedziała, że policjant znika gdzieś w każdy poniedziałek. I nie chce powiedzieć gdzie. Jeżeli chodzi do byłej żony, to oczywiście jego sprawa. Jeżeli natomiast nie, to Grażyna kłamała. A kto wie, co to może oznaczać dla śledztwa.

– Odbierz – rzuciła. Niech Kamiński sobie pogada, potem ona będzie zadawała pytania.

– Hej, mała. Wyluzuj troszkę – mruknął Paweł i odrzucił połączenie.

Marsz imperialny. Grażyna dzwoniła znowu.

– No odbierz – zachęciła Emilia cierpko.

– Nie odbieram. Jesteśmy teraz we dwójkę – poinformował Kamiński, ale widziała, że na jego twarzy maluje się wyraz niepokoju. – A co, jesteś zazdrosna?

– Oczywiście, że nie.

– Zazdrośnica – Kamiński pocałował ją w nos.

Odepchnęła go od siebie.

– Nie, nie jestem zazdrosna. Tylko się zastanawiam, gdzie byłeś wczoraj wieczorem, kiedy zginęła Michalina Kaczmarek.

Paweł usiadł na łóżku wyraźnie rozzłoszczony.

– To znaczy?

– Od pewnego czasu znikasz gdzieś w poniedziałki. Gdzie?!

ROZDZIAŁ 40

Dworek Weroniki w Lipowie.
Wtorek, 30 stycznia 2018. Godzina 23.00.
Aspirant Daniel Podgórski

Junior Kojarski usiadł przy stole w kuchni. Weronika zrobiła mu filiżankę herbaty, ale nie sięgnął po nią ani razu. Wydawał się zupełnie roztrzęsiony, chociaż nieco teatralnie. Jakby bogacz chciał, żeby zobaczyli jego rozbiegane oczy i trzęsące się dłonie.

– Znalazłem to w ogrodzie – powtarzał.

Podgórski zapakował już to do torebki na dowody. Rano przed odprawą przekaże to Ziółkowi. Niech technicy sprawdzą, czy są jakieś ślady.

– Wiesz, kiedy ten ktoś mógł ci to wrzucić? – zapytała Weronika.

Daniel wolałby, żeby się tym nie interesowała, ale jak ją znał, było to oczywiście niemożliwe. I żadne perswazje, żeby trzymała się od tego wszystkiego z daleka, na pewno nie pomogą.

A mieli przed sobą kolejny list. Ktoś zapakował kartkę w folię na dokumenty i owinął wokół kamienia. Wszystko zabezpieczył gumką i przerzucił przez płot rezydencji Kojarskiego. Przynajmniej tak wynikało z opowieści Juniora.

Maszynopis nie był do końca czytelny, ale udało im się odcyfrować trzy zdania. Gdyby nie to, że kartkę zapakowano w folię, papier zupełnie by rozmókł i cały tekst byłby nie do odczytania.

Zostaw pieniądze w superpełnię. Tam gdzie wtedy. Tym razem nie żartuję.

Maszynopis. Księżyc. Superpełnia. Żądanie okupu od Kojarskiego. List nawiązywał zarówno do anonimu, który znalazła dziś rano Agnieszka Mróz, jak i do tego sprzed dwóch lat.

– Nie mam pojęcia – odparł Kojarski, kręcąc głową. – Muszę przejrzeć nagrania z monitoringu. Nadpisuję je dopiero po czterdziestu ośmiu godzinach. Jeszcze nie zdążyłem. Od razu tu przyszedłem. Nie chcę znów przez to przechodzić! Nie chcę, żeby wszyscy mnie znowu o coś oskarżali! Nie będę przez to znów przechodził! Słyszycie?!

– Jasne – zapewnił Daniel uspokajająco. – Na pewno jutro po porannej odprawie przyjedzie ktoś z komendy zabezpieczyć nagrania. Zadbaj o to, żeby ich nie wykasować, dobrze?

– Oczywiście, że nic nie wykasuję! Masz mnie za idiotę, Podgórski? Nie dam się znów zaszczuć. Nie pozwolę, żeby to piekło zaczęło się od nowa. I nie wpłacę żadnych pieniędzy! Od tego jest policja, żeby mi pomóc!

Spojrzeli na list i kamień. Podgórski nie mógł oprzeć się wrażeniu, że coś mu umykało, ale był naprawdę zmęczony po całym dniu pracy i kłótni z Weroniką. Przelotna myśl gdzieś uleciała. Sięgnął po zabezpieczoną folią kartkę, żeby przeczytać list raz jeszcze.

KSIĘGA DZIESIĄTA

2018
Józef Kaczmarek

ROZDZIAŁ 41

Dom Kaczmarków w Rodzanicach.
Poniedziałek, 29 stycznia 2018. Godzina 20.05.
Józef Kaczmarek

Możemy kontynuować – powiedziała Bożena, odkładając telefon.

Miśka zadzwoniła przed chwilą, żeby powiedzieć, że dotarła do sklepu. Zajęło jej to mniej czasu, niż Józef się spodziewał. Wyszła przecież kilka minut po wpół do ósmej. Niecałe pół godziny. Musiała naprawdę się spieszyć. Chociaż w tym zimnie to nic dziwnego.

– Zanim podejmę jakąkolwiek decyzję w sprawie sprzedaży, chcę poradzić się mojej kuli – oznajmiła Anastazja. – Tam zawsze szukam odpowiedzi. I nie tylko ja powinnam!

W pokoju pachniało prażonym jabłkiem i cynamonem. Piotrowska przyniosła ze sobą świeżo upieczone ciasto. Józef uśmiechnął się pod nosem. Można by pomyśleć, że to zwyczajna sąsiedzka wizyta, a oni wszyscy się uwielbiają. Tymczasem był pewien, że każdy w tym pokoju gotów byłby pozbyć się wszystkich pozostałych. W każdym znaczeniu tego słowa.

Zerknął w stronę Żywii. Na pewno ona byłaby pierwsza, żeby go zabić. Ciągle gadała, że to on podjudzał Bohdana do zabicia Żegoty. Nie odpuszczała. Oczywiście tak było, ale tego nie zamierzał jej powiedzieć.

Był tam razem z Piotrowskim. Olbrzym sam by tego nie wymyślił. Chciał nawet przerwać bicie, kiedy Żegota wyraźnie miał dosyć. Józef mu nie pozwolił. Zachęcał go, ale na to dowodów nikt nigdy nie znajdzie. A skoro Bohdan się powiesił, to tym bardziej. Tajemnica pójdzie z nim do grobu. Pozostaną jedynie domysły.

– Pamiętajcie, że te ziemie są magiczne! – huknęła Anastazja. – Biada nam, jeżeli tego nie uszanujemy. Nie możemy tak zwyczajnie sami zdecydować, co robić. Musimy zapytać duchy tych ziem. Musimy zapytać Rodomiła o pozwolenie na sprzedaż pól Kojarskiemu!

– Musielibyśmy pójść na cmentarz – zaśmiała się Żywia cierpko. – A nawet i wtedy zapytać byłoby raczej trudno. Skoro ojciec nie żyje od dziewiętnastu lat.

– Dla mojej kuli nie ma granic czasu ani przestrzeni!

Józef poczuł, że Bożena rzuca mu pełne zniecierpliwienia spojrzenie. Dał żonie znak głową, że to przedstawienie jest konieczne. To on zaprosił Anastazję na rozmowę. Nie powiedział ani Bożenie, ani Żywii, że wróżka zgodziła się przyjść pod warunkiem, iż będzie mogła zabrać swoją kulę, by się jej poradzić. Niech sobie wróżka robi swoje przedstawienie. Najwyżej stracą pół godzinki czy dwie. Najważniejsze, żeby była zadowolona i zgodziła się na sprzedaż swojego kawałka pola.

– Sami wiecie, co się zbliża! – dodała Anastazja, obrzucając ich znaczącym spojrzeniem. – Krwawy superksiężyc! Noc Odrodzenia! Duch Rodomiła jest teraz szczególnie blisko nas. Nawiązanie kontaktu będzie bardzo łatwe. Zobaczycie.

– Zobaczymy – powtórzyła znów chłodno Żywia. Najwyraźniej wcale jej się nie podobały ciągłe odniesienia do ojca i rodzinnej legendy.

Tymczasem Józef nie mógł przestać myśleć o legendzie. Rodomił Wilk powiedział mu wiele lat temu o pewnej książce. Ciekawe, czy dotrzymał słowa. Ciekawe, czy istnieje testament? Jeżeli tak, to być może nie mają co się martwić o sprzedaż tych ziem. Pieniędzy będzie aż nadto.

– Musimy zapytać Rodomiła, co o tym myśli! – uparła się niezrażona Anastazja.

Wyjęła z torebki szklaną kulę i specjalną rzeźbioną podstawkę. Postawiła ją na stole z hukiem.

– To srebro – poinformowała, mimo że żadne z nich nie było w najmniejszym stopniu zainteresowane poznawaniem tajników jej szarlatanerii. Mieli inne sprawy na głowie. – Srebro jest jak światło księżyca. Księżyc zawsze był źródłem wielkiej, tajemniczej mocy. Mnie też pomaga podczas wróżenia. Jeszcze do dziewiętnastego wieku w Polsce był zwyczaj witania księżyca, jak się pojawiał nocą na niebie. Wiedzieliście o tym? Ludzie zdejmowali czapki i się kłaniali. Wierzyli, że kiedy się powtórzy trzy razy życzenie, księżyc je spełni. Ale trochę się też go bano. Nic dziwnego. Jest powiązany z nocnymi demonami. Na przykład z wilkołakiem! Musimy być bardzo, ale to bardzo ostrożni, żeby szukając w zaświatach Rodomiła, nie przywołać niechcący wilkołaka.

Józef odetchnął głębiej. Jego też powoli ogarniała irytacja. Chciał ten cały cyrk mieć za sobą. Dobrze, że przynajmniej Miśka już wyszła. Przez noc przygotuje się do tego, co miał zrobić jutro rano. Przy odrobinie szczęścia nikt nic nie zauważy. Najpierw zabierze walizkę z pokoju córki. Tak będzie łatwiej. A w walizce jest przecież *Pamiętniczek*.

Anastazja wstała od stołu i zgasiła lampę. Teraz jedynym źródłem światła był kominek i księżyc za oknem.

– Podajmy sobie wszyscy ręce – powiedziała z namaszczeniem wróżka. Naszyjniki na jej szyi i bransoletki na przegubach pobrzękiwały cicho przy każdym ruchu. – No już.

Józef, Żywia i Bożena wymienili spojrzenia. W końcu wyciągnęli do siebie dłonie. Tworzyli teraz nieregularny okrąg wokół szklanej kuli.

– Dobrze – powiedziała Anastazja cicho. – Pod żadnym pozorem nie możemy rozłączyć rąk podczas tego seansu, bo wtedy uwolnimy ducha. Rozumiecie? Nasze dłonie to granica, której on nie przekroczy. Dla zmarłych żywi są tak samo straszni, jak oni są straszni dla nas. S t r a c h. Rozumiecie? Strach to jedyne, co nas uratuje. Nie można też pozwolić, żeby kula opuściła krąg podczas seansu. To są wrota. Rozumiecie? Krąg nie może zostać przerwany!

– Przestań gadać głupoty – powiedziała Bożena zniecierpliwiona.

Próbowała wyswobodzić rękę, ale Józef ją przytrzymał. Znów posłał żonie ostrzegawcze spojrzenie. Wezmą udział w seansie i będzie po wszystkim. Potem przejdą do rzeczowej dyskusji o sprzedaży ziemi.

– A ta twoja kula to raczej nie wzbije się w powietrze i nie odleci – dodała jeszcze Bożena sarkastycznie. – Głupoty.

– To nie są głupoty – odparła Anastazja wyraźnie urażona. Nawet w mroku, który panował w pokoju, widać było, że zrobiła się czerwona ze złości.

– Nie igraj z mocami, których nie rozumiesz – powiedziała Żywia.

Anastazja uśmiechnęła się złośliwie.

– Ależ wszystko bardzo dobrze rozumiem. I w i e m. Widziałam n i e j e d n o.

– Nie powinniśmy tego robić – szepnęła Żywia.

– Rodomił musi przemówić – uparła się Piotrowska.

– Miejmy już to za sobą – mruknęła Bożena z teatralną rezygnacją.

Anastazja uśmiechnęła się z zadowoleniem. Zamknęła oczy. Józef zobaczył, że Żywia robi to samo. Bożena pokręciła głową, ale poszła ich śladem.

– Szklana kulo… Szklana kulo… Pozwól nam porozmawiać z tymi, którzy w zaświatach…

Trwali przez chwilę w zupełnej ciszy. Nic się nie działo, a jednak Józef miał dziwne wrażenie, jakby w pokoju ktoś się pojawił. Zerknął na trzy kobiety. Siedziały z zamkniętymi oczami. Bożena uśmiechała się delikatnie. Najwyraźniej żadna z nich nie czuła nic niepokojącego.

Nagle ogień w kominku zgasł. To było tak, jakby ktoś go wyłączył albo zalał wodą. Józef zerknął znów na kobiety. Zdawały się nie zwracać na to uwagi. Poczuł, że ręka Anastazji robi się lepka od potu. Miał ochotę ją puścić i stąd wyjść. Przecież to, co powiedziała o przerwaniu kręgu, to jakaś bzdura.

– W RODZANICACH JEST O JEDNĄ NIEWIASTĘ ZA DUŻO.

Słowa wypłynęły z ust wróżki, ale jej głos nabrał głębi, jakby dochodził nie z gardła, ale gdzieś z daleka. Józef nie mógł oderwać od Piotrowskiej oczu. To wyglądało tak, jakby ona poruszała ustami, ale ktoś inny mówił. Na jej twarz padało światło księżyca. Widział na jej czole kropelki potu.

– W RODZANICACH JEST O JEDNĄ NIEWIASTĘ ZA DUŻO – powtórzyła Anastazja. A może raczej coś, co teraz przemawiało jej ustami.

Józef patrzył w jej oświetloną księżycem twarz jak zahipnotyzowany. Głos zdawał się męski. Jakby znajomy, ale niesłyszany od bardzo dawna. To przecież nie było możliwe. Nie wezwała tu Rodomiła. Takie rzeczy nie dzieją się naprawdę.

– POWINNO ICH BYĆ TRZY. JAKO I Z DAWIEN DAWNA TRZY RODZANICE PRZĘDĄ NIĆ ŻYCIA.

Anastazja otworzyła nagle oczy. Wydawały się świecić w ciemności, choć może odbijało się w nich tylko światło księżyca. Nieoczekiwanie spojrzała prosto na Józefa. Poczuł, jak dreszcz przebiega mu po plecach.

– JEDNA NIEWIASTA UMRZEĆ MUSI, NIM PEŁNIA POJAWI SIĘ POJUTRZE NA NOCNYM NIEBIE – poinformowała z całkowitym spokojem Piotrowska nadal nie swoim głosem. Wstała. – NA WAS SPOCZYWA ZADANIE. MUSICIE ZABIĆ JEDNĄ Z WAS. JEŚLI TEGOŻ NIE ZROBICIE, ZGINIECIE WSZYSCY. NIKOGO O POMOC PROSIĆ NIE MOŻECIE. WINA WASZA JEST, ŻE ZA DUŻO NIEWIAST

DOPUŚCILIŚCIE, BY TU MIESZKAŁY. JEDNA Z WAS ZGINĄĆ MUSI.

– Przestań bredzić – zaśmiała się nagle Żywia. – Dosyć już tego.

Wyszarpnęła dłoń spomiędzy palców Anastazji. Bożena też opuściła rękę. Tylko Józef ściskał nadal spoconą dłoń wróżki. Piotrowska jakby straciła równowagę. Runęła na stół. Szklana kula spadła z podstawki i potoczyła się po ziemi.

Krąg został przerwany.

KSIĘGA JEDENASTA

2018
Dzień

ROZDZIAŁ 42

W drodze do Brodnicy. Środa, 31 stycznia 2018.
Godzina 7.30.
Młodsza aspirant Emilia Strzałkowska

Dziś można obejrzeć niesamowite zjawisko – mówiła
spikerka radiowa. W jej głosie słychać było nieco sztuczny
entuzjazm. – Krwawy superksiężyc! Tak, proszę państwa!
Krwawy superksiężyc! Czy nie brzmi to niesamowicie
intrygująco?! I wiecie co? Macie rację! To jest niesamowite
zjawisko astronomiczne. Bardzo rzadkie, więc koniecznie wyjdźcie dziś na dwór, kiedy się ściemni! Po prostu
musicie to zobaczyć!

Daniel zapalił papierosa. Strzałkowska miała wrażenie,
że wnętrze samochodu zrobiło się duszne i ciasne. Nie
cierpiała papierosowego dymu. Ani małych przestrzeni.
Ale nie miała wyboru.

Kiedy została oficjalnie przeniesiona do pracy w wydziale kryminalnym w Brodnicy, od razu postanowiła
kupić samochód. Przedtem nie był jej potrzebny. Z domu
na posterunek w Lipowie miała raptem kilkaset metrów,

a jak jechała do Brodnicy, to ktoś ją podrzucał albo wsiadała w autobus.

Myśl o codziennych dojazdach do pracy pekaesem niezbyt jej się podobała, uznała więc, że czas pomyśleć o własnym aucie. Kupiła używanego czerwonego mini coopera. Samochód miał już swoje lata, ale zawsze właśnie o takim marzyła. Skoro chciała być wyzwoloną kobietą, to zamierzała to robić w swoim stylu.

Miniak zazwyczaj doskonale sobie radził, ale stary akumulator powinna była wymienić przed zimą. Wczoraj Emilia nie korzystała z samochodu i efekty od razu było widać. Dziś rano nie odpalił. A musiała dostać się do Brodnicy na odprawę.

Strzałkowska poprosiłaby Pawła, żeby odpalił silnik kablami od swojego samochodu, ale po wczorajszym wieczorze atmosfera była napięta. Próbowała wypytywać go o jego poniedziałkowe tajemnicze znikanie, ale go to wkurzyło. Powtarzał, że wczoraj był na spotkaniu z Grażyną. Zupełnie tak samo, jak powiedziała wcześniej Kamińska.

Paweł został co prawda na noc, ale rano znów zadzwoniła Grażyna. Tym razem odebrał. Potem szybko wyszedł, mówiąc, że idzie do pracy. Dziś miał patrolować z Markiem Lipowo. Młody na pewno już czekał na posterunku. Nigdy się nie spóźniał. Biorąc pod uwagę, że Fijałkowska się uwzięła na Pawła, Kamiński też chciał być na czas w pracy.

Wyjaśnienie kochanka brzmiało logicznie, ale Emilia nie mogła pozbyć się wrażenia, że on coś przed nią ukrywa. Tak samo jak wczoraj Łukasz. Wcale jej się to nie podobało. A co gorsza, została sama z samochodem, którego nie dało się uruchomić.

Jedyne, co przyszło jej do głowy, to zadzwonić do Daniela. Był jedyną osobą, która tak jak ona miała na uwadze dobro Łukasza. Bez względu na to, czy chłopak był winny. W końcu Podgórski był jego ojcem.

Poza tym...

– Krwawy superksiężyc – kontynuowała spikerka niemal ekstatycznie – to jednocześnie trzy zjawiska! Po pierwsze jego tarcza wyda nam się dużo większa niż podczas zwykłej pełni. Stąd nazwa superpełnia! A to dlatego, że nasz satelita będzie znajdował się w tak zwanym perygeum. Trudna nazwa, prawda? Perygeum oznacza, że Księżyc jest w najbliższym Ziemi punkcie swojej orbity. Brzmi ciekawie? To poczekajcie! Do tego nasz satelita zabarwi się na krwistą czerwień. Dlaczego? Za to z kolei odpowiada zaćmienie. To zjawisko atmosferyczne, kiedy nasza planeta znajduje się pomiędzy Słońcem a Księżycem w pełni. Mało?! No to posłuchajcie jeszcze! NASA nazwało dzisiejsze zjawisko Super Blue Blood Moon*. Dlaczego krwawy superksiężyc jest jeszcze dodatkowo niebieski? O tym po krótkiej przerwie na reklamy!

Głos kobiety ucichł. Zastąpiła go piosenka z reklamy jakiejś pasty do zębów.

– Możesz tak nie kopcić? – zapytała Emilia, zerkając na Daniela.

Byli już w połowie drogi do Brodnicy, a do tej pory nie zdobyła się jeszcze na to, żeby powiedzieć mu o nożu i swoich podejrzeniach co do Łukasza. Słuchali w milczeniu radia.

* (Ang.) Niebieski krwawy superksiężyc.

Podgórski przyhamował i nieoczekiwanie zjechał na pobocze.

– Co ty robisz? – zapytała zaskoczona.

Uchylił okno. Wyglądało na to, że chce wyrzucić papierosa na zewnątrz.

– Nie możesz jak człowiek?...

Uśmiechnął się. Zamknął okno i posłusznie zgasił papierosa w popielniczce.

– Zadowolona? – zapytał trochę zaczepnie. Nadal się uśmiechał. Cholernie tęskniła za tym uśmiechem.

– Jo – powiedziała, naśladując jego głos, kiedy to mówił.

– Nie umiesz tego powiedzieć jak miejscowa – poinformował policjant, śmiejąc się wesoło. – Przykro mi.

– Niby czemu nie brzmię jak miejscowa, co?

– A czy ja wiem? – zaśmiał się znów Daniel. – Może dlatego, że jesteś z Warszawy i tyle.

– A niby jaka tu filozofia? Jo, jo, jo.

Na chwilę nastrój w samochodzie stał się lekki i beztroski. Jakby w ogóle nic się nie zdarzyło. Jakby byli znów w szkole policyjnej i jechali na pierwszą randkę z motylami w brzuchu. Powinna mu opowiedzieć o Łukaszu, ale nie mogła. Obiecała sobie, że zrobi to po odprawie.

– Mila... Ja...

W głosie Podgórskiego czaiła się dziwna nuta.

– Nie nazywaj mnie tak – przerwała mu Strzałkowska na wszelki wypadek. Bała się tego, co może powiedzieć. Nie byli już w szkole policyjnej. Byli tu i teraz. Osiemnaście lat później. Zero beztroski. Same kłopoty. – Nie wiem, co chcesz powiedzieć. Mogę się tylko domyślać i... Po prostu lepiej nie kończ. Bo potem oboje możemy tego żałować.

– Nie mów, że nie czujesz tego samego co ja.

– Nie.

– Nie kochasz mnie?

– Nie.

– Kłamiesz – zaśmiał się.

Miał rację. Kłamała. Ale to nie zmieniało faktu, że minął ich czas. Dawno podjęła tę decyzję. On zresztą też, kiedy wszedł do kościoła rok temu.

– Kłamiesz – powtórzył Daniel. Już teraz się nie śmiał.

– Przez te wszystkie miesiące… Co zrobimy?

– Co zrobimy? Nic. Wybrałeś. Miotanie się to dziecinada – powiedziała Strzałkowska przez ściśnięte gardło. Miała ochotę wykrzyczeć mu milion rzeczy. – A teraz jedźmy, bo się spóźnimy. Przestańmy się unikać jak przedszkolaki. Proponuję zawieszenie broni i… przyjaźń. Zero innych rzeczy. Sama przyjaźń. Wchodzisz w to?

Siedzieli w milczeniu. W końcu Podgórski skinął głową bez słowa. Włączył kierunkowskaz i zjechał z powrotem na drogę.

– Witamy po przerwie! – powiedziała spikerka irytująco ekstatycznym tonem. Całe szczęście, bo prowadzenie dalszej rozmowy wydawało się teraz Emilii niemożliwe. Z trudem panowała nad emocjami. – Tak więc dziś będziemy mogli obserwować na nocnym niebie niesamowite zjawisko. A konkretniej krwawy superksiężyc. Jak wspomniałam przed chwilą, nasz naturalny satelita dziś znajdzie się wyjątkowo blisko Ziemi. Najbliżej! Do tego obserwować będziemy jego zaćmienie. Krwawy superksiężyc. Ale mądrzy ludzie z NASA nazywają go Super Blue Blood Moon. Dlaczego księżyc ma być niebieski? Przecież obiecywałam wam, że będzie czerwony! Otóż niebieski nie będzie. Określenie *blue moon* pochodzi od angielskiego powiedzenia *once in a blue moon*, które oznacza, że coś się zdarza niesłychanie rzadko. Coś takiego jak u nas „raz na ruski rok". Astronomowie używają określenia *blue moon*, kiedy księżyc jest w pełni dwa razy w jednym miesiącu. Co w tym dziwnego? Otóż z reguły mamy tylko jedną pełnię. Dwie zdarzają się raz na kilka lat. A w tym miesiącu mamy już drugą. Nie mówiąc o wszystkich tych trzech zjawiskach jednocześnie! Nadążacie?! To będzie ciekawa noc! Wszystko się może zdarzyć!

– To będzie ciekawa noc. Wszystko się może zdarzyć – powtórzyła za spikerką Emilia, udając jej wymowę. Chciała rozładować atmosferę, udawać, że nic się przed chwilą nie stało. – Przypomina mi to wczorajsze opowieści Anastazji Piotrowskiej. O legendzie dotyczącej wilkołaka, który rzekomo ma powrócić właśnie dziś. No i o liście, który znalazła w skrzynce Agnieszka Mróz. Z którego wynikało, że wszyscy zginą dzisiaj, jeśli kogoś nie zabiją.

– Jest jeszcze drugi list – odezwał się Daniel. – Mam go w bagażniku. Junior Kojarski przyniósł go wczoraj do nas do domu. Ktoś mu go wrzucił przez płot i…

Podgórski nie dokończył, bo rozdzwoniła się jego komórka. Wydobył ją z kieszeni, za nic sobie oczywiście mając zakaz rozmawiania przez telefon podczas prowadzenia samochodu. Strzałkowska tego nie skomentowała.

– Halo – powiedział policjant do słuchawki. – Klementyna?

ROZDZIAŁ 43

Rezydencja Kojarskich. Środa, 31 stycznia 2018.
Godzina 8.00.
Weronika Podgórska

Weronika wyszła szybkim krokiem z lasu. Minęła właśnie Polanę Czarownic i była już blisko rezydencji Kojarskich. Bajkę prowadziła na smyczy. Bała się ją na razie wypuszczać. Suczka nie była jeszcze zbyt posłuszna. Mogłaby pobiec za jakimś zwierzakiem i się zgubić.

– No i zobacz – powiedziała do pitbulki.

Ze skraju lasu roztaczał się imponujący widok na wielki ogród na tyłach willi. Teraz rośliny ginęły w głębokim śniegu, ale widać było olbrzymi labirynt z żywopłotu. Weronika znała to miejsce jeszcze sprzed swojej przeprowadzki do Lipowa. Junior Kojarski był serdecznym przyjacielem jej pierwszego męża.

Mariusz Nowakowski był policjantem. Pracował w Komendzie Miejskiej w Warszawie, potem także w Komendzie Głównej. Co robił teraz, Weronika nie wiedziała. Nie utrzymywali kontaktów od rozwodu sześć lat temu. Były mąż był policjantem, ale pochodził z bogatej rodziny. Miał szeroki gest, pieniędzy nigdy nie skąpił, więc kiedy się rozstawali, dał jej sporą sumkę. Taki *goodbye gift*, jak to ujął. Za te pieniądze kupiła dworek w Lipowie. Właśnie od rodziny Kojarskich.

Juniora nie lubiła. Ta niechęć pochodziła jeszcze z czasów małżeństwa z Mariuszem. Znajomość w Lipowie tylko to potwierdziła. Kojarski wydawał się człowiekiem obłudnym, zapatrzonym w siebie i swoje pieniądze. Jego żona była wiecznie zastraszona, choć ubrana w najdroższe stroje od znanych projektantów. To Joanna spowodowała, że role się odwróciły i Róża stała się stroną dominującą. Dziennikarka miała taki dar.

Weronika spojrzała na rezydencję. Ciekawe, czy ten dar nie obrócił się przeciwko niej, skoro nie żyła.

– Chodźmy – powiedziała do Bajki.

Z daleka już zobaczyła, że Junior bawi się ze swoimi dwoma psami w ogrodzie na tyłach. Przy końcu płotu była furtka. Może podejdzie tam i wtedy porozmawiają. Nie będzie musiała okrążać całej posiadłości. Bajka nie bardzo chciała ruszyć się z miejsca. Może bała się dwóch potężnych wilczurów. W końcu niechętnie podążyła za Weroniką.

Tymczasem Junior zauważył chyba, że się zbliżają, bo zaczął iść w kierunku płotu. Pomachała mu. Uniósł rękę i pokazał furtkę.

– Myślałem, że przyjdziesz – powiedział, kiedy się tam spotkali.

Oczy miał podkrążone, a twarz bladą. Cień zarostu na twarzy pogłębiał bladość. Ludzie w Lipowie mówili, że Joanna doprowadziła go do szaleństwa. Być może było w tym co nieco prawdy.

– Sprawdziłeś nagrania z monitoringu? – zapytała Weronika. – Zauważyłeś coś?

Już wczoraj wieczorem postanowiła, że z samego rana odwiedzi Kojarskiego. Czuła się zaangażowana w sprawę. Przecież była przy znalezieniu nowego anonimu w sklepie. Poza tym Kojarski przyszedł z drugim listem do jej domu. Daniel niech sobie jedzie na odprawę. Niech gadają, a ona zdąży dowiedzieć się ważnych rzeczy znacznie szybciej.

Poczuła bolesne ukłucie żalu. Naprawdę brakowało jej Wiery. Gdyby przyjaciółka żyła, byłyby tu we dwie i we dwie dumałyby nad treścią obu listów. Teraz musiała się z tym zmierzyć sama.

– Wejdź – powiedział zamiast odpowiedzi Kojarski. Otworzył furtkę. Dopiero teraz Weronika zauważyła, że zamontował nowe zamki. Nie pasowały do kutej, zdobionej bramki. – Pokażę ci, co znalazłem.

Zawahała się. Myślała, że tylko porozmawiają przez płot, ale oczywiście propozycja obejrzenia nagrań była niezwykle kusząca.

– A psy? – zapytała. – Co z Bajką?

– Ramzes i Reza są ułożone, słuchają mnie.

Owczarki faktycznie trzymały się nóg swojego pana, więc Weronika ostrożnie wprowadziła Bajkę na teren posiadłości.

– Wszędzie tu są kamery – poinformował Junior z wyraźną dumą. – Nie ufam nikomu. Tylko moim psom i technologii. One nie zdradzają. Patrz. Ramzes, Reza! Bierz!

Kojarski wyciągnął rękę i wskazał Weronikę palcem. Zanim Podgórska zdążyła zrobić unik, owczarki skoczyły w jej stronę, warcząc i szczekając. Poczuła uderzenie adrenaliny.

– Noga!

Psy zatrzymały się w pół kroku. Patrzyły na Weronikę podejrzliwie, ale wróciły posłusznie do swojego pana.

– Widzisz? – zapytał Junior. Jego twarz na chwilę przybrała wyraz spokoju. – Całkowicie nad nimi panuję. Mogę im nakazać, co tylko zechcę, a one zawsze posłuchają. Są gotowe dla mnie zabić, jeśli będzie trzeba.

Bajka piszczała przestraszona. Weronika pogłaskała ją po głowie. Nadal czuła szybkie bicie serca. Zaczynała żałować, że tu weszła. Powinna była zostać za płotem.

Junior zaśmiał się głośno.

– A moja technologia też mnie nie zawiedzie. Wszystkie zabezpieczenia regularnie sprawdzam. Kamery, nagrania, zamki. Po kolei każdego dnia. Jak tylko coś mi się nie podoba, to wymieniam na nowe. Przed zimą zmieniłem okna na dole na antywłamaniowe. To nowa technologia. Nie zbijesz ich niczym.

Dotarli właśnie pod dom. Willa upstrzona była rzeźbami. Pojedyncze byłyby może i piękne, ale natłok ozdobników sprawiał, że dwór wydawał się Weronice pokryty jakimiś chorobowymi naroślami.

– Zobacz – powiedział Kojarski.

Chwycił metalowe krzesło ogrodowe i podszedł do wielkich drzwi tarasowych. Uderzył w szybę z całej siły. Rozległ się głuchy łoskot, ale faktycznie nie pękła. Weronika znów zadrżała.

– Imponujące – mruknęła.

– Też tak uważam. Teraz jak pozamykam wszystkie zamki, to nie można ani wyjść, ani wejść. To jest twierdza. Muszę jeszcze wymienić okna na górze i będzie idealnie.

Weronika przełknęła ślinę. Tak, to była twierdza, a ona zamierzała tam wejść. Sama. To znaczy z przestraszoną pitbulką, która chowała się teraz za jej nogą. Jakaż to pomoc.

– Chodź. Pokażę ci, co znalazłem na nagraniach. List wrzucono mi do ogrodu w poniedziałek w nocy. Nie wiem, jak to się stało, że to przeoczyłem.

Teraz Junior znów wydawał się roztrzęsiony. Wróciło rozbiegane spojrzenie i nerwowe ruchy. Wywoływały nieprzyjemne poczucie niepokoju.

– Sobie niestety ufać nie mogę – szepnął.

W to Weronika nie wątpiła. Bardziej zainteresowało ją jednak to, że list wrzucono Juniorowi do ogrodu tego samego wieczoru, kiedy zginęła Michalina. I tego samego, kiedy pierwszy list trafił do skrzynki przy sklepie.

ROZDZIAŁ 44

Komenda Powiatowa Policji w Brodnicy.
Środa, 31 stycznia 2018. Godzina 8.00.
Aspirant Daniel Podgórski

No i proszę – powiedział szef techników, kiedy Daniel i Emilia weszli do jego pokoju, żeby dać mu kamień i list Kojarskiego. Dojechali kilka minut przed ósmą, uznali więc, że zrobią to jeszcze przed odprawą. – Pani Kopp chyba znów nabroiła.

Pani Kopp. Ziółkowski zawsze tak nazywał Klementynę. Doprowadzało ją to do szału, o czym technik zapewne doskonale wiedział. Nie lubili się nigdy. Wzajemne animozje wzrosły jeszcze po tym, jak Kopp wycelowała do technika ze swojej służbowej broni podczas śledztwa w Utopcach. Nigdy potem się już nie pogodzili.

– Ja osobiście bardziej się martwię, czy nic jej się nie stało – powiedział Daniel twardo.

Kiedy jechali z Emilią na komendę, Podgórski odebrał połączenie z nieznanego numeru. Usłyszał jedynie szybki oddech. Ani słowa, ale był z jakiegoś powodu pewien, że to zadzwoniła Klementyna. Dlaczego się nie odezwała? Pierwsze, co się nasuwało, to że była w niebezpieczeństwie. Biorąc pod uwagę, że w komendzie całkiem poważnie mówiło się o podejrzeniach wobec niej, Daniel uznał, że na razie nikomu nie powie o dziwnym telefonie. Strzałkowska też będzie trzymać język za zębami, choć nie darzyła Klementyny zbytnią sympatią. Mimo tego, co się stało przed chwilą w samochodzie, ufał jej.

Usta Ziółkowskiego wykrzywiły się w brzydkim grymasie. To był chyba jego ulubiony wyraz twarzy.

– Odciski palców pani Kopp były na telefonie ofiary numer dwa, Joanny Kubiak – poinformował. – Nie tylko lekarz ostatniego kontaktu pracował przez noc. Ja też. I jedynie marzę, żeby się przespać. Wracam do domu od razu po odprawie.

– Akurat to, że odciski palców Kopp były na telefonie Joanny Kubiak, nic nie znaczy – włączyła się do rozmowy Emilia. Szli teraz we trójkę korytarzem na drugie piętro. Tam znajdowała się przeszklona salka konferencyjna, gdzie z reguły odbywały się odprawy. – Świadkowie zeznali nam, że Kopp odebrała telefon i poprosiła o pomoc, zanim połączenie zostało przerwane. Musiała więc dotknąć telefonu. To żaden nowy trop. Żadne znalezisko. I może oznaczać cokolwiek.

– Jo. Na przykład że ona to zrobiła – upierał się technik. Rzucił pełne irytacji spojrzenie na Daniela. – Zresztą krwawe ślady w śniegu wokół ciała dziennikarki też być może pasowałyby do Kopp. Te ślady, które tak niefrasobliwie zadeptaliście.

Daniel musiał przyznać, że faktycznie niezbyt wczoraj uważali. Podbiegli do ciała Joanny w nadziei, że mogą jej jeszcze pomóc. Potem pojawił się Kojarski i skupieni byli raczej na kłótni niż patrzeniu pod nogi.

– No chyba że zrobiliście to specjalnie – rzucił jeszcze technik. Niby od niechcenia. – Żeby zamazać, co trzeba.

– Może już wystarczy sugestii o ingerowaniu w dowody – uciął Podgórski. – Sam się wczoraj wkurwiłeś, jak padły takie słowa.

– Wszyscy wiemy, że pani Kopp miewa niezłe odpały – nie ustępował Ziółkowski. – Przecież dlatego zamknęli ją w szpitalu psychiatrycznym. A nie trafia się tam bez powodu. Jak zresztą na żadną terapię.

Podgórskiemu zdawało się, że szef techników posyła mu znaczące spojrzenie. Wszyscy zapewne wiedzieli, że przez jakiś czas Daniel chodził na terapię do Magnolii. Plotki o jego wyczynach na weselu krążyły nie tylko po Lipowie. Na imprezie byli też koledzy z komendy. Łącznie z naczelnikiem Sienkiewiczem. Cud, że był na tyle wyrozumiały, że Podgórskiego wtedy nie wywalił z pracy.

Daniel zerknął na Emilię. Trudno uwierzyć, że minął już rok od tamtych wydarzeń. Zupełnie się nie spodziewał, że Strzałkowska przyjdzie na wesele. Był zaskoczony. To zaskoczenie było najgorsze. To, co Joanna powiedziała Weronice, było prawdą. Całowali się. Tyle że dziennikarka najwyraźniej nie wiedziała, co nastąpiło potem.

Strzałkowska rzuciła krótkie „do widzenia", odwróciła się na pięcie i po prostu sobie poszła. Daniel sam nie przypuszczał, że wywoła to w nim tyle emocji. Niby wiedział, że wybrał Weronikę, ale gdzieś tam głęboko tkwiła dziwnie dziecinna nadzieja, że z Emilią też się jakoś ułoży.

Dlatego otworzył się przed nią niepotrzebnie w samochodzie. Był na siebie wściekły.

– Sprawdziłem też wstępnie zeszyt, który leżał niedaleko ciała. Ten *Pamiętniczek* – mówił dalej Ziółek. – Też są na nim odciski pani Kopp. Kilka pierwszych kartek wyrwano z zeszytu. Może ona to zrobiła. Jeszcze się będę temu przyglądał. Zrobiłem oczywiście kopie, żebyście mogli przeczytać te zapiski. Położyłem w salce na stole.

Podgórski trochę już o tym myślał, kiedy w lesie zobaczyli, że ileś stron wyrwano. Jeżeli zapisy w *Pamiętniczku* Michaliny były chronologiczne, być może opisała, jak została porwana. Jeżeli ktoś się ich pozbył, to z kolei mogło oznaczać, że ten ktoś chce ukryć prawdę na temat tego konkretnego wydarzenia.

Jedyną taką osobą, która przychodziła Danielowi do głowy, mogła być Anastazja Piotrowska. Wróżka twierdziła, że nie brała udziału w porwaniu. Zapiski mogły przeczyć jej słowom i niewykluczone, że naprawdę pomagała mężowi w przeprowadzeniu porwania. Być może bardzo zależało jej, żeby to ukryć.

– A co z tym nożem, który leżał obok ciała Michaliny? – zapytała Strzałkowska. – Już go badałeś? Są jakieś paluchy albo coś?

– Odbitek linii papilarnych pani Kopp stamtąd nie zdjęliśmy – przyznał Ziółkowski. W jego tonie pobrzmiewało niewypowiedziane słowo „niestety". – Ale to też nie wyklucza jej winy i przy pierwszym morderstwie. Mogła działać w rękawiczkach. A z nożem to jest ciekawa rzecz. Właściwie

327

nie ma na nim żadnych śladów biologicznych ani żadnych odcisków palców. Oprócz oczywiście krwi należącej do Michaliny Kaczmarek. Ale ona znalazła się tam w wyniku zadania ciosu. To wygląda, jakby ktoś ten nóż celowo oczyścił, zanim użył go do zaatakowania Michaliny.

– To znaczy? – dopytywała się Emilia.

Daniel spojrzał na nią uważniej. Nie widywali się praktycznie od roku, ale znał ją na tyle dobrze, że wiedział, kiedy się czymś martwi. Dlaczego ten nóż tak bardzo ją interesował?

– To, co mówię. Jeszcze się temu przyjrzę. Zbrodni najwyraźniej dokonano w rękawiczkach, więc nowe odciski palców nie powstały. A wcześniejsze zostały usunięte. Ktoś mógł go wymyć odpowiednio mocnym detergentem. Teraz ludzie oglądają seriale i wiedzą, że nie można ot tak sobie wziąć noża i nim zabić, bo zaraz coś na nim znajdziemy. Ktoś najwyraźniej chciał być pewien, że to się nie uda. Być może dlatego mógł go zostawić przy ciele. Najwyraźniej taki miał plan od początku. To może z kolei oznaczać, że wcześniej tego noża dotykał. Na przykład miał go w domu. Inaczej nie zależałoby mu aż tak, bo na nożu znajdowałyby się ślady ludzi z nim niezwiązanych. Na przykład sprzedającego i tak dalej.

Strzałkowska skinęła głową. Wyglądała na zamyśloną.

– Choć oczywiście mógł się zwyczajnie martwić o siebie. Nawet jeżeli go kupił od Juniora Kojarskiego, to być może najpierw miał go w rękach.

– Kojarski nie sprzedaje ich jeszcze masowo – powiedział Daniel. – Trzeba będzie z nim pogadać, komu i kiedy go sprzedał. Może będzie pamiętał.

– Może na przykład pani Kopp? – podrzucił technik.

– Oczywiście to mógł być też sam Kojarski – powiedział Daniel, posyłając mu ostrzegawcze spojrzenie.

– I zostawiłby nóż przy ciele jak swój podpis? – zapytał technik z rozbawieniem. – Aż takiego szczęścia to nie mamy.

Podgórski wzruszył ramionami. Ziółkowski może miał rację, ale nie widział rozbieganych oczu Kojarskiego. Ten człowiek mógł być niepoczytalny.

– Kojarski spotykał się z Michaliną Kaczmarek – włączyła się znów do rozmowy Strzałkowska. – Mógł mieć motyw. Do zabicia Joanny Kubiak też. Wszyscy wiedzą, że przez nią jego reputacja znacznie ucierpiała.

Daniel skinął głową. To była prawda. Tylko że pozostał jeszcze list, który Junior przyniósł im w nocy. List z żądaniem kolejnych pieniędzy. Jaki on miał związek z morderstwami?

– A na nożach z kolekcji Bożeny Kaczmarek? – zapytała Emilia. – Była tam krew?

– Nie. Za to jest tam całe mnóstwo odcisków palców. Nóż, który był przy ciele pierwszej denatki, moim zdaniem jest narzędziem zbrodni, ale oczywiście to Koterski jeszcze wam potwierdzi. Czy mu pasuje do rany i tak dalej. Na tym kocu, którym ktoś przykrył ciało, też niewiele znalazłem. Obawiam się, że będziecie musieli liczyć na własne zdolności dedukcji.

– A list ze sklepu? – zapytał Daniel. – Miałeś już czas do niego zajrzeć?

– Niewiele. Daj mi żyć. To było wczoraj. Skupiłem się na trupach i rzeczach z nimi bezpośrednio związanych. Na te wasze listy też przyjdzie czas.

Daniel skinął głową. Trudno było orzec z całą pewnością, czy dwa anonimy związane są z morderstwami, ale nie mogli tego wykluczyć. Poza tym już wiedział, co go tak wczoraj zaniepokoiło. Kamień, wokół którego ktoś owinął list do Kojarskiego.

To mógł być oczywiście przypadek. Sama kartka nie przeleciałaby przecież przez płot. Kamień mógł więc być obciążnikiem. Ale nie tylko. Przecież zarówno Michalina Kaczmarek, jak i Joanna Kubiak miały rany na głowie. Nie można było wykluczyć, że zadane właśnie kamieniem. Tym bardziej że przy ciele dziennikarki trochę ich leżało pod śniegiem. Nawet jeżeli kamień, który wrzucono wraz z listem na teren posiadłości Kojarskiego, nie był narzędziem zbrodni, mógł mieć znaczenie symboliczne.

Weszli po schodach na piętro. Przed wejściem do salki konferencyjnej stał naczelnik. Sienkiewicz rozmawiał z kimś, kogo doprawdy nie powinno tam być.

ROZDZIAŁ 45

Rezydencja Kojarskich. Środa, 30 stycznia 2018.
Godzina 8.15.
Weronika Podgórska

Weronika rozglądała się po pokoju bilardowym z rosnącym niepokojem. Cała rezydencja przywodziła na myśl opuszczone zamczysko. Większość zasłon była zaciągnięta, więc panował półmrok. Na meblach, stołach i rzeźbach osiadła gruba warstwa kurzu. Powietrze wydawało się stojące i zatęchłe. Weronika czuła się nieswojo, kiedy szła korytarzem za Juniorem. Ale to, co zobaczyła tutaj, przechodziło wszelkie pojęcie.

Pokój bilardowy urządzono w klimacie angielskiego klubu dla mężczyzn, gdzie bogaci lordowie palili cygara i dyskutowali o sprawach wielkiej wagi politycznej albo po prostu o swoich żonach i kochankach. Po prawej znajdował się barek z marmurowym kontuarem. Na podświetlonych półkach stały butelki po alkoholach. Część z nich poprzewracana i pusta. Inne zostały rozbite. Jakby ktoś nimi rzucał. Na podłodze przy barku leżało więc dużo szkła.

Weronika starała się chronić Bajkę, żeby nie zraniła się w łapę. W przeciwieństwie do swojej pani suczka pozbyła się chyba strachu i już zaczęła dokazywać.

Najgorsze było jednak to, że wszędzie, dosłownie w s z ę d z i e, stały ramki ze zdjęciami Michaliny Kaczmarek. Uśmiechniętej, smutnej, rozzłoszczonej. Weronika nie potrafiła stwierdzić, czy zdjęcia były pozowane, czy uchwycone w momencie, kiedy dziewczyna po prostu odczuwała te wszystkie emocje. Choć było ich tyle, że chyba raczej pozowane. Całość przywodziła na myśl pokoje, gdzie seryjni mordercy w amerykańskich filmach przygotowują się do ataku na kolejną ofiarę. Albo przeżywają ekstazę, wspominając poprzednią.

– Michalina była dla ciebie chyba osobą bardzo ważną – powiedziała ostrożnie Weronika.

Nie była pewna, czy powinna. Mogła tą uwagą Kojarskiego rozjuszyć. A tego nie chciała. Zwłaszcza że była tu z Bajką sama. A on miał dwa groźne psy. I kto wie, co jeszcze tu poukrywał, przebiegło jej przez myśl.

– Bardzo – szepnął Junior. – Michalina jako jedyna potrafiła mnie uspokoić. Nie potrzebowałem tabletek ani nic. Te tabletki... sprawiają, że mam wrażenie, że ja to nie ja. Czasem się budzę zupełnie gdzie indziej, niż zasnąłem. Robię różne dziwne rzeczy. Ale teraz... z tymi nożami... odrodzę się, jak Feniks, i będzie... Wszystko będzie jak wcześniej... Ona... Ja...

Zamilkł, plącząc się w słowach. Weronika miała ochotę wziąć Bajkę na ręce i uciec z tego pokoju. Oczywiście ucieczka nie byłaby łatwa. Junior zamknął drzwi od tarasu na klucz, bo tam też dorobiono zamek. Furtka w ogrodzie także była zamknięta. Tylko gospodarz mógł ją stąd wypuścić.

Podgórska włożyła rękę do kieszeni, żeby upewnić się, że ma telefon. Przejechała palcami po stłuczonym ekranie. Najwyższy czas go wymienić. Jeszcze raz dostanie się w łapy, a właściwie w zęby, Bajki i przestanie działać.

– To moje centrum dowodzenia – pochwalił się Junior Kojarski. Tym razem mówił spokojniej. – Najnowsza technologia.

Obok stołu bilardowego stało biurko. Zupełnie nie pasowało do reszty mebli. Albo zostało naprędce dokupione, albo przyniesione tu z innej części domu. Na blacie pysznił się komputer i kilka monitorów. Zaświeciły się, kiedy Junior poruszył myszką.

Weronika podeszła do biurka, ciągnąc za sobą Bajkę. Suczka próbowała teraz gryźć gruby perski dywan.

– Nie przejmuj się – powiedział natychmiast Junior. – Niech się bawi.

Weronika próbowała odciągnąć suczkę od dywanu, ale nie udało się. Bajka nie była wyszkolona tak jak Ramzes i Reza. Oba owczarki przyglądały się suczce z mieszaniną ciekawości i obojętności. Bardziej były skupione na Juniorze.

– Popatrz tu – powiedział Kojarski.

Weronika spojrzała na monitory. Obraz podzielony był na kwadraty. Każdy przedstawiał widok przesyłany z jednej kamery.

– Tu po lewej widzimy to, co dzieje się w czasie teraźniejszym. A tu – Junior najechał kursorem myszki na ekran po prawej – możemy zobaczyć to, na co chcemy zerknąć z pamięci komputera. Na przykład ten list. Zrobiłem oczywiście zdjęcie do własnego archiwum, zanim zaniosłem go do was do dworku. Z całym szacunkiem dla twojego obecnego i byłego męża, ale ja policjantom nie ufam. Policja to jest siedlisko kumoterstwa i kółko wzajemnej adoracji. Wszyscy sobie nawzajem chronią tyłki. Mariusz mi opowiadał. Nie ufam nikomu. Nikomu!

Junior zaczął dyszeć ciężko, jakby co najmniej przebiegł maraton. Weronice też zrobiło się gorąco. Nie tylko z niepokoju. Ogień w kominku płonął w najlepsze, a wszystkie okna były szczelnie pozamykane i zasłonięte grubymi storami.

– Może uchylę okno – zaproponowała.

– Nie! – przerwał jej Junior natychmiast. – Wszystkie okna muszą pozostać zamknięte. Zresztą są zamknięte na stałe. To jest twierdza. Jak chcę się przewietrzyć, to wychodzę na dwór. Skupmy się na anonimie.

Kojarski otworzył eksplorator plików i wybrał PDF zatytułowany po prostu *List*. Na ekranie pojawiło się zdjęcie nieco pogniecionej i zamoczonej kartki, którą przyniósł wczoraj wieczorem do dworku. *Zostaw pieniądze w superpełnię. Tam gdzie wtedy. Tym razem nie żartuję*.

– *Tym razem nie żartuję* sugerowałoby, że to ten sam autor, co w dwa tysiące szesnastym – powiedziała cicho Weronika.

Sugerowałoby. Bo przecież po wczorajszej rozmowie z Bruce'em wiedziała już, że anonim z dwa tysiące szesnastego napisał syn Grażyny i Pawła. W nieco dziecinnej nadziei, że dostanie pieniądze od milionera i pomoże biednym dzieciom z Fundacji Rusałka.

Bruce przysięgał, że nie napisał listu, który znalazła wczoraj w skrzynce Agnieszka Mróz. Weronika mu wierzyła. Oczywiście nie rozmawiali o anonimie, który ktoś wrzucił do ogrodu Kojarskiego, bo Podgórska dowiedziała się o nim dopiero w nocy. Można było jednak założyć, że Bruce i tego drugiego nie napisał.

Zarówno list ze skrzynki przy sklepie, jak i ten, który podrzucono Kojarskiemu, wyglądały bardzo podobnie. Biała kartka w formacie A4 zapisana na maszynie. Trudno uwierzyć, żeby powstały niezależnie od siebie, a napisały je dwie osoby, które akurat w tym samym czasie zdecydowały się je podrzucić w dwa różne miejsca w Lipowie. Więcej sensu miało założenie, że napisała je jedna i ta sama osoba.

– Żadnego listu w dwa tysiące szesnastym nie było! – zawołał Junior, wyrywając Weronikę z zamyślenia. Powieka lekko mu drżała.

– Daj spokój. Wiem, że był.

Weronika nie zamierzała oczywiście zdradzić Juniorowi, że wie, kto go napisał. Biorąc pod uwagę obecny stan Kojarskiego, Bruce mógłby znaleźć się w niebezpieczeństwie. Nie chciała chłopca narażać.

– Dobrze. Może i był. No i co?! – zawołał milioner. Jego owczarki natychmiast wstały gotowe słuchać rozkazu swojego pana. – Ale bomby przecież nie wybuchły!

– To nie ma znaczenia. – Weronika machnęła ręką. – Skupmy się na tym, co się może zdarzyć teraz. Czy dostałeś jeszcze jakieś anonimy?

Junior pokręcił głową, uspokajając się nieco. Podgórska spojrzała jeszcze raz na końcówkę listu. *Tym razem nie żartuję.* Skoro w międzyczasie nie było innych anonimów, autor odnosił się chyba do sytuacji z dwa tysiące szesnastego roku. Próbował dać do zrozumienia, że napisał również tamten list o bombach? Dlaczego to robił?

Najwyraźniej nie bał się, że ktoś może domyślić się oszustwa. Najprawdopodobniej nie wiedział, że pierwszy list napisał Bruce, i liczył, że to się nie wyda. A może go to zwyczajnie nie obchodziło?

– Co to znaczy *tam gdzie wtedy*? – zapytała Weronika.

Jeżeli autor nowego anonimu odnosił się do listu napisanego dwa lata temu przez Bruce'a, to zrobił błąd. Przecież wtedy Junior miał wpłacić pieniądze bezpośrednio na konto Fundacji Rusałka. Tu wyglądało na to, że miał je zostawić w jakimś umówionym miejscu.

– Nie mam pojęcia – zapewnił Junior.

Weronika zastanawiała się, czy może mu wierzyć. Ale po co Kojarski miałby kłamać. Gdyby chciał ukrywać, że pojawił się nowy list, nie przyniósłby go wczoraj w nocy do dworku. A z kolei trudno sobie wyobrazić, co mógłby zyskać na tym anonimie. Raczej go nie sfabrykował.

– Na pewno nie było innych listów? Bo wydaje się, jakbyś wiedział, gdzie zostawić okup.

– Już mówiłem, że nie było żadnych listów. Nie mam pojęcia, gdzie miałbym zostawić pieniądze. Nie przejmuj się, nic nikomu nie dam.

Weronika pokiwała głową. Znała tę śpiewkę. Postanowiła ją zignorować. Tym bardziej że jeszcze jedna rzecz wydawała jej się dziwna. Ktoś żądał pieniędzy, ale nie podał konkretnej kwoty. Jakby znów zakładał, że Junior sam będzie wiedział.

Natomiast jedno łączyło wszystkie listy. Odniesienia do pełni księżyca. Bruce użył go w swoim liście, bo przeczytał artykuł napisany przez Anastazję Piotrowską i wymyślił, że w razie czego zrzuci winę na nią. Czy autor nowych anonimów użył odniesienia do pełni księżyca dlatego, że naśladował pierwszy list? Czy też miał inny powód?

Zostaw pieniądze w superpełnię. Tam gdzie wtedy. Tym razem nie żartuję. To można było potraktować jako wyraźne odniesienie do listu z dwa tysiące szesnastego roku. Nawet jeżeli były niejasności i niedomówienia, to meritum stanowiło żądanie pieniędzy od Juniora Kojarskiego.

Inaczej należało rozumieć list, który trafił wczoraj do sklepu. *Jeżeli nie zabijemy jednej z nas, to trzydziestego pierwszego stycznia w superpełnię wszyscy zginiemy. Nie wolno nam o tym mówić. Bo wtedy spotka nas kara. Zamiast jednej zginą wszyscy. Pomocy. Proszę.* To było wołanie o pomoc. Coś zupełnie innego.

Po nocnej wizycie Kojarskiego i wcześniejszej kłótni z Danielem Weronika nie mogła zasnąć. Miała więc sporo czasu, żeby analizować w głowie treść pierwszego anonimu. *Jeżeli nie zabijemy jednej z nas* sugerowało w sposób oczywisty, że zginąć ma kobieta. Nie żyły już dwie – Michalina Kaczmarek i Joanna Kubiak. Dlaczego dwie, skoro zginąć miała jedna? Chyba że to dwie zupełnie odrębne sprawy. Tak też mogło być.

Dalej następowała informacja o tym, że tajemniczych i c h spotka kara, jeżeli nie dokonają morderstwa. *Zamiast jednej zginą wszyscy*. To sugerowało, że zginąć mieli również mężczyźni. Gdyby chodziło o same kobiety, napisano by *wszystkie*, nie *wszyscy*.

List kończył się prośbą o pomoc. *Proszę*, czyli forma pierwszoosobowa. Jeżeli połączyć to z pierwszym zdaniem i stwierdzeniem *jednej z nas*, można dojść do wniosku, że autorem listu była kobieta. Oczywiście mógł być także mężczyzna, który po prostu uważał się za część społeczności.

Jedno było pewne. Oba listy odnosiły się do tego samego punktu w czasie. Do d z i s i a j. Dziś wieczorem miała być pełnia. Zostało niewiele czasu, żeby rozwikłać zagadkę.

– Ale to wszystko nieważne – odezwał się Junior Kojarski, wyrywając Weronikę z rozmyślań.

Spojrzała na niego. Jego blada twarz zrobiła się teraz niezdrowo czerwona. Być może z emocji.

– Przejrzałem w nocy stare nagrania i już wiem, kiedy wrzucono list. To było w poniedziałek w nocy.

– Już wspominałeś.

– I chyba wiem, kto to zrobił. Zaraz ci pokażę.

ROZDZIAŁ 46

Restauracja McDonald's w Brodnicy.
Środa, 31 stycznia 2018. Godzina 8.30.
Młodsza aspirant Emilia Strzałkowska

Stali pod McDonaldem na Sądowej. Daniel chciał wypalić papierosa, zanim wejdą do środka. Dzień nie potoczył się tak, jak planowano. To znaczy przynajmniej dla nich. Bo na komendzie odprawa zapewne trwała w najlepsze według planu.

– Mógłbyś przestać kopcić jak lokomotywa – mruknęła Strzałkowska.

Bardziej już chyba z przyzwyczajenia niż dlatego, żeby teraz jej to szczególnie przeszkadzało. Była wkurzona. Owszem. Ale tym razem nie na Podgórskiego.

Kiedy weszli na drugie piętro i okazało się, że naczelnik rozmawia z Laurą Fijałkowską, Emilia domyśliła się, że coś jest nie tak. Nie trzeba było być Sherlockiem Holmesem, żeby to stwierdzić. Okej, Laura brała wczoraj udział w czynnościach, ale niejako przy okazji. Przecież to oni prowadzili sprawę. Fijałkowska miała inne zajęcia jako kierowniczka posterunku w Lipowie. I tam właśnie powinna być tego rana. Nie na komendzie w Brodnicy.

Tymczasem stała przy wejściu do salki konferencyjnej, gdzie miała odbyć się odprawa dotycząca podwójnego morderstwa. I patrzyła na Emilię z tym swoim uśmiechem pełnym samozadowolenia i buty. Biorąc pod uwagę jej wczorajsze pogróżki o rychłej zemście, nie wróżyło to najlepiej.

– Odsuwam was od dochodzenia – poinformował ich naczelnik Sienkiewicz, kiedy podeszli. – Sprawę przejmuje Laura. Już w tym siedzi. A doświadczenie ma, bo pracowała u nas w wydziale.

A więc się zaczęło, przebiegło Strzałkowskiej przez myśl. Fijałkowska wprowadzała słowa w czyn. Jej wczorajsze udupianie Kamińskiego prawdopodobnie było elementem tej gry. Więcej niż pewne, że chciała dopiec Emilii ze wszystkich stron.

– Możemy chociaż wiedzieć dlaczego? – zapytał Daniel.

Wyglądał na zaskoczonego. Emilia nie opowiedziała mu przecież o swojej scysji z Fijałkowską.

– Na posterunek w Lipowie zgłosił się ojciec zamordowanej – wyjaśnił naczelnik. – Józef Kaczmarek. Czeka teraz na przesłuchanie. Pogadamy z nim po odprawie. Chcę mieć jasność sytuacji.

– To musiał przyjść na posterunek naprawdę z samego rana – mruknęła Emilia, nie spuszczając oczu z Fijałkowskiej. – Przecież otwieracie chyba o wpół do ósmej.

– Tak. I od razu go tu przywiozłam – wyjaśniła Laura. – Zresztą ja tam jestem od siódmej. Maria też. Przyprowadziła go do mnie, jak tylko się zjawił.

– Jaki to ma związek z nami? – pytał dalej Daniel. – Jest niezadowolony z tego, jak prowadzimy dochodzenie? Czy co?

– Poniekąd – powiedział Sienkiewicz.

Podgórski pokręcił głową.

– I z tego powodu nas odsuwasz? Mało to jest takich, którzy przychodzą z jakimiś idiotycznymi skargami?

– Tu nie chodzi o skargi – wyjaśnił naczelnik. – Pan Kaczmarek twierdzi, że wasz syn zamordował jego córkę. Przyniósł ze sobą poszlakowe dowody. Powinniście mi to byli powiedzieć już wczoraj.

– Napomknęłam przez telefon, że pojechałyśmy z Emilią przesłuchać jej syna – wtrąciła się Fijałkowska. – Ale nie chciałam siać fałszywych pomówień. Ja nie z takich.

Cóż za obłuda. Strzałkowska posłała Laurze lodowate spojrzenie. A więc to był jej plan zemsty. Zamierzała wrobić Łukasza, a ich odsunąć od dochodzenia.

– Niby o jakie dowody poszlakowe chodzi? – naciskał Podgórski.

Mówił rzeczowo i z pozornym spokojem, ale Emilia widziała napięcie malujące się w jego oczach. Łukasz podejrzany. Emilia doskonale wiedziała, co Daniel musiał teraz czuć. Była na siebie zła, że o niczym mu nie powiedziała w samochodzie. Powinna była to zrobić, zamiast ulegać emocjom.

– Teraz to nieważne – zawyrokował Sienkiewicz. – Ta porwana dziewczyna nie żyje. I dziennikarka, która tak tu nabruździła. I między innymi o tej sprawie pisała. Media zaraz zrobią z tego sensację. Nie chcę ryzykować, żeby się na nas nie rzucili. A na pewno to zrobią, jeśli dowiedzą się, że wy się tym zajmujecie. Źle się stało, że wczoraj wy się tym zajmowaliście. No ale skąd mogliśmy wiedzieć. W każdym razie teraz wasza dwójka ma się trzymać od tego z daleka. Rozumiemy się? – Na twarzy naczelnika malował się wyraz powagi. Wyraźnie czekał na odpowiedź. – Rozumiemy się? – powtórzył.

Emilia i Daniel skinęli głowami sztywno.

– Zdajcie broń. Idziecie na urlop – dodał Sienkiewicz.

– A pozostałe sprawy, które prowadzimy? – zapytała Strzałkowska.

– Nie chcę was widzieć w okolicy, póki nie odkryjemy sprawców tych dwóch morderstw – uciął przełożony.

– A do Kaufa na zakupy możemy przyjeżdżać? – zakpił Podgórski. Supermarket Kaufland znajdował się obok komendy. – Czy też nie za bardzo? W granice miasta możemy wjeżdżać?

– Daniel, przestań robić z siebie wesołka – odparł naczelnik z wyraźną irytacją. – Bo sobie przypomnę o twoich rozmaitych problemach. W policji nie ma miejsca i akceptacji dla tych, co chleją.

Podgórski chciał chyba coś powiedzieć, ale zamknął usta. Tylko napięte mięśnie szczęki wskazywały, jak bardzo był wzburzony. Sienkiewicz wyglądał na usatysfakcjonowanego, że uderzył w czuły punkt. Fijałkowska jeszcze bardziej. Uśmiech na jej twarzy stał się jeszcze szerszy. Weszła za naczelnikiem do salki konferencyjnej, obrzucając Emilię spojrzeniem pełnym triumfu.

W ten sposób trafili do McDonalda. Zdali wprawdzie broń tak, jak kazał Sienkiewicz, ale nie zamierzali rezygnować ze śledztwa.

– Chodźmy coś zjeść – zaproponował Podgórski, gasząc papierosa. – W środku pogadamy.

Zostali wprawdzie wysłani na przymusowy urlop, ale to nie znaczyło, że się poddadzą. Po wyjściu z komendy rozważali powrót do Lipowa, żeby porozmawiać od razu z Łukaszem. Po namyśle uznali jednak, że najpierw zastanowią się spokojnie, co powinni zrobić.

– Zajmij ten stolik z boku. Tam będzie spokój. Ja pójdę zamówić – zaproponował Podgórski. – Co chcesz?

Emilia od półtora roku była na diecie. Kiedy Daniel wybrał Weronikę, postanowiła, że nie będzie nadal szarą myszką z lekką nadwagą w strategicznych punktach. Na efekty nie trzeba było długo czekać. Zaczęła nosić ubrania dwa rozmiary mniejsze. Rysy jej się wyostrzyły, a krótka fryzura to podkreślała. Teraz jednak postanowiła niczym się nie przejmować. Była wściekła, więc chociaż naje się do syta.

– Sam mi wybierz. Zjem wszystko.

Usiadła przy stoliku blisko okna. Na zewnątrz było szaro i ponuro. Jeżeli wiatr nie przegoni chmur, całego tego krwawego superksiężyca nie będzie w ogóle widać. Wszystko jedno, czy ma być bordowy, czy niebieski, czy co tam jeszcze opowiadała ta entuzjastyczna spikerka radiowa.

Daniel przyniósł dwie tace i postawił przed Emilią tę z sałatką, jabłkiem i sokiem. Raczej nie tego oczekiwała. Zerknęła na jego porcję. Była pokaźna i pełna różnych, zapewne mocno tuczących przekąsek.

– Może chcesz moje frytki? – zapytał Podgórski. Chyba zauważył jej tęskne spojrzenie.

– Tylko bez uwag z łaski swojej – zastrzegła, chwytając chciwie torebeczkę z frytkami.

– Gdzież tam. Nawet bym nie śmiał – odparł Daniel niemal poważnie. N i e m a l robiło sporą różnicę, ale Emilia była zbyt głodna i zła na Laurę, żeby teraz odgryzać się Podgórskiemu. – Chyba pora, żebyśmy porozmawiali szczerze. Okej?

Teraz jego ton był ostry.

– To znaczy? – zapytała Emilia z ustami pełnymi frytek.

– Wiesz, co tu się dzieje?

Westchnęła.

– Chyba tak – przyznała i opowiedziała mu o pogróżkach Laury. – Myślę, że chce się do mnie dobrać i używa do tego Józefa Kaczmarka, żeby obciążyć winą Łukasza. No i jeżeli się dopierdoliła do Pawła, to może ciebie też to czeka. Wie, że kiedyś… No chyba że wystarczy jej, że zrobi z naszego syna mordercę.

– Sienkiewicz powiedział, że Józef ma jakieś dowody – przypomniał Daniel. – Wiesz jakie?

Strzałkowska pokręciła głową, chociaż powinna powiedzieć o nożu. Bo o co innego mogło chodzić? Chociaż Józef Kaczmarek nie mógł przynieść noża. Ten przecież był u techników.

– Może Laura je spreparowała… – zastanawiał się Podgórski. – Myślisz, że posunęłaby się aż do tego?

Emilia znów westchnęła. Widziała, że Podgórski uważa, iż syn jest wrabiany, ale zupełnie niewinny. Nie potrafiła powiedzieć mu o zaginionym nożu. Łukasz musiał mieć po swojej stronie chociaż jednego rodzica, który nie zwątpi w niego ani na moment.

Bo nawet jeśli Laura faktycznie spreparowała dowody przy pomocy Józefa Kaczmarka, to noża z kuchni Emilii wynieść nie mogła. Była u niej po raz pierwszy wczoraj, kiedy przesłuchiwały razem Łukasza. Nie, to nie Fijałkowska zostawiła nóż przy ciele Michaliny. Musiał to zrobić ktoś inny.

– Nie wiem. Ale po niej chyba można się wszystkiego spodziewać – powiedziała Strzałkowska.

Sięgnęła po frytkę. Daniel zrobił to samo. Ich palce spotkały się nad tacą. Emilia natychmiast cofnęła rękę. Daniel też.

– Musimy znaleźć prawdziwego sprawcę i podać im go na tacy – powiedziała szybko – żeby zostawili Łukasza w spokoju.

Prawdziwego. Cokolwiek to znaczyło. To, co powiedział technik o wymyciu noża, jeszcze bardziej wytrąciło Strzałkowską z równowagi. Sprawca przygotował nóż. Być może przedtem miał go w domu. Tak to chyba ujął Ziółkowski. Pasowało do Łukasza jak ulał.

– Widziałem, że bardzo cię interesuje nóż z logo Kojarskiego – powiedział Podgórski, jakby odgadł, o czym Emilia pomyślała. – Kiedy rozmawialiśmy z Ziółkiem przed odprawą. Z jakiejś konkretnej przyczyny?

Emilia poczuła, że serce bije jej szybciej. Naprawdę powinna opowiedzieć Danielowi o nożu. Ale nie wiedziała jak.

– Po prostu byłam ciekawa.

Podgórski odłożył papierek po Big Macu i sięgnął po serwetkę. Otarł usta i przejechał ręką po brodzie. Kilka okruchów spadło na kurtkę. Z trudem powstrzymywała się, żeby ich nie strącić i nie poprawić mu kołnierzyka. Rozmowa w samochodzie wytrąciła ją z równowagi.

– Mila, nie kłam, jeśli możesz, okej?

Emocje dosłownie w niej buzowały.

– To co? Podobno planujecie dziecko z Weroniką?

Sama nie wiedziała, po co to mówi. Przecież nie dlatego, że na samą myśl robiło jej się gorąco. Raczej próbowała odwrócić jego uwagę od kwestii noża. Najwyraźniej skutecznie, bo na twarzy Podgórskiego pojawił się wyraz złości.

– Widzę, że wszyscy dyskutują tylko o mojej prokreacji – powiedział chłodno. – Może skupmy się na sprawie? Nie wierzę, żeby Łukasz zrobił cokolwiek tej dziewczynie…

Chciał coś dodać, ale w tym momencie zadzwonił jego telefon. Wyjął komórkę z kieszeni. Rzucił Emilii pełne napięcia spojrzenie.

– Ten sam numer co wcześniej – mruknął, wciskając klawisz z zieloną słuchawką. – Klementyna?

Strzałkowska słyszała, że tym razem po drugiej stronie linii ktoś się odezwał. Nie mogła zrozumieć poszczególnych słów, ale to naprawdę był głos Kopp.

ROZDZIAŁ 47

Rezydencja Kojarskich. Środa, 31 stycznia 2018.
Godzina 8.30.
Weronika Podgórska

Oglądali nagranie co najmniej kilkanaście razy. Pochodziło z kamery umieszczonej przy końcu płotu. Noc. Nagle ukazuje się ręka. Robi zamach i przerzuca coś przez ogrodzenie. W kamerze ze środka ogrodu widać, że na śnieg spada jakiś pakunek. Na filmiku nie da się dojrzeć, co to, ale oni przecież wiedzieli, że to list owinięty wokół kamienia.

– Bez wątpienia mężczyzna – zawyrokował Kojarski.

Zatrzymał pierwszy film w momencie, kiedy w kadrze pojawiła się ręka. Weronika skinęła głową. Zgadzała się z Juniorem. Nagranie było dosyć dobrej jakości. Zdecydowanie lepsze niż ze zwykłej kamery przemysłowej. Stop-klatka przypominała zdjęcie. Problem polegał na tym, że tajemnicza osoba ustawiła się na samym krańcu pola widzenia kamery. Całej postaci nie było widać, tylko rękę.

A ta faktycznie wydawała się należeć do mężczyzny. Choć oczywiście kurtka i rękawiczka mogły skrywać również kobietę. Zwłaszcza jeśli była wysoka i dość mocnej budowy.

– Bajka, zostaw! – zawołała do suczki.

Bajka znudziła się dywanem i tym razem podgryzała nogę od biurka.

– Daj jej spokój. Skup się – rozkazał Junior. Puścił nagranie jeszcze raz. – Widzisz, że to mężczyzna?

– Już powiedziałam, że tak. Ale to niewiele nam daje. Twarzy nie widać. Nadal nie wiemy, kto to jest.

Junior Kojarski zaśmiał się głośno. Wstał i podszedł do barku. Nalał sobie whisky. Spojrzał pytająco na Weronikę. Pokręciła głową. Nigdy nie piła zbyt wiele. A od s y t u a c j i z Danielem oduczyła się tego w ogóle. Nie chciała, żeby w domu była chociaż kropla jakiegokolwiek trunku. Nawet piwa. Lepiej nie kusić losu.

– Poprawka – powiedział, unosząc szklaneczkę. – Ja wiem, kto to. Mówię ci od początku.

– To kto to jest?

Junior usiadł z powrotem przy biurku. Milczał, popijając ze szklaneczki. Weronika nie była pewna, czy Kojarski zwleka z odpowiedzią dla uzyskania odpowiedniego efektu, czy też może zupełnie się wyłączył.

W końcu odwrócił się w jej stronę. Po wypiciu drinka jego spojrzenie zrobiło się jeszcze bardziej mętne.

– Paweł Kamiński – oznajmił.

Weronika spojrzała na stop-klatkę zaskoczona, próbując dopasować nieznaną rękę do policjanta. To było możliwe, uznała w końcu, ale równie dobrze ręka mogła należeć do kogokolwiek innego.

– Skąd ten pomysł? – zapytała.

– Przecież wiesz, jaki on jest – powiedział Kojarski i zerknął na Weronikę znacząco. – Lubi młodsze. Ile się swojego czasu gadało o tym, że zdradził Grażynę z piętnastolatką. Nie pamiętasz?

Weronika pamiętała doskonale. To było podczas śledztwa dotyczącego Motylka. Zaledwie kilka dni po tym, jak przeprowadziła się z Warszawy do Lipowa. Tuż po rozwodzie z Mariuszem. Wieś aż huczała od plotek, że Kamiński spotyka się z nastoletnią córką jednego z kolegów z posterunku.

– Sugerujesz, że Kamiński sypiał z Michaliną? – zapytała.

– Miśka była z nim w ciąży – poinformował Kojarski.

Teraz Weronika nie zdołała ukryć zaskoczenia.

– Michalina była w ciąży? Z Kamińskim?

Junior pokiwał głową.

– Skąd wiesz?

Kojarski odchrząknął głośno. Weronika przyglądała mu się wyczekująco.

– Cóż, ja też się z nią trochę spotykałem – przyznał w końcu. – Powiedziała mi.

– Kiedy to się stało?

– Niedawno. To był dopiero początek. Dopiero się dowiedziała. Nic jeszcze nie było widać. Chyba tylko mnie powiedziała.

– Rodzicom nie?

– Nie.

Weronika wyjęła z kieszeni gumkę i związała włosy w niedbały kok na czubku głowy. Było jej gorąco i chciała zebrać myśli. Czasem skupienie się na czymś innym, nawet na błahej czynności, paradoksalnie jej pomagało. Michalina była w ciąży? Z Pawłem Kamińskim?

– Nawet jeśli faktycznie jest tak, jak mówisz – powiedziała powoli – to jaki to ma według ciebie związek z listem? Dlaczego uważasz, że Paweł go tu wrzucił? I co to ma wspólnego z ciążą? I z tobą?

Junior Kojarski wzruszył ramionami.

– Myślę, że Kamińskiemu potrzebne były pieniądze, żeby z nią stąd uciec. Myślał, że wyłudzi je ode mnie.

Weronika zerknęła na Juniora. Mówił z wystudiowanym spokojem, a tymczasem cały pokój obstawiony był zdjęciami Michaliny. Zastanawiała się, jak Junior zareagował, kiedy dowiedział się o ciąży Miśki z innym mężczyzną. Mógł być tak wściekły, żeby zabić dziewczynę z zazdrości?

– Mówisz, że się spotykaliście – zaczęła ostrożnie. – Nie zraniło cię, że ona cię zdradziła? Pytam, bo wiem, jak to jest. Czasem bywa naprawdę trudno.

Miała nadzieję, że ostatnie słowa zbudują między nimi więź i Kojarski się przed nią otworzy.

– Nasza relacja była czysto platoniczna – zapewnił Junior. – Przecież ja mam żonę. Nigdy bym Róży nie zdradził, mimo że czasem czuję się tu samotny.

Trudno było cokolwiek wyczytać z twarzy milionera. Weronika została zdradzona przez Daniela, a przedtem wielokrotnie przez Mariusza. W żadne tego typu zapewnienia nie potrafiła już uwierzyć.

– Sam powiedziałeś, że list został wrzucony w poniedziałek przed północą. Prawdopodobnie Michalina wtedy już nie żyła. – Tego Weronika nie wiedziała, ale uznała, że zablefuje. – Paweł nie potrzebowałby już wtedy wyłudzać pieniędzy na ich ucieczkę. Poza tym skoro mówisz, że chcieli razem uciec, dlaczego Kamiński miałby ją zabić? I dlaczego miałby zabić Joannę?

Zanim Kojarski zdążył odpowiedzieć, rozdzwonił się telefon Weroniki. Dzwonek brzmiał nieco dziwnie. Widocznie Bajka nadgryzła nie tylko ekran, ale i głośnik. Podgórska spojrzała na popękany wyświetlacz. Dzwonił Bruce. Chłopiec dotąd nie kontaktował się z nią telefonicznie. Czyżby wreszcie zdecydował się powiedzieć coś więcej na temat listów?

ROZDZIAŁ 48

Restauracja McDonald's w Brodnicy.
Środa, 31 stycznia 2018. Godzina 8.50.
Aspirant Daniel Podgórski

Gdzie ty jesteś? – zapytał Podgórski.

Z całej siły przyciskał telefon do ucha, jakby to mogło w jakikolwiek sposób sprawić, że połączenie nie zostanie przerwane. Klementyna zadzwoniła, kiedy Daniel i Emilia kończyli jeść i rozmawiali o podwójnym morderstwie.

– Zrobisz mi przysługę, co? – zapytała Kopp zamiast odpowiedzi.

Najwyraźniej nie zamierzała zdradzać, gdzie się znajduje. Wydawała się za to cała i zdrowa, więc Podgórski poczuł rosnącą irytację. Tak bywa, kiedy najpierw człowiek się martwi, a potem okazuje się, że niepotrzebnie.

– Jaką? – zapytał nieco oschłym tonem.

– Zadzwoń do Marty i Jasia. Powiedz im, że z babcią wszystko będzie dobrze, co?

– Nie możesz sama zadzwonić?

– Zakładam, że telefon Marty być może jest na podsłuchu. Bo pewnie jestem podejrzana, co? Twój może też jest. Ale! Uznałam, że zaryzykuję.

– Kurwa, Klementyna! Co się dzieje?

Kobieta przy sąsiednim stoliku spojrzała na Daniela spod oka i objęła swoją córeczkę, jakby chciała ochronić ją przed wszelkim złem tego świata.

– Muszę na chwilę zniknąć.

– Masz cokolwiek wspólnego ze śmiercią Joanny Kubiak? – dopytywał się. – Albo Michaliny Kaczmarek?

– Jak tam przyszłam, to pismaczka bełkotała coś o wilkołaku – poinformowała Kopp, znów unikając odpowiedzi na pytanie.

– O wilkołaku?

Odpowiedziała mu cisza.

– Kur… Cholera – poprawił się, ale kobieta przy sąsiednim stoliku i tak wzięła dziecko za rękę i przeszła na drugą stronę sali. – Połączenie zostało przerwane. Nie wiem, czy ona się sama rozłączyła, czy…

– Spokojnie. Wiesz przecież, jaka Kopp jest – powiedziała Strzałkowska. – Przynajmniej wiemy, że żyje.

Daniel skinął głową. Tak, to było najważniejsze. Ale skoro wiedział już, że Klementyna żyje i nic jej się nie stało, chciał mieć jeszcze pewność, że nie jest w żaden sposób zamieszana w sprawę. A zniknięcie, czy też nagły wyjazd, to po prostu jedna z jej licznych fanaberii. Z których, nawiasem mówiąc, nigdy nie miała zwyczaju się tłumaczyć.

– Podobno Joanna Kubiak mówiła coś o wilkołaku – wyjaśnił Emilii.

– Pamiętasz, co nam wczoraj opowiadała Anastazja Piotrowska? Że wilkołak powróci dzisiejszej nocy?

Daniel zaśmiał się głośno.

– Traktujesz to poważnie?

– Jasne, że nie. To znaczy nie w tym sensie, że wierzę, że zjawi się tu nagle przerośnięty, chodzący na dwóch łapach wilk i będzie ludzi zagryzał – uściśliła Emilia. – Zresztą Klementyna zawsze powtarza, że mordują ludzie. Więc to raczej człowiek człowiekowi wilkiem, jeżeli już mamy trzymać się wilczych skojarzeń.

Daniel potwierdził ruchem głowy. Legendy legendami, ale nie mógł uwierzyć, że śmierć Joanny i Michaliny spowodował jakiś krwiożerczy mityczny stwór. Przez chwilę siedzieli w milczeniu. Każde pogrążone w swoich myślach.

– Ciało Miśki stanowiło jakby element pewnego rodzaju inscenizacji – powiedział, przerywając ciszę. – Ten koc, zamknięte oczy. Nóż obok ciała. Tak sobie myślę, że u Joanny też tak to wyglądało.

– Jak to? Przecież leżała po prostu na drodze. Żadnego koca ani noża nie było.

– Ale jej komórka leżała dokładnie w tym miejscu, gdzie Michalina miała na brzuchu ranę od noża. To oczywiście może być przypadek, ale…

Nie dokończył. Nie był pewien, czy wyobraźnia go nie poniosła. Jednak na tym etapie trzeba było rozważyć każdą nasuwającą się sugestię.

– A jeśli chodzi o Kojarskiego – dodał Daniel. – Zostawienie noża z własnymi inicjałami na miejscu zbrodni, jeśli właśnie się kogoś zabiło, wydaje się skrajnym idiotyzmem. Ale Junior pojawił się w lesie przy ciele Joanny.

Twierdził, że po prostu wyszedł na spacer z psami, ale mógł kłamać. A skoro mówisz, że spotykał się z Michaliną, to nam otwiera sporo różnych możliwości.

– Na jedno pytanie jeszcze sobie nie odpowiedzieliśmy.

– To znaczy?

– Skąd przy ciele Joanny wziął się pamiętnik Michaliny? Przecież podobno Miśka zmieniła zdanie i nie chciała wydać swoich wspomnień. Tak mówiły wczoraj kobiety ze sklepu. Skąd w takim razie tam się znalazł?

Żadne z nich nie zdążyło odpowiedzieć, bo telefon Daniela znów zadzwonił. Weronika. Podgórski nacisnął szybko zieloną słuchaweczkę. Nie chciał mieć czasu na rozważanie, czy powinien odebrać, czy nie.

– Wiem, kto napisał te anonimy – poinformowała go żona bez wstępów.

KSIĘGA DWUNASTA

2017
Michalina Kaczmarek

ROZDZIAŁ 49

Dom Kaczmarków w Rodzanicach.
Poniedziałek, 18 września 2017. Godzina 14.30.
Michalina Kaczmarek

Miśka siedziała na schodach zawinięta w swój Kocyk. Słuchała kłótni rodziców. Co chwilę wymieniali jej imię. Tak po prostu. Nadal nie mogła się przyzwyczaić, że nikt już nie nazywał jej Dziewczynką. Minęło osiem miesięcy, odkąd wróciła, więc to imię chyba na powrót powinno stać się zwyczajne i normalne dla jej uszu. Dlaczego nadal brzmiało tak obco? Nie potrafiła odpowiedzieć sobie na to pytanie.

– Po moim trupie! – dobiegło z salonu. Matka zdawała się wściekła. – Nie pozwolę, żeby Miśce znów się coś stało! Wychodzić może tylko ze mną.

Awantura zaczęła się wczoraj, kiedy Dziewczynka… to znaczy Miśka wyszła z domu sama. Po raz pierwszy od powrotu do domu. Właściwie się wymknęła. To nieprawda, że nie chciała wychodzić. Początkowo się bała, to fakt, ale potem ciągła obecność matki i ojca zaczęła budzić w niej dziwny niepokój.

Czuła się tak, jakby nic nie było na swoim miejscu. Bożena budowała wokół niej klatkę, choć teoretycznie Dziewczynka… Miśka mogła z niej w każdej chwili wyjść. Teoretycznie, bo wystarczyło wymknąć się raz, a już wybuchła afera.

– A ze mną nie? – zawołał Józef.

– Tobie nie ufam – odparła Bożena.

Wrzeszczeli tak głośno, że Miśka miała wrażenie, iż byli tuż obok, a nie za ścianą.

– Mnie nie ufasz? – zaśmiał się Józef.

Miśka nie ufała ani matce, ani ojcu. Po początkowej radości, że wróciła do domu, oboje zaczęli zachowywać się tak, jakby nie było tu dla niej miejsca. Ich słowa mówiły wprawdzie co innego, ale twarze, ton i gesty zrozumieć dało się tylko w jeden sposób. Nie chcieli jej tu. Zawiedli się na niej. Szukali sposobu, jak się jej pozbyć. Miśka nie rozumiała więc, dlaczego po prostu się od niej nie odczepią.

Tak trudno było zrozumieć zasady życia tu na zewnątrz. Wszystko się pozmieniało, kiedy przebywała w Ich Małym Świecie. Nie umiała nawet opisać tego, co czuła. Niby drzewa i trawa były te same, ale patrzyła na nie innymi oczami, nie miała już dziewięciu lat. Była osiemnastolatką, która przez pół swojego życia widywała się tylko z jednym dorosłym mężczyzną. Pedofilem, jak Tatusia nazywali. Miśka szybko poznała to słowo. Powtarzali je wszyscy. Zwłaszcza kiedy myśleli, że ona nie słyszy. Czasem traktowali ją jak powietrze. Albo jakby uważali, że nic nie rozumie.

Zapisali ją na terapię do sympatycznego młodego doktora Duchnowskiego. Próbowała mu tłumaczyć, co czuje, ale nie potrafiła. Zacinała się w połowie zdania. Bo jak wyjaśnić to, co czuła, kiedy Tatuś robił Przyjemnostki? Jak powiedzieć, że czekała na jego przyjście, a jednocześnie drżała na samą myśl. Jak przekazać, że można kochać i nienawidzić zarazem. Jak przekazać, że bała się być tu na świecie i chciała wrócić tam na dół, a jednocześnie nienawidziła smrodu małego betonowego pomieszczenia. Jak wyjaśnić, że bała się dotyku, a jednocześnie go łaknęła? Jak wyjaśnić, że tu – gdzie powróciła – nie umiała znaleźć miejsca dla siebie? Jak wyjaśnić, że czasem ogarniała ją czerń niemal tak głęboka jak ta ciemność, którą zobaczyła, kiedy pierwszy raz otworzyła oczy po porwaniu? Jak powiedzieć, że to nie było porwanie, tylko wycieczka do Ich Małego Świata?

Wszystko zdawało się mieć dwie strony, a oni wszyscy uważali, że jest tylko jedna słuszna: czarna albo biała. Że w Ich Małym Świecie było straszliwie, a na zewnątrz jest cudownie i bezpiecznie. A co, jeżeli nie? Co, jeżeli dopiero teraz Miśka poczuła, że jest w niebezpieczeństwie? Teraz nie mogła ukryć się pod Kocykiem jak wtedy. Tu niebezpieczeństwo mogło przyjść zewsząd. Tam było tylko jedno. Ona sama. Jeśli zachowywała się dobrze, ze strony Tatusia nic jej nie groziło. Tu zło czyhało wszędzie, nawet jeśli zachowywała się najlepiej, jak potrafiła.

Świat na zewnątrz też miał swoje zasady. Były trudniejsze do zrozumienia, a przestrzeganie ich nie zawsze zapewniało bezpieczeństwo. Nauczyła się, że niektórych rzeczy nie powinna mówić. Trzeba je było zachować dla siebie. Stwarzać pozory.

Po pewnym czasie udawanie szło jej tak dobrze, że chyba nawet doktor Duchnowski jej wierzył. Jaki był sens mówić mu o strachu przed rodzicami? Dla niego najgorszym potworem był Tatuś i nic, co by powiedziała, tego zmienić nie mogło. A co z innymi potworami? Z nimi poradzić sobie musiała sama. A jeśli nie potrafiła? Jeśli chciała tylko zwinąć się w kłębek i płakać?

– Nie rozumiesz, że Miśka ma osiemnaście lat i tak naprawdę może robić, co chce! – krzyknął Józef. – Nie możesz jej tu trzymać jak w klatce! Jesteś taka sama jak Bohdan. Tylko ukrywasz się pod płaszczykiem opiekuńczej mamuśki.

To nie była prawda. Bożena nie była taka jak Tatuś. Była gorsza. Ojciec zresztą też. A najbardziej Miśkę przerażali, kiedy byli we dwoje. Te ich spojrzenia. Dziwne napięcie i wzajemne oskarżenia, których nigdy nie ujawniali na zewnątrz. Nienawiść.

Dlatego wczoraj wymknęła się z domu. Chciała pójść do domu Piotrowskich, by chociaż zajrzeć do Ich Małego Świata. Choć przez chwilę poczuć to, co było tak doskonale znane.

Kiedy wyszła na dwór, od razu zakręciło jej się w głowie. Zapachy wielkiego świata nadal kręciły ją w nosie, mimo że na zewnątrz była już tyle miesięcy. Tak samo światło słoneczne. Miśka nie potrafiła przyzwyczaić się do jego blasku. Musiała nosić ciemne okulary aż do wieczora, kiedy światło stawało się bardziej znośne. Półmrok był znajomy i kojący.

Poszła pod dom Piotrowskich i wspięła się na ganek. Uniosła rękę, żeby zapukać, ale coś ją powstrzymało. Może ruch, który dostrzegła kątem oka. Zasłona odsunęła się delikatnie. Anastazja patrzyła na nią wrogo. W tym spojrzeniu było wszystko. Potem zrobiła gest ręką, jakby podrzynała sobie gardło. Nie musiała mówić ani słowa. Nienawiść. Zazdrość. To było oczywiste, że żona Tatusia nie wpuści jej do środka.

Miśka wróciła na drogę. Odetchnęła głęboko. Kichnęła, kiedy zapach suchych traw z okolicznych łąk dotarł do jej nosa. Tak pachniało lato. Nie chciała jeszcze wracać do domu. Nie do rodziców. Odwróciła się. Od strony gospodarstwa Wilków dochodziło głośne szczekanie. Żywia nadal prowadziła swoją hodowlę. Żegoty już nie było.

Matka opowiedziała o tym jakoś tak w lutym. Zginął. Podobno zabił go Tatuś. Pobił go na śmierć. Jeżeli tak, to Żegota musiał go potwornie zdenerwować. Tatuś zawsze wiedział, kiedy przerwać Lanie, zanim zrobiło się bardzo źle. Nie zrobiłby czegoś takiego.

Miśka podeszła ostrożnie do płotu gospodarstwa Wilków. Furtka była uchylona. Żywia szkoliła jednego ze swoich podopiecznych. Podniosła głowę i spojrzała w stronę Miśki. Też nie musiała nic mówić. Jej oczy mówiły za nią. Tak jak w przypadku Anastazji i rodziców. Nienawiść. W Rodzanicach nie było ani jednej osoby, która by chciała, żeby Miśka tu została. Dlaczego w takim razie nie pozwalają jej odejść?

– Myślisz, że nikt się nie zorientuje, że podbierasz pieniądze z kasy fundacji? – zaatakował znów ojciec, wyrywając Miśkę ze wspomnień. – Bożena, na miłość...

– Co cię to obchodzi? – przerwała mu matka.

– Bo jakby co, ja też za to zawisnę. Nie mamy intercyzy. A to mi się wcale nie podoba. Nie chcę odpowiadać za twoje oszustwa.

– Trzeba było podpisać intercyzę. Wtedy się nie kwapiłeś, bo ja byłam bogatsza. Ciebie obchodzą tylko pieniądze. Nic innego.

– A ty masz obsesję na punkcie Miśki, wariatko! Powinni cię zamknąć w Świeciu*! Masz szczęście, że milczę i nic im o tobie nie opowiadam.

Matka zaśmiała się zjadliwie.

– O mnie? O mnie?! Ja też miałabym niejedno do powiedzenia o tobie.

Przez chwilę w salonie panowała cisza. Miśka szczelniej otuliła się Kocykiem. Nasłuchiwała.

– Bożenka – powiedział w końcu ojciec. – Nie widzisz, że to ona staje pomiędzy nami?

O n a. To było coś nowego. Już nie Miśka. Już nie Dziewczynka. Ona. Tylko kim była ta ona? Ona zdawała się pusta w środku. Przepełniona strachem, smutkiem, mrokiem. Ona była sama, mimo że otaczali ją ludzie. Jedynym stałym punktem były wspomnienia. Kocyk, Walizeczka, *Pamiętniczek*. Nic innego nie wydawało się pewne.

– Jak jej nie było, radziliśmy sobie świetnie – przekonywał Józef. Po raz pierwszy powiedział to wprost. – Zarówno ja, jak i ty to czujemy. Prawda, Bożenka? Bez Miśki było nam lepiej.

Matka nie odpowiadała.

– To wcale nie wróciła nasza córeczka – kontynuował Józef. – To wrócił ktoś inny. Nie mów, że tego nie czujesz. Nie mów, że nie wolałaś, kiedy byliśmy we dwoje.

---

* Wojewódzki Szpital dla Nerwowo i Psychicznie Chorych w Świeciu im. dra J. Bednarza.

Spełniałaś się w Rusałce. Pomagałaś tylu osobom. A teraz...

– Co chcesz zrobić? – zapytała matka.

Znów cisza. Jakby ojciec się zastanawiał. Miśka usłyszała kroki. Najwyraźniej przemierzał salon od jednej ściany do drugiej. Może w ten sposób łatwiej mu się myślało.

– Przede wszystkim trzeba działać ostrożnie – oznajmił.

– I racjonalnie. Nic na chybcika. Wszelkie działanie na chybcika źle się kończy. Zrobimy, co trzeba, jak wszystko dokładnie obmyślimy. Tu nie ma miejsca na błędy.

ROZDZIAŁ 50

Sklep w Lipowie. Czwartek, 2 listopada 2017.
Godzina 16.00.
Michalina Kaczmarek

Dziś wielki dzień – oznajmiła Joanna Kubiak. – Dostaniesz lunulę. Symbol swojej kobiecości.

Dziennikarka wręczyła Miśce wisiorek w kształcie półksiężyca. Wszystkie kobiety związane ze sklepem taki nosiły. Agnieszka Mróz, Grażyna Kamińska, Weronika Podgórska. No i oczywiście sama Joanna.

Miśka zaczęła przychodzić do sklepu jakiś czas temu. Rodzice wreszcie pozwolili jej wychodzić z domu. Nie była pewna, czy to część planu, o którym mówili tamtego dnia. Zgodziła się nawet na warunek, który postawili. Zawsze miała mieć przy sobie telefon. Miśka posłusznie nosiła w kieszeni cienki czarny aparat, ale nigdy po niego nie sięgała. Nie czuła potrzeby. Im więcej rodzice mówili o telefonie, tym bardziej chciała go od siebie odsunąć. Ale nie chciała się spierać. Nie chciała, żeby znów ją zamknęli.

Starała się o tym nie myśleć. Im była dalej od nich, tym czuła się bezpieczniej.

Kobiety ze sklepu również wywoływały w Miśce lęk. Najmniejszy chyba Grażyna. Może dlatego, że Kamińska była najspokojniejsza. Najmniej narzucająca swoją obecność. Przestraszona. Prawie tak jak Miśka. A przy tym opiekuńcza i taka matczyna. Nic dziwnego. Miała przecież Bruce'a i cztery córeczki.

Poszły kiedyś we dwie na spacer. Opowiadały sobie o kształtach chmur, które płynęły po niebie. Później Miśka znalazła kamień. Przypominał serce. Grażyna przyjęła go jak najpiękniejszy prezent. Powiedziała, że zawsze będzie go nosić, jak amulet na szczęście. To był pierwszy moment od wyjścia z Ich Małego Świata, kiedy Miśka naprawdę poczuła, że ktoś ją zobaczył. Że ktoś ją zrozumiał.

– Jesteś już jedną z nas. Należy ci się – powiedziała z uśmiechem Agnieszka Mróz.

Była prawie równie miła jak Grażyna, choć brakowało jej delikatności. Czasem Miśka czuła się po prostu przytłoczona jej obecnością. Poza tym Mróz wolała chyba, jak nie było ich tu tak wiele. Wspominała czasem cicho, że na karmienie kolejnej osoby nie starczy im pieniędzy. Miśka czuła, że jest dla nich ciężarem, ale to było lepsze niż siedzenie w domu z rodzicami. Tu bała się mniej. Zdecydowanie mniej.

– Dziękuję – szepnęła, zakładając wisiorek.

– Ależ nie ma za co – zapewniła Joanna.

Miśka jej nie lubiła. Dziennikarka miała skrzekliwy głos i wiecznie rozczochrane włosy. Śmierdziały papierosowym dymem. Golf, który nosiła, przypominał sztywny gorset. Było w niej coś fałszywego, mimo że obnosiła się wszem wobec ze swoją pomocą dla kobiet i z niechęcią do mężczyzn. Jej zdaniem oni wszyscy byli oprawcami.

Miśka miała ochotę powiedzieć Joannie, że to jedynie część prawdy. Wolała się jednak nie spierać. Potrzebowała dziennikarki. Matka jakiś czas temu oznajmiła, że kupuje mieszkanie w Warszawie. Już sama myśl o tym napełniała Miśkę lękiem. Jeżeli rodzice ją stąd wywiozą... Wtedy naprawdę zostanie z nimi sama. Nie będzie nikogo, kto mógłby jej w razie czego pomóc. Nie mogła do tego dopuścić. Musiała zostać w Rodzanicach.

Po to właśnie potrzebna jej była Joanna. Dziennikarka uwielbiała wszelkie tematy i temaciki. Zainteresowała się od razu, kiedy Miśka wspomniała jej, że matka podbiera być może pieniądze z konta Fundacji Rusałka. Chciała napisać o tym artykuł.

Ale nic nie było za darmo. Miśka zdążyła się już o tym przekonać. Z Joanną było tak samo. Hołubiła Miśkę, ale wyłącznie dlatego, że chciała usłyszeć jej historię. Historię, której nijak nie mogła pojąć. Trzeba było dać jej do zrozumienia, że dostanie, co chce, ale musi powstrzymać Bożenę przed wyjazdem z Rodzanic. Jeżeli ktoś mógłby powstrzymać matkę i ojca, to była to Joanna.

– Cudownie wyglądasz – pochwaliła Grażyna. Zerknęła na Agnieszkę. Mróz skinęła głową. – A ja na tę okazję uszyłam ci sukienkę. Agnieszka wybrała materiał.

Grażyna wyciągnęła spod stołu pakunek. Musiała cały czas trzymać go na kolanach.

– Dziękuję – wyszeptała znów Miśka.

Grażyna i Agnieszka uśmiechnęły się przyjaźnie, ale im też nie można było ufać. W każdym razie nie do końca. Od pewnego czasu bardzo chciały pozbyć się ze sklepu Joanny. Pewnie też wyczuły w niej fałsz i to dziwne coś, co trudno było nazwać. Ale Miśka nie mogła na to pozwolić. Nawet jeśli będzie musiała je powstrzymać. Przynajmniej do momentu, kiedy dziennikarka nie zbierze materiału przeciwko Bożenie. Potem niech się dzieje, co chce.

ROZDZIAŁ 51

Sklep w Lipowie. Piątek, 3 listopada 2017.
Godzina 17.05.
Michalina Kaczmarek

Miśka odwróciła się, żeby jeszcze raz spojrzeć w stronę Lipowa, zanim ruszy dalej szosą przez las. Miała wrażenie, że migoczące światła w ostatnich domach dodadzą jej otuchy do dalszego samotnego marszu. Była dokładnie w tym miejscu, gdzie Tatuś zatrzymał wtedy samochód. I gdzie jej życie zupełnie się zmieniło. Tyle że teraz szła w drugą stronę. Wracała do Rodzanic z Lipowa.

Zamknęła oczy i wyszła na drogę. Na sam środek. Wiedziała, że to może być niebezpieczne, ale w tym momencie mało ją to obchodziło. Tak jak trzaski gałęzi i niepokojące odgłosy lasu. Słyszała, że nadjeżdża jakiś samochód. I to z dużą prędkością. Czekała. Może nie zahamuje. Niech ta męka wreszcie się skończy.

Odskoczyła w ostatnim momencie. Nie mogła, nie mogła tak po prostu umrzeć. Mimo że całe jej ciało zdawało się płakać i krwawić. Mimo że tylko tego pragnęła. Nie mogła.

– Zwariowałaś!

Samochód zatrzymał się na poboczu. Wyskoczył z niego wysoki chłopak. Patrzył teraz na nią wściekły spod przydługiej grzywki. Czy tak wyglądałby teraz Żegota, gdyby żył? Gdyby go nie zabili? Żywia chodziła po wsi i mówiła, że ojciec brał w tym udział. Miśka była pewna, że matka Żegoty się nie myli. Tatuś wiedziałby, kiedy skończyć Lanie, żeby nie zrobić Żegocie krzywdy. Wiedziałby. Józef musiał w tym uczestniczyć.

– Przepraszam – powiedziała.

– Mogło się coś stać!

Chłopak oddychał ciężko.

– Jestem Miśka – przedstawiła się. Jakoś czuła, że powinna.

– Wiem, kim jesteś, kurwa – warknął chłopak, ale czuła, że już się uspokaja. – Wziąłem samochód ojca. Miałbym przejebane, gdybym cię zabił! Jestem Łukasz.

Spojrzała na niego zaskoczona. Rozmawiał z nią normalnie. Zwyczajnie. Nie jak z *biedną-Miśką-która-siedziała--latami-zamknięta-w-piwnicy-pedofila*, jak ci wszyscy, których poznawała. To było zupełnie coś nowego.

– Zapalisz?

Pokręciła głową. Zaraz potem kiwnęła. Nigdy nie paliła. Tego nie robiły małe dziewczynki. Tego nie robiły g r z e c z n e dziewczynki. Przez chwilę to nie miało znaczenia. Przez jedną krótką chwilę.

ROZDZIAŁ 52

Rodzanice. Poniedziałek, 20 listopada 2017.
Godzina 12.00.
Michalina Kaczmarek

Miśka zdążyła już zamieść prawie całe podwórze. Liście wrzuciła do zasypanej częściowo studni z tyłu gospodarstwa. Ojciec się wścieknie, ale nie zamierzała się przejmować. Od pewnego czasu nawet nie starał się zachować pozorów. To znaczy, kiedy byli sami. Cokolwiek zrobiła, i tak było źle. Józef zaczął biegać. Zdarzało się, że wyskakiwał spomiędzy krzaków, kiedy szła do sklepu w Lipowie, i udawał, że niby trafił na nią przypadkiem. Ona wiedziała swoje.

Tak jak i to, że zawsze nosił przy sobie nóż z kolekcji matki. Tłumaczył, że szuka odpowiednich gałęzi na rzeźby. Tyle że żadnych rzeźb nie robił.

– Dzień dobry!

Dopiero teraz zauważyła, że przy płocie zaparkowano duży terenowy samochód. Obok stał jakiś mężczyzna. Podeszła bliżej. Miał podkrążone oczy i blade policzki porośnięte szczeciną krótkiej brody. Z jakiegoś powodu poczuła potrzebę, żeby dotknąć i sprawdzić, czy jest ostra. Kiedy Tatuś nie ogolił się dokładnie, czuła szorstkość jego policzków na swojej twarzy albo po wewnętrznej stronie ud. To było przerażające, ale jednocześnie znajome uczucie.

Zrobiła kilka kroków do przodu i wyciągnęła rękę nad sztachetami płotu. Nie pytała o nic. Dotknęła policzka nieznajomego. Wyglądał na zupełnie zaskoczonego, ale nie odtrącił jej ręki. Stali tak przez chwilę w zupełnej ciszy. Cofnęła dłoń dopiero, kiedy trzasnęły drzwi domu.

– Pan Kojarski? – zapytała matka, wychodząc na ganek.

– Przyjechałem porozmawiać o kupnie ziemi od państwa – powiedział do Bożeny Kojarski, ale nie odwracał oczu od Miśki.

Była w tych oczach nerwowość. Tak bardzo przypominały jej oczy Tatusia. Wiedziała, że Łukasz nie będzie zadowolony, ale czuła, że musi spotkać tego mężczyznę raz jeszcze. Za wszelką cenę. Nawet jeśli Łukasz się wścieknie.

KSIĘGA
TRZYNASTA

2018
Dzień

ROZDZIAŁ 53

Rezydencja Kojarskich. Środa, 31 stycznia 2018.
Godzina 9.40.
Weronika Podgórska

Weronika wyszła z toalety obok pokoju bilardowego. Kiedy zadzwonił Bruce, doszła do wniosku, że nie może tak po prostu rozmawiać z nim przy Kojarskim. Odrzuciła połączenie. Chciała pomówić z chłopcem, jak wyjdzie z rezydencji. Wtedy syn Grażyny wysłał jej esemesa, że wie, kto napisał list, który znalazła Agnieszka Mróz. Podgórska uznała, że nie może dłużej zwlekać. Powiedziała Juniorowi, że musi iść na nieco dłużej do toalety. Było to dość krępujące, ale nic lepszego nie przyszło jej do głowy. Miała nadzieję, że w łazience uda jej się dyskretnie porozmawiać.

Junior powiedział, że w takim razie wyjdzie z Ramzesem i Rezą na śnieg. Nie pobawił się z nimi tak jak zawsze, bo przeszkodziła im Weronika. A starał się, żeby psy każdego dnia otrzymały wystarczającą dawkę ruchu na świeżym powietrzu. Treser twierdził, że takie spacery zapewniały im dobrą kondycję psychiczną.

– Jak skończysz, to zadzwoń po mnie – zaproponował Kojarski. – Sama nie próbuj wychodzić, bo i tak pozamykam drzwi. Jak powiedziałem, ten dom to twierdza.

Weronika nie chciała zostawiać Bajki samej w pokoju bilardowym. Zabrała ją więc ze sobą do toalety. Junior o nic nie pytał. Kiedy tylko zamknęła za sobą drzwi, oddzwoniła do Bruce'a.

– Kto napisał list? – zapytała podekscytowana.

– Anastazja Piotrowska.

– Ta wróżka?

– Jo.

– Jesteś pewien?

Weronika opuściła deskę i usiadła na sedesie. Chciała się zastanowić. Nie wiedziała już, komu i w co wierzyć. Założyła wcześniej, że oba anonimy zostały napisane przez tę samą osobę. Teraz miała dwie możliwości. Paweł Kamiński lub Anastazja Piotrowska.

Ręka na monitoringu była r a c z e j męska. Junior upierał się, że należała do Kamińskiego. Podgórska nie mogła tego wykluczyć. Ale jeśli Bruce ją oszukiwał, mówiąc, że to była Anastazja? Może próbował bronić ojca? To by wyjaśniało, dlaczego wczoraj nie chciał powiedzieć nic więcej. Może dopiero teraz wymyślił, że powinien zrzucić winę na kogoś innego.

– Jestem całkowicie pewien, ciociu – przekonywał chłopiec. – Widziałem, jak pani Anastazja wrzucała list do skrzynki. Moje okno wychodzi na zaplecze. Sama wiesz. Usłyszałem, że ktoś się tam kręci, i wyjrzałem.

– Dlaczego nie powiedziałeś tego od razu wczoraj?

– Bo się bałem.

– Dlaczego?

– Pani Anastazja najpierw zakryła palcem usta, czyli że muszę milczeć. A potem zrobiła taki gest, jakby mi podrzynała gardło. Wiesz, o czym mówię.

Uniwersalny gest oznaczający groźbę. Oczywiście, że Weronika wiedziała.

– Myślałem, że ona chce się zemścić za to, że ja dwa lata temu na nią naskarżyłem tym moim listem. Wyglądała, jakby nie żartowała. No więc najpierw postanowiłem w ogóle nic nie mówić, ale w końcu nie wytrzymałem i opowiedziałem ci o moim liście, ciociu. No i teraz o pani Anastazji. Myślisz, że nic się nie stanie?

Tego mu oczywiście Weronika obiecać nie mogła. Poza tym nie była nawet pewna, czy Bruce powiedział jej prawdę. Postanowiła więc, że zadzwoni do Daniela. Niech on zdecyduje, co z tą informacją robić. Chciała też usłyszeć Podgórskiego i mu powiedzieć, że wcale się nie obraziła za wczorajszy wieczór. Może faktycznie za mocno na niego naciskała z tym dzieckiem.

Kiedy udało jej się dodzwonić, Daniel był właśnie z Emilią. Weronice od razu odechciało się mówienia mu miłych rzeczy. Obiecał, że pojadą ze Strzałkowską do Anastazji Piotrowskiej i wyjaśnią, czy to prawda. Z Pawłem pogadają potem, bo teraz Kamiński był na służbie w Lipowie. Gdyby do niego pojechali, wzbudziłoby to niezdrowe zainteresowanie. Niepotrzebne, póki nie wiedzieli, czy to on wrzucił list przez płot rezydencji, jak twierdził Kojarski.

Po skończeniu rozmowy z Danielem Weronika wyszła z toalety i wróciła do pokoju bilardowego. Nie zamierzała natychmiast dzwonić do Juniora. Chciała obejrzeć jeszcze raz nagranie. Sama. Na spokojnie. Położyła telefon na biurku obok siebie. Gdyby Kojarski niespodziewanie wrócił, chciała mieć wymówkę, że właśnie zamierzała po niego zadzwonić.

– No to działamy – powiedziała do Bajki. Suczka stanęła na tylnych łapach i oparła się o blat, jakby chciała obejrzeć nagranie razem ze swoją panią. – Oby tylko komputer nie był zabezpieczony hasłem.

Bajka przekrzywiła głowę, próbując zrozumieć, o co chodzi Weronice. Podgórska uśmiechnęła się pod nosem. Suczka była prawdziwym urwisem, ale jej obecność dodawała odwagi.

Weronika poruszyła myszką.

– Udało się! – mruknęła do siebie zadowolona, kiedy ekrany się rozjaśniły.

Junior nie używał hasła. To było dziwne, skoro tak bardzo bał się wszechobecnych podglądaczy. Może w swoim centrum dowodzenia czuł się na tyle pewny swego, że nie zastosował dodatkowych zabezpieczeń. A może nie przyszło mu do głowy, że ktoś sforsuje jego twierdzę i dostanie się aż tutaj.

Kliknęła play i obejrzała nagranie raz jeszcze. K i l k a r a z y. Nadal nie potrafiła z całą pewnością potwierdzić ani wykluczyć, że ręka wrzucająca list z kamieniem należała do Kamińskiego.

Zminimalizowała okienko Playera. Postanowiła zajrzeć do folderu, w którym znajdował się filmik. Było tam więcej plików. Może któryś coś podpowie. Choć oczywiście mogły to być nic nieznaczące obrazy z innych kamer. W przeciwnym razie Junior pokazałby je wcześniej.

Wybrała plik na chybił trafił.

– Zaraz – powiedziała do siebie.

To był filmik dokładnie z tej samej kamery i pokazywał mniej więcej to samo. Ręka i przelatująca przez płot paczuszka. Z tym że tym razem dłoń była mniej widoczna. Ktokolwiek tam był, tym razem stanął w innym miejscu. Bardziej poza zasięgiem kamery. Co to znaczyło?

Włączyła kolejny plik. Obraz wyglądał podobnie. Jedyne, co się zmieniało, to miejsce, z którego tajemnicza osoba rzucała paczkę przez płot. Raz stała bliżej kamery, a raz dalej. A przecież był tylko jeden list. Skąd w takim razie wzięło się tyle prawie identycznych nagrań?

Najechała kursorem na następny plik. Oddawał tę samą sytuację z tą różnicą, że tym razem postać zrobiła jeden krok do przodu i znalazła się w całości w zasięgu kamery. Weronika odetchnęła głębiej. Teraz już się domyśliła, co tu zaszło.

ROZDZIAŁ 54

W drodze do Rodzanic. Środa, 31 stycznia 2018.
Godzina 9.50.
Młodsza aspirant Emilia Strzałkowska

Skręcili z szosy na leśną drogę prowadzącą do Rodzanic.
Po wczorajszym przejeździe radiowozów i samochodu
z ekipą doktora Koterskiego była już całkiem przejezdna.
Podgórski zrobił kilka kontrolowanych poślizgów w zakrętach. Mimo powagi sytuacji wyglądał na zadowolonego.

Emilia starała się nie patrzeć na niego. Dużo czasu
poświęciła, żeby przekonać samą siebie, że delikatne
zmarszczki wokół jego oczu, kiedy się uśmiecha, są jej
zupełnie obojętne. Nie mogła teraz dać się ponieść tylko
dlatego, że mieli wspólne zadanie do wykonania. Najważniejszy był Łukasz.

Jechali do Rodzanic, żeby przycisnąć Anastazję Piotrowską. Weronika zadzwoniła do Daniela, żeby mu powiedzieć,
czego się dowiedziała od Bruce'a. Chcieli porozmawiać
z wróżką, zanim na ten trop trafi oficjalna grupa śledcza.
Przynajmniej w tym będą o krok przed nimi.

Jak się okazało, Weronika od rana nie próżnowała. Była w rezydencji Kojarskiego. Junior twierdził, że to Paweł wrzucił mu list do ogrodu. Która wersja była prawdziwa? A może obie? Tego też nie można było wykluczyć.

Emilia pomyślała o swoich wcześniejszych podejrzeniach. Kamiński coś przed nią ukrywał. I to bardzo usilnie. Czyżby współpracował z Anastazją? To podejrzenie akurat wydawało się bez sensu.

– Poczekaj! – krzyknęła do Daniela.

Wyjeżdżali spomiędzy drzew na zaśnieżoną łąkę otaczającą wzgórze, na której leżały Rodzanice. Było stąd widać plażę nad zamarzniętym jeziorem, gdzie wczoraj spędzili tyle czasu. Ktoś tam stał. Co gorsza, sylwetka była niepokojąco znajoma.

– Co się stało?! – zapytał Podgórski.

– Patrz tam! – Strzałkowska pokazała palcem w stronę plaży. – Widzisz?

– Co tu robi Łukasz?

W głosie Daniela pobrzmiewało napięcie. Nic dziwnego. Syn był jednym z podejrzanych. A teraz stał tam sobie jakby nigdy nic. Na miejscu zbrodni. W ogóle nie powinno go tu być. Nie kiedy Laura chce go wrobić w morderstwo. Strzałkowska wyskoczyła z samochodu i ruszyła w dół na plażę. Nie czekała na Podgórskiego.

Jak przez mgłę słyszała, że silnik subaru zgasł. Trzasnęły drzwi. Daniel szybko ją dopędził. Żadne z nich się nie odzywało, kiedy schodzili w dół zbocza nad jezioro.

Łukasz stał przy trzech głazach.

– Co ty tu robisz?! – zawołała Emilia do syna. – Nie możesz tu przychodzić!

– Będę chodził, gdzie mi się podoba – rzucił Łukasz wrogo, odwracając się w jej stronę.

Dopiero teraz zauważyła, że w ręce trzyma papierosa.

– Jeszcze tego brakowało! – krzyknęła. – Co to za palenie?! Nie powinieneś być w szkole?! O ile dobrze wiem, ferie dopiero za dwa tygodnie.

Łukasz zlustrował ją nieprzyjaznym spojrzeniem.

– To co? Wczorajsze przesłuchanie z koleżanką to za mało? – zaatakował. – Teraz przyprowadzasz jego? A może wezwiecie mnie na komendę? Nie będzie wam łatwiej? Albo zakujcie mnie w kajdanki i od razu na dołek. Zamiast mnie szpiegować.

Emilia poczuła się zupełnie bezsilna. Przez głowę przemknęła myśl, że wszystko zepsuła. Jakby była niekompetentną matką. Niekompetentną policjantką. Jakby w każdej możliwej dziedzinie kompletnie zawaliła.

– Nie szpiegujemy cię – powiedziała drżącym głosem. – Przyjechaliśmy, by porozmawiać z Anastazją Piotrowską, i właśnie cię zauważyłam.

Poczuła, że Daniel kładzie jej rękę na ramieniu.

– Spokojnie, Mila – szepnął. Tak cicho, że ledwie go słyszała.

Zrobił kilka kroków w stronę Łukasza.

– Dasz jednego? – zapytał, pokazując głową papierosa w ręku syna.

Łukasz wyciągnął z kurtki paczkę papierosów i zapalniczkę. Podgórski zapalił i zaciągnął się głęboko. Jak dwóch dobrych kumpli. A ona zawsze była ta zła. Pilnowała odrabiania prac domowych, uczenia się do klasówek, jedzenia warzyw i tak dalej. Tatuś zjawiał się od czasu do czasu i zabierał na przejażdżki szybkim samochodem. Albo palił sobie z synem papieroski. O raku płuc raczej nie myślał. Nie, takie rzeczy zostawia się matkom. Złym policjantkom.

Daniel odwrócił się i posłał jej uspokajające spojrzenie, jakby odgadł, co się kłębi w jej głowie. Jego oczy mówiły, żeby na razie odpuściła. Może miał rację. Odetchnęła głębiej. Lodowate powietrze działało otrzeźwiająco.

– Co tutaj robisz? – zapytał Podgórski syna.

Jakby od niechcenia, ale Emilia słyszała lekkie drżenie również i w jego głosie. Denerwował się chyba tak jak ona.

– Może najpierw wy powiedzcie, co tu tak naprawdę robicie! – zaatakował znów Łukasz. Po chwilowym spokoju nie było śladu. – Lepiej powiedzcie od razu, że mnie podejrzewacie! Zamiast walić kurwa ściemy o Anastazji!

– Uspokój się. Żadne z nas cię nie podejrzewa – odpowiedział Podgórski. Tym razem pewnym głosem.

Emilia przełknęła ślinę. Wyrzuty sumienia były równie palące jak zimowe powietrze. Jakie to szczęście, że nie powiedziała Danielowi o zaginięciu noża. Ani o swoich podejrzeniach dotyczących syna. Dobrze, że tego nie zrobiła. Mógłby zdradzić się teraz spojrzeniem lub gestem.

– Ani ja, ani twoja mama – dodał jeszcze Daniel, kiwając głową w jej stronę.

Strzałkowska była pewna, że zrobiła się cała czerwona na twarzy. Otuliła się szczelniej kurtką. Miała nadzieję, że Łukasz pomyśli, że jest jej po prostu zimno.

– Moja mama! – parsknął chłopak. – Teraz mówisz m o j a m a m a? A jak co, to ruchasz się z Weroniką?!

Będziesz miał nowe dziecko, to inaczej będziesz gadał. Słodka dzidzia lepsza niż dorosły syn morderca, prawda?

Zapadła cisza, przerywana tylko podmuchami wiatru znad zamarzniętego jeziora. Podgórski zgasił papierosa o najbliższy głaz. Syknięcie gasnącego żaru było głośniejsze, niż mogłoby się wydawać. Jakby kamień zapłakał.

– Będziesz kupował szlugi za własną kasę, to może wtedy uznam cię za dorosłego – powiedział powoli. – Na razie troszkę przystopuj z głupotami, co? Ja i twoja mama chcemy dla ciebie jak najlepiej. Może nie jesteśmy kurwa idealni, ale się staramy. Oboje. I oboje cię bardzo kochamy. Nic tego nie zmieni. Nawet takie głupie pierdolenie, jakie teraz nam zaserwowałeś. Jak dla mnie możesz być kurwa i mordercą, ale jedno sobie zapamiętaj. Wobec matki będziesz zachowywał się z szacunkiem. Nie tak jak przed chwilą. Dotarło?

Twarz Łukasza przybrała zacięty wyraz, ale w jego oczach pojawiło się coś jeszcze. Jakby ulga. Skinął głową. Emilia miała ochotę podejść do Podgórskiego i go pocałować. Gówno ją obchodziły wcześniejsze postanowienia i to, co powiedziała mu w samochodzie.

– Świetnie – powiedział Daniel. – To teraz mów, co tu robisz.

– Przyszedłem powspominać Miśkę i się z nią pożegnać – poinformował Łukasz. Wyciągnął z kieszeni kurtki niewielki znicz. – I zapalić to na pamiątkę. Właśnie miałem to zrobić, ale zauważyłem ślady. Tam.

Syn pokazał je palcem. Emilia spojrzała we wskazanym kierunku. W śniegu widać było wyraźnie głębokie ślady łap.

– Za duże jak na psa – kontynuował Łukasz. – Miśka opowiadała mi pewną legendę o tym miejscu. O wilkołaku. Chyba coś w tym jest…

Strzałkowska chciała powiedzieć, że to czyste głupoty, ale olbrzymie ślady budziły niepokój. Rozejrzała się nerwowo. Do zmroku zostało jeszcze dużo czasu. Nie było się czego obawiać. Chyba.

– Dajmy temu spokój – zarządził Podgórski. – Łukasz, jedziesz z nami. Skoro tu jesteśmy, to pogadamy z Anastazją. Poczekasz w samochodzie. Potem odwieziemy cię do domu.

Syn skinął głową. Chyba zupełnie odeszła mu ochota do kłótni. Wrócili we trójkę do subaru. Kilkaset metrów, które mieli do przejechania w górę wzgórza, upłynęło w całkowitym milczeniu. Emilia słyszała tylko niespokojny oddech syna na tylnej kanapie. Myśli pędziły w jej głowie. Podczas kłótni przed chwilą nazwał siebie mordercą. Oczywiście to mogła być prowokacja. Łukasz był przecież na nich wściekły. Ale z drugiej strony kwestia noża nadal nie została wyjaśniona…

– A ten co tu robi? – zapytał Daniel, wyrywając ją z zamyślenia.

Wydawał się zupełnie zaskoczony. Emilia poczuła dokładnie to samo. Kiedy wyjechali zza zakrętu i zobaczyli dom Piotrowskiej, okazało się, że w śniegu przy płocie stoi samochód. Znajomy samochód.

ROZDZIAŁ 55

Komenda Powiatowa Policji w Brodnicy.
Środa, 31 stycznia 2018. Godzina 9.50.
Starsza aspirant Laura Fijałkowska

To znaczy przypominam sobie, że widzieliśmy taki test w domu Kaczmarków – powiedział Aleksander Ziółkowski. – W walizce, w sypialni rodziców. Nie uznaliśmy, żeby to była rzecz godna uwagi. Skąd mogliśmy wiedzieć, że to jej test. Przecież nie był w jej pokoju. Nie mogliśmy zabrać całego domu ze sobą.

Odprawa trwała w najlepsze, ale Laura Fijałkowska prawie nie słuchała. Nie mogła się skupić. Odwiedziła rodziców Michaliny wczoraj wieczorem. Chciała przekonać ich, że Łukasz Strzałkowski może być zamieszany w zabójstwo. Uznała, że łatwiej jej pójdzie pokierowanie Kaczmarkami niż na przykład doktorem Duchnowskim. Być może się przeliczyła, bo zaskoczyła ją poranna wizyta Józefa na posterunku w Lipowie.

Przyszedł oficjalnie złożyć zeznanie. Przyjęła go Maria Podgórska. Fijałkowska nie mogła zignorować tej wizyty ani nawet na spokojnie się zastanowić. Musiała przywieźć Kaczmarka na komendę. Gdyby tego nie zrobiła, sama wpadłaby w kłopoty. Zdecydowanie nie lubiła takich niespodzianek. W tego typu delikatnych rozgrywkach trzeba było mieć dobrze przygotowany i przemyślany plan.

Czuła się oszukana. Miała niepokojące wrażenie, że być może zadarła z diabłem i Józef Kaczmarek razem z żoną prowadzą jakąś własną grę. To jej się bardzo, ale to bardzo nie podobało. Chciała to przeprowadzić po swojemu i na własnych zasadach.

– Nikt nie ma do ciebie pretensji – zapewnił Ziółkowskiego Sienkiewicz. – Jak przyjdzie Koterski, to liczę na to, że powie, czy Michalina była w ciąży. Od tego zależy dalsze działanie.

Józef Kaczmarek przyniósł ze sobą test ciążowy. Pozytywny. Twierdził, że znalazł go w rzeczach córki, a ponieważ spotykała się z Łukaszem, to on musiał być ojcem.

– Trudno zakładać, że to jest motyw – odezwała się Fijałkowska. Jakby chciała podkreślić, że wcale jej nie zależy na obciążeniu winą syna Emilii. – No chyba że Łukasz chciał się pozbyć kłopotu.

– Nie możemy tego wykluczyć – zgodził się Sienkiewicz. – Jak tylko skończymy naradę, wypytasz Kaczmarka, dlaczego nie powiedział o tym wczoraj.

Laura skinęła głową. Denerwowała się. Bała się, co ojciec Michaliny może palnąć podczas przesłuchania. Jeżeli wspomni, że była wczoraj u niego w domu, Fijałkowska będzie miała kłopoty.

– Zanim dołączy do nas doktor Koterski z wynikami

sekcji zwłok, przyjrzyjmy się billingom z telefonów obu ofiar – zaproponował naczelnik Sienkiewicz.

Wyglądało na to, że narada i przesłuchanie potrwają znacznie dłużej, niż Laura sądziła. A skoro przejmowała dochodzenie, będzie miała sporo roboty tu na komendzie i w terenie. Napisała więc esemesa do Marii Podgórskiej, żeby recepcjonistka wiedziała, że Laura nie przyjedzie dziś na posterunek do Lipowa.

Dopiero kiedy wiadomość została wysłana, Fijałkowskiej przebiegło przez myśl, że może nie powinna była tego robić. Jak kota nie ma, to myszy harcują i podwładni gotowi się rozleniwić. To znaczy Marek Zaręba był w porządku, ale Pawła Kamińskiego nienawidziła od początku. Męski szowinista, damski bokser i idiota. Nie miała najmniejszych wyrzutów sumienia, że naopowiadała o nim naczelnikowi to i owo. To była pierwsza szpila w stronę Strzałkowskiej.

Ale nie tylko. Fijałkowska uważała, że Kamińskiego trzeba było zwolnić zaraz po śmierci Żegoty Wilka. Zwolnienie tylko z kierowniczego stanowiska za coś takiego? To wyglądało na śmieszny błąd systemu i pokazywało, jak czasem trudno było pozbyć się z policyjnej machiny niewłaściwych ludzi.

– Zacznijmy od telefonu Joanny Kubiak – zarządził Sienkiewicz. – Mamy tu kilka ciekawych rzeczy.

Czy tylko jej się wydawało, czy naczelnik zerknął na nią znacząco? Pocieszyła się, że to chyba niemożliwe, żeby sprawdzali billingi aż dwa miesiące wstecz? Bo potem Laura już chyba z Joanną nie rozmawiała. Cholera, a może to było miesiąc temu?

Poznały się, kiedy Joanna jako dziennikarz śledczy zajęła się sprawą anonimowego listu w dwa tysiące szesnastym roku. Fijałkowska została jej informatorką w zamian za to, że dziennikarka nie zdradziła nikomu, że Adaś, niepełnosprawny syn Laury, jest podopiecznym Fundacji Rusałka. To mogło wywołać niepotrzebne zainteresowanie i pytania.

Laurze wydawało się wtedy, że zaprzyjaźniła się z Joanną. Dziennikarka czasem ją odwiedzała. Motywowała do działania. Dodawała kobiecej siły. Słowa „dasz radę", „jesteś silna" mogłyby komuś zdawać się frazesami, ale Fijałkowska bardzo ich potrzebowała.

Wydawało jej się, że ich relacja wyszła poza zwykłe *przysługa-za-przysługę*. Pomyliła się. Jakiś czas temu dziennikarka zaczęła wypytywać o Adasia. O jego chorobę. O to, co się stało. Laura nie zamierzała o tym nikomu opowiadać. Nikt nie mógł się dowiedzieć. Tymczasem Joanna jakimś sposobem wiedziała coraz więcej. Jej pytania zmierzały nieuchronnie do celu. Do ujawnienia przyczyn stanu Adasia. Tego nie można było tak zostawić.

Laura odetchnęła głębiej. Tak, znała Joannę aż za dobrze. A jeśli ktoś o tym wie? Może niepotrzebnie dała się ponieść emocjom. Lepiej by chyba było, żeby trzymała się od tej sprawy z daleka, a nie pchała się na komendę, żeby ją prowadzić. W takich sytuacjach zwracanie na siebie uwagi było działaniem zgoła lekkomyślnym.

No cóż. Było za późno. Trzeba było to teraz odpowiednio rozegrać. Kto wie, może jeszcze wszystko obróci się na dobre, bo będzie miała bezpośredni wpływ na przebieg śledztwa i w razie czego subtelnie nim pokieruje. Jeśli przy okazji zemści się na Strzałkowskiej, to tym lepiej.

– W poniedziałek, czyli dzień przed śmiercią Joanny Kubiak, mamy telefon do Anastazji Piotrowskiej. Dokładniej rzecz biorąc, o godzinie dziesiątej trzydzieści osiem – uściślił Sienkiewicz, zerkając do wydruku. – Mniej więcej dobę przed śmiercią. Była jeszcze jedna rozmowa. W niedzielę.

Dalej się nie cofaj, powtarzała sobie Laura jak mantrę. Jakby to mogło jakkolwiek wpłynąć na Sienkiewicza. Ale chyba naczelnik nic na nią nie miał, bo raczej od tego by zaczął, próbowała uspokoić siebie samą. I nie powierzyłby jej tej sprawy, dodała jeszcze w duchu. Niepokój był zupełnie nieracjonalny i nieuzasadniony. Fijałkowska była bezpieczna.

– Kolejna interesująca rzecz to rozmowa z Juniorem Kojarskim. Wczoraj o dziewiątej rano. Prawdopodobnie niedługo przed śmiercią – wyliczał naczelnik. – Z Józefem Kaczmarkiem rozmawiała w poniedziałek. Nieco przed drugą po południu. Kwadrans później zadzwoniła do Kaczmarków, ale na telefon stacjonarny.

– Może telefon się Kaczmarkowi wyładował – zasugerował Aleksander Ziółkowski. – Dlatego kontynuowali na stacjonarnym.

– Być może. Laura, będziesz musiała ich wszystkich o te telefony wypytać.

– To jasne – zapewniła szybko.

Naczelnik skinął głową zadowolony.

– Oprócz tego mamy rozmowę ze stacjonarnym telefonem w sklepie w Lipowie.

– No proszę – przerwała mu Fijałkowska. – Wczoraj Grażyna Kamińska i Agnieszka Mróz zeznały mnie i Strzałkowskiej, że nie kontaktowały się z Joanną w ostatnim czasie. Czyli kłamały. Ciekawe dlaczego. Oczywiście to wyjaśnię.

Sienkiewicz znów skinął głową.

– Na zakończenie mamy jeszcze rozmowę z Żywią Wilk – dodał. – Wczoraj o siódmej rano. Czyli w ostatnich dniach Joanna Kubiak kontaktowała się telefonicznie ze wszystkimi osobami, które dotychczas znalazły się na liście podejrzanych. W przeciwieństwie do Michaliny Kaczmarek. W jej billingu widać tylko i wyłącznie rozmowy z rodzicami i sporadycznie z doktorem Duchnowskim, jej terapeutą.

– Tak. Wczoraj byłyśmy u niego ze Strzałkowską. Wspominał o tym połączeniu. Michalina powiedziała mu, że zrobiła komuś coś złego, i pytała, co powinna uczynić. Psychiatra niestety nie wie, o co chodziło.

– Wielka szkoda. Tu moglibyśmy szukać motywu. Natomiast wiemy, że Michalina do sklepu nie dotarła. Wbrew temu, co powiedziała rodzicom przez telefon.

Teraz z kolei Laura skinęła głową. Odzyskiwała pewność siebie. Sienkiewicz najwyraźniej nie wiedział nic o jej kontaktach z Joanną. Ani o tym, że dziennikarka odkryła niewygodną prawdę na temat Adasia.

– Tak zeznały wczoraj kobiety ze sklepu – przytaknęła.

– Twoim zdaniem powiedziały prawdę?

– Wydaje mi się, że tak, ale nie mogę też wykluczyć kłamstwa.

– Nie kłamały – wtrącił się technik. – Sprawdziłem, gdzie logował się telefon Michaliny. Moim zdaniem nie wyszła z Rodzanic. To są tereny wiejskie. Jest tam mniej anten, więc nie możemy lokalizować telefonu z taką precyzją, jak to można zrobić w mieście, ale raczej nie ma mowy o pomyłce. Do Lipowa dziewczyna nie dotarła. Laura skinęła głową zadowolona. Bardzo dobrze. Naprawdę bardzo dobrze. Skoro Sienkiewicz nie znalazł na nią haka, mogła wrócić do subtelnego kierowania podejrzeń na syna Emilii. Może i nie było to zbyt etyczne, ale w tej chwili nie bardzo wiedziała, co może zrobić, żeby nie skupiono się na niej.

– To Grażyna Kamińska i Agnieszka Mróz jako pierwsze zasugerowały, że Michalina spotykała się z Łukaszem Strzałkowskim – przypomniała, poprawiając przydługą grzywkę, która wpadała jej do oczu. – Były przekonane, że właśnie z nim była umówiona tamtej nocy.

– Chłopak oczywiście zaprzecza? – upewnił się Sienkiewicz.

– Jo.

– Ale w billingach Michaliny nie było rozmowy z Łukaszem Strzałkowskim – zastanawiał się naczelnik.

– To niczego nie wyklucza – wtrącił się szef techników. – Przecież mogli się umówić w cztery oczy. Twarzą w twarz. Telefon był przy ciele dziewczyny, tak samo było z dziennikarką. Mogliśmy więc sprawdzić oba. Joanna działała standardowo. Dzwoniła, korzystała z wyszukiwarki, a nawet miała wgrane media społecznościowe i kilka gier. U Michaliny Kaczmarek nic takiego nie było. Nic! Żadnych zdjęć, gier, komunikatorów. Ani konta na Facebooku czy na Instagramie. Żadnego Snapchata ani nic. Gdybym nie wiedział, nigdy bym nie zgadł, że to telefon nastolatki.

– Oczywiście trzeba pamiętać, że ona kilka lat była zamknięta w piwnicy – przypomniał naczelnik Sienkiewicz. – To na pewno zrobiło swoje.

– Do tego właśnie zmierzam. To, że nie było połączeń z Łukaszem Strzałkowskim, wcale nie oznacza, że na spotkanie nie umówili się w sposób tradycyjny. Nie przywiązywałbym wagi do tych billingów.

Laura spojrzała na technika. Wyglądało na to, że w Ziółkowskim znalazła niespodziewanego sojusznika.

– Ale nie można zapomnieć też o pani Kopp – dodał technik.

– Cały czas jej szukamy – zapewnił naczelnik.

– I bardzo dobrze, bo jest jeszcze jedna interesująca rzecz. Znalazłem to, kiedy przeszukiwaliśmy mustanga Joanny. Skoro Daniel i Emilia już nie prowadzą sprawy, to dobrze, że im o tym nie zdążyłem wspomnieć.

ROZDZIAŁ 56

Rezydencja Kojarskich. Środa, 31 stycznia 2018.
Godzina 10.00.
Weronika Podgórska

Weronika obejrzała nagranie raz jeszcze. Serce biło jej szybko. To samo miejsce przy płocie, które widziała na wcześniejszych nagraniach, ale mężczyzna robi krok do przodu i znajduje się dokładnie w oku kamery. Przerzuca pakunek przez płot i odchodzi.

– Oszukał nas! – zawołała Podgórska do Bajki.

Suczka przestała na chwilę podgryzać nogę od biurka i spojrzała na Weronikę, przekrzywiając łepek.

– Sfabrykował nagranie i próbował mnie przekonać, że to Kamiński.

Na ekranie widać było wyraźnie, że osobą, która wrzuciła list przez płot, był Junior Kojarski we własnej osobie. Filmików było tyle, bo próbował zmontować taki, na którym nie byłoby widać nic poza męską dłonią. Potrzebował kilku prób, zanim znalazł odpowiednie miejsce, żeby kamera uchwyciła wyłącznie to, co zaplanował. Potem pokazał Weronice plik, który uznał za idealny.

– Cholera jasna. I co teraz? – powiedziała Weronika do siebie.

Skoro Junior sfabrykował nagranie, być może również sam napisał listy. On, a nie Anastazja, jak twierdził Bruce. Tylko czemu chłopiec miałby kryć Juniora? Ale to nie było najbardziej palące pytanie. Weronika rozejrzała się po pokoju bilardowym. Zewsząd otaczały ją zdjęcia Michaliny Kaczmarek. To i mania prześladowcza dobitnie świadczyły o tym, że Kojarski nie był w najlepszym stanie psychicznym. Czy tak złym, żeby zabić?

Przebiegł ją nieprzyjemny dreszcz. Była zamknięta w domu, który Junior zmienił w twierdzę. Zerknęła na ekran po lewej, żeby zobaczyć, co pokazują kamery monitoringu. Z ulgą stwierdziła, że Kojarski nadal bawi się z psami tak, jak zapowiedział, kiedy oszukała go, że musi skorzystać z łazienki. Wyglądał na całkowicie pochłoniętego swoim zajęciem. Miała więc jeszcze czas, żeby zastanowić się, co zrobić.

Nagle rozległ się gong. Ktoś dzwonił do drzwi. Zobaczyła, że Junior zniknął z oka kamery, przez którą widziała go jeszcze chwilę temu. Weronika przejrzała szybko kolejne kwadraty z obrazem monitoringu. Wreszcie zauważyła Kojarskiego przy furtce. Uchylił ją nieco, żeby kogoś wpuścić. Dwa wielkie owczarki tuż przy jego nogach.

– Agnieszka? – zdziwiła się Weronika. Zupełnie nie rozumiała, co Mróz tu robi. Przecież od czasu, kiedy Kojarski ją zwolnił w dwa tysiące szesnastym, nie utrzymywała z byłym pracodawcą kontaktu.

Podgórska obserwowała, jak Kojarski i jego dawna służąca rozmawiają. Wyglądało na to, że po początkowej spokojniejszej wymianie zdań zaczynają się kłócić. Oboje żywo gestykulowali. Szkoda, że Weronika nie mogła ich słyszeć.

Nagle Junior uniósł rękę i wskazał Agnieszkę Mróz palcem. Weronika znała już ten gest. Kojarski kazał psom zaatakować.

ROZDZIAŁ 57

Komenda Powiatowa Policji w Brodnicy.
Środa, 31 stycznia 2018. Godzina 10.10.
Starsza aspirant Laura Fijałkowska

Znalazłem to, kiedy przeszukiwaliśmy mustanga Joanny
Kubiak – powiedział Aleksander Ziółkowski.

Uniósł torebkę na dowody. W środku był jakiś kwitek.
Może paragon. Fijałkowska nie widziała dokładnie.

– To potwierdzenie wypłaty pieniędzy z bankomatu –
poinformował szef techników. – Na kwotę pięciu tysięcy
złotych. Swoją drogą bardzo niebezpiecznie nie ustawić
sobie limitu wypłat na karcie. Dziennikarka nie była zbyt
ostrożna. Chyba że zmieniła ustawienia karty specjalnie
na tę okazję. Ale to nieistotne. Ważniejsze jest, że pieniędzy przy niej nie znaleźliśmy. W portfelu było sto złotych
i drobniaki. Ale tych kilku tysięcy nie.

– Może wypłaciła je wcześniej – zasugerowała Laura.
– I po prostu wydała.

Ziółkowski uniósł raz jeszcze torebkę na dowody i pokręcił głową.

– Nie. Wydruk wskazuje jasno, że zrobiła to wczoraj rano. Tu u nas w Brodnicy. Prawdopodobnie zanim pojechała nad Skarlankę. A jednak pieniędzy nie było.

– Sugerujesz motyw rabunkowy?

Ziółkowski wzruszył ramionami.

– Nic nie sugeruję. Ja jestem od badania miejsca zbrodni. Mówię tylko, że pieniędzy nie było. Ani przy niej, ani w samochodzie.

– Być może załatwiała jakieś interesy w Brodnicy, zanim udała się nad Skarlankę – zastanawiał się naczelnik Sienkiewicz. – Ale to rzeczywiście ciekawe.

– Może zabrała je pani Kopp po tym, jak… – technik nie dokończył. – Jeżeli uciekła, to potrzebuje gotówki. Dobrze przecież wie, że jak tylko posłuży się swoją kartą płatniczą, to ją namierzymy.

Zanim którekolwiek z nich zdążyło odpowiedzieć, rozległo się pukanie i drzwi do salki konferencyjnej się otworzyły. Do środka zajrzał doktor Koterski.

– Nie przeszkadzam? – zapytał z typowym dla siebie uśmiechem. Poprawił kasztanowe loki. – Przepraszam za spóźnienie, ale za to mam już wstępne wyniki sekcji zwłok obu ofiar.

– Znalazłeś coś ciekawego? – zapytał naczelnik, kiedy biegły sądowy zajmował miejsce przy okrągłym stole.

– Kolejny punkt łączy obie ofiary.

ROZDZIAŁ 58

Dom Anastazji Piotrowskiej w Rodzanicach.
Środa, 31 stycznia 2018. Godzina 10.10.
Młodsza aspirant Emilia Strzałkowska

Poczekasz w samochodzie – rzucił Daniel do Łukasza. –
Nie ruszaj się stąd, dobrze?

Strzałkowska słyszała w głosie Podgórskiego nutę niepokoju. Być może instynkt podpowiadał mu, że coś tu
jest nie tak. Ona w każdym razie tak czuła. Nie potrafiła
powiedzieć dlaczego. Nie spodziewała się auta Pawła przed
domem Anastazji. I to prywatnego. Przecież Kamiński miał
być od rana na służbie i patrolować Lipowo z Markiem
Zarębą. A jednak bmw tam stało.

Ale nie chodziło tylko o to. Bardziej niepokoiły ją
uchylone drzwi domu wróżki. Ktoś ich nie domknął. Po-
ruszały się na zimowym wietrze, stukając głośno. Nikt nie
podchodził, żeby je zamknąć.

– Chodźmy – powiedziała i wysiadła z subaru.

Nie podobało jej się to wszystko ani trochę. W głowie
znów miała tysiące pytań. Choćby to, gdzie Paweł był

w poniedziałek wieczorem i dlaczego skłamał, że spotkał się z Grażyną. Jak Kamińska zadzwoniła dziś z samego rana, wyglądał na zaniepokojonego. Obydwoje coś ukrywali. Z dwojga złego Emilia wolałaby, żeby chodziło o to, że Kamiński znów spotyka się z byłą żoną, a nie o coś innego. Na przykład że popełnił podwójne morderstwo.

Daniel też wysiadł z samochodu. Ruszyli ostrożnie do domu wróżki.

– Słyszysz to? – szepnął niemal bezgłośnie Podgórski.

Emilia skinęła głową. Im bliżej ganku się znajdowali, tym bardziej była pewna, że stuknięcia uchylonych drzwi to nie jedyny niepokojący odgłos, jaki dobiegał z domu. Z każdym krokiem dziwne jęki stawały się coraz wyraźniejsze. Jakby ktoś usiłował wzywać pomocy. Strzałkowska zaklęła w duchu. Szkoda, że zdali służbową broń. Bardzo by się teraz przydała. Chociażby po to, żeby czuć się pewniej.

Podgórski pchnął drzwi czubkiem buta. Otworzyły się szeroko. Emilia zobaczyła Anastazję Piotrowską. Wróżka siedziała na schodach. Z jej rozciętego łuku brwiowego kapała krew. Była zakneblowana, a ręce przywiązano jej do poręczy schodów. Na ich widok spróbowała gorączkowo coś powiedzieć. Knebel skutecznie to uniemożliwiał.

Podgórski zajrzał ostrożnie do środka. Sprawdzał, czy nikt nie czai się w saloniku. Pokazał Emilii gestem, że droga wolna. W pomieszczeniu wszystko było powywracane do góry nogami. Książki i figurki pozrzucano z półek. Obrazy zerwano ze ścian. Tylko na stole przy oknie szklana kula nie doznała szwanku. To znaczy nie licząc sieci drobnych pęknięć, które widać już tam było wczoraj. Obok stała maszyna do pisania, której z kolei wczoraj tam nie było. Najwyraźniej Anastazja zdążyła ją odzyskać.

Wróżka znów próbowała coś powiedzieć. Nikogo w pomieszczeniu nie było, więc Emilia ruszyła do niej, żeby zdjąć knebel. Szła, rozglądając się. Nie chciała, żeby ktoś ją zaskoczył. Póki nie dowiedzą się, co tu zaszło, trzeba było zachować maksymalną ostrożność.

– Spokojnie – szepnęła do wróżki.

Anastazja szarpała się, a to nie pomagało w usunięciu knebla. Tym bardziej że węzeł zaciśnięto bardzo mocno z tyłu głowy. Materiału nie dało się tak po prostu wysunąć z ust wróżki.

Tymczasem Daniel podniósł z podłogi drewnianą figurę boga Roda. Uznał chyba, że to najlepsza prowizoryczna broń, jaką obecnie dysponowali. Bądź co bądź, to był spory kawał drewna.

Nagle z głębi domu rozległy się kroki. Emilia prawie już rozwiązała supeł knebla. Zamarła w połowie ruchu. Daniel też stał w gotowości. Z korytarza wyłonił się... wilk. Spoglądał ciemnymi oczami to na Strzałkowską, to na Podgórskiego.

Anastazja znów zaczęła się szarpać.

KSIĘGA CZTERNASTA

2017
Michalina Kaczmarek

ROZDZIAŁ 59

Rodzanice. Niedziela, 24 grudnia 2017.
Godzina 13.50.
Michalina Kaczmarek

Wigilia. Pierwsza Wigilia poza Ich Małym Światem. Dokładnie rok temu wyprowadzono ją na zewnątrz. Miśka pamiętała to, jakby stało się zaledwie wczoraj. Obce twarze policjantów, dziennikarzy, lekarzy. Błyskające flesze. Nawet nie wiedziała, co to za błyski. Później się dowiedziała. Robili jej zdjęcia, żeby umieścić je w gazetach i Internecie. To było jak błyskawice na nocnym niebie.

Obudziła się późno. Ani ojciec, ani matka do niej nie zajrzeli. Całe szczęście. Ubrała się szybko i wymknęła z domu. Miała zamiar pójść do sklepu złożyć kobietom życzenia, ale uznała, że to nie jest najlepszy pomysł. Mogła spotkać Łukasza.

Był wkurzony, że chodziła do rezydencji Kojarskiego. Nie rozumiał, że musiała. Junior był jedyną osobą, która przypominała jej Tatusia. Nie z wyglądu. Chodziło raczej o emocje, które wywoływał. Strach, obrzydzenie, a jednocześnie dziwne przyciąganie. Kiedy Miśka z nim była, chociaż na moment znikała pustka.

– Czekałam na ciebie, Michalino!

Anastazja wyłoniła się zza zakrętu drogi. Płaszcz miała rozpięty. Staromodny toczek zsuwał jej się z czerwonych włosów. Wyglądało na to, że przed chwilą płakała. Miśka zatrzymała się natychmiast. Było coś w twarzy wróżki, co sprawiło, że zadrżała.

– To wszystko przez ciebie! Jebana suko! To wszystko przez ciebie! On nie żyje! Rozumiesz! Powiesił się! Zabił się! Nie żyje!!!

Krzyk Anastazji zdawał się Miśce cichy i przytłumiony.

– Zabił się? Kto?

Jej własny głos też dochodził jakby z oddali. Znała odpowiedź. Za późno było jednak, by cofnąć pytanie. Zakryła uszy dłońmi, żeby nie słyszeć Piotrowskiej.

– Mój Bohdan! Mój Bohdan powiesił się w więzieniu!

Miśka czuła, że brakuje jej powietrza. To nie mogła być prawda. Tatuś żyje. Nie mógł nie żyć. Przecież nawet nie zdążyła zrozumieć, co właściwie do niego czuje. Nie zdążyła wyrzucić z siebie wszystkiego. Nie zdążyła powiedzieć mu, że tęskni. Że nienawidzi. Że kocha. Że miał rację. Bez niego była nikim. Nikt jej nie rozumie. A na zewnątrz wszyscy chcą się jej pozbyć. Jak miała teraz to wszystko zrobić? Jak?!

– Pani jej grozi, pani Piotrowska?

To był ten policjant. Ten zły. Były mąż Grażyny. Kamiński. Od jakiegoś czasu Miśka miała wrażenie, że częściej zagląda do Rodzanic. Jakby jej szukał. Właśnie jej.

ROZDZIAŁ 60

Las otaczający Rodzanice. Niedziela, 31 grudnia 2017.
Godzina 20.00.
Michalina Kaczmarek

Jesteś pewna, że chcesz to zrobić? – zapytał Łukasz.

Stali ramię w ramię, patrząc na buchający z ogniska ogień. Miśka sama nie była pewna, dlaczego tu zaprosiła Łukasza. Przecież jej nienawidził. Nie potrafił jej wybaczyć Kojarskiego. Może bała się stracić jedyną osobę, która choć przez moment uważała ją za normalną? Jedyną osobę, przy której pytania nie kłębiły się chociaż przez chwilę w głowie. Wiedziała, że igra z Łukaszem, ale nie potrafiła inaczej. Nie teraz, kiedy Tatuś nie żył, a ona nie potrafiła za nim pójść.

A może po prostu schlebiało jej, że Łukaszowi tak bardzo na niej zależało? Może nie chciała stracić przyjemności bycia kochaną. Mimo że sama nie potrafiła odpowiedzieć tym samym.

– Nie wiem – odparła.

Zaciskała dłonie na *Pamiętniczku*. Od czasu kiedy dowiedziała się o śmierci Tatusia, próbowała wszystkiego. Chciała się powiesić. Później przeciąć sobie żyły nożem matki. Za każdym razem się cofała. Tak jak wtedy, kiedy wyszła na drogę pod samochód Łukasza. Nie potrafiła odebrać sobie życia, mimo że tak bardzo chciała je zakończyć. Brakowało jej odwagi. Była tchórzem. A skoro nie mogła się zabić, to musiała żyć. Albo raczej zacząć życie od nowa. Na nowych zasadach.

– Jestem tu z tobą – powiedział Łukasz delikatnie.

Zanim rozpalili ognisko, pozwoliła mu się dotykać. Chłopak patrzył na nią teraz z nadzieją, że to nie jest ostatni raz i że ona czuje to samo co on. Mylił się. Pustka, którą miała teraz w sobie, sprawiała, że nie czuła nic. Zupełnie nic. Oprócz dziwnego niepokoju, którego w żaden sposób nie dawało się zgasić ani zagłuszyć. Nie miał konkretnego źródła. Po prostu był.

– Jak to spalisz, zamkniesz za sobą to wszystko.

Łukasz nie sprecyzował, co ma na myśli. Była mu za to wdzięczna. Być może nawet miał rację. Skoro nie potrafiła się zabić, to musiała jakoś żyć. Wyrwała pierwsze kartki z *Pamiętniczka* i rzuciła w ogień. Sięgnęła po kolejną.

– Jestem tu z tobą – powtórzył Łukasz. – Jak pozbędziesz się tego, będziemy szczęśliwi.

Otoczył ją ramieniem. Odtrąciła go. To było za wiele. Za wcześnie.

– Zostaw mnie w spokoju! Nie chcę z tobą być!

Może Miśka nie miałaby nic przeciwko Łukaszowi i byciu z nim, ale się bała Juniora. Zastanawiała się, czy nie za wiele mu pozwoliła. Może dlatego oczekiwał więcej i więcej. Gdzie była granica? Nie wiedziała.

– Przecież przed chwilą… – W głosie Łukasza brzmiała wyraźna pretensja. Nawet gniew. – Żałujesz, że nie ma tu Kojarskiego? Tak? Ciekawe, co on dla ciebie kiedykolwiek zrobił. To mnie płakałaś w rękaw! Powiedziałaś, że mnie kochasz!

Przestraszyła się, że Strzałkowski ją uderzy. Odwróciła się i pobiegła przez las. Do Rodzanic było niedaleko. Rozpalili ogień na tej samej polanie, którą pokazał jej kiedyś Żegota. Tam, gdzie podobno jakiś przodek Wilków został zmieniony w wilkołaka. Za kilka minut będzie w domu. Schowa *Pamiętniczek* do Walizeczki. Tam, gdzie jego miejsce. Nie powinna była go niszczyć. To była jedyna pamiątka. Po złym czy po dobrym, nie wiedziała. Ale pamiątek nie powinno się tak po prostu niszczyć. Bolały, ale dawały też świadectwo, że to wszystko było. Że się zdarzyło.

Przy płocie stał czarny mustang. Joanna opierała się o samochód. Najwyraźniej na nią czekała. Miśka wsunęła *Pamiętniczek* pod kurtkę. Miała nadzieję, że w ciemności dziennikarka nie zauważyła zeszytu. Zrobiła się strasznie natarczywa. Mówiła, że wydawca podpisał z nią umowę i teraz nie ma odwrotu. To nie była sprawa Miśki. Ona nic nie podpisywała.

Nagle Joanna rzuciła się na Miśkę i powaliła ją na ziemię. Zupełnie nieoczekiwanie. W tym samym momencie rozległ się huk. W powietrzu rozszedł się dziwny zapach. Miśka go nie znała, ale z jakiegoś powodu ogarnęła ją pewność, że to proch. W sztachecie zrobiła się dziura od kuli.

– Uciekaj – wydusiła dziennikarka. – Cholerna Żywia próbuje cię chyba zabić.

Miśka uniosła głowę i spojrzała za siebie. Żywia stała z bronią wycelowaną prosto w nią.

– Uciekaj, mówię – rozkazała Joanna. – Ja spróbuję przemówić jej do rozsądku.

KSIĘGA PIĘTNASTA

2018
Dzień

ROZDZIAŁ 61

Rezydencja Kojarskich. Środa, 31 stycznia 2018.
Godzina 10.15.
Weronika Podgórska

Weronika wpatrywała się przerażona w ekran komputera. Kojarski rozkazał psom zaatakować Agnieszkę. Mróz rzuciła się do ucieczki i zniknęła z pola widzenia kamery. Podgórska przyglądała się gorączkowo pozostałym kwadratom, na które podzielony był monitor. Niestety żadna kamera nie pokazywała, co stało się później, ale Podgórska się domyśliła. Junior chwalił się przecież, do czego były szkolone jego owczarki. Miały być bezwzględnie posłuszne. Na rozkaz zdolne rozszarpać.

– Cholera jasna!

Serce biło Weronice jak oszalałe. Musiała natychmiast zadzwonić po pomoc. W tym momencie usłyszała trzaśnięcie. Odwróciła się i spojrzała prosto w wielkie oczy Bajki. Wydawały się takie niewinne. Nic bardziej mylnego. Suczka podgryzała właśnie telefon Weroniki w najlepsze. Albo to, co z niego zostało. Musiała ściągnąć go z biurka, kiedy Podgórska przyglądała się ekranowi monitoringu.

Weronika chwyciła resztkę aparatu. Ekran zamigotał i zgasł. Próba ponownego uruchomienia była bezsensowna. Podgórska spróbowała mimo to. Telefon nie reagował. Były więc zdane tylko na siebie.

ROZDZIAŁ 62

Dom Anastazji Piotrowskiej w Rodzanicach.
Środa, 31 stycznia 2018. Godzina 10.15.
Aspirant Daniel Podgórski

Wilk stał w korytarzu i po prostu na nich patrzył. Podgórski nie wiedział, co powinien zrobić. Drewniana rzeźba boga Roda nie wydawała się szczególnie obiecującym narzędziem do ewentualnej walki z wielkim zwierzęciem.

Z drugiej strony Daniel był prawie pewny, że to wilk należący do Żywii. Zdaje się, że nazywała go Rodek. Na wybiegu wydawał się spokojny, ale zdecydowanie budził respekt. Tu w małym saloniku Anastazji wywoływał wręcz strach.

– Przestań się szarpać do jasnej cholery – rzuciła Strzałkowska do wróżki. Mimo to Anastazja nie przerwała walki ze swoimi więzami. – Bo sprowokujesz wilka!

Zanim Daniel zdążył podjąć jakąkolwiek decyzję, z korytarza wyszła Żywia. W ręce trzymała telefon. Palec spoczywał sztywno nad ekranem, jakby właśnie miała zadzwonić, ale coś ją powstrzymywało. Odblokowywała ekran, kiedy tylko gasł. Tuż za nią pojawiła się Bożena Kaczmarek. Ona z kolei ściskała w dłoni niewielki nóż. Widocznie technicy nie zabrali jej wszystkich.

Podgórski dopiero teraz zwrócił uwagę, jak te dwie kobiety były do siebie podobne. Obie bardzo wysokie. Z pociągłymi twarzami zastygłymi w wyrazie silnej determinacji. Różniły je tylko fryzury. Matka Michaliny miała męskiego irokeza, a Żywia długie warkocze.

– Gdzie jest Paweł? – zawołała na ich widok Emilia.
– Co mu zrobiłyście?!

Daniel na moment zapomniał, że faktycznie na dworze stała prywatna beemka Kamińskiego. Strzałkowska miała prawo martwić się o kochanka. Podgórski poczuł irracjonalną zazdrość.

– Sama go zapytaj – warknęła Żywia.

Jak na zawołanie z korytarza wyłonił się Paweł. Ubrany był w mundur. Wyciągnął z kabury służbowego walthera. Podgórski zacisnął dłonie na rzeźbie, choć drewniany Rod raczej nie na wiele mu się przyda, jeśli dojdzie do strzelaniny.

– Paweł? – zawołała Emilia. – Co tu się dzieje?

Anastazja znów szarpnęła się w więzach. Strzałkowska dokończyła szybko rozwiązywanie knebla.

– Mordercy! – krzyknęła wróżka. – Oni chcą mnie zabić!

Na te słowa w niewielkim saloniku zapanował zupełny chaos. Bożena, Żywia i Anastazja zaczęły się przekrzykiwać. Nie dało się zrozumieć sensu wrzasków. Wilk zawarczał. Niezbyt głośno, ale to podziałało jak kubeł zimnej wody. Rozeźlone kobiety natychmiast umilkły.

– Co tu się kurwa dzieje? – zapytał Podgórski.

Paweł uśmiechnął się pod nosem. Daniel przyglądał mu się podejrzliwie. Jeżeli dzieje się tu coś niedobrego, to Kamiński ze swoim waltherem stanowi największy problem.

– To samo powiedziałem, kiedy tu wszedłem – odpowiedział policjant. – Pieprzony babiniec. To samo miałem w domu. Grażka i cztery córy. Tylko Bruce potrafił się zamknąć, jak się ładnie poprosiło. Reszta się darła, jakby je ze skóry kurwa obdzierali. Tak samo jak te tu.

– Co się dzieje? – powtórzył Podgórski, tym razem pomijając przekleństwo. Nie podobał mu się ton Pawła.

– Mógłbyś łaskawie wyjaśnić? I schować gnata?

Paweł wzruszył ramionami i schował pistolet do kabury. Niedbałym gestem, jakby od niechcenia.

– Niech szanowne panie może najpierw wyjaśnią. Będę pierdolonym dżentelmenem. A co mi tam.

– Powinniście byli zobaczyć, jakie przedstawienie zrobiła wczoraj – prychnęła Żywia, pokazując głową wróżkę.

– Szklana kula, zaklęte kręgi, wilkołaki.

– To nie było przedstawienie! – wrzasnęła Anastazja. – Mówiłam głosem waszego ojca. To była magia! To był Rodomił!

– Waszego ojca? – zapytał Daniel powoli. Nie był pewien, czy się nie przesłyszał.

– Popierdolona historia – skomentował swoim zwyczajem Kamiński. – Sam się zaraz przekonasz.

– Nie mówiłaś głosem niczyjego ojca – wycedziła Bożena Kaczmarek. – Od początku chodziło tylko i wyłącznie o szantaż. Chciałaś nam dać do zrozumienia, że wiesz, co się stało z Rodomiłem i tyle. Co potem dobitnie i wprost podkreśliłaś, kiedy rozmawiałyśmy z tobą następnego dnia rano. Jak Józef znalazł Miśkę.

Głos się Bożenie załamał. Uniosła nóż, jakby tym gestem chciała dodać sobie otuchy.

– Co tu się dzieje? – powtórzył Daniel po raz kolejny.

Anastazja uśmiechnęła się z godnością.

– Opowiem, ale rozwiążcie mi wreszcie ręce. I niech ktoś zamknie drzwi, bo wydam fortunę na ogrzewanie.

Podgórski uznał, że przynajmniej jedną z jej próśb może spełnić. Cofnął się, żeby zamknąć trzaskające na wietrze drzwi. Zauważył, że Łukasz wysiadł z samochodu i przechadzał się w tę i z powrotem po drodze. Widocznie nudziło mu się czekanie.

– Najpierw proszę opowiedzieć, co tu się dzieje – powiedział Daniel, zamykając drzwi. – Potem panią rozwiążemy.

Nie chciał ryzykować uwolnienia Anastazji za wcześnie. Trudno było stwierdzić, kto tu jest z kim, a kto przeciwko komu. W ten sposób przynajmniej jedna z osób była unieszkodliwiona.

Wróżka zdawała się rozważać sytuację.

– Udałam tylko, że ktoś mi ukradł maszynę – oznajmiła w końcu. – Żywia znalazła ją wczoraj w nocy na skraju lasu. Podrzuciłam ją dokładnie w tym samym miejscu, gdzie ten ktoś z dwa tysiące szesnastego. Zapewne Żegota.

Daniel wiedział już, że stary list napisał Bruce, a Żegota faktycznie pomógł mu wykraść maszynę. Tyle zdążyła mu powiedzieć Weronika w krótkiej rozmowie. Swoją drogą niezbyt mu się podobało, że poszła do Kojarskiego. Obiecał sobie, że jak tylko sytuacja się ustabilizuje, to do niej zadzwoni.

– Zrobiłam to dlatego, że to ja napisałam te anonimowe listy – oznajmiła Anastazja. – Jeden podrzuciłam do Juniora Kojarskiego. Zawinęłam wokół kamienia, żeby przeleciał przez płot. Nie chciałam podchodzić do głównej bramy do skrzynki, bo wszyscy wiedzą, że Kojarski ma kamery. Na końcu płotu jest ich mniej. A drugi list zaniosłam do sklepu w Lipowie. Wydawało mi się, że tam pójdzie mi łatwo, ale zauważył mnie ten wścibski chłopaczek, co wszystkim mówi, że jest Batmanem.

A więc Bruce jednak powiedział Weronice prawdę, przebiegło Danielowi przez myśl.

– Radziłbym uważać kurwa na słowa – mruknął Kamiński ostrzegawczo. – Mowa o moim synu.

– Ponieważ najpierw wrzuciłam list do Kojarskiego, to nie mogłam się już wycofać – kontynuowała Anastazja, ignorując go. – Jakbym zaczęła od sklepu, tobym może zrezygnowała z całego planu. Próbowałam Bruce'a nastraszyć, ale zapewne w końcu wygada, że mnie widział. A może już to zrobił?

– Po co pani napisała te listy? – zapytał Daniel zamiast odpowiedzi. Po co jej informacja, że chłopak faktycznie doniósł o niej Weronice.

– Żeby zająć czymś Joannę Kubiak – wyjaśniła Anastazja takim tonem, jakby to było zupełnie oczywiste. – Przedtem rozmawiałam z nią telefonicznie i napuściłam ją na Kojarskiego. Chodziło mi o to, żeby trochę przy nim pogrzebała. Jakby coś znalazła, toby nie zajmowała się wykupywaniem ziemi w Rodzanicach. Początkowo naprawdę nie chciałam, żeby to zrobił. Przecież te ziemie są magiczne.

– Początkowo? – podchwyciła Emilia.

Anastazja wzruszyła ramionami.

– Jej chodzi tylko o pieniądze – odezwała się Żywia. Nadal trzymała palec przy ekranie telefonu w dziwnym geście. Wilk przysiadł obok niej.

– Początkowo nie, ale potem faktycznie przyszło mi do głowy, że mogę na tym zarobić – przyznała wróżka z rezygnacją.

– Czyli ziemia przestała być magiczna? – zapytała Strzałkowska sarkastycznie.

Podgórski skinął głową. Pomyślał dokładnie to samo. Wczoraj wróżka zrobiła im długi wykład o niesamowitej historii tych ziem, słowiańskich demonach i nowych wcieleniach boga Roda.

– Uznałam, że pola w sumie nie są takie ważne – mruknęła defensywnie Anastazja. – Ważniejsze są nasze trzy domy. Dom przeszłości, teraźniejszości i przyszłości. Trzy rodzanice, które planują nasze życie i czuwają nad naszą dolą. Od początku do końca. No i ewentualnie te trzy głazy na plaży. Możliwe, że kiedyś umieszczono je tam po jednym dla każdej z rodzanic. Może nawet to są one, zaklęte w kamienie! W każdym razie zmieniłam zdanie i chciałam zarobić. Cały problem w tym, że niepotrzebnie wciągnęłam w to Joannę. Jak ona chwyci jakiś temat, to nie odpuszcza. Chyba że zainteresuje ją coś ciekawszego. A ja przecież chciałam, żeby na razie zostawiła Juniora w spokoju. Póki Kojarski nie kupi naszych działek. Pomyślałam, że jak napiszę te listy, to odwrócę jej uwagę na tyle, że dziennikarka przynajmniej na jakiś czas zostawi kwestię Juniora i jego magazyny, a skupi się na anonimach i zacznie tropić, kto je napisał i tak dalej. Myślałam, że wtedy zdążymy sprzedać ziemię Juniorowi i będzie po sprawie. Starałam się, żeby listy były jak najbardziej ogólne, żeby dawały Joannie pole do domysłów. Jak już mówiłam, jeden podrzuciłam Juniorowi. Żeby było tak jak dwa lata temu. A drugi do sklepu, żeby na pewno Joanna go dostała. Na wypadek gdyby Junior zniszczył swój, jak to podobno zrobił poprzednio. Nie wiem, kto napisał ten stary list, ale starałam się to utrzymać w podobnym stylu. No ale to jeszcze nie wszystko. W tym liście do sklepu nawiązałam do poniedziałkowego widzenia, żeby w razie czego oni byli podejrzani.

Anastazja skinęła głową w stronę Bożeny i Żywii. Podgórski niemal słyszał słowa Klementyny.

– Czekaj. Stop. Jakiego w i d z e n i a, co?

Tak by na pewno zapytała Kopp, gdyby tu była. Ale jej nie było. I nie uważała za stosowne niczego mu wyjaśnić.

– Chyba raczej p r z e d s t a w i e n i a – zaśmiała się znów Żywia. – Albo szarlatanerii.

Anastazja posłała jej długie spojrzenie. Przez chwilę milczała. Na jej czole perliły się krople potu. Mieszały się z krwią cieknącą z rany na skroni.

– Początkowo faktycznie chciałam zrobić przedstawienie – przyznała w końcu wróżka. – Chciałam wam dać do zrozumienia, że wiem, co zrobiłyście. Myślałam, że uda mi się uzyskać od was dodatkowe pieniądze, że odpalicie mi część swojej kasy ze sprzedaży, żebym milczała. Ale potem… ja nie wiem… to było, jakby moje usta mówiły same, a ja jakbym słyszała to wszystko z boku. Nie mówcie, że tego nie czułyście! Tam ktoś był. A krąg został przerwany! Wypuściliśmy go! A dziś Noc Odrodzenia! Krwawy superksiężyc! Czeka nas zguba! Miśka już nie żyje! Teraz kolej na nas wszystkich! Wasz ojciec tak powiedział!

Wasz ojciec. Anastazja po raz kolejny użyła tego określenia, ale przecież Żywia i Bożena nie były siostrami. W każdym razie Daniel nic na ten temat nie wiedział.

– Przestań gadać głupoty – warknęła Bożena. Znów uniosła nóż.

– A jego duch ma się za co mścić! – krzyknęła wróżka. – Przecież to wy go zabiłyście! Ojcobójczynie! Zabiłyście Rodomiła!

ROZDZIAŁ 63

Komenda Powiatowa Policji w Brodnicy.
Środa, 31 stycznia 2018. Godzina 10.15.
Starsza aspirant Laura Fijałkowska

A co to za punkt łączący obie ofiary? – zapytał naczelnik
Sienkiewicz, przyglądając się patologowi.

– Zajmijmy się wszystkim po kolei – zaproponował
Koterski z uśmiechem. – Bo wbrew pozorom jest tego
sporo.

Patolog wyjął zdjęcia obu denatek i rozłożył na stole.
Fijałkowska odwróciła wzrok. Mimo wielu przepracowanych w policji lat nienawidziła widoku zwłok. Unikała
jeżdżenia na trupy, kiedy tylko mogła. Jak już była na
miejscu, starała się zostawić oględziny koledze, który jej
towarzyszył. Włączała się do dochodzenia później, kiedy
mieli już wszystkie dane i pozostawała czysta dedukcja.
Wtedy zaczynała się najprzyjemniejsza część pracy. Ta-
planie się w błocie czy włażenie do śmierdzących melin
wolała zostawić innym.

– Idźmy może od góry, że tak pozwolę sobie to ładnie ująć – zaproponował Koterski. – Po pierwsze obie ofiary mają rany w okolicach czoła i skroni. U Michaliny jest to pojedyncze uderzenie tępym narzędziem. Charakterystyczne dla rany tłuczonej są obtarcia naskórka, zmiażdżenie brzegów i zasinienia. Rana jest przyżyciowa. Nie była przyczyną zgonu. U Joanny tych ran tłuczonych mamy bardzo dużo. Ciosy zadawano z furią w głowę i górne partie ciała. Niektóre z nich przechodzą w rany darte z odwarstwieniem tkanek na brzegach. Ale to wynika po prostu z zadania ciosów pod odpowiednim kątem.

– Tym narzędziem mógł być kamień? – zapytał Aleksander Ziółkowski. – Widziałem ich tam wczoraj sporo pod śniegiem obok ciała Joanny Kubiak. Dziś Podgórski przyniósł list, który był owinięty wokół kamienia. Sporo się ich robi.

Koterski skinął głową.

– Mogło tak być. Nie można tego wykluczyć – powiedział. – Podsumowując, obie zostały zaatakowane tępym narzędziem w okolicach głowy i górnych partii ciała. Z tym że Michalina delikatnie, a Joanna bardzo mocno. Idźmy dalej. Obie mają też rany kąsane na kończynach górnych. U Michaliny ugryzienia powstały pośmiertnie. U Joanny jeszcze za jej życia, ale za to rany są znacznie mniejsze. Być może zwierzę rozpoczęło ucztę, ale zorientowało się, że kobieta jeszcze żyje, i uciekło. Wskazywałbym na dużego psa.

– A wilk? – zapytała Fijałkowska. – Sporo się ostatnio mówiło, że w okolicy pojawiła się wataha.

– Nie mogę tego wykluczyć. Nie wiem, czy to przypadek, ale u obu zaatakowane były kończyny górne. Inne partie ciała nie zostały pogryzione. Zwierzę rozszarpało materiał ubrań w tamtym miejscu. Są też rany zadane nożem lub podobnym narzędziem o ostrym ostrzu.

– Rany? – zdziwił się Sienkiewicz. – Myślałem, że Michalina miała tylko jedną.

– Ano właśnie. To jest to, z czym tu przyszedłem. U Michaliny pojedyncza rana kłuta w brzuch była widoczna od razu, jak tylko podnieśliśmy koc. Zadana precyzyjnie, ze znajomością miejsca uderzenia. Później Michalina się wykrwawiła. Dodam, że nóż, który znaleźliśmy obok ciała, najprawdopodobniej był narzędziem zbrodni. Pasuje do rany.

– Jo. Grupa krwi na nożu też się zgadza – wtrącił się szef techników.

Koterski skinął głową.

– Ta jej matka, Bożena Kaczmarek, ma bzika na punkcie noży – przypomniał Ziółkowski. – Jesteśmy w trakcie sprawdzania jej kolekcji. Sporo tego jest. Na razie na żadnym nie było krwi. Ale widzieliśmy, że miała w domu książki o walce nożami. Mogła wiedzieć, gdzie uderzać. Nie zdziwiłbym się, gdybyśmy znaleźli w jednej z nich dokładną instrukcję, jak zadać taką ranę, jaką miała Michalina.

– Ale z tego, co mi mówił wczoraj Podgórski, wieczorem Bożena Kaczmarek była na spotkaniu z pozostałymi mieszkańcami Rodzanic – przypomniał naczelnik. – Jak to się ma do czasu zgonu?

– Z tym jest problem z uwagi na zimę i ten nagły spadek temperatury – wyjaśnił Koterski. – Ciało Michaliny było praktycznie zamarznięte.

427

– Wiemy, że na pewno nie umarła wcześniej niż o dwudziestej w poniedziałek – powiedział naczelnik. – Bo o tej godzinie telefonowała do matki. Ojciec znalazł ciało rano.

– Sądzę, że zginęła przed północą w poniedziałek – powiedział Koterski. – Ale w tym wypadku to tylko zgadywanki. Natomiast jeśli chodzi o Joannę Kubiak, z tego, co wiem, też macie dolną granicę. Mianowicie telefon Klementyny Kopp.

– Czy to by się zgadzało? – zapytała Laura. – Joanna umarła mniej więcej wtedy, kiedy Weronika Podgórska zadzwoniła, a Klementyna odebrała?

– Moim zdaniem tak. To jest łatwiej stwierdzić, bo jej ciało leżało na dworze krócej niż Michaliny.

– Martwi mnie udział Kopp w tym wszystkim – powiedział po raz kolejny Sienkiewicz. – Była przy ciele. Teraz zniknęła i nie możemy jej namierzyć. To by wskazywało na to, że ma coś do ukrycia.

– Klementyna to doświadczony glina – odparł Koterski. – Nigdy nie miałem powodu do narzekania podczas współpracy z nią. Nie byłbym taki szybki w ferowaniu tego typu wyroków.

– Ja też pracowałem z nią wiele lat – odparł naczelnik. – Pomysł, że mogła mieć z tym cokolwiek wspólnego, wcale mi się nie podoba, ale muszę też brać pod uwagę, jakie prokurator i dziennikarze wyciągną wnioski. Robimy wszystko, żeby Kopp odnaleźć. Ale wróćmy do tego, co łączy obie ofiary.

Patolog pokiwał głową.

– Czyli tak, jak powiedziałem. U Michaliny mamy pojedynczą ranę kłutą zadaną prawdopodobnie nożem, który znaleźliśmy przy ciele. Natomiast u Joanny też mamy ranę zadaną nożem lub podobnym narzędziem o ostrym ostrzu. Nie zauważyłem tego na początku, bo znajduje się ona na lewym przedramieniu. Tam gdzie potem powstały rany kąsane. Ta rana również jest przyżyciowa. Nie była niebezpieczna sama w sobie. Potem „ukryła się" nieco z ranami po ugryzieniach.

Koterski zrobił palcami znak cudzysłowu.

– Rana na przedramieniu mogła być próbą samobójczą? – zapytał Sienkiewicz.

– Nie była to próba podcięcia sobie żył, jeśli o to chodzi. Nacięcie idzie od góry do dołu. Nie jest duże. Choć nie mogę wykluczyć, że zadała je sobie sama, biorąc pod uwagę kąt ułożenia rany. Co ciekawe, ani jedna, ani druga ofiara się nie broniły. Nie widać charakterystycznych ran ani na dłoniach, ani na rękach.

– Dlaczego?

Koterski wzruszył ramionami.

– To nie wskazuje na samobójstwo? – zapytała Laura.

– Niekoniecznie. U Michaliny teoretycznie nie mógłbym wykluczyć samobójstwa. Ale w przypadku samobójstw częściej wybierany jest cios w serce. Poza tym samobójcy raczej nie zadają pchnięcia przez ubranie. Tu nóż przeszedł przez bluzę. No i mamy koc, którym była przykryta. Sama tego nie zrobiła. Nie było też nacięć próbnych typowych dla samobójstw.

– Dlaczego w takim razie się nie broniła?

– Przyznam, że nie wiem. Zrobiłem toksykologię. Michalina nie była ani pijana, ani pod wpływem narkotyków.

– Może była nieprzytomna od rany zadanej w głowę? – zapytała Fijałkowska.

Koterski znów wzruszył ramionami.

– Natomiast w przypadku Joanny – dodał – o samobójstwie nie ma mowy. Zresztą to akurat, jeśli chodzi o nią, jest jasne, bo nie mogła sobie zadać tych wszystkich ran sama. Nawet gdyby chciała. Ale Joanna była zapewne nieprzytomna, kiedy ten ktoś pobił ją na śmierć.

– Dlaczego? – zapytał Sienkiewicz. – Alkohol? Narkotyki?

– Też nie. Wcześniej pękł jej rozległy tętniak. Tak więc gdyby dziennikarka nie została pobita, i tak zapewne by umarła. Jeśli oczywiście nie udzielono by jej stosownej pomocy. Tętniak to taki cichy zabójca. Można się nawet nie zorientować, że się go ma, do momentu kiedy pęknie. Może nie dawać żadnych objawów.

– Pęka tak po prostu? – zapytał Sienkiewicz.

– To się raczej dzieje podczas jakiegoś wysiłku fizycznego – wyjaśnił patolog. – Albo silnego stresu, zdenerwowania lub dużego zaskoczenia. Bywa, że podczas seksu, a nawet podczas wypróżniania czy kichania. Kobiety i osoby starsze są bardziej zagrożone. A Joanna Kubiak nie była pierwszej młodości. – Koterski zerknął do notatek. – Miała siedemdziesiąt osiem lat. Chociaż muszę powiedzieć, że trzymała się nieźle. Oprócz oczywiście szkód wyrządzonych przez palenie papierosów. Płuca były takie czarne, że… Nawiasem mówiąc, palenie też sprzyja powstawaniu tętniaków. Tak samo nadużywanie alkoholu. Kiedy tętniak pęknie, człowiek odczuwa niesamowity ból głowy. Ale taki, jakiego nie da się wprost opisać. Pojawia się też sztywność karku, światłowstręt, nudności i wymioty.

– Wymiocin pełno było wokół ciała – przypomniał szef techników, krzywiąc się.

– No właśnie – powiedział Koterski. – Może też dojść do utraty świadomości. I to od razu. Dlatego mówię, że prawdopodobnie Joanna była nieprzytomna. Chociaż bywa, że jakiś rodzaj świadomości jest zachowany. Ale i tak kontakt z taką osobą może być mocno utrudniony. Tym bardziej że najczęściej dochodzi do osłabienia siły mięśni albo nawet niedowładów. No i do afazji.

– To znaczy? – przerwał doktorowi naczelnik.

– Zaburzenia mowy. Czyli jeżeli nawet jakaś tam forma świadomości jest zachowana, to chory ma trudności z wysłowieniem się, bełkocze, porusza niezbornie. Tak czy inaczej, pomoc musi zostać udzielona natychmiast. Tu to nie nastąpiło. Nawiasem mówiąc, dlaczego nie ma z nami Podgórskiego i Strzałkowskiej?

Fijałkowska poczuła, że się czerwieni. Całe szczęście naczelnik zaczął wyjaśniać sytuację, powołując się na ewentualne niechciane zainteresowanie mediów.

– Chcę mieć to śledztwo pod absolutną kontrolą – zakończył Sienkiewicz.

Koterski skinął głową.

– W takim razie dodam jeszcze, że Joanna Kubiak miała dość ciekawy tatuaż na dekolcie. Teraz trochę trudno go dojrzeć wśród ran, które jej zadano. – Patolog podniósł jedno ze zdjęć z sekcji zwłok. – To mi wygląda na Saturna i jakieś inne planety. Ale niezbyt to pasuje do Układu Słonecznego. Za dużo tego.

Laura przyjrzała się zaciekawiona. Nawet nie wiedziała, że dziennikarka miała tatuaż. Joanna zawsze nosiła wysokie golfy. Nigdy nie odsłaniała dekoltu. Może się go wstydziła. Na zdjęciu faktycznie widać było okrąg otoczony pierścieniem. Doktor Koterski mógł mieć rację. To przypominało Saturna. Dalej znajdowały się kolejne planety. Było ich kilkanaście, o ile nie więcej. Wyglądało to tak, jakby klatka piersiowa Joanny pokryta była plamami albo dziurami. Laura nigdy by sobie czegoś takiego nie wytatuowała. To było okropne.

– To chyba akurat nieważne – uznał naczelnik. – Skupmy się na sprawie. Jeżeli potem kwestia tatuażu okaże się istotna, to do niej wrócimy. Bardziej mnie teraz interesuje ojciec Michaliny, który czeka na przesłuchanie. Przyniósł test ciążowy i twierdzi, że dziewczyna oczekiwała dziecka. To prawda?

ROZDZIAŁ 64

Dom Anastazji Piotrowskiej w Rodzanicach.
Środa, 31 stycznia 2018. Godzina 10.35.
Aspirant Daniel Podgórski

Żywia i Bożena. Córki Rodomiła. Ojcobójczynie.

Anastazja wypowiedziała to z takim namaszczeniem, jakby właśnie weszła na ambonę głosić kazanie. Tymczasem nadal siedziała przywiązana do poręczy schodów w swoim pogrążonym w chaosie saloniku. Kiwnęła głową w stronę dwóch kobiet.

Żywia i Bożena patrzyły na wróżkę z wściekłością, ale żadna nie odpowiedziała. Przypominały teraz Danielowi wilka, który przysiadł przed nimi na ziemi. Rodek też wodził oczami po wszystkich zgromadzonych, jakby każdego z nich oceniał.

– Po kolei – poprosił Podgórski.

– Popierdolona historia – mruknął Kamiński ze złośliwym uśmieszkiem. – Zobaczysz.

Daniel zerknął na niego. Paweł najwyraźniej wiedział, co tu się działo. Pozostawało pytanie, po co Kamiński tu przyjechał. W mundurze, ale prywatnym samochodem.

– Trzydziesty pierwszy stycznia tysiąc dziewięćset dziewięćdziesiątego dziewiątego roku – powiedziała Anastazja. Znów z namaszczeniem. – Rodomił wychodzi nakarmić swoje psy. Zagryzają go. Na pewno znacie tę historię?

Daniel potwierdził głową.

– Rodomił szkolił swoje psy do agresji i miał za swoje, czyż nie? – zapytała wróżka i uśmiechnęła się chytrze. – No właśnie, no właśnie. Tak wszyscy mówili, ale nie byli tam tamtej nocy. W przeciwieństwie do mnie. Ja widziałam dokładnie, co się stało.

– Ojciec głodził te psy – odezwała się Żywia. – Traktował je nieludzko. Tylko po to, żeby było w nich więcej agresji. To było ohydne. Brzydziłam się tym. Poślizgnął się na zamarzniętej kałuży na wybiegu. Upadł i stracił przytomność. Zagryzły go, jak tak leżał. Ale to nie była wina psów, tylko mojego ojca.

– To, że psy były agresywne, może i było winą waszego ojca – zgodziła się Anastazja Piotrowska. – Ale to, że Rodomił zginął, to wasza wina.

Skinęła głową najpierw w stronę Żywii, a potem Bożeny.

– Czy dobrze rozumiem, że panie są siostrami? – zapytał Podgórski.

– A jakże – odpowiedziała za nie wróżka. – I zabiły ojca we dwie. Wszystko widziałam. Jedna zwabiła go w okolice wybiegu. Druga tam już czyhała i uderzyła go w głowę. Czyli sam się nie uderzył. Potem podciągnęły go do kałuży, żeby wyglądało, że się poślizgnął, i wydały polecenie, żeby psy zaatakowały. Faktycznie były tak głodne, że zjadły własnego pana. Nie doszłoby do tego, gdyby nie one.

– Skoro widziałaś to r z e k o m e zajście – powiedziała Bożena powoli – to czemu nas nie powstrzymałaś?

– Bałam się!

– Przestań łgać, szarlatanko – poparła Bożenę Żywia. – Gdyby tak było, zgłosiłabyś to na policji następnego dnia. A jakoś tego nie zrobiłaś...

– Bo to nie miało miejsca – wtrąciła się Bożena.

– Skoro taki z ciebie anioł, to może przyznaj się, że sama chciałaś, żeby Rodomił zdechł – mówiła Żywia, zupełnie nie zdając sobie sprawy, że właściwie przyznaje się do zabicia ojca. – Wiedziałaś, że ten twój cholerny Bohdan był w niego wpatrzony jak w obrazek. Świetnie synusia wyuczył, skoro potem porwał Miśkę i zabił mojego Żegotę.

– Bohdan był synem Rodomiła? – zdziwiła się Emilia.

Zerknęła na Daniela, jakby od niego oczekiwała odpowiedzi.

– Całe Rodzanice to jedna wielka zwichrowana rodzinka – zaśmiała się Anastazja, tym razem z nutą goryczy. – Bożena i Żywia są siostrami. A mój mąż był ich bratem. Dzieci Rodomiła. Żywia, wiadomo, oficjalnie uznana córka. Bożena i mój Bohdan z nieprawego łoża. Owoce romansów z kobietami z Lipowa. Każde z innej matki. Tylko ojciec ten sam. A co lepsze, Rodomił wcale nie skończył na trójce potomków.

– To znaczy? – zapytała znów Strzałkowska.

– Rodomił. Rod. Bóg płodności. Wspominałam wczoraj, jak państwo mnie odwiedzili. Zapłodnił obie córki.

– Anastazja znów skinęła głową w stronę Żywii i Bożeny.

– Jednej dał Żegotę, a drugiej Michalinę. Dwójka wnucząt, które jednocześnie były jego dziećmi. Kazirodztwo.

– To prawda? – zapytał Daniel, odwracając się do kobiet.

Obie stały teraz ramię w ramię. Żywia zaciskała rękę na telefonie, z palcem nadal przy ekranie, a Bożena na nożu. Żadna się nie odezwała.

– Oczywiście, że prawda – zaśmiała się Anastazja. – Taka, o której wolałoby się zapomnieć, ale prawda. Mój mąż był z ojcem blisko. Rodomił opowiedział mu o wszystkim, a Bohdan z kolei powiedział mnie. Stąd wiem. Tamtej nocy poszłam popatrzeć na księżyc. Był trzydziesty pierwszy stycznia. Mogła zdarzyć się Noc Odrodzenia. Wtedy zobaczyłam, jak zamordowały Rodomiła. Być może to była zemsta za to, że je zgwałcił. Bo wiem, że nie oddały mu się dobrowolnie. Ale morderstwo pozostaje morderstwem. A teraz Żywia krzyczy o samosądzie na Żegocie. Dobre sobie. A przecież sama dokonała tego samego, tyle że wiele lat wcześniej. Na własnym ojcu. Jakoś na policję tak jej spieszno nie było.

– Dobra, teraz może ja troszkę szybciej opowiem dalej, bo tracimy kurwa czas na opowiastki – wtrącił się Kamiński. – Czyli mamy morderstwo Rodomiła dziewiętnaście lat temu. Teraz wróżka chce naciągnąć te dwie na kasę. Robi przedstawienie, że niby przemawiają przez nią kurwa duchy.

– Bo przemówiły – przerwała mu Anastazja. – Uwierzcie mi wreszcie! Jesteśmy w niebezpieczeństwie. Wszyscy! Dziś w nocy wilkołak powróci. Legenda nie pozostawia wątpliwości. Trzydziesty pierwszy stycznia dwa tysiące osiemnaście. Wtedy Noc Odrodzenia na pewno nastąpi. N a p e w n o. Musimy się strzec!

– Pierdolenie o Szopenie – zaśmiał się Kamiński. – Tak więc Anastazja najpierw myśli, że tylko je nastraszy i zasugeruje, że coś wie. Rano im mówi, że chce pieniędzy. Potem my przyjeżdżamy, bo Józef znajduje córeczkę zamrożoną na jeziorze. Wieczorem wróżbiarka natyka się na Żywię, która znalazła właśnie maszynę do pisania. Ucinają sobie krótką pogawędkę. Najpierw o duchach, ale potem Anastazja mówi jej, że ma zdjęcia.

– Jakie zdjęcia? – zapytał Daniel.

– Dokumentujące śmierć Rodomiła oczywiście – wtrąciła się Anastazja.

– Te dwie myślały, że zdjęcia są gdzieś tu w domu – podjął Paweł. – Przyszły i związały wróżbitkę. Przywaliły jej czymś w głowę, żeby ją nastraszyć. A potem przetrząsnęły cały dom od góry do kurwa samego dołu. Dlatego tu jest taki pierdolnik.

– Lepiej powiedz, co Anastazja robiła wczoraj w nocy – powiedziała Żywia, unosząc komórkę. – Wracała z Lipowa, bo… Albo lepiej niech sami obejrzą, kto zabił Michalinę. Tu jest wszystko nagrane!

ROZDZIAŁ 65

Rezydencja Kojarskich. Środa, 31 stycznia 2018.
Godzina 10.35.
Weronika Podgórska

Weronika odrzuciła pogruchotany telefon. Junior Kojarski z jakiegoś powodu wydał rozkaz, żeby psy zaatakowały Agnieszkę Mróz. Biorąc pod uwagę, że sfabrykował nagranie z monitoringu i być może miał niezdrową obsesję na punkcie Michaliny, mogło oznaczać to tylko jedno. To on był mordercą. A zniszczony telefon uniemożliwiał Weronice jakąkolwiek komunikację z Danielem czy kimkolwiek innym.

Pierwsze, co przyszło jej do głowy, to żeby uciekać. Jeżeli uda jej się wydostać z rezydencji, pomoże Agnieszce albo przynajmniej kogoś wezwie.

– Chodź – zawołała do Bajki.

Suczka zaparła się na smyczy. Weronika chwyciła ją na ręce. Pitbulka nie osiągnęła jeszcze wagi docelowej, ale wcale nie była lekka. Poza tym bieg z wyrywającym się psem w objęciach nie był wymarzoną formą ucieczki. Ale Weronika nie mogła Bajki tu zostawić samej.

Otworzyła ostrożnie drzwi na korytarz. W willi było zupełnie cicho. W zatęchłym powietrzu opustoszałej rezydencji ciężko było złapać oddech. Weronika czuła, jak jej ciało pokrywa się zimnym potem. Co teraz?

Nie mogła pobiec do drzwi wejściowych. Skoro Junior był przy bramie, to najpewniej właśnie tamtędy wróci do domu. Musi spróbować dostać się do drzwi na taras. Tych, którymi weszli do środka, kiedy Weronika przyszła tu rano. Zamknął je na klucz, ale może…

Weronika pobiegła mrocznym korytarzem do wielkiego salonu z tyłu willi. Bajka cały czas próbowała się wyrwać z jej ramion. W końcu Weronika poczuła, że suczka wysuwa jej się z objęć.

Wszystko stało się w jednej chwili.

Bajka wylądowała na ziemi.

Podgórska zahaczyła o nią nogą.

Potykając się o suczkę, runęła jak długa na podłogę.

Poczuła niesamowity ból, kiedy uderzyła głową o posadzkę.

Świat wokoło zrobił się czarny.

ROZDZIAŁ 66

Komenda Powiatowa Policji w Brodnicy.
Środa, 31 stycznia 2018. Godzina 10.50.
Starsza aspirant Laura Fijałkowska

Laura spojrzała na siebie w weneckim lustrze pokoju przesłuchań. Grzywka i obcięte do wysokości brody czarne włosy okalały twarz. Sprawiały, że wydawała się trupio blada. I bardzo, bardzo podobna do Adasia. Twarz syna nigdy nie nabierała kolorów. Przecież nie wychodził z domu. Teraz, z nową opiekunką z Fundacji Rusałka, będzie na pewno łatwiej sobie poradzić.

Fijałkowska odwróciła się od lustra. Musi skupić się na sprawie. Przesłuchać Józefa Kaczmarka. Zdecydowanie wolałaby to zrobić poza komendą, gdzieś w jakimś ustronnym miejscu. Nie wiedziała, co Kaczmarek może powiedzieć. Pociągał teraz rzadką kozią bródkę i przyglądał się Laurze z iście diabelską miną. Znów ogarnęło ją przeczucie, że idąc wczoraj wieczorem do tego niziutkiego, niepozornego mężczyzny, zrobiła błąd.

Rozważała przez chwilę, od czego zacząć. Nie chciała uderzyć w niewłaściwą nutę, bo Kaczmarkowie zapewnili jej opiekunkę dla Adasia. Mogli się wycofać i znów Fijałkowska zostanie z chorym synem zupełnie sama.

Ale okazało się, że Józef Kaczmarek kłamał. Naczelnik Sienkiewicz był wściekły, kiedy okazało się, że doktor Koterski nie potwierdził ciąży Michaliny. Dziewczyna nie spodziewała się dziecka, wbrew temu, co mówił jej ojciec. Test ciążowy musiał należeć do kogoś innego. Jeżeli Józef kłamał w tym względzie, co innego jeszcze próbował ukryć?

– Traktujecie mnie jak podejrzanego – odezwał się. – A mówiła pani, że wszystko ustalone.

Laura przełknęła ślinę. Zaczynało się.

– Okazało się, że pańska córka nie była w ciąży – poinformowała służbowym, neutralnym tonem. Taki sprawdzał się najlepiej. – Myślałam, że jest pan pewien tego, co mówi. Przez pana moich kolegów odsunięto od śledztwa.

Zależało jej, żeby wyjść na osobę koleżeńską i taką, która absolutnie nie chciała nikogo pogrążyć. W chwili kiedy słowa padły, wiedziała już, że popełniła błąd.

– No proszę, a ja myślałem, że właśnie o to pani chodziło – powiedział z uśmieszkiem na wąskich ustach Józef. Poprawił okulary i oparł dłonie o stół. – Kiedy zajrzała pani do mnie wczoraj i kazała szukać za wszelką cenę dowodów na Łukasza Strzałkowskiego.

Laura spojrzała nerwowo w stronę weneckiego lustra. Wiedziała doskonale, że naczelnik Sienkiewicz siedzi w pokoju obok i wszystkiemu się przysłuchuje. Musiała dobrze to rozegrać. Jeżeli uwierzą Kaczmarkowi… mogła mieć poważne problemy. A przynajmniej musiałaby odpowiedzieć na wiele niewygodnych pytań.

– Nie wiem, o czym pan mówi – oznajmiła, siląc się na absolutny spokój.

Bo niby jak Józef Kaczmarek udowodni, że Fijałkowska rzeczywiście u niego wczoraj była i co mu mówiła? To się nie uda! Powinna się uspokoić i zachowywać jakby nigdy nic. Zaprzeczać insynuacjom. Traktować jego słowa jak zwykłe pomówienie.

– Doskonale pani wie. Była pani u nas w Rodzanicach wczoraj wieczorem. Powiedziała pani, że Łukasz Strzałkowski ma być jednym z podejrzanych. Ba! Ma być g ł ó w n y m podejrzanym. A my mamy szukać na niego dowodów. Bo inaczej jego rodzice, Podgórski i Strzałkowska, nas w to wplączą. A teraz traktuje mnie pani jak podejrzanego. Nie tak się umawialiśmy.

– Nie wiem, o czym pan mówi – odparła Fijałkowska chłodno. – Zabił pan córkę? I tę dziennikarkę? Może trzeba też jeszcze raz przyjrzeć się sprawie samosądu na Żegocie Wilku. Być może jednak pomagał pan Bohdanowi Piotrowskiemu w pozbyciu się chuligana.

To było odparcie ataku atakiem. I to z grubej rury.

– Nie radziłabym kłamać – dodała i posłała Józefowi groźne spojrzenie. – A za morderstwa trafi pan do więzienia na długie lata.

Widząc jego minę, doszła do wniosku, że wcale nie była gorsza w straszeniu niż on.

– Nie zabiłem córki – zapewnił Kaczmarek. – Ani Joanny. Kubiak nawet nie widziałem. I to od dawna.

Przy ostatnim zdaniu głos mu lekko zadrżał. K ł a m a ł. A więc też popełnił błąd i Laura zamierzała to wykorzystać.

– Nie mówi pan prawdy – stwierdziła po prostu.

Józef Kaczmarek wyglądał, jakby ze sobą walczył. Laura czekała cierpliwie. Nie mogła teraz zbyt mocno naciskać.

– Widziałem się z Joanną wczoraj rano – przyznał w końcu. – Umówiliśmy się dzień wcześniej przez telefon. Spotkaliśmy się, bo sprzedałem jej pamiętnik mojej córki. Dała mi za to pięć tysięcy złotych.

Laura spojrzała w stronę weneckiego lustra. A więc kwestia pieniędzy pobranych z bankomatu, poniedziałkowych telefonów oraz obecności *Pamiętniczka* Michaliny przy ciele Joanny została wyjaśniona.

– Zadowolona jest pani?

– Sprzedał pan wspomnienia córki za pięć tysięcy?

Może nie była to mała kwota, ale mimo wszystko Laurze wydawało się dziwne, że Józef dał się na coś takiego namówić.

– Pięć tysięcy piechotą nie chodzi. Poza tym…

– Poza tym co?

Józef Kaczmarek znów wyglądał, jakby toczył wewnętrzną walkę. W końcu westchnął i spojrzał na Laurę zrezygnowany.

– Dobrze. Niech będzie. Powiem, co wiem, i niech mi pani da spokój w cholerę. Wiem, że wychodzę na fatalnego ojca. Że sprzedaję prywatność córki i tak dalej. Nigdy nie potrafiłem Michaliny pokochać, bo nie była moja. Żona mnie zdradziła. Z Rodomiłem Wilkiem. Niedługo przed jego śmiercią. Sam mi o tym opowiedział. A jaki był zadowolony… Michalina nie była moja i może dlatego nigdy nie potrafiłem znaleźć z nią wspólnego języka. A potem została porwana na osiem lat i miałem spokój. Wiem, że to brzmi strasznie, ale tak czułem. I co? Jestem może potworem, ale jej nie zabiłem, cholera!

Przerwał na chwilę monolog, żeby zaczerpnąć oddechu. Laura uznała, że nie będzie mu przerywać pytaniami. Chyba chciał się wygadać.

– Wziąłem walizkę z pokoju córki, żeby spokojnie poszukać pamiętnika. To było jej miejsce na różne skarby. Miałem odłożyć rano, ale rano już nie żyła. W każdym razie pamiętnik zapakowałem w papier pakowy i sznurek. W domu mamy tego pełno, odkąd Bożena postanowiła, że się wyprowadzamy. Wszystko trzeba spakować. Wsadziłem go do plecaka i pobiegłem na spotkanie. Joanna czekała już na mnie na mostku nad Skarlanką.

– Jak przebiegło spotkanie?

Kaczmarek wzruszył ramionami i znów pociągnął się za bródkę.

– Normalnie. Jak stamtąd odchodziłem, Joanna była w doskonałym zdrowiu.

– Na pewno? Wiemy o ranie od noża.

Laura zdecydowała, że zablefuje.

– Ale to nie ja! – krzyknął Józef. Czyli trafiła w punkt. – Joanna sama to sobie zrobiła. To był wypadek!

– Może pan trochę jaśniej?

– Joanna nie chciała mi uwierzyć, że w papierze na pewno jest ten cholerny zeszyt. Tak mocno zasupłałem sznurek, że nie mogliśmy go rozwiązać. Zwłaszcza że w tym zimnie mieliśmy zgrabiałe ręce. Ale ja zawsze noszę przy sobie nóż. Chciałem zająć się rzeźbieniem w gałęziach. One mają takie fantazyjne kształty. Nieważne. Dałem nóż dziennikarce, żeby przecięła sznurek i papier. Zrobiła to tak, że się zacięła w rękę, aż krew zaczęła lecieć. To tyle! Poza tym była cała i zdrowa, jak odchodziłem!

Wydawało jej się, że Józef mówi prawdę. Znów spojrzała w stronę weneckiego lustra. A więc jego opowieść potwierdzała odkrycie Koterskiego. Joanna Kubiak sama zacięła się nożem.

– Miśkę znalazłem, jak wracałem ze spotkania z Joanną – kontynuował Józef. – Wtedy też pomyślałem o moim nożu. Że na nim jest krew dziennikarki i możecie pomyśleć, że to ja zabiłem. Więc przed wezwaniem policji wymyłem nóż i ukryłem w zasypanej studni na tyłach naszego gospodarstwa. Potem jednak go wyciągnąłem i oddałem żonie. Żeby niczego jej w kolekcji nie brakowało. Przedtem jednak policjanci z Lipowa zauważyli pusty haczyk. Natomiast nóż, który leżał przy ciele Michaliny, nie należał do nas. Nie wiem, skąd się tam wziął. No więc nie przyznałem się, że miałem nóż i że sprzedałem dziennik, a reszta to prawda. Aha. No i spaliłem ten papier pakowy w kominku, bo Joanna mi go oddała, jak wyciągnęła *Pamiętniczek*. Pomyślałem, że lepiej dmuchać na zimne, żeby nikt mnie o nic nie posądził. Ale nikogo nie zabiłem.

Fijałkowska skinęła głową.

– A co znaczy ten test ciążowy?

Józef westchnął głośno.

– Ponieważ zabrałem walizkę Michaliny, żeby wyjąć pamiętnik, wiedziałem, że w środku jest ten test ciążowy. Jak pani przyszła do nas i powiedziała, że mamy szukać czegoś na Łukasza Strzałkowskiego, to sobie o nim przypomniałem i pokazałem żonie. Chciałem, żeby policja chociaż przez chwilę skupiła się na kimś innym niż ja. Przyznaję. Ale nie zabiłem ani Michaliny, ani Joanny. Jak odbiegałem znad Skarlanki, dziennikarka stała na mostku i przeglądała dziennik. Była cała i zdrowa, miała tylko tę idiotyczną ranę od noża.

Fijałkowska rozważała, czy znów zaprzeczyć, że była u niego. Uznała w końcu, że lepiej nie poruszać tego tematu. Żeby nie wyglądało, że próbuje się bronić. Jak Sienkiewicz będzie potem pytał, Laura zaprzeczy. Sporządzi też notatkę służbową, że była pomawiana. I tyle. Trzeba podejść do tego bardzo, bardzo ostrożnie. Poza tym trzeba skupić się na czymś innym. Na czymś, co interesuje naczelnika.

– Jak pan odchodził ze spotkania z Joanną, widział pan może taką niewysoką kobietę z tatuażami? – zapytała.

– Głowa ogolona na zero? Skórzana kurtka. Wojskowe buty. Dosyć charakterystyczna.

Sienkiewicz przecież cały czas się głowił, co się dzieje z Klementyną i jaką rolę odegrała w tych zdarzeniach. W tę nutę trzeba było uderzyć.

– Jo. Jak już biegłem przez Gaj-Grzmięcę, to widziałem taką kobietę. To jest morderczyni?

Laura posłała zadowolone spojrzenie w stronę lustra weneckiego. Przesłuchanie zmierzało w dobrą stronę. Powoli, ale do celu. Byle skupić się na kimś innym niż ona sama.

– Co z tym testem ciążowym? – zapytała, odpowiadając pytaniem na pytanie. Nie mogła za bardzo drążyć tematu

Klementyny, żeby znów nie popełnić błędu. W ten sposób chciała się okazać ostrożną, pilnującą tajemnic śledztwa policjantką. – Wiedział pan, że córka nie jest w ciąży, jak pan się do mnie rano zgłosił z tym testem?

– Nie mogłem założyć, że nie jest. Przecież mogła być – odparł wymijająco Kaczmarek. – Ale wiem na pewno, kto jest.

ROZDZIAŁ 67

Dom Anastazji Piotrowskiej w Rodzanicach.
Środa, 31 stycznia 2018. Godzina 10.50.
Młodsza aspirant Emilia Strzałkowska

Powinnam była to udostępnić od razu w Internecie, jak tylko to znalazłyśmy – powiedziała Żywia, unosząc komórkę raz jeszcze. Cały czas trzymała palec nad ekranem, jakby faktycznie miała zamiar to zrobić.

Kamiński pokręcił głową i sięgnął znów po broń. Strzałkowska wiedziała, że Paweł był dobrym strzelcem. Potrafił zrobić odpowiedni użytek z walthera. Tylko po co go wyciągał?

– Co ty tu właściwie robisz? – zapytała powoli.

– Przyszedł, żeby odzyskać ten filmik – powiedziała Żywia, unosząc znów telefon. – Znalazłyśmy go, jak szukałyśmy tych zdjęć na nas.

– Tych zdjęć nie ma – upierała się Bożena. – Bo nic takiego się nie zdarzyło.

– Dajże spokój – warknęła Żywia. – I tak nie mają dowodów. Co niby nam zrobią?

– Przestań! Nie zabiłyśmy Rodomiła!

Przez chwilę siostry patrzyły sobie w oczy w niemej walce. W końcu Żywia odwróciła się z powrotem do nich.

– Gówno mnie obchodzi, co mi zrobicie – oznajmiła. – Mój ojciec był potworem. Zasługiwał na śmierć. Natomiast Michalina nie. I to jej mordercę powinniście teraz ścigać. A właściwie morderczynię. Anastazja nagrała jego żonę, jak zabija Michalinę.

Pokazała głową Pawła.

– To prawda – wtrąciła się wróżka. – Pierwsza wyszłam z naszego poniedziałkowego spotkania. Byłam bardzo poruszona moim widzeniem. Nie potrafiłam od razu wrócić do domu i zająć się przygotowaniem listów. Bo planowałam podrzucić je tamtej nocy. Co ostatecznie zrobiłam, jak już wam opowiedziałam. Potrzebowałam chwili wytchnienia. Weszłam na wzgórze, żeby spojrzeć na księżyc. Wtedy zobaczyłam, co się dzieje na plaży. Grażyna Kamińska zaatakowała Michalinę!

Żywia zaśmiała się głośno.

– Tak. I nasz anioł prawdy znów nic nie zrobił, żeby uratować ofiarę.

– Bałam się – powiedziała Anastazja, jak wcześniej.

– Kolejne łgarstwa. Już planowałaś, że na tym zarobisz! – zawołała Żywia i odwróciła się do Emilii i Daniela. – Grażynę też zamierzała szantażować. Była w sklepie wczoraj w nocy, żeby pokazać Kamińskiej nagranie. Jak wracała, to się spotkałyśmy w lesie. Zabrała tę swoją maszynę do pisania. Pogadałyśmy. Potem powiedziała mi o zdjęciach. Tylko że zdjęć nie ma. Natomiast filmik jak najbardziej jest!

Strzałkowska spojrzała na Pawła. Od początku miała wrażenie, że Kamiński coś ukrywa, a gorączkowe telefony od Grażyny w nocy i dziś rano nabierały złowrogiego sensu. Kamińska chciała opowiedzieć policjantowi o nagraniu i próbie szantażu.

– Grażyna faktycznie została nagrana przez tę jebaną kurwę – przyznał Kamiński, kiwając na Anastazję. – I faktycznie tu była. I faktycznie kurwa zaatakowała Michalinę. Ale jej kurwa mać nie zajebała. To zrobił ktoś inny.

– Filmik pokazuje co innego! – upierała się Żywia.

– Filmik kurwa nie pokazuje, jak Grażyna ją zabija. Urywa się na tym, jak dziewczyna ucieka na lód. Widać tylko, jak Grażka uderza ją kamieniem w głowę.

– Nie czekałam do końca – przyznała jakby nigdy nic Anastazja. – Wydawało mi się, że to wystarczy. Poszłam do domu.

Kamiński spojrzał na nią z wściekłością.

– Bo nie było kurwa końca! To znaczy był. Ale nie taki jak to pieprzenie przed chwilą. Jeśli chciałybyście wiedzieć, ktoś Michalinę jebnął nożem w brzuch. To była przyczyna zgonu, a nie uderzenie kamieniem w głowę. Grażyna noża nie miała. Miała pierdolony kamień, który zresztą Miśka jej kiedyś dała. Kamień w kształcie pedalskiego serca.

– Dlaczego Grażyna ją zaatakowała? – zapytał Daniel powoli.

Chciał chyba zapanować nad sytuacją, bo Paweł zaczynał robić się coraz bardziej wściekły. Biorąc pod uwagę fakt, że w dłoni ściskał pistolet, nie wróżyło to nic dobrego.

– Pierdolona Miśka była taką samą jebaną w dupę pedofilką jak Bohdan! – krzyknął Paweł. – Wykorzystała

Zosię. Wykorzystała moją córkę. Kurwa! Należała się suce śmierć! Ale Grażyna jej nie zabiła. Tylko uderzyła ją kamieniem w głowę. Suka uciekła na lód. Upadła i Grażyna faktycznie myślała, że coś się złego stało.

– I zadzwoniła po ciebie? – rzuciła Emilia. Teraz wszystko zaczęło jej się układać w całość. – Grażyna myślała, że Michalinę zabiła, i zadzwoniła po ciebie? Dlatego chciałeś od razu podnieść koc i sprawdzić, kiedy doktor powiedział, że nie od kamienia zginęła? Dlatego byłeś taki zaskoczony, jak się okazało, że pod spodem była rana od noża? Bo myślałeś, że Grażyna ją zabiła kamieniem. Chroniłeś ją, tak? Umówiliście się, że będziecie mówili, że się spotkaliście, żeby pogadać o szkole dla Bruce'a. Tak było?

Paweł milczał. Zdawało się, jakby ze sobą walczył. W saloniku Anastazji panowała martwa cisza. Słychać było tylko głęboki oddech wilka leżącego u stóp Żywi.

– Grażyna już wcześniej powiedziała Agnieszce Mróz, że idzie się spotkać ze mną – zaczął wyjaśniać Kamiński. – Bo się umówiła z Miśką na plaży, żeby pogadać. To miała być tajemnica. Dlatego ta pedofilska sucz powiedziała rodzicom, że idzie nocować do sklepu, i potem zadzwoniła, że dotarła. Nikt miał nie wiedzieć o spotkaniu. Grażyna chciała się upewnić, czy naprawdę doszło do molestowania. Jeszcze gnębiły ją skrupuły. Zamiast sukę od razu zgłosić. Albo powiedzieć to kurwa mnie! A jebana dziwka po prostu przepraszała. Jakby to mogło coś kurwa zmienić! Dobrze się wyuczyła od Bohdana w tej pierdolonej piwnicy. Kurwa!

Kamińska była ostrożna w sądach. Dzieci nieraz opowiadały historie, które można było zrozumieć opacznie.

W ten sposób zdarzało się kogoś niesłusznie oskarżyć o pedofilię. Kamińska widocznie chciała tego uniknąć. Emilia musiała przyznać, że sama chybaby się na to nie zdobyła. Gdyby ktoś jej powiedział, że coś takiego spotkało Łukasza… Wolała nawet nie kończyć tej myśli.

Natomiast cała historia wyjaśniała to, co powiedział im doktor Duchnowski. Michalina zadzwoniła do niego i przyznała się, że zrobiła komuś coś złego. Pytała o radę, co z tym począć. Psychiatra kazał jej przeprosić. Najwyraźniej to próbowała zrobić w rozmowie z Grażyną.

Wszystkie elementy układały się w całość. Choć nadal pozostawało jedno pytanie. Strzałkowska spojrzała na Pawła. Powiedział, że Grażyna do niego zadzwoniła. A gdzie on był? Gdzie znikał w każdy poniedziałek?

– Ale nie! Grażyna kurwa chciała to załatwić sama – ciągnął Kamiński nieświadom wątpliwości Emilii. – Jak zaczęły gadać, to Grażka straciła nad sobą panowanie. Wcale jej się kurwa nie dziwię. No i wróżbitka to nagrała. Musiałem się tym zająć. Laura wysłała esemesa do Marii, że będzie cały dzień na komendzie w Brodnicy, więc uznałem, że się urwę. Marek pokręci się sam, a ja załatwię, co trzeba. No i przyjechałem tu, żeby przemówić wróżbiarce do rozsądku i powiedzieć, że żadnych szantaży kurwa nie będzie. Wtedy natknąłem się na te dwie, które szukały zdjęć. Akurat się pechowo złożyło, że chwilę wcześniej zajrzały do komórki Anastazji i znalazły to pierdolone nagranie. Straszyły mnie, że jak spróbuję im coś zrobić, to one udostępnią filmik w necie. Żywia sterczała z tym jebanym paluchem nad ekranem przez cały ten czas jak pedał nad dupą kochanka. Uznałem, że zyskam na czasie i pomogę im szukać zdjęcia, a potem odzyskam nagranie.

– Wyciągnąłeś broń – powiedział Podgórski powoli.

– Dopiero kurwa na końcu, jak już zacząłem tracić cierpliwość. Poza tym usłyszeliśmy, że ktoś wszedł do domu. Nie wiedziałem, że to wy. Może i mnie kurwa troszkę poniosło. Ale pamiętajcie jedno: Grażyna Michaliny nie zajebała.

– Skąd wiesz, że cię nie oszukała? – zapytał Podgórski.

– Może tylko gadała o tym kamieniu, a tak naprawdę…

– Daniel, daj spokój kurwa – przerwał mu Kamiński.

– Znasz Grażkę nie od dziś. Zresztą dlaczego miałaby mi mówić o kamieniu, a o nożu kurwa to już nie? Jak ta suka Michalina upadła na lód, to Grażyna naprawdę kurwa myślała, że to przez to uderzenie w głowę. Emilia ma rację. Byłem totalnie zaskoczony, jak zobaczyłem dziurę po nożu. To zrobił ktoś inny. Ktoś inny wbił Michalinie nóż w brzuch. A my kurwa nadal nie wiemy kto.

ROZDZIAŁ 68

Rezydencja Kojarskich. Środa, 31 stycznia 2018.
Godzina 10.50.
Weronika Podgórska

Weronika powoli otworzyła oczy. Leżała na podłodze w ciemnym salonie willi Kojarskich. Bajka lizała ją po twarzy. Podgórska zaczynała powoli przypominać sobie, co się stało. Uciekała. Kiedy Bajka wypadła jej z rąk, potknęła się. Jak długo tu leżała? Czy Junior jest już w domu?

Z trudem wstała. Kręciło jej się w głowie od uderzenia o posadzkę.

– Chodź – powiedziała do suczki.

Tym razem Bajka posłuchała. Wyglądała na przestraszoną. Dotarły do drzwi na taras. Weronika nacisnęła klamkę. Zamknięte. Zaklęła w duchu. Tego mogła się spodziewać, ale miała irracjonalną nadzieję, że Junior może zapomniał je zamknąć.

Przyjrzała się zamkowi. Był nowoczesny i skomplikowany. Nie z takich, które otwiera się wsuwką do włosów. Ale nawet wsuwki nie miała. Rozejrzała się po pomieszczeniu.

Meble pokryte grubą warstwą kurzu. Kominek. Obok pogrzebacz. Może udałoby się wybić szybę?

Rozważała przez chwilę ten pomysł. W końcu uznała, że nie jest najlepszy. Przecież widziała, jak Kojarski demonstrował wytrzymałość swoich antywłamaniowych szyb najnowszej generacji. Weronika nie da rady sama ich sforsować. A próbując, narobi dużo hałasu i zwabi Juniora do salonu. Tylko w takim razie co dalej...

– Chodź! – rzuciła znów do Bajki.

Może jej się wydawało, ale Kojarski wspomniał, że okna na górze nie zostały jeszcze wymienione. Może to jakaś szansa na ucieczkę? Weronika nie wiedziała co prawda, jak to byłoby możliwe. Chyba nie będzie skakać z piętra z psem na rękach. Z drugiej strony to wydawało się jedyne wyjście z willi zmienionej w twierdzę.

Wyjrzała ostrożnie na korytarz. Nie była pewna, ani jak długo leżała nieprzytomna po uderzeniu się w głowę, ani czy Junior jest już z powrotem w domu. Chyba jednak nie. W wielkiej rezydencji nadal panowała niczym niezmącona cisza.

Weronika wzięła znów Bajkę na ręce. Nie chciała, żeby jej pazurki zaczęły stukać o podłogę. Dźwięk był bardzo charakterystyczny i mógł je wydać. Ruszyła krok za krokiem w stronę schodów. Pomyślała, że to jednak niezbyt dobry pomysł. W horrorach bohaterki zawsze niezgodnie z logiką uciekały na górę, prosto w pułapkę, zamiast na zewnątrz. Ale musiała zaryzykować.

Szła ostrożnie schodek za schodkiem. Kojarski mógł już być w willi gdziekolwiek. Nagle usłyszała dźwięk przekręcanego klucza. A więc do tej pory był na zewnątrz! Dopiero wraca! Co teraz? Co teraz?!

Szybko pokonała ostatnie stopnie i znalazła się w korytarzu na piętrze. Wybrała pierwsze drzwi po lewej. Pokój był duży i przesadnie strojny, jak reszta domu. Olbrzymie łoże z baldachimem. Wielka szafa. Złocona toaletka i bogato zdobiony kominek. Ale nie to było najważniejsze.

Okno!

Podbiegła do okna i odsunęła zasłony. Szarpnęła za klamkę. Otworzyło się bez trudu, wpuszczając do środka mroźne powietrze. Weronika odetchnęła głęboko, ale ulga była tylko chwilowa. Wystarczyło spojrzeć w dół.

Piętro było wyjątkowo wysokie. Pokoje pierwszej kondygnacji dworu miały co najmniej cztery metry wysokości. Może nieco mniej, lecz na pewno nie był to standard. Rodzina Kojarskich uwielbiała rozmach.

Weronika przysiadła na parapecie. Bajka zaczęła się wyrywać przerażona. Nic dziwnego. Na dole widać było podjazd, wyłożony zdecydowanie twardą kostką. Że też Podgórska musiała wybrać akurat ten pokój! Jeżeli skoczy na kostkę brukową, na pewno się połamie. Wtedy Kojarski i tak ją dopadnie. Nie, to nie była droga ucieczki.

Rozejrzała się po pokoju. Jej wzrok padł na zwalistą szafę stojącą naprzeciwko okna. Schowa się tam. Przeczeka. Zyska na czasie. Tylko to przyszło jej teraz do głowy.

– Weronika? – rozległo się z dołu. – Gdzie jesteś?

Podgórska nie wiedziała, dlaczego Junior Kojarski kazał swoim psom zagryźć Agnieszkę Mróz, ale to nie był czas, żeby się nad tym teraz zastanawiać. Widziała tylko jedno wyjście. Chwyciła Bajkę i zanurkowała w wielkiej szafie.

ROZDZIAŁ 69

Komenda Powiatowa Policji w Brodnicy.
Środa, 31 stycznia 2018. Godzina 11.10.
Starsza aspirant Laura Fijałkowska

Kto zatem jest w ciąży pana zdaniem? – zapytała Fijałkowska.

Nie wiedziała, czy to ma jakikolwiek związek ze sprawą,
ale uznała, że nie może nie zapytać. Józef Kaczmarek
wydawał się taki pewny swego. Jakby sugerował, że to coś
bardzo ważnego. Ojciec Michaliny uśmiechnął się chytrze
i pogładził po rzadkiej bródce.

– Przeczytajcie sobie pamiętnik mojej córki – rzucił.
– Na końcu jest wszystko napisane. Ups, pewnie nie prze-
czytaliście jeszcze.

Laura znów zerknęła na weneckie lustro. Oczywiście
nie zdążyli jeszcze przeczytać zeszytu z okładką z dawnego
mundialu. Mieli go przecież dopiero od wczoraj wieczorem, a do tej pory zajmowali się nim technicy. Szukali
śladów. Nie zajmowali się na razie treścią. Kopie leżały

przygotowane w salce konferencyjnej, żeby śledczy mogli je przejrzeć.

– Spokojnie. Nie jest tam napisane, kto zabił – zadrwił Kaczmarek z wyraźnym zadowoleniem. Jakby udał mu się najlepszy dowcip. – Aleby było! Tak się głowicie, a wystarczy zajrzeć na koniec.

Jego śmiech był strasznie irytujący. Laura chętnie walnęłaby go na odlew. Musiała się powstrzymać. Ze względu na szefa za weneckim lustrem, ale też na opiekunkę, którą wynajęła dla Adasia Fundacja Rusałka. Trzeba było zachować pozory, że nie jest do Kaczmarka wrogo nastawiona.

– Proszę nie żartować – mruknęła. – Czy pańska córka napisała, kto jest w ciąży?

– W przeciwieństwie do was ja to przejrzałem – odparł Józef zamiast odpowiedzi.

Zapominasz dodać, że zrobiłeś to, bo chciałeś zarobić na córce, pomyślała Fijałkowska. Czy też *nie-córce*.

– Swoją drogą naprawdę makabryczna rzecz ten *Pamiętniczek* – dodał Kaczmarek, wzdrygając się. – Bierze człowieka obrzydzenie, jak czyta o tym, co Bohdan robił Michalinie w tej piwnicy. I na wszystko mieli jakieś swoje chore, zdrobniałe nazwy. Pamiętniczek, Przyjemnostki, Walizeczka, Choineczka, Ptaszek. Woda z mózgu. Naprawdę dreszcz człowieka przechodzi, jak zna kontekst tych wszystkich słodkich słówek. Ale nie do tego zmierzam. Po uwolnieniu Michalina nie kontynuowała zapisków. Wznowiła je dopiero niedawno. No i napisała tam o teście. Że dostała go na pamiątkę. W sklepie.

– W sklepie? – powtórzyła za nim Fijałkowska.

– Tak.

Laura poprawiła grzywkę. Znów wpadła jej do oczu. Jeżeli Miśka dostała test w sklepie, to mogło oznaczać tylko jedno.

– Która z kobiet ze sklepu jest w ciąży? – zapytała. – Grażyna Kamińska czy Agnieszka Mróz? I z kim?

Niezależnie od odpowiedzi Laura i tak postanowiła pojechać do sklepu. Żadna z wymienionych kobiet nie była z nią wczoraj szczera.

ROZDZIAŁ 70

Dom Anastazji Piotrowskiej w Rodzanicach.
Środa, 31 stycznia 2018. Godzina 11.10.
Aspirant Daniel Podgórski

Nadal nie wiemy, kto jest kurwa pierdolonym mordercą
– powiedział znów Paweł Kamiński. – Może nad tym się
skupmy, zamiast przypierdalać się bez sensu do Grażyny.

– Jedno mnie cały czas zastanawia – odezwała się cicho
Strzałkowska. – Twoja była żona zeznała, że była z tobą.
Kłamała, bo myślała, że zabiła Grażynę. Mówisz, że po
nią przyjechałeś. Okej. Ale ja bym chciała wiedzieć co
innego. Gdzie ty znikasz w każdy poniedziałek?

– To nie ma związku z morderstwami – zapewnił Paweł.
– Przysięgam.

– Gdzie chodzisz w poniedziałki? – zapytała
twardo policjantka. Brzmiało to, jakby każdą sylabę wypowiedziała oddzielnie.

Daniel postanowił nie wtrącać się. Przynajmniej w tej
chwili.

– I schowaj tę cholerną klamkę – dodała Emilia, prze-wracając oczami swoim zwyczajem. – Przestań się wygłupiać. Kamiński wycelował broń prosto w Żywię.

– Schowam gnata, jak ona odda mi ten telefon – poinformował. – Najpierw załatwimy sprawę filmu. Niech nikomu nie przychodzi do głowy nic głupiego. Takiego na przykład jak udostępnianie tego nagrania komukolwiek.

– A co, zastrzelisz mnie? – zapytała Żywia zaczepnie.

– Jeżeli już, to tę pierdoloną bestię. – Paweł wskazał wilka u jej stóp. Rodek uniósł nieco wargi, pokazując wielkie białe kły. – Ale nie to jest waszym największym problemem. Nie jestem kurwa idiotą. Nie pomagałem wam kurwa szukać tych jebanych zdjęć z morderstwa Rodomiła, bo mnie nastraszyłyście, że udostępnicie ten film. Może i jest jakimś tam dowodem. Ale tylko że Grażyna tam była i uderzyła Miśkę kamieniem. Więcej na nią nie macie, więc jeżeli nawet to gdzieś wyciekło, to smród może i będzie, ale nic wielkiego ostatecznie. Chociaż oczywiście smrodu wolałbym też uniknąć. Po co Grażynie niepotrzebne kłopoty. Tym bardziej że nie ona zabiła. Tego jestem pewien. Natomiast ja też postanowiłem pobawić się telefonem, jak zaczęliśmy chodzić po tym domu. I wiecie co? Obawiam się kurwa, że włączyłem aplikację „dyktafon". Każdy policjant używa jej wcześniej czy później w newralgicznych sytuacjach. No i kurwa proszę. Mnie też się przydała. Wszystko mi się ładnie nagrywa przez cały ten czas. Z waszym przyznaniem się do zabicia Rodomiła włącznie.

– Nie zabiłyśmy go – upierała się Bożena.

– Siostrzyczka twierdzi inaczej – zakpił Kamiński. Schował walthera do kabury niedbałym gestem. Jakby chciał pokazać, że jego argumenty są na tyle silne, że nie musi popierać ich bronią. – I mam to nagrane. A teraz poproszę telefon. Dostanę, to wykasuję swoje nagranie. Będziemy kurwa kwita.

– Oddaj mu – rozkazała matka Michaliny, zanim Żywia zdążyła zaprotestować. – Skończmy tę farsę.

Na twarzy Żywii wymalował się wyraz niezdecydowania. W końcu rzuciła komórkę do Pawła. Złapał ją zwinnie. Kliknął kilka razy.

– No i proszę. Nie ma. Wykasowane. Dzięki wielkie. Aha. Troszkę was nabrałem. Niczego nie nagrywałem – zaśmiał się głośno Kamiński. – Ale dzięki kurwa za wiarę. Teraz tylko się musicie martwić, czy wróżbitka ma te zdjęcia, czy nie. Ale to już nie mój kłopot. Spierdalam stąd, żeby Marek nie jeździł sam.

– Poczekaj – warknęła Emilia. – Nie odpowiedziałeś na moje pytanie. Gdzie byłeś w poniedziałek wieczorem, zanim Grażyna do ciebie zadzwoniła?

– Już powiedziałem, że to nieistotne dla sprawy.

– Dla mnie istotne.

Kamiński przyglądał się Strzałkowskiej przez chwilę.

– Kurwa, Mila. Byłem w Magnolii. Zadowolona?

Emilia wyglądała na zupełnie zaskoczoną.

– W Magnolii? – zapytała. – Po co?

– Chodzę na terapię.

– Co? Na terapię? Przecież mówiłeś, że Magnolia jest dla starych bab i tak dalej.

Daniel poczuł na sobie spojrzenie Kamińskiego. Spuścił wzrok.

– Dlatego kurwa się nie spieszyłem z przyznaniem się, że tam chodzę – powiedział. – Ale jemu pomogli wyjść z chlania. To pomyślałem, że się też zapiszę.

– Ty przecież nie pijesz.

Kamiński wzruszył ramionami.

– Ale umiem wszystko koncertowo spierdolić. Wpadam kurwa łatwo w szał. I zdarzało mi się przyjebać nie tej osobie, co trzeba. Pomyślałem, że mi pomogą. No i nie podniosłem na ciebie ręki ani razu, prawda? Nie chcę tego też spierdolić. Nie tym razem. Za bardzo mi zależy. Miało być samo ruchanko, ale ja cię kurwa kocham, Mila. Nie będę już udawał, że nie.

Podgórski poczuł, że robi mu się gorąco. Miał ochotę przypierdolić Pawłowi z całej siły. Potem chwycić Strzałkowską wpół, przerzucić sobie przez ramię, jakby żyli w czasach prehistorycznych, i po prostu odejść z nią gdzieś daleko. To byłoby oczywiście głupie. B a r d z o głupie. Zwłaszcza po tym, co powiedziała rano w samochodzie.

– To wy sobie tu pogadajcie – mruknął – a ja pójdę zapalić.

Zanim ktokolwiek zdążył się odezwać, Podgórski wyszedł na dwór. Nie obchodziło go, co pomyślą. Nie chciał usłyszeć, co Emilia odpowie Pawłowi. Włożył papierosa do ust i wyciągnął zapalniczkę.

Wtedy zorientował się, że Łukasza nigdzie nie ma. A przecież miał tu na nich czekać. Dokąd on poszedł?

ROZDZIAŁ 71

Rezydencja Kojarskich. Środa, 31 stycznia 2018.
Godzina 11.10.
Weronika Podgórska

Wnętrze szafy pachniało kulkami na mole i starymi ubraniami. Nie było zbyt dużo miejsca, bo na wieszakach wisiały futra. Dawną świetność zdecydowanie miały za sobą. Łaskotały Weronikę po twarzy, ale bała się podrapać. Wypuszczenie Bajki z objęć to nie był teraz najlepszy pomysł. Choć o dziwo suczka przylgnęła do Podgórskiej i przestała się wyrywać. Jakby rozumiała, że są w niebezpieczeństwie.

Nagle na zewnątrz rozległ się dźwięk, którego Weronika bała się najbardziej. Drzwi do pokoju otworzyły się.

– Weronika! Po co ty się chowasz? – Głos Juniora zdawał się przyjazny. – Moje psy i tak cię bez problemu wytropiły. Poza tym w domu też są kamery. Bardzo się uderzyłaś w głowę?

Tuż za drzwiami szafy słychać było intensywne węszenie. Podgórska czuła, jak pot spływa jej po plecach.

– Ukrywasz się w szafie? – zaśmiał się Kojarski. – Weronika, daj spokój! Nie wiem, co ci strzeliło do głowy. Przyznam, że zupełnie nie rozumiem. Troszkę mnie to niepokoi. To nie jest normalne zachowanie. Może naprawdę za mocno się uderzyłaś, jak upadłaś? Widziałem nagranie, jak sprawdzałem, gdzie poszłaś. Nie wyglądało to ciekawie.

Chowanie się w szafie faktycznie zakrawało na kompletne wariactwo. Gdyby nie to, co Weronika zobaczyła wcześniej. Kolejna strużka potu spłynęła jej po plecach. Czuła się jak idiotka, ale paraliżował ją niepokój. Kiedy podczas śledztwa w sprawie Nory nie posłuchała intuicji, nie zakończyło się to dobrze. Tym razem nie zamierzała być łatwowierna.

– Mariusz wiele razy mi mówił, że jesteś trochę nienormalna – poinformował Kojarski tonem niezobowiązującej pogawędki. – O eksżonie często się tak mówi, więc nie wziąłem tego szczególnie poważnie. Ale chyba miał rację. Jesteś bardziej szalona niż ja po tych wszystkich cholernych tabletkach. Może i czasem nie wiem, co się ze mną dzieje, ale przynajmniej nie chowam się po szafach.

Weronika poczuła, że dłużej nie wytrzyma. Wzmianka o byłym mężu podziałała na nią jak płachta na byka.

– Ale zamieniasz swój dom w jakąś twierdzę! I widziałam, że sfabrykowałeś nagranie – zawołała, zapominając o ostrożności. – Chciałeś mi wmówić, że to Paweł Kamiński wrzucił list do ogrodu, a tak naprawdę to byłeś ty.

Za drzwiami szafy zapadło milczenie. Słychać było tylko węszenie dwóch owczarków. Bajka znów zaczęła się wyrywać.

– Czyli grzebałaś w moim komputerze. Tak, myślałem, że to zrobisz. Chyba chciałem, żebyś to zobaczyła.

– Kłamiesz!

Kojarski zaśmiał się głośno.

– Wcale nie. Inaczej bym wyłączył komputer. Po prostu gdzieś tam czułem, że postępuję niewłaściwie. A chcę zacząć nowe życie. Odrodzić się jak Feniks z popiołów. Nie mogę zaczynać nowego życia od kłamstw.

– Nie wierzę w ani jedno twoje słowo.

– Z całym szacunkiem, ale to nie ja chowam się jak idiota w szafie – zaśmiał się. – To prawda. Nagrywanie tego filmiku było głupie. Gdyby policja go obejrzała, od razu by się zorientowali. Wpadłem na to już potem, jak zaniosłem list do was do dworku. I w nocy nagrałem. To było naprawdę głupie, wiem. Ale zależało mi, żeby wrobić w to Kamińskiego. Za to, jak mnie potraktował przy ciele Joanny Kubiak. Jak na mnie naskakiwał. A poza tym on się nadawał idealnie.

– Czyli zabiłeś je?

– Nikogo nie zabiłem!

– Sam powiedziałeś, że chciałeś wrobić Kamińskiego! – krzyknęła Weronika. Prowadzenie tego typu rozmowy z wnętrza szafy było co najmniej surrealistyczne.

– Nie w morderstwo.

– A w co?

– W ciążę. Michalina powiedziała mi, że spodziewa się dziecka. Pokazała mi test ciążowy. Spanikowałem. Bardzo mi na niej zależało, ale ciąża to za wiele. Jakby się Róża dowiedziała, miałbym kłopoty. Rozwijam teraz moją firmę produkującą noże. Odrodzę się. Ale na to potrzebuję czasu, a nie komplikacji w postaci niechcianej ciąży. Kamiński już się zabawiał z nieletnimi, więc uznałem, że można zrzucić na niego, że to on zapłodnił Michalinę, a nie ja.

– Zabiłeś Michalinę i Joannę?! – zapytała znów Weronika. W szafie było tak duszno, że z trudem mogła się już skupić i wymyślić coś lepszego.

– Oczywiście, że nie! Przysięgam – zapewnił Junior gorączkowo. – Joanny nienawidziłem. To fakt. Tym bardziej że zadzwoniła do mnie rano i powiedziała mi, że się mną zajmie. Jak tylko załatwi sprawę jakiegoś testamentu. Że niby nie mam pozwolenia na budowę magazynu na tych polach i coś tam jeszcze. Jakieś brednie.

– Testament? – zdziwiła się Weronika. To była zupełnie nowa informacja. – Jaki testament?

– Nie mam pojęcia. Nie widziałem się z nią. Rozmawiałem z nią chwilę przez telefon. A już mi zaczęła grozić. Ale nie zabiłem jej! Ani tym bardziej Michaliny. Michalina… Ona jedyna umiała mnie uspokoić. Była nieskończenie cierpliwa i słodka. Ale też nieszczęśliwa. Trudno się dziwić po tym, co przeszła w piwnicy Bohdana Piotrowskiego. Czuła, że nie pasuje do tego świata. Może śmierć była dla niej zbawieniem… Była taka nieszczęśliwa. Chęć odejścia biła z każdego jej słowa. Czasem odejście to zbawienie.

Odejście to zbawienie. Weronika poczuła dreszcz. W głosie Kojarskiego pojawiła się teraz bardzo nieprzyjemna nuta. Jakby to on panował nad życiem i śmiercią. A przynajmniej wyobrażał sobie, że tak jest.

Weronikę ogarnął lęk, gdy znów dotarło do niej, że jest odcięta od jakiejkolwiek drogi ucieczki. Zamknięta w szafie pełnej futer. Trudno było oczekiwać, że jak je rozchyli, to znajdzie się nagle w Narnii. Niestety to nie była powieść dla dzieci. Za plecami czuła twarde deski ściany szafy. Żadnej drogi odwrotu. A na zewnątrz czekał Junior.

– Dlatego dałeś psom polecenie, żeby zagryzły Agnieszkę Mróz?! – zaatakowała. Głównie dlatego, że nie bardzo wiedziała, co jeszcze może zrobić.

– Skąd wiesz, że Agnieszka u mnie była? – zdziwił się Kojarski. – A… oczywiście! Pewnie zobaczyłaś na monitoringu, jak mi grzebałaś w komputerze. Zwrócenie się do Agnieszki o pomoc to był błąd. Zaprosiłem ją w poniedziałek wieczorem. Miała przyjść w tajemnicy. Ciekawe, czy jej dochowała.

A więc Mróz przyszła do rezydencji, kiedy zostawiła dzieci same w sklepie pod nieobecność Grażyny. Przynajmniej to się wyjaśniło.

– Przyznam, że jestem trochę zdesperowany, jeśli chodzi o kupno ziemi w Rodzanicach. To idealne miejsce na moje magazyny. Żywia mi zasugerowała, że Anastazja bardzo chciałaby zostać zaproszona do społeczności kobiet w sklepie. Pomyślałem, że jak przekupię Agnieszkę, to ją tam zaprosi i przekona, żeby Piotrowska sprzedała mi swój kawałek pola. Bo tylko ona mnie stopowała. Kaczmarkowie i Wilk chcieli sprzedać.

– Dałeś Agnieszce pieniądze? – zapytała Weronika.

Pomyślała o pliku banknotów, który wręczyła jej wczoraj Mróz. Więc i to się wyjaśniło.

– Tak. A dziś Agnieszka wróciła i zażądała więcej. Zachłanna suka! Dlatego poszczułem ją psami. Ale jej nie zagryzły! Bez przesady. Chciałem ją tylko nastraszyć.

468

Potem odwołałem psy. Agnieszce nic się nie stało. Wsiadła w samochód i pojechała z powrotem do sklepu. Przysięgam. Wyjdź już z tej szafy. Nie wygłupiaj się. Bo naprawdę nie wiem, co zrobić. Zadzwonić po Podgórskiego czy co? Powiedzieć, że źle się czujesz?

Weronika poczuła się jak idiotka. Ucieczka po pustej rezydencji. Chowanie się w szafie. To wszystko było bez sensu. Naprawdę chyba wariowała. Koniec. Miała dość. Uchyliła drzwi, żeby wyjść.

ROZDZIAŁ 72

Dom Anastazji Piotrowskiej w Rodzanicach.
Środa, 31 stycznia 2018. Godzina 11.20.
Aspirant Daniel Podgórski

Daniel wyszedł na drogę i rozejrzał się wokoło. Biel śniegu raziła w oczy, ale miała swoje plusy. Łatwiej było na niej kogoś dostrzec. Tymczasem zaśnieżone łąki wokół trzech domów w Rodzanicach były puste. Gdzie jest Łukasz?

Podgórski zaczął chodzić w tę i z powrotem, jak przedtem jego syn. Łukasz był tu jeszcze, kiedy Daniel zamykał drzwi domu na prośbę Anastazji Piotrowskiej. Ile czasu minęło od tamtej chwili? Jak daleko chłopak zdążył odejść?

Nagle Daniel zauważył ślady butów odciśnięte w śniegu. Kryły się częściowo za samochodami, dlatego początkowo je przeoczył. Prowadziły w stronę ściany lasu. Ruszył w tym kierunku, grzęznąc w głębokich zaspach.

– Łukasz! – zawołał.

Telefon Podgórskiego zadzwonił jakby w odpowiedzi. Daniel wyciągnął go z kieszeni. To nie był dzwonek, którego używał zazwyczaj, ale sygnał aplikacji komunikatora.

Można go było używać do wysyłania wiadomości teksto-wych i plików, ale również do połączeń głosowych. Miał całkiem niezłe szyfrowanie.

– No co tam, Młody? – zapytał Podgórski.

Używali połączeń internetowych, kiedy woleli mieć pewność, że nikt ich nie podsłucha. Przyzwyczajenie wy-nikające z przesądu, że BSW* ma swoje uszy wszędzie. Skoro Marek Zaręba nie zadzwonił jak zwykle, to coś musiało się stać.

– Agnieszka Mróz nie żyje – oznajmił młody policjant.

* Biuro Spraw Wewnętrznych.

KSIĘGA SZESNASTA

2017
Michalina Kaczmarek

ROZDZIAŁ 73

Sklep w Lipowie. Piątek, 26 stycznia 2018.
Godzina 22.00.
Michalina Kaczmarek

Od strzelaniny minął prawie miesiąc. Mimo to Miśka nie mogła przestać o tym myśleć. Gdyby Joanna nie pchnęła jej na ziemię, Żywia by ją prawdopodobnie zabiła. A może nie? To był stary pistolet. Może dlatego ten strzał nie był celny? Została tylko dziura w płocie.

Nie widziała się z Żywią od tamtego dnia. Matka Żegoty najwyraźniej jej unikała. Pewnie bała się, że wszystko wyjdzie na jaw. Joanna też niewiele o tym mówiła. Powiedziała jednak kobietom ze sklepu, żeby Żywii nie wpuszczały do siebie. Miśce kazała uważać, choć zapewniła ją też, że Żywia chyba już jej nie zaatakuje.

– Ciociu Miśko! Ciociu Miśko!

– Co się stało, Zosieńko?

Najmłodsza z córek Grażyny przybiegła do saloniku. Kamińska pojechała do rodziców. Z dziećmi miała zostać Agnieszka Mróz, ale powiedziała, że musi gdzieś wyjść, i poprosiła Miśkę, żeby to ona została na wieczór w sklepie. Bruce miał zająć się odrabianiem lekcji, a nie pilnowaniem dziewczynek. Miśka nie miała nic przeciwko temu. Wręcz przeciwnie.

– Miałam koszmar, ciociu Miśko! O jeny, jaki straszny!

Oczy Zosi zrobiły się wielkie jak spodki. Miśka przytuliła ją do siebie i okryła Kocykiem. Przyniosła go ze sobą, bo umówiły się, że będzie tu dziś nocowała. Zapach Tatusia był na nim już ledwie wyczuwalny. Przerażało ją, że kiedyś zupełnie zniknie. Odetchnęła, wciągając go jak najgłębiej do płuc. Nie była pewna, czy to, co zaraz zrobi, jest dobre czy złe. Wiedziała za to, że poskutkuje.

– Wiesz, co się robi, jak małe dziewczynki mają koszmary?

– E-ee.

– Przyjemnostki.

ROZDZIAŁ 74

Sklep w Lipowie. Piątek, 26 stycznia 2018.
Godzina 22.45.
Michalina Kaczmarek

Miśka położyła Zosię spać i zeszła na dół. Ręce jej drżały z emocji. Miała wrażenie, że nadal czuje na nich ciepło córki Grażyny. Przed oczami miała wielkie oczy Zosi, kiedy położyła dłoń na wnętrzu jej drobniutkich ud. Potem na Muszelce.

Po wszystkim kazała dziewczynce przyrzec, że Przyjemnostki będą ich wielką tajemnicą. Miśka była pewna, że mała nie dotrzyma sekretu. To tylko kwestia czasu, kiedy coś się wydarzy. Tylko kwestia czasu.

– O! Nie śpisz jeszcze?

Agnieszka weszła właśnie na zaplecze. Na twarzy malowały jej się rumieńce. Z jakiegoś powodu Miśka była pewna, że to nie wskutek zimna. Wręcz przeciwnie. Dziewczyna była wyraźnie rozanielona i rozgrzana.

Miśka poczuła nieprzyjemne ukłucie zazdrości. Agnieszka była szczęśliwa. Każdy jej gest na to wskazywał.

Nie miała w sobie ani krzty tego mroku, z którym Miśka zupełnie nie potrafiła sobie poradzić.

– Spotykasz się z kimś – powiedziała. Trochę do siebie. Trochę do niej.

Agnieszka zesztywniała. Uśmiech zniknął, tylko rumieńce pozostały.

– I co z tego? – zapytała zaczepnie.

Miśka wzruszyła ramionami.

– Nic – dodała na wszelki wypadek, próbując pohamować narastającą zazdrość. – Nikomu nie powiem, jeśli o to chodzi.

– No ja myślę – odparła Agnieszka. Wyglądała na trochę uspokojoną. A może radość nie pozwalała jej zachować ostrożności na zbyt długo. Uśmiechnęła się. – Dobrze. Spotykam się z kimś. Ale to nie może wyjść na światło dzienne. Rozumiesz?

Miśka znów skinęła głową.

– Jeżeli jestem w czymś dobra, to w utrzymywaniu sekretów – zapewniła. Bardzo chciała zyskać zaufanie Agnieszki i dowiedzieć się więcej. Ta jej radość przyciągała. – Z kim?

– Pokażę ci coś – powiedziała Agnieszka zamiast odpowiedzi. – Chcesz?

– Jasne.

– Chodź.

Usiadły przy stole na zapleczu. Tam, gdzie Grażyna szyła swoje stroje. Wszędzie walały się materiały. W pozornym nieładzie, ale Miśka wiedziała, że Kamińska wszystko zostawiła tak, jak powinna, żeby jutro jak najszybciej podjąć pracę od nowa.

– Ale nikomu nie możesz powiedzieć. Rozumiesz? – upewniła się Agnieszka. – N i k o m u. Przyrzekasz? Musisz przyrzec.

– Jo. Przyrzekam, że nie powiem.

– Nikomu?

– Nikomu.

– Nawet Grażynie. Ani tym bardziej Weronice. N i - k o m u. Pamiętaj.

– Tak.

Agnieszka Mróz przyglądała się Miśce uważnie.

– Tu nie chodzi tylko o mnie – dodała jeszcze. – Ojciec dziecka na pewno nie chciałby, żeby to wyszło na jaw. Bardzo by nie chciał. Rozumiesz?

– Dziecka? – powtórzyła Miśka.

– Najpierw powiedz, że rozumiesz.

– Rozumiem!

Agnieszka Mróz uśmiechnęła się szeroko i wyciągnęła coś z kieszeni kurtki.

– Patrz.

– Co to jest?

– Test ciążowy. Robisz na to siku, a tu masz wynik. Jest pozytywny, czyli jestem w ciąży.

Twarz Agnieszki jeszcze pojaśniała, kiedy to mówiła. Miśka zacisnęła dłonie na plastikowym teście i przysunęła się do kobiety, jakby część tej radości mogła spłynąć na nią. Teraz żałowała, że zrobiła to, co zrobiła. Jak Przy-jemnostki z Zosią wyjdą na jaw, to...

– Zatrzymaj sobie ten test, jeśli chcesz – powiedziała Agnieszka i zaśmiała się. – Zrobiłam kilka dla pewności, więc i tak będę miała pamiątkę.

Miśka wzięła test chciwie. Wiedziała już, że się nie powstrzyma. Pokaże go Juniorowi i powie, że nosi jego dziecko. Może chociaż wtedy poczuje, że pustka w środku się wypełnia. Przecież z tego niewinnego kłamstwa nie może wyniknąć nic złego. A Łukasz nawet się nie dowie.

KSIĘGA
SIEDEMNASTA

2018
W południe

ROZDZIAŁ 75

Pod sklepem w Lipowie. Środa, 31 stycznia 2018.
Godzina 12.20.
Weronika Podgórska

Weronika szła szybkim krokiem przez Lipowo. Bajka ciągnęła smycz, ale Podgórskiej to nie przeszkadzało. Chciała jak najszybciej dotrzeć do sklepu.

Jak dotąd ten dzień to było jedno wielkie szaleństwo. Wizyta u Juniora. Oglądanie spreparowanych filmów. Zaatakowanie Agnieszki przez psy Kojarskiego. Próba wydostania się z rezydencji zmienionej w twierdzę. Wreszcie, najbardziej kompromitujące, schowanie się w szafie i oskarżenie Juniora o morderstwo. Weronika zaśmiała się na samo wspomnienie.

Kojarski odwołał psy i pozwolił jej po prostu wyjść. Odetchnęła jednak z ulgą dopiero, kiedy znalazła się na leśnej ścieżce przy Polanie Czarownic. Kiedy była już prawie przy swoim dworku, ogarnęła ją jeszcze większa fala zawstydzenia. Zrobiła z siebie idiotkę. I to koncertowo.

Tak przynajmniej Weronika przekonywała samą siebie, ale niepokój wcale nie znikał. Widziała przecież, jak psy Kojarskiego rzuciły się na Agnieszkę. Junior twierdził, że chciał tylko przestraszyć swoją dawną służącą, a potem szybko je odwołał. Tego Podgórska nie widziała, bo zajęła się próbą wydostania się z rezydencji.

Postanowiła więc, że sama sprawdzi, czy z Agnieszką wszystko w porządku. Zadzwonić nie mogła, bo telefon był przecież zepsuty. Zdecydowała więc, że pójdzie do wsi i przekona się na własne oczy.

– Chyba złapałaś drugi oddech – mruknęła Weronika, pędząc za Bajką. Suczka faktycznie zapomniała o zmęczeniu i parła do przodu z wielkim entuzjazmem. – Ale co tam się dzieje?

Na parkingu przed sklepem stał radiowóz z posterunku w Lipowie. Oprócz tego błękitne subaru Daniela i bmw Pawła Kamińskiego. Ciemnozielony volkswagen polo, który właśnie nadjechał, miał trudności, żeby wpasować się w niewielki skrawek wolnego miejsca.

– Dzień dobry – przywitała ją Laura Fijałkowska, wysiadając z samochodu.

Weronika kiwnęła głową. Kolejna policjantka. Czyli jednak coś się działo! Podgórska spojrzała w stronę budynku. Wyglądał zwyczajnie, tyle że zasłony w oknach były zaciągnięte.

– Idziesz do sklepu? – zapytała Fijałkowska.

– Tak.

Weszły po schodach. Weronika nacisnęła klamkę. Drzwi były zamknięte.

ROZDZIAŁ 76

Sklep w Lipowie. Środa, 31 stycznia 2018.
Godzina 12.20.
Młodsza aspirant Emilia Strzałkowska

Emilia nie mogła oderwać oczu od nożyc. Sterczały jakby nigdy nic z pleców Agnieszki. Praktycznie pod kątem prostym. Jakby ktoś specjalnie się starał. Ciało Mróz było pokryte zasychającą powoli krwią, a ubranie w strzępach. Każde wbicie nożyc pozostawiło po sobie dziurę w materiale.

Obok zamordowanej kobiety klęczała Grażyna Kamińska. Płakała, a właściwie już tylko bezgłośnie łkała. Jakby z rozpaczy opadła z sił.

– Dzieci chciały zejść na dół, ale wysłałem je z powrotem na górę – odezwał się cicho Marek. – Powiedziałem, że Bruce ich przypilnuje, póki nie przyjedziecie. A ja poczekam tu z… z nimi.

Zaręba skinął głową w stronę ciała Agnieszki i płaczącej nad nią Grażyny.

– Dobrze zrobiłeś, Młody – powiedziała Strzałkowska.

Przyjechali tu po telefonie Marka do Daniela. Młody policjant poinformował Podgórskiego o tym, co zastał w sklepie. Nie wiedział, co robić. Przecież Grażyna była kiedyś żoną jednego z nich.

Daniel wszedł do saloniku Anastazji Piotrowskiej z grobową miną. Zawołał do siebie Emilię i Pawła. Wspólnie zdecydowali, że zostawią na razie Żywię, Bożenę i Anastazję same sobie. Wróżkę oczywiście rozwiązali. Zdjęć z rzekomego morderstwa Rodomiła nie było, więc tak czy inaczej dowodów ich winy nie mieli. Mieli za to jak najbardziej świeże morderstwo. Trzecie.

Paweł pojechał swoim samochodem przodem. Emilia wsiadła do subaru razem z Danielem. Chyba dlatego, że z nim tam przyjechała. A może dlatego, że nie potrafiła odpowiedzieć Pawłowi, że też go kocha. Przecież to by nie była prawda.

Ale to nie był czas na tłumaczenia i wchodzenie w dyskusję. Tym bardziej że Łukasz gdzieś zniknął. Uspokajało ją tylko to, że Marek nie wspomniał nic na jego temat. W takim razie można było bezpiecznie założyć, że syn nie miał nic wspólnego z tym, co się stało.

– Nie pozwoliłem dzieciom tu zejść – powtórzył Marek głucho. – Nie chciałem, żeby to oglądały.

Młody policjant zachowywał się jak automat. Emilia podeszła do niego i położyła mu rękę na ramieniu. Dziwne, że aż tak to przeżywał. Młody przecież nie z takimi trupami się stykał. Ale widać każdemu ostatnie wydarzenia dały się we znaki.

– Dzięki – powiedział Paweł.

Emilia zerknęła w jego stronę. On z kolei wyglądał, jakby intensywnie myślał. Strzałkowska zastanawiała się, czy powinna podejść do niego i go pocieszyć. Bądź co bądź, właśnie miał przed sobą martwą kobietę i byłą żonę pochyloną nad ciałem.

– Ja jebię – mruknął Kamiński. – Co za pierdolone gówno!

Grażyna załkała głośniej.

– Agnieszka o wszystkim wiedziała... O śmierci Miśki... I w ogóle... – wydusiła z siebie i zakryła twarz dłońmi. Były całe we krwi, więc miała teraz czerwone ślady palców na policzkach. – Powiedziałaby... Ja... Ja musiałam ją powstrzymać. Przepraszam...

Emilia miała ochotę powiedzieć, że troszkę za późno na przeprosiny, skoro Agnieszka Mróz leży na sklepowej podłodze. M a r t w a. Jeszcze chwilę wcześniej, kiedy byli w domu Anastazji, Strzałkowska uwierzyła, że Grażyna jest niewinna. Kamiński ręczył za byłą żonę. Tymczasem...

– Musimy zawiadomić dyżurnego – powiedział Daniel cicho.

To było nieuniknione. Nie mogli siedzieć w sklepie w nieskończoność i przyglądać się trupowi oraz płaczącej zabójczyni. O ukryciu zbrodni nie mogło być mowy. Pozwolić Pawłowi pożegnać się z byłą żoną to rzecz ludzka, ale ingerowanie w to, co się tu stało, nie wchodziło w grę. Musieli wezwać wsparcie i oficjalnie zgłosić morderstwo.

Nagle klamka w drzwiach się poruszyła. Odgłos zdawał się głośny w ciszy, która zapanowała teraz w sklepie. Kiedy Marek tu przyjechał i zobaczył, co się stało, od razu zaciągnął zasłony w oknach. Zamknął też drzwi na klucz, żeby nikt tu nie wszedł, zanim postanowią, co robić.

– Halo! Agnieszka? – rozległo się z zewnątrz. To był głos Weroniki.

Wszyscy zebrani w sklepie spojrzeli na pocięte ciało zamordowanej kobiety.

– Jest tam kto?

To powiedziała Laura Fijałkowska. Jej zachrypniętego niskiego głosu nie dało się pomylić z żadnym innym.

– Kurwa, że też ta jebana suka musiała akurat przyjechać – syknął Paweł.

Grażyna znów zaczęła głośno płakać.

– Przepraszam, przepraszam, przepraszam – powtarzała jak nakręcona.

Kamiński odwrócił się do Emilii.

– Przepraszam – szepnął, jakby powtarzał za byłą żoną.

Zanim Strzałkowska zdążyła cokolwiek powiedzieć, Paweł klęczał już przy ciele. Wyciągnął nożyce z pleców Agnieszki i zaczął wbijać je w ciało zamordowanej agresywnymi, wściekłymi ruchami. Gdzie popadnie. Jak w ataku szału.

Strzałkowska poczuła, jak łzy zaczynają jej spływać po policzkach.

– Ja to zrobiłem – powiedział Kamiński, ale prawie go nie słyszała. – Ja to kurwa zrobiłem. Zapamiętajcie.

KSIĘGA OSIEMNASTA

2018
Michalina Kaczmarek

ROZDZIAŁ 77

Plaża w Rodzanicach. Poniedziałek, 29 stycznia 2018.
Godzina 20.00.
Michalina Kaczmarek

Miśka nacisnęła czerwony klawisz, kończąc połączenie,
i wsunęła znienawidzoną komórkę do kieszeni kurtki.
Przed chwilą zadzwoniła do matki. Powiedziała jej, że
dotarła do sklepu. Skłamała oczywiście. Stała na plaży.
Kilkaset metrów od domu.

Nie wierzyła, żeby matka odkryła to kłamstwo. Ani
że ktokolwiek z pozostałych mieszkańców Rodzanic ją
zauważy. Nawet jeżeli wcześniej skończą te swoje narady,
to i tak Żywia będzie szła drogą do gospodarstwa. Stamtąd
nic nie widać. Rodzice zostaną w domu.

Tylko Anastazja mogła cokolwiek zobaczyć, ale musiałaby specjalnie wyjść na tył domu i spojrzeć w dół. W taką
pogodę raczej usiądzie przy kominku, zamiast się kręcić
na zewnątrz. Zresztą zapowiadało się, że Kaczmarkowie,
Piotrowska i Wilk będą debatować dłużej. Ciągle nie mogli

się dogadać co do sprzedaży pól Juniorowi. Poza tym chyba zamierzali sobie wróżyć.

Miśka schowała nóż za największym głazem. Położyła na nim Kocyk. Nie chciała, żeby Grażyna wiedziała, że przyniosła te rzeczy ze sobą. Gdyby Miśka nie wzięła Kocyka, nikt nie uwierzyłby, że idzie nocować do sklepu. Nóż był jej tajemnicą.

Przeżegnała się przy krzyżu, który postawiono tu dla Żegoty, i spojrzała na księżyc. Był wielki i prawie idealnie okrągły. Wyłonił się właśnie spomiędzy chmur. W środę miała być pełnia. Gdzieś po drugiej stronie niewielkiego jeziora zawył wilk. Zadrżała. Pomyślała o Żegocie i jego opowieści o wilkołaku. Może faktycznie powróci? Ale ona już tego nie zobaczy. Jeśli wszystko pójdzie po jej myśli.

Zaczął sypać śnieg. Powoli, ale coraz bardziej intensywnie.

– Jestem.

Odwróciła się. Grażyna opatuliła się w grubaśną puchówkę, ale i tak była przemarznięta. Nic dziwnego, skoro przyszła tu z Lipowa na piechotę. Latem to nie było trudne. Zimą okolica wyglądała inaczej, a droga zdawała się nie mieć końca. Miśka doskonale o tym wiedziała. Ostatnio pokonywała ją prawie codziennie.

– To prawda, co powiedziała mi Zosia? – zapytała Grażyna ostro.

W jej głosie czaił się gniew, ale był tam też głęboki smutek. Jakby Kamińska nie chciała wierzyć, że ktokolwiek mógł zrobić coś takiego jej córeczce. Miśka poczuła, że do oczu napływają jej łzy.

– To prawda, że jej dotykałaś? – zaatakowała znów Grażyna. Brak odpowiedzi jeszcze bardziej ją rozsierdził.

– W… miejsca intymne… Zrobiłaś to?

– Tak – szepnęła Miśka.

Czuła, że zaraz będzie płakać. Nad sobą, nad Zosią, nad wszystkim. Jakby smutek, który w sobie nosiła, wreszcie znalazł ujście. Tak bardzo tęskniła za Tatusiem. Za Ich Małym Światem. Za jasnymi zasadami. Za ubieraniem Choineczki zrobionej z gałązki. Nawet za Przyjemnostkami, choć otwierały w niej tę część duszy, której się najbardziej bała. Mówili, że Tatuś był potworem. Może i był. Ale bez niego ona była nikim. Każdy dzień był jak czarna pustka, której w żaden sposób nie można wypełnić.

Na samym początku, kiedy jeszcze nie wiedziała, że o pewnych rzeczach mówić nie powinna, opowiedziała o tym doktorowi Duchnowskiemu. Później podsłuchała, jak po sesji rozmawiał z matką. Wspomniał coś o syndromie sztokholmskim.

Doktor tłumaczył, że to było coś, co pojawiało się czasem u ofiar porwania albo u zakładników. Coś, co sprawiało, że zaczynali odczuwać sympatię do swojego oprawcy. Miało być spowodowane silnym stresem. Mogło też być reakcją psychiki na próbę wywołania współczucia u porywaczy. Nazwa wiązała się z jakimiś wydarzeniami w Szwecji, o których Miśka nigdy w życiu nie słyszała.

Od tamtego momentu wiedziała, że musi inaczej rozmawiać z doktorem Duchnowskim. Chociażby się bardzo starała, i tak nie wytłumaczy wszystkiego, co kłębiło jej się w głowie i powodowało bezdenną rozpacz.

– Nie rozumiesz, że może właśnie zniszczyłaś Zosieńce życie?! – krzyknęła Grażyna. Na kurtce osiadał jej śnieg. Padało coraz bardziej. – I to właśnie ty?! Przecież sama przez to przeszłaś! Wiesz, jak to wpływa na małe dziewczynki!

Małe dziewczynki. Miśka odetchnęła głęboko zimowym powietrzem. Zdawało się teraz lodowate. Nie pomogło. Zadzwoniła do doktora Duchnowskiego, żeby przygotować się do rozmowy z Grażyną. Chciała zamknąć tę sprawę, zanim odejdzie. Powiedział, że czasem trzeba po prostu przeprosić.

– Przepraszam – szepnęła więc.

– Myślisz, że to wystarczy?!

– A co niby mam jeszcze zrobić?! – zawołała Miśka. Wiatr porywał jej pełne rozpaczy słowa. – Co jeszcze? Chcę tylko odejść!

Grażyna sięgnęła do kieszeni. W dłoni trzymała kamień w kształcie serca, który kiedyś razem znalazły. Zanim Miśka zrozumiała, co się dzieje, Kamińska uderzyła ją w głowę. Ból był dziwnie otrzeźwiający.

– Idź do piekła! – warknęła Grażyna.

Miśka rzuciła się do ucieczki. Wbiegła na lód. Nie zważała, że trzeszczy głośno. Chwiejąc się, pędziła przez śnieg. Wiatr dął jej w twarz, zamieć utrudniała ruchy. Nagle Miśka poczuła, że lód pod jej stopą pęka. Osunęła się w dół. Leżała bez ruchu. Bała się, że cokolwiek zrobi, zapadnie się w głąb jeziora. Nie chciała umierać w ten sposób. Chciała to zrobić na swoich zasadach. Tak jak to zaplanowała.

Po to dziś tu przyszła.

Minuty zdawały się ciągnąć w nieskończoność. Grażyna nie nadbiegała. Może bała się pękającego lodu, a może po prostu odeszła. Miśka uniosła się ostrożnie na ramieniu. Nie było dalszych trzasków. Reszta lodowej pokrywy chyba mocno zamarzła. Temperatura zdawała się spadać z minuty na minutę.

Miśka wstała ostrożnie i krok za krokiem ruszyła z powrotem na plażę. Przemarznięta od lodowatej wody. Z trudem wydostała się z powrotem na brzeg. Grażyny nie było nigdzie widać. Jej ślady zakrył padający śnieg.

Miśka przykryła się szybko Kocykiem i wsadziła nóż z powrotem do kieszeni. Zimno było tak przejmujące, że z trudem mogła skupić myśli. Ale jednego była pewna. Chce odejść. Dziś. Chce, żeby pustka gryząca ją od środka nareszcie zniknęła.

Depresja. O niej też już słyszała. I nauczyła się, że powinna okazywać wszelkie oznaki poprawy swojego stanu. Dać wszystkim do zrozumienia, że niebezpieczeństwo minęło. Bo wszystko, co jej serwowali, to suche fakty. Idiotyczne metody terapii. Nie tego jej było trzeba. Chciała po prostu pójść za Tatusiem. Chciała, żeby ta rzeczywistość się skończyła.

A najgorsze, że nie potrafiła tego przeprowadzić sama. Wszystkie próby, które dotychczas podjęła, spełzły na niczym. Nieustannie w niej walczyły głupi instynkt przeżycia i dojmująca chęć odejścia. Za każdym razem się wycofywała. Brzydziła się sobą za to tchórzostwo. I za to, co musiała zrobić, żeby je przezwyciężyć.

Pomysł narodził się po tym, jak Żywia zaatakowała ją w sylwestra. Przecież to banalne. Miśka sama nie potrafiła ze sobą skończyć, ale byli tacy, którzy chcieli zrobić to za nią. Kłopot w tym, że Żywia wyraźnie z tego zrezygnowała.

Z pozostałymi Miśka ryzykować nie chciała. Nie mogła przecież tak po prostu podejść do matki czy ojca i powiedzieć: zabij mnie, proszę, bo źle mi na tym świecie. Nikt by tego nie zrobił, nawet jeśli jej nienawidzili. Zamknęliby ją w szpitalu. Wysłali na terapię. Postaraliby się, żeby na pewno nie mogła tego zrobić. Nie chciała tak ryzykować.

A to oznaczało, że potrzebuje kogoś, kto chciałby ją zabić. Kogoś, kto się nie wycofa i nie opowie o tym innym. Kogoś, kto nie doniesie na nią lekarzowi i nie zamknie jej w szpitalu dla chorych na głowę.

Miała kogoś takiego.

Spojrzała przed siebie. Schodził właśnie ostrożnie na plażę i szedł w jej stronę krokiem nieco niepewnym. Trudno było orzec, czy to przez coraz głębszy śnieg, czy dlatego, że miał wątpliwości. Błagała go w duchu, żeby się nie wycofał.

Wszystko doskonale przemyślała i mu wytłumaczyła. Nie ryzykował praktycznie nic. Kazała mu wziąć ubranie na zmianę, gdyby było dużo krwi. Kurtkę po prostu zdejmie na czas wbijania noża i jak będzie po wszystkim, przebierze się w czyste rzeczy.

Nóż też przygotowała specjalnie dla niego. Wygotowała i wymyła w rozpuszczalniku. Potem w proszku do prania. A na koniec w płynie do udrażniania rur. We wszystkich detergentach, które znalazła w domu. Nie chciała, żeby na nożu pozostał jakikolwiek ślad, który wskazywałby na kogokolwiek. Rękawiczki sprawią, że nie powstaną kolejne. Nóż można po prostu zostawić przy ciele. Albo zabrać i gdzieś porzucić, jeżeli będzie wolał.

– Dobrze robisz – szepnęła, kiedy podszedł. Wszystko przemyślała. Zero ryzyka. Nie chciała, żeby zapłacił za to, że pomógł jej umrzeć. – Chodźmy. Kurtkę tu zostaw. Założysz później.

Początkowo chciała, żeby ten akt odbył się na plaży, ale lód trzeszczał przyzywająco. Może nawet okaże się na tyle cienki, że jej ciało zapadnie się w wodę i zniknie. Wtedy nie pozostanie żaden ślad. Musiał tylko wytrzymać ciężar ich obojga na czas dźgnięcia nożem. Chyba się uda.

Kiedy szła z powrotem na lód, przypomniała sobie, jak Żegota rzuca w nią śnieżką. Poczuła się jak ta dziewięciolatka, która tak bardzo chciała się bawić z koleżankami. Znów była taka, jaką pokochał Tatuś.

Znów była Dziewczynką.

– Dobrze robisz – powiedziała, odwracając się. – Dobrze robisz. Tak będzie lepiej dla wszystkich. Musisz tylko upewnić się, że pchnę nóż. Jeśli nie będę miała odwagi, ty to zrobisz. I po wszystkim.

W tę zimną noc była przekonana, że naprawdę jest gotowa. Tym razem nie zrezygnuje i nie ucieknie. Pustka i ciemność, które ją wypełniały, się skończą. Tęsknota się skończy. Była nikim bez Tatusia. Teraz pójdzie za nim.

Przy małej pomocy.

KSIĘGA
DZIEWIĘTNASTA

2018
Noc pełni

ROZDZIAŁ 78

Komenda Powiatowa Policji w Brodnicy.
Środa, 31 stycznia 2018. Godzina 23.00.
Młodszy aspirant Paweł Kamiński

Ostre światło księżyca wpadało przez zakratowane okno celi. Było jasno, prawie jak w dzień. Pełnia robiła swoje. Policjant leżał na pryczy i patrzył w sufit. Miał wrażenie, że całe ciało mu drży. Bał się. Kurwa po prostu się bał. W więzieniu policjanci nie mieli łatwo. Kurwa to zrozumiałe. A tam go wyślą, jeśli uda się przekonać sąd, że to on zabijał, nie Grażyna.

Lęk był taki, że momentami Kamiński miał wrażenie, że się po prostu zeszcza w gacie. Albo zesra. Jeszcze lepiej. Z drugiej strony wyraz ulgi na twarzy Grażyny, kiedy zorientowała się, że on bierze winę na siebie…

Nie czuł się pierdolonym bohaterem. Nie zrobił tego dla niej. Może po trosze dla dzieciaków, bo Grażka była na pewno lepszą matką niż on ojcem. Zrobił to kurwa dla siebie. Kiedy wszyscy uważają człowieka za złamasa i chuja, miło było dla odmiany poczuć się potrzebnym.

Dlatego pomógł też Danielowi i go nie wydał. Dlatego zapisał się na terapię i starał dla Emilii. Dlatego pod koniec roku zaczął jeździć za Miśką, żeby upewnić się, że na pewno nic jej się znów nie stanie. A proszę. Nie udało się. Zamordowana, i to przez jego byłą żonę.

Nie chodziło o pierdolone odkupienie ani o zapłatę za wszystkie złe uczynki. Zaśmiał się w duchu. Chodziło o to, żeby wszyscy kurwa przestali na niego patrzeć jak na czarny charakter. Chociaż przez moment. Nikomu by się do tego nie przyznał, ale to sprawiało ulgę. Przecież wieść, że wziął na siebie winę Grażyny, roznicsie się szybko. Niemożliwe, żeby nie.

Być może zostanie jednak ponad wszelką wątpliwość uniewinniony. To prawdopodobne, bo ludzie na komendzie nie są idiotami. Koterski udowodni, że ciosy, które Paweł zadał nożyczkami, powstały już po śmierci Agnieszki. Pozna na pewno, że Kamiński nie zadał wcześniejszych. Laura też nie jest głupia. Już w sklepie było widać, że nie wierzy w jego tłumaczenia.

To kwestia czasu, kiedy wszyscy zaczną zadawać pytania. Daniel, Emilia i Marek też pewnie zdecydują się mówić. Prawda wyjdzie na jaw. Ale to nie szkodzi. Wszyscy zapamiętają starania Kamińskiego. Będą wiedzieli, że chciał się za Grażynę poświęcić. A coś takiego zostaje z człowiekiem na zawsze.

Odetchnął głębiej. Oczy zrobiły się dziwnie mokre. Otarł je szybko. A jeżeli naprawdę trafi do więzienia... Cóż. Jakoś będzie musiał przetrwać. Karaluchy przetrwają wszystko, czyż nie?

W takim razie on też miał szansę.

ROZDZIAŁ 79

Mieszkanie Laury Fijałkowskiej.
Środa, 31 stycznia 2018. Godzina 23.00.
Starsza aspirant Laura Fijałkowska

Laura przykryła Adasia kocem. Jego blada twarz wydawała się jeszcze bielsza w świetle ogromnego księżyca. Syn miał zamknięte oczy i jak zwykle leżał bez ruchu.

– Dobranoc – powiedziała.

Nie była pewna, czy chłopak ją słyszy. Nie mówiąc już o tym, czy rozumie. Wyszła z pokoju i zamknęła za sobą ostrożnie drzwi. Mieszkanie było niemal puste. W kryzysowym momencie sprzedała większość mebli. To było przeżycie tak upokarzające, że do tej pory sprawiało niemal fizyczny ból. Ale ból czasem przynosił ulgę. Pozwalał zapomnieć, że to przez nią Adaś był, jaki był. To ona mu to zrobiła.

Podeszła do okna i wyjrzała na zewnątrz. Olbrzymi czerwony księżyc wisiał nad miastem jak złe fatum. Wpatrywała się w jego tarczę zauroczona. Joanna Kubiak uwielbiała księżyc. Wielokrotnie Fijałkowskiej o nim opowiadała.

Podarowała jej nawet wisiorek w kształcie półksiężyca, który Laura trzymała w szufladce nocnego stolika jak największy skarb.

A potem dziennikarka zaczęła drążyć. Zadzwoniła miesiąc czy dwa temu i zaczęła wypytywać... Pytanie do pytania. Skąd Joanna mogła wiedzieć, co się stało Adasiowi? A może nie wiedziała, tylko się domyślała? Laura nigdy nikomu o tym nie powiedziała. Nikomu. Może z Joanną była zbyt szczera?

Fijałkowska nie zawsze była sama. Miała kiedyś męża. Damskiego boksera. Takiego jak cholerny Paweł Kamiński. Siniaki chowała pod makijażem. Zupełnie jak Grażyna. Którejś nocy Robert był wyjątkowo agresywny. Laura chwyciła małego Adasia i popędziła z nim do piwnicy. Znalazła schronienie za stertą starych mebli. Syn płakał. Był za głośny. Nie rozumiał, że to może sprowadzić nieszczęście.

Przycisnęła wtedy chłopca do piersi, a ręką zakryła mu usta. Trzymała z całych sił. Ani jedno, chociażby najcichsze, westchnienie nie mogło się wyrwać z ust chłopca. To mogło ich zgubić. Słyszała, jak Robert chodzi po piwnicy i przeklina. Grozi, że ich zabije.

Puściła syna dopiero, kiedy mąż znudził się i wyszedł. Ale wtedy było już za późno. W ferworze walki o przetrwanie prawie Adasia udusiła. Niedotleniony mózg odmówił pracy. Zadzwoniła po karetkę. Uratowali synka, ale na zawsze pozostał niemy i nieruchomy.

Dla Fijałkowskiej to był moment przełomowy. Adaś uwielbiał bawić się małymi radiowozami. Po dziecinnemu mówił, że zostanie policjantem. Mąż go za to jeszcze bardziej bił. Kiedy okazało się, że synek nie spełni już żadnego ze swoich dziecięcych marzeń, Laura postanowiła przejść tę drogę za niego. Jak tylko męża zamknięto, zapisała się do szkoły policyjnej.

Fijałkowska westchnęła i ruszyła pustym korytarzem do sypialni. Położyła się na łóżku. Zatrzeszczało głośno. Oprócz szafki nocnej to był jedyny mebel w tym pokoju. Nie zdołała go sprzedać tylko dlatego, że prawie się rozleciało. Leczenie i rehabilitacja synka kosztowały krocie. Pensja ledwo starczała na życie. Gdyby nie pomoc Fundacji Rusałka… Co teraz będzie z Kaczmarkami?

Westchnęła znowu. To, co dziś zobaczyła w sklepie, zupełnie nie trzymało się kupy. Kamiński przy ciele. Podgórski, Strzałkowska i Zaręba z zaciętymi minami, powtarzający jakieś półprawdy. Rycząca Grażyna. Nie, Kamiński nie zabił Agnieszki Mróz. Tego Fijałkowska była pewna. Co powinna teraz zrobić?

Spojrzała na tarczę wielkiego czerwonego księżyca widoczną za pozbawionym firanki oknem. Jeżeli Kamiński pójdzie siedzieć, nikt nie oskarży Kaczmarków. Nadal będą prowadzić fundację. Nadal będą pomagać Laurze i Adasiowi. Tej pomocy stracić nie mogła, bo sama sobie nie poradzi.

Wniosek był jeden. To Paweł musiał za to zawisnąć. Sam wziął winę na siebie, niech wypije piwo, którego nawarzył. Ideały postanowiła schować do kieszeni. Ideałami człowiek się nie naje. Ani nie zapewni leczenia choremu synowi. A niektórzy lekarze twierdzili, że ciągle jest szansa… Jeśli tylko znajdzie pieniądze na leczenie.

A póki była szansa, póty Fijałkowska będzie mogła patrzeć na siebie w lustrze.

ROZDZIAŁ 80

Sklep w Lipowie. Środa, 31 stycznia 2018.
Godzina 23.40.
Grażyna Kamińska

Leżeli stłoczeni w szóstkę na dużym łóżku w pokoju dziewczynek. Właściwie Grażyna powinna była zabrać dzieci i pójść nocować do ich dawnego domu. Do domu Pawła. Ale nie mogła. Z dwojga złego wolała zostać tu, mimo że jeszcze rano na dole leżało martwe ciało Agnieszki.

Było zupełnie cicho. Wieś pogrążyła się dawno we śnie. Jaskrawy księżyc świecił Grażynie prosto w oczy, ale nie za bardzo mogła zmienić pozycję. Córeczki przylgnęły do niej najbliżej, jak mogły. Z drugiej strony leżał Bruce. Chyba spał. A może udawał tak jak ona.

Poczuła, że łza płynie jej po policzku. Dobrze, że ten dzień się kończył. Najgorszy dzień jej życia. Zerknęła na syna. Bruce poruszył się niespokojnie, jakby poczuł jej zmartwione spojrzenie. Odwróciła szybko wzrok. Chciała, żeby się wyspał. Miał piętnaście lat. Był tylko dzieckiem. Chciał dobrze.

Z samego rana zadzwoniła do Pawła. Po raz kolejny. Bo w nocy nie odbierał. Najwyraźniej był ze Strzałkowską. Grażyna chciała mu opowiedzieć, że w nocy zajrzała do sklepu Anastazja. Pokazała filmik. Żądała pieniędzy. Kamińska nie wiedziała, co robić. Tak naprawdę przez całe życie ktoś podejmował decyzje za nią. Bała się przyznać Agnieszce, więc został tylko Paweł.

Były mąż wypytywał ją o dźgnięcie nożem. Grażyna nie miała pojęcia, o czym on mówi. Przecież uderzyła Miśkę kamieniem. Tym, który kiedyś we dwie znalazły. Tym w kształcie serca. Kiedy do Kamińskiej dotarło, że Michalina zginęła od dźgnięcia nożem, poczuła niewysłowioną ulgę. A więc nie ona zabiła dziewczynę. Nie była morderczynią.

Od poniedziałkowego wieczoru trudno było Grażynie normalnie funkcjonować. Uwierzyła, że zabiła Miśkę. Dziewczyna padła przecież na lód. Nie ruszała się. Ale wtedy jeszcze żyła, jak się okazało. Kamińska jej nie zabiła. Zrobił to ktoś inny. Mimo to Paweł obiecał, że po służbie porozmawia z Anastazją i odzyska filmik.

Tymczasem Paweł kazał Grażynie siedzieć w domu i się nie wychylać. Tylko że nie mogła usiedzieć w miejscu. Zaczęła więc sprzątać. Trochę się przy tym pokłóciły z Agnieszką. Mróz była poirytowana od samego rana. Być może po nocnej kłótni, w którą się wdały, kiedy zmywały naczynia.

Miarka przebrała się, kiedy Agnieszka powiedziała:

– Stań za ladą. Ja muszę wyjść.

Grażyna była wściekła.

– Dziś twoja kolejka. W środy ty sprzedajesz – powiedziała twardo. Nie dlatego, że miała co innego do roboty.

Sprzątać mogła przecież potem. Bardziej dla zasady i dlatego, że sama była podminowana. – Jestem zajęta.

– To zamknę sklep – warknęła Agnieszka. – Otworzę, jak wrócę. Jakoś wszyscy dawali sobie radę, jak Wiera otwierała, kiedy chciała, to i teraz sobie poradzą. Bez przesady.

– Dokąd właściwie idziesz?

– Zdobyć więcej pieniędzy.

– Skąd?

– Nie twoja sprawa.

To jeszcze bardziej rozsierdziło Grażynę.

– Wiem, że jesteś w ciąży – rzuciła. Agnieszka nigdy jej tego nie powiedziała wprost, ale Kamińska wiedziała swoje. Urodziła piątkę dzieci. – I wiem, z kim się potajemnie spotykasz. Nie powinnaś! Za daleko zabrnęliście.

Przez chwilę panowała cisza.

– Wychodzę – powiedziała tylko Agnieszka.

Zamek w drzwiach trzasnął, kiedy Mróz zamykała za sobą drzwi. Grażyna odwróciła się zirytowana i poszła sprzątać na zaplecze. Rozejrzała się po pracowni. Było dość czysto, ale mogła na przykład wymyć pralkę. Trochę proszku zebrało się w podajniku. Albo mogła uporządkować materiały do szycia. Nie… Potrzebowała ciepła. Poczucia spokoju. Czegoś, co dawały jej tylko dzieci. Pójdzie na górę i u nich posprząta.

Dziewczynki rysowały w najlepsze w saloniku. Bruce siedział przy nich i grał na telefonie. Uśmiechnął się, kiedy weszła po schodach na górę. Grażyna pomyślała, że zacznie od jego pokoiku. Nastolatek robił tyle bałaganu. Poza tym był jej ukochanym rodzynkiem wśród czterech córeczek.

Weszła do pokoju Bruce'a. Rozejrzała się z mieszaniną czułości i lekkiej irytacji. Sterty komiksów, gier, paczki po chipsach i inne rzeczy walały się po podłodze. Ciekawe, ile ten maleńki pokoik ma jeszcze tajemnic!

Od czego tu zacząć? Jak Bruce był mały, miał zwyczaj wrzucać kanapki, które szykowała mu do szkoły, za łóżko albo za szafę. Postanowiła na początek sprawdzić, czy jej niemal dorosły syn nadal tak nie robi.

Wtedy znalazła to ubranie. Początkowo nie zrozumiała, że brunatne plamy to krew.

– Bruce? – zawołała, kiedy to wreszcie do niej dotarło.

Chłopiec przyszedł szybko. Jego twarz zmieniła się, kiedy zobaczył, co matka trzyma w dłoniach.

– Co to jest? – zapytała. – Co się stało? Zraniłeś się?

Bruce zrobił taką minę, jakby miał się rozpłakać. Przywołała go gestem do siebie. Podszedł i przytulił się mocno. Jak kiedyś, kiedy był malutkim chłopcem. Wydawał się taki bezbronny i przerażony.

– Ja ją zabiłem, mamusiu – szepnął.

Grażyna zamarła. O czym on mówił? Zupełnie nic nie rozumiała.

– Ale ona tego chciała – szeptał dalej, łkając cicho. – Ja tylko jej pomogłem… Ona sama nie potrafiła… Powiedziała, że musi ponieść karę za Zosię. Że ja jestem przecież mścicielem, jak Batman. Tylko jej pomogę…

Kamińska zamknęła drzwi pokoju syna i z trudem wydobyła z niego całą historię. Zosia opowiedziała o tym, że Michalina jej dotykała, nie tylko jej. Starszemu bratu również. Bruce spotkał się w tej sprawie z Miśką zupełnie niezależnie od Grażyny. Dziewczyna powiedziała mu wtedy, że powinien ją ukarać. Bo przecież popełniła rzecz nie do wybaczenia. Powinna za to umrzeć.

Umówili się, że Bruce przyjdzie na plażę już po rozmowie Michaliny z Grażyną. Wymknął się, kiedy Agnieszka wróciła. Miśka kazała mu wziąć ubranie na zmianę. Na wypadek gdyby kapnęła gdzieś krew. Później miał się przebrać, zanim włoży z powrotem kurtkę. Kurtki przecież nie mógł zabrudzić. Nie można jej było tak po prostu wymienić na nową, bo wszyscy zwróciliby na to uwagę. Przecież się im nie przelewało.

Michalina przyniosła ze sobą nóż, więc o to Bruce nie musiał się martwić. Dziewczyna planowała sama się dźgnąć, ale gdyby jej się nie udało, miał to zrobić Bruce. Za molestowaną siostrzyczkę. Miśka pokazała mu, gdzie przyłożyć nóż. Przeczytała o tym w jednej z książek swojej matki.

– Wszedł tak gładko – płakał syn. – Tak gładko…

Ostatecznego pchnięcia dokonał jej syn, bo mimo butnej miny Miśka nie potrafiła tego zrobić sama. Cały czas powtarzała Bruce'owi, że mści się za siostrę, że dobrze robi. Grażynie aż dech zapierało na myśl o tej ohydnej manipulacji.

Potem Bruce ułożył Miśkę na lodzie, zamknął jej oczy i zostawił obok niej nóż. Tak się umówili. Na koniec przykrył ją kocem, który przyniosła.

– Nie kazała mi tego robić, ale… Ale myślałem, że będzie jej zimno – płakał syn. – Myślałem, że będzie jej zimno…

W jego dziecięcej twarzy było tyle cierpienia, że Grażyna nie mogła tego wprost znieść. Czuła gniew na Miśkę.

Jeżeli dziewczyna chciała się zabić, mogła wykorzystać do tego kogokolwiek innego. Nie jej syna. Nie jej ukochanego synka.

Cholerna Michalina odeszła, a Bruce został. Miśka zniszczyła mu życie. Grażyna wiedziała już, jakie to uczucie myśleć, że się kogoś zabiło. On będzie musiał się z tym zmagać do końca życia.

– Czy… Czy Joannę też…?

Grażyna nie potrafiła dokończyć, ale musiała wiedzieć, czy dziennikarkę również syn zabił. Bruce pokręcił głową.

– Nie… Nie wiem, co się tam stało. Przysięgam! Mamusiu, przysięgam.

– Wszystko będzie dobrze, synku – zapewniła Grażyna, ściskając go mocniej.

Nie wiedziała, co robić. Może powinna zadzwonić do Pawła? On coś wymyśli! Nie! Kamiński wielokrotnie wspominał, że rozmowy policjantów mogą być na podsłuchu. Zawsze śmiała się z tego w duchu, ale teraz nie zamierzała ryzykować. Chodziło przecież o Bruce'a. Musiała podjąć decyzję sama. Z Pawłem porozmawia wieczorem.

Najważniejsze to spróbować zachowywać się normalnie. Jakby nigdy nic. Bruce do tej pory wytrzymał. Będzie musiał wytrwać jeszcze trochę. Aż wszystko się uspokoi.

– Nikomu o tym nie powiesz, dobrze, synku? – poprosiła, patrząc mu w oczy. – Ani cioci Agnieszce, ani Weronice. Ani nikomu. Dobrze?

– Jo.

Wzięła jego twarz w swoje dłonie i obróciła do siebie.

– Obiecujesz?

– Jo.

– Na pewno?

– Tak.

– Dobrze. Idź do dziewczynek. Ja pójdę włożyć to do pralki.

Pomyślała, że najpierw musi wyprać zakrwawione rzeczy. Nawet jeżeli ma je potem gdzieś wyrzucić, to przynajmniej z wierzchu muszą wyglądać na czyste. Tak żeby nikt nie podejrzewał, że coś jest z nimi nie tak.

Trzeba zejść na dół. Wrzucić je do pralki i po wszystkim. Grażyna odetchnęła głębiej. To był jakiś plan. Na szczęście nie ma Agnieszki. Można to zrobić niepostrzeżenie. Nie ma tego złego, co by na dobre nie wyszło. Jak Mróz wróci, ubrania będę się już prały. Nic nie zwróci jej uwagi.

Grażyna ruszyła schodami na dół. Kiedy była już blisko pralki, drzwi od strony sklepu otworzyły się i Agnieszka weszła do pokoju na zapleczu.

– Cholerny Kojarski pogonił mnie psami… – mówiła właśnie. Przerwała w pół słowa, widząc Grażynę ściskającą zakrwawione ubrania.

Stały tak przez chwilę, mierząc się spojrzeniem. Kamińska czuła, jak krew buzuje jej w żyłach, a w głowie rodzi się tylko jedna jedyna myśl. Musi ochronić syna. Za wszelką cenę musi chronić syna. Michalina tchórzliwie wplątała Bruce'a w zabójstwo. Grażyna musi to naprawić.

– To rzeczy Bruce'a – stwierdziła powoli Agnieszka Mróz.

Zakrwawiona bluza i spodnie zdawały się ciążyć Kamińskiej w rękach. Zeszła powoli z ostatniego schodka i wrzuciła je do pralki jakby nigdy nic. Chciała zyskać na czasie.

512

Co teraz?

Co teraz?

Co teraz?

Była zdana tylko na siebie. To za wiele. Nie potrafiła podejmować takich decyzji. Tak bardzo chciała, żeby ktoś podjął ją za nią. Żeby ktoś powiedział, co ma zrobić. Musiała się wziąć w garść. Chodziło o Bruce'a. O jej syna. Nie ma miejsca na słabość czy niezdecydowanie.

– To rzeczy Bruce'a? – powtórzyła Agnieszka. – Całe we krwi…

Grażyna nie była pewna, czy Mróz się domyśliła. Może nie? Ale co będzie, jeżeli Agnieszka ułoży wszystkie puzzle? Stanie po ich stronie czy doniesie policji? Nie można na to pozwolić.

Nie można!

Kamińska odwróciła się powoli. Duże krawieckie nożyce, którymi cięła materiał, leżały na stole. Nożyce. To jest odpowiedź na wszystko. Znak. Tak bardzo chciała, żeby ktoś za nią zdecydował, i tak się chyba stało. Chwyciła je szybkim ruchem i doskoczyła do koleżanki. Zaczęła uderzać na oślep.

Agnieszka nie od razu się odwróciła, żeby uciec. Była chyba zaskoczona atakiem. Kiedy spróbowała się ratować ucieczką, było już za późno. Grażyna nie sądziła, że ma w sobie tyle gniewu. Uderzała, żeby chronić syna. Żeby pomścić wszystkie razy, które zadawał jej mąż. Żeby zapomnieć o wszystkich upokorzeniach.

Smutkach.

Zazdrości.

Kłótniach.

Zatraciła się w tym. Być może uderzałaby tak w nieskończoność, gdyby nie to, że drzwi wejściowe do sklepu trzasnęły głośno. Widać Agnieszka zostawiła je otwarte. To oczywiste. Skoro wróciła, miała zamiar stanąć za ladą i sprzedawać.

– Odłóż to!

Grażyna podniosła głowę. Nawet nie zauważyła, że w szale ataku obie znalazły się pośrodku sklepu. Marek Zaręba stał w progu z wyrazem przerażenia na twarzy. Było tam też niedowierzanie i ból.

– Odłóż to! – zawołał znów.

Grażyna puściła nożyce. Zostały tak, wbite w plecy Agnieszki.

– Co teraz? – powiedział Zaręba, jak Grażyna przed chwilą. Wyglądał, jakby zaraz miał się rozpłakać.

Spróbowała wstać z kolan. Chciała go przeprosić. Wytłumaczyć mu.

– Nie ruszaj się! – rozkazał.

Zaciągnął zasłony w oknach i zamknął drzwi na klucz. Tkwił w zamku. Widocznie Agnieszka zostawiła go tam, kiedy wróciła. Czasem tak robiła, chociaż Grażyna uważała, że to niebezpieczne. Przecież ktoś mógł go zabrać i musiałyby wymienić zamek. Mróz tylko się wtedy śmiała.

A teraz leżała martwa na podłodze.

– Zadzwonię do Daniela – powiedział Marek głucho. – On będzie wiedział, co robić.

Grażyna pokiwała głową. Dopiero teraz zaczynało docierać do niej, co się wydarzyło. Ledwo słyszała, jak młody policjant rozmawiał z Podgórskim. Płakała. Od poniedziałku myślała, że zabiła Michalinę. Rano okazało się, że nie. A teraz... Teraz naprawdę zabiła... Co do tego nie było wątpliwości.

– Ale ona mogła powiedzieć... Domyśliła się.

Słowa same płynęły. Teraz, leżąc w świetle księżyca na łóżku, Grażyna miała ochotę je powtarzać. Ona mogła wiedzieć... Mogła zaszkodzić Bruce'owi. Agnieszka musiała zginąć, mimo że nosiła pod sercem nienarodzone dziecko. Musiała zginąć! Ta myśl dodawała otuchy.

Z ust Grażyny wydobyło się westchnienie. W nocnej zimowej ciszy zabrzmiało strasznie głośno. A Paweł wziął na siebie jej winę. Winę syna. Trzy morderstwa. Nie zdołała nawet mu powiedzieć, że Joanny żadne z nich nie zabiło.

Nie mogła mu przekazać, że Bruce pomógł Michalinie w samobójstwie. Może to i lepiej. Grażyna wolała, żeby nikt o tym nie wiedział. Nawet Paweł. Jeśli sąd nie uwierzy w jego winę, wszystko spadnie na nią. I bardzo dobrze. Nie pozwoli, żeby Bruce odpowiedział za coś, co nie było jego winą. Będzie silna.

Wilczyca.

EPILOG

KSIĘGA PIERWSZA

2018
Joanna Kubiak

ROZDZIAŁ 1

Nad Skarlanką. Wtorek, 30 stycznia 2018.
Godzina 10.50.
Joanna Kubiak

Szczypiący mróz. Kłujący ból w ręce. Joanna zdjęła rękawiczkę. Pochyliła się z niejakim trudem i wzięła garść śniegu. Podwinęła przecięty rękaw i przemyła ranę jeszcze raz. Była na siebie wściekła. Nacięcie nie było głębokie, ale czuła się upokorzona taką głupotą. Chwila nieuwagi i proszę. Że też ten cholerny Józef Kaczmarek musiał tak szczelnie zapakować zeszyt. Zapewne zdrajcę dręczyły wyrzuty sumienia. Jego sprawa. Najważniejsze, że Joanna miała to, co chciała.

Pamiętniczek.

Oparła się o metalową barierkę mostku i spojrzała na zeszyt z namaszczeniem. Spłowiała okładka z mundialu wiele lat temu. Niepozorny brulion, który zawierał przerażającą historię dziewczyny więzionej przez potwora przez wiele lat. Historia ku przestrodze. Musiała zostać opowiedziana.

Wcale nie chodziło o idiotyczną zaliczkę, którą dostała od wydawcy. Tu chodziło o zasadę. Joanna nie zamierzała pozwolić, żeby ktokolwiek zapomniał, co jeden człowiek jest w stanie zgotować drugiemu. Zamierzała wydać to za wszelką cenę. Nawet jeśli Michalina się rozmyśliła. To było zbyt ważne. Wychodziło poza historię jednej znękanej dziewczyny. Mogło pomóc wielu innym.

Joanna miała talent do wyciągania historii z ludzi. Taka Laura Fijałkowska na przykład. Początkowo dziennikarka nie chciała zrazić do siebie informatorki, bo była pomocna. Ale im częściej z nią rozmawiała, tym bardziej czuła, że policjantka coś ukrywa. Wystarczyło umiejętnie poblefować, żeby trafić na właściwy trop. Syn Adaś. Jeszcze trochę i Joanna dowie się, co tam się stało. Potem tę sprawę opisze. Jak przyjdzie stosowna pora.

Czuła się głosem tych, którzy nie mogli lub nie umieli opowiedzieć swoich historii. Wolała o tym nie myśleć jako o odkupieniu dla siebie. Za to, co sama kiedyś robiła. To były dawne czasy. Zamknięty etap. Od tamtych dni pomogła wielu osobom. Może jeszcze kiedyś odpowie za swoje winy. Najpierw jednak doprowadzi te sprawy do końca.

Odetchnęła głębiej. Miała wrażenie, że za jej plecami ktoś się kręci. Chyba szczeknął wesoło jakiś pies. Trzasnęła migawka. Ktoś robił zdjęcia? Joanna nie odwróciła się. Nie miała ochoty z nikim rozmawiać. Przyglądała się zeszytowi, tłumiąc chęć zajrzenia do środka już teraz. Mostek nad zamarzniętą rzeczką to nie było miejsce odpowiednie. Tu trzeba skupienia, zastanowienia, pełnej koncentracji.

Stała tak dobrych kilka minut oparta o barierkę. Nawet przez kurtkę czuła, że metal jest lodowaty. Ostry wiatr dął jej w twarz, ale nie odwróciła się. Nasłuchiwała. Odgłosy za plecami ucichły. Dopiero wtedy się odwróciła. Pomiędzy drzewami mignęła rudowłosa kobieta z brązowym psem. Weronika. Warszawianka. Musiała Joanny nie zauważyć, bo na pewno by podeszła porozmawiać.

Dziennikarka odetchnęła jeszcze raz głębiej. Czas na nią. Miała *Pamiętniczek* i opowie historię Michaliny. Przy okazji załatwiła to, o co prosił ją Rodomił wiele, wiele lat temu. Spełniła jego prośbę.

Przynajmniej częściowo.

*

Spotkali się niedługo przed śmiercią przyjaciela. Pod koniec dziewięćdziesiątego ósmego roku.

– Napisałem testament – poinformował ją Rodomił.

Zaśmiała się. Mieli po pięćdziesiąt osiem lat, ale Joannie wydawało się, że całe życie jeszcze przed nimi. Metryki nie były ważne. Choć przyznać było trzeba, że przyjaciel, choć nadal wysoki i barczysty, ze swoją długą siwą brodą od dawna wyglądał na starszego, niż faktycznie był.

– Mężczyźni w mojej rodzinie rzadko dożywają starości – dodał, jakby odgadł, o czym pomyślała. – Wiesz przecież, że jesteśmy przeklęci.

Joanna skinęła głową. Nie dlatego, że wierzyła w ich rodzinną legendę o wilkołaku, ale dlatego, że słyszała tę historię wielokrotnie. Demon, który nie może znaleźć spokoju i mści się na krewnych z rodziny Wilków za to, że nikt mu nie pomógł, kiedy zmieniono go w wilkołaka. W istotę, która nie może odnaleźć swojej formy do końca: nie jest ani człowiekiem, ani wilkiem. Wilkołak, który może powrócić za każdym razem, kiedy pełnia wypadnie trzydziestego pierwszego stycznia, czyli w dzień, kiedy dokonała się jego przemiana. A na pewno przybędzie w szczególną noc, kiedy na niebie pojawi się krwawy superksiężyc. W dwa tysiące osiemnastym roku. Za dwadzieścia lat.

– Mam coś bardzo cennego – mówił Rodomił. – Coś, co przekazuje się w mojej rodzinie z pokolenia na pokolenie. Pewną starą książkę. Wartą obecnie na rynku mnóstwo pieniędzy. To jest zabezpieczenie na czarną godzinę. Jak się ją sprzeda, to człowiek będzie żył bogaty do końca życia.

– Co to za książka?

Spojrzenie spod oka, jakby Joanna zapytała o coś, o co nie powinna.

– To mniej ważne – mruknął Rodomił. – Ważne, że ta książka jest przedmiotem mojego testamentu. Na wypadek gdybym zmarł. Zostawiam ją u mojego zaufanego prawnika. Razem z dokumentem.

– Komu ją zapisałeś? Przecież Żywia i tak ją po tobie odziedziczy. Jest twoją córką.

– Mogę ci zaufać?

Joanna doznała irracjonalnego wrażenia, że Rodomił chce sprezentować ten unikat jej samej.

– Oczywiście – zapewniła z mocą. Byli przyjaciółmi od lat. Rodomił nigdy jej nie zawiódł i ona jego nigdy nie zawiodła. Pytanie wydawało się dziwne.

– Bohdan i Bożena również są moimi dziećmi. Dlatego pozwoliłem im zamieszkać w Rodzanicach razem z ich małżonkami. To dzieci nieślubne, więc lepiej, żeby nikt nie wiedział. Tak chyba będzie lepiej.

– Rozumiem.

Joanna bywała w Rodzanicach, poznała więc rodzinę Piotrowskich i Kaczmarków. Teraz, kiedy o tym myślała, faktycznie widziała podobieństwo w twarzach Żywii, Bohdana i Bożeny. Cała trójka była wysoka i mocnej budowy.

– Znasz legendę. Wiesz, że wilkołak na pewno się odrodzi za dwadzieścia lat. Teraz to właściwie za dziewiętnaście. Prawdopodobnie będzie to ktoś z mojej krwi. Bohdan, Bożena, Żywia lub ich dzieci, jeśli takowe się pojawią. Książkę może dostać tylko ten, kto wilkołakiem nie jest. Muszę mieć pewność. Jednocześnie chcę, żeby książka przeszła w ręce kogoś, kto przynajmniej należy do mojej rodziny. A więc partnerów lub małżonków moich dzieci. Bo oni podzielą się majątkiem z moimi potomkami, a genu wilkołaka mieć nie będą. Rozumiesz?

Joanna przytaknęła, choć to, co mówił, wydawało jej się zupełną abstrakcją. Lubiła Rodomiła, ale nie potrafiła uwierzyć w te jego opowieści o fantastycznych stworzeniach. Twardo stąpała po ziemi, mimo że lubiła patrzeć na księżyc. Rodomił z kolei uważał je od zawsze za prawdziwe.

– Dlatego zapisałem ją tej osobie spoza mojej rodziny, która nadal będzie żyła po Nocy Odrodzenia w dwa tysiące osiemnastym roku. Myślę, że to może być Anastazja lub Józef, ale kto wie, co się przez te lata zmieni. Dlatego nie wpisałem tam konkretnych nazwisk. Józefowi pokazałem nawet książkę.

– Jaką rolę przeznaczyłeś dla mnie?

– Prawnik przekaże testament i książkę w sposób oficjalny już po Nocy Odrodzenia w dwa tysiące osiemnastym roku. Ale jeżeli mnie nie będzie już na tym świecie, to chciałbym, żebyś na kilka dni przed krwawym księżycem ostrzegła tych, w których nie płynie moja krew, i powiedziała im o testamencie. Żadnemu z moich dzieci nie możesz o tym wspomnieć, żeby nie aktywować genu wilkołaka. Rozumiesz? Zrobisz to dla mnie?

– Tak.

*

Dziś Joanna zrobiła tak, jak obiecała Rodomiłowi dwadzieścia lat temu. P r a w i e. Westchnęła. Czuła, że popełniła błąd. Być może brzemienny w skutki.

Po pierwsze z samego rana zadzwoniła do Żywii i opowiedziała jej o testamencie. Sama nie wiedziała, dlaczego to zrobiła. Może dlatego, że nigdy nie przywykła do myśli, że Rodomił ma jeszcze inne dzieci. Może czuła, że Żywii należy się ta wiedza. Córka Rodomiła przyjęła tę informację ze spokojem. Cały czas powtarzała, że legenda to głupota. Nie była zainteresowana ciągnięciem tematu.

Później Joanna przyjechała nad Skarlankę, żeby odkupić *Pamiętniczek* od Józefa Kaczmarka. Opowiedziała mu o testamencie. Dokładnie tak, jak prosił ją dawno temu Rodomił. W momencie kiedy skończyła mówić, ogarnęła ją pewność, że Kaczmarek nigdy nie powinien był przypomnieć sobie, że ta cenna książka może wpaść w jego ręce. Błysk w oku. Chciwość. Joanna niejednokrotnie widziała w życiu takie spojrzenia. Spojrzenia ludzi gotowych na wszystko. Spojrzenia, które jasno mówiły, że nie potrzebujemy mitycznych stworów i demonów. Każdy ma w sobie wilkołaka, który ożywa, kiedy zostanie odpowiednio sprowokowany.

Odetchnęła znów zimowym powietrzem. Miała wrażenie, że pali jej zniszczone płuca. Bolało. Z jakiegoś powodu to było przyjemne uczucie. Podjęła decyzję. Nie spełni prośby przyjaciela do końca. Nie powie o testamencie Anastazji. Skoro Józef Kaczmarek zareagował w ten sposób, to kto wie, co zrobi fałszywa wróżka. Już i tak Anastazja coraz więcej mówiła o legendzie i uparła się, że o niej napisze.

Niech testamentem zajmie się prawnik, który przechowuje książkę. I tak musi ją przekazać komu trzeba pierwszego lutego. Joanna nie musi się w to mieszać. Rodomił nie żyje od lat. Nawet nie będzie wiedział, że nie spełniła jego prośby do końca.

Zadął silny północny wiatr. Joanna zadrżała. Czas wracać do domu. Odwróciła się, żeby pójść do samochodu. Obok starego czarnego mustanga stał olbrzymi wilk. Był jakieś pięćdziesiąt metrów od niej, ale już stąd słyszała jego głębokie sapanie. Jego oddech zmieniał się w obłoki pary. Przyglądał jej się uważnie. Ślepia miał jak dwa rozżarzone węgle. Wydawało jej się, że przewiercają ją na wylot.

Niewiele myśląc, rzuciła się do ucieczki. Może i nie miała szansy, ale zamierzała przynajmniej spróbować. Droga do samochodu była odcięta, więc wbiegła w odnogę leśnej ścieżki prowadzącą ku jezioru Kochanka. Głęboki śnieg. Nogi odmawiają posłuszeństwa. *Pamiętniczek* wypada z rąk. Nie podniosła go. Nie było teraz na to czasu. Nie słyszała za sobą dudnienia łap, ale to nic nie znaczyło. Nie mogła się zatrzymać. Strach był zbyt wielki.

Minęła zakręt, kiedy dopadł ją niesamowity ból głowy. Nigdy nie czuła tak silnego. Nie dał się porównać nawet z atakami migreny, które zdarzało jej się kiedyś miewać. Potknęła się i upadła. Uderzenie. Pod białym puchem leżały jakieś kamienie.

Ból głowy sprawia, że Joanna nie czuje nic innego.

Porusza się jak we śnie. Jakby jej ręce i nogi należały do kogoś zupełnie innego.

Zaczepia ubraniem o gałęzie.

Szarpie się, rozrywając golf.

Kurtka prawie z niej spada.

Upada na ziemię.

Znów kamienie. A więc nie oddaliła się ani trochę.

Joanna miała wrażenie, że traci i odzyskuje przytomność. Zwymiotowała. Ból przekraczał wszelkie wyobrażenie. Gdzieś na obrzeżach świadomości poczuła, że powinna wezwać pomoc. Telefon miała w kieszeni kurtki, ale to zdawało się teraz tysiące kilometrów stąd.

Otworzyła oczy, kiedy poczuła pierwsze ugryzienie. To musiało być co najmniej kilka godzin później. Miała wrażenie, że zmieniła się w bryłę lodu. Hipotermia?! I ten ból w głowie… A może już go nie było…

Młodziutki wilk odskoczył przerażony i pobiegł między drzewa. Czuła lepkość krwi na zranionej ręce. Być może zwierzę myślało, że już nie żyła. To na pewno nie był ten wielki basior, którego widziała przy samochodzie. To był zwykły spłoszony młodzik, może młoda wadera, która popełniła błąd, za bardzo zbliżając się do człowieka. Może ktoś ją oswoił i dlatego się nie bała?

– Pomocy!

Cichy bełkot i charczenie. Tylko tyle dobyło się z jej gardła. Joanna nie była nawet pewna, kogo próbuje zawołać. Środek dnia, zima. Śnieg. Zaspy. Nikogo tu w głębi lasu nie będzie, żeby jej pomóc.

A może się myliła? Czyżby usłyszała skrzypienie kroków na śniegu? A może znów straciła świadomość?

Kiedy się ocknęła, była już pewna, że słyszy kroki. Kroki. Kroki. Kroki.

– Wszystko w porządku, co?

Joanna spróbowała otworzyć oczy. Przed oczami miała kogoś. Kogo? Nie była w stanie rozróżnić tego, co widziała. Jedyna myśl w głowie to testament i chciwe spojrzenie Józefa Kaczmarka. Powinna powiedzieć o tym. Komuś. Komukolwiek. Żeby nie stało się nic złego. Wilkołak. Noc Odrodzenia. Cenna książka.

– Wilko… Wilkołak – tylko tyle udało jej się wydusić.

– Spoko. Ale! Nie wiem, co tu robisz w środku lasu. Nie wnikam. Najpierw ci pomogę. Potem będziemy gadać, co?

K l e m e n t y n a, przebiegło Joannie przez myśl. To była Klementyna Kopp. Tatuaż na piersi! Kopp nie może go zobaczyć. Tego dziennikarka była pewna, chociaż nie pamiętała już dlaczego. Umysł przestał pracować tak, jak powinien. Ból głowy wracał. Nie pozwalał zebrać myśli.

Nagle zadzwonił telefon. Joanna czuła wibrowanie w kieszeni. Kopp pochyliła się i wyjęła komórkę z jej kurtki.

– Potrzebna nam będzie pomoc – powiedziała do kogoś. Z oddali dobiegło wycie wilka. – Ta pismaczka kopyrtnie, a ja...

Klementyna urwała w pół zdania. Patrzyła prosto na pierś Joanny. Na ukrywany latami tatuaż. Przerwała połączenie.

– To ty! – rzuciła. – To byłaś ty. Przez cały ten cholerny czas!

Jeszcze zanim Klementyna sięgnęła po wystający spod śniegu kamień, Joanna wiedziała, że jest za późno. Ale nie miało to teraz większego znaczenia. Ani to, że nie udało jej się przekazać wiadomości o testamencie czy o tym, że Józef Kaczmarek może jeszcze pokazać swoje prawdziwe oblicze. Najważniejsze, że ból w głowie ustał. Zapadła błogosławiona ciemność.

Joanna żałowała tylko, że nie umarła w świetle księżyca.

KSIĘGA DRUGA

2018
Noc pełni

ROZDZIAŁ 2

Dom Emilii Strzałkowskiej w Lipowie.
Środa, 31 stycznia 2018. Godzina 23.40.
Młodsza aspirant Emilia Strzałkowska

Emilia przysiadła na parapecie w kuchni i przyglądała się wielkiej tarczy księżyca w pełni. Krwawy superksiężyc. Chyba tak go nazwała spikerka, kiedy rano jechali razem z Danielem na komendę. Teraz to się zdawało lata świetlne temu. Ten dzień był wyjątkowo długi i zakończył się zupełnie nie tak, jak się tego spodziewała. Nie tak, jak chciała.

W głowie miała prawdziwą gonitwę myśli. Paweł, który wyznaje jej miłość. Paweł, który bierze na siebie winę Grażyny. Daniel. Daniel. Daniel. Po czymś takim powinna stać murem za Kamińskim, ale nie potrafiła. Po prostu nie potrafiła. Była za to wściekła na siebie.

Daniel. Jutro Emilia mu powie, że miał rację, kiedy rozmawiali rano w samochodzie. Kocha go. Jak nieopierzona nastolatka. Szaleńczo i na zawsze. Nie chce przyjaźni. Chce z nim być. Nawet jeśli to teraz wydaje się niemożliwe.

– Wszystko w porządku, mamo?

Odwróciła się. Do kuchni wszedł Łukasz. Kiedy wróciła wieczorem do domu, był u siebie w pokoju. Nie miała siły opowiadać mu o wszystkim. Zresztą chyba Daniel do niego w międzyczasie zadzwonił. Nie miała też siły pytać, gdzie syn zniknął, zamiast czekać na nich w samochodzie. Nie miała siły na nic.

– Przepraszam, że tak sobie poszedłem – zagadnął Łukasz.

Wyglądało na to, że chce zabawić Emilię rozmową. Zawsze był dojrzały. No może nie w ostatnim czasie, poprawiła się w duchu, ale wcześniej zawsze starał się być mężczyzną i nie sprawiać jej kłopotów. Zanim przeprowadzili się do Lipowa, byli przecież tylko we dwoje. Strzałkowska długo miała wyrzuty sumienia, że syn musiał tak szybko dojrzeć. Jakby ukradła mu dzieciństwo.

– Strasznie długo tam siedzieliście, więc wysiadłem z samochodu i zacząłem sobie łazić w tę i we w tę. No i wtedy zauważyłem ślady na śniegu. Pamiętasz te łapy na plaży? Były takie same. Poszedłem za tropem. Prowadziły na leśną polanę. Miśka mnie tam kiedyś zabrała. Chciała spalić swój dziennik. Myślała, że rozpocznie w ten sposób nowe życie. A w końcu wyrwała tylko kilka pierwszych kartek. Więcej nie mogła.

Emilia zerknęła na syna. A więc i ta tajemnica się wyjaśniła.

– Matko, jak ja byłem zazdrosny o nią i o Juniora… Strasznie chciałem, żeby kochała mnie… Ale ona chyba nie potrafiła nikogo kochać. Ani jego, ani mnie. Cały czas tęskniła za Bohdanem. Ciężko to było zrozumieć po tym

534

wszystkim, co jej zrobił. Czasami miałem wrażenie, że ona po prostu chce umrzeć. Chociaż dobrze się maskowała. Ja jej dałem ten nasz nóż… Ten, o który pytałaś. Nie powiedziałem ci, bo mi kazała obiecać, że nigdy nie powiem. Mówiła, że potrzebuje go do obrony, a z kolekcji matki nie może wziąć, bo Bożena zaraz zauważy. Ale… jeżeli chciała odejść, to miała do tego prawo.

– Uważasz, że Miśka sama się zabiła? – zdziwiła się Emilia. Zapomniała na chwilę, że oficjalna wersja brzmiała obecnie, że wszystkie kobiety zabił Kamiński.

– Nie wiem, mamo. Jeżeli chciała to zrobić, to była jej decyzja. Wy dorośli nie zawsze to rozumiecie. Samobójstwo to nie jest tchórzostwo, jak mówią niektórzy. Samobójstwo to odwaga.

Strzałkowska spojrzała na syna zaniepokojona. Miała wrażenie, że pomiędzy wierszami czai się coś strasznego. Syn zachowywał się ostatnio niepokojąco. Z jakimi problemami się borykał? Myślał o tym, żeby odebrać sobie życie? Jak Emilia mogła czegoś takiego nie zauważyć? Jak bardzo złą matką była?

Podeszła do syna i objęła go najmocniej, jak mogła. Nie wiedziała, jakich słów ma użyć.

– Zawsze jest jakieś wyjście – szepnęła. – Moim zdaniem odwaga to żyć dalej wbrew wszelkim przeciwnościom. Wiesz, ile razy chciałam się wycofać? Jak byliśmy we dwójkę i brakowało mi sił, jak umarła Justynka, jak ja i Daniel… twój tata. Ja… Czasem się nam wydaje, że nie ma wyjścia z sytuacji, że jesteśmy przyparci do muru, że została nam tylko czarna rozpacz. Ale ktoś mądry kiedyś mi powiedział: zawsze możesz to zrobić jutro. Zawsze możesz odejść jutro. Jeszcze nie dziś. I tak zawsze czekałam do jutra. I wiesz co? Następnego dnia z reguły okazywało się, że jest lepiej. Kryzysy to normalna rzecz. Póki życia, póty nadziei.

Przez chwilę żadne z nich nic nie mówiło.

– A co, jeśli następnego dnia wcale lepiej nie jest? – zapytał Łukasz bardzo cicho. – Co, jeśli nadziei nie ma?

Emilia poczuła, jakby ktoś wbił jej nóż głęboko w serce. Żadna matka nie powinna słuchać, jak jej dziecko rozważa śmierć. Bo chyba do tego sprowadzała się ta rozmowa. Cokolwiek się stanie, nie pozwoli Łukaszowi odejść. Nie w ten sposób.

Tylko co mówić? Co mówić? Nie była psychologiem, psychiatrą ani nawet policyjnym negocjatorem. Jeździła do samobójców wielokrotnie. Każdy, kto pracował w patrolówce, miał takie doświadczenia. Ale to było co innego. To był jej syn. Brakowało jej słów. Bezsilność była przerażająca i sprawiała, że Strzałkowska niemal traciła oddech.

– Co dalej z tymi śladami? – szepnęła, żeby choć na chwilę zająć syna czymś innym. Tak bardzo się bała. Zyskać na czasie, byle zyskać na czasie. Wszystko jakoś się ułoży. – Z tymi wilczymi tropami, za którymi poszedłeś. Co z nimi?

– Prowadziły na tę polanę. Miśka opowiadała mi, że tam ktoś z rodziny Wilków został przemieniony w wilkołaka. Że wilkołak kiedyś powróci. I stał tam… To znaczy wilk. Był wielki. Myślałem, że się na mnie rzuci, ale on tylko stał. A jego oczy… Jego oczy… jego oczy były ludzkie.

ROZDZIAŁ 3

Gospodarstwo Żywii Wilk w Rodzanicach.
Środa, 31 stycznia 2018. Godzina 23.50.
Żywia Wilk

Psy szczekały niespokojnie. Żywia czuła się zmęczona po wydarzeniach całego dnia. Mimo to postanowiła sprawdzić, co się dzieje. Narzuciła kożuch i wyszła na mróz. Szczypał w twarz, jakby temperatura jeszcze spadła. Nie zdziwiłaby się, gdyby było już dwadzieścia stopni na minusie.

Na zewnątrz szczekanie było jeszcze głośniejsze. Ostatni raz, kiedy słyszała takie poruszenie w tym gospodarstwie, jej ojciec umierał. Anastazja to widziała. Faktycznie musiała być tamtej nocy na szczycie wzgórza, bo jak inaczej mogłaby się dowiedzieć?

Rodomił zasługiwał na śmierć. Zgwałcił i Żywię, i Bożenę. Bez najmniejszego zawahania. Siostra miała wątpliwości, ale Żywia żyła w cieniu i strachu przed ojcem wystarczająco długo. Nie zamierzała puścić mu tego płazem. W końcu Bożena się zgodziła. Całe szczęście, bo we dwie miały większe szanse poradzić sobie z rosłym Rodomiłem.

Plan był prosty. Wykorzystać przeciwko niemu to, co sam stworzył. Ogłuszyć go, a potem rzucić na pożarcie psom. Rodomił miał w domu stary pistolet, ale nie mogły go użyć. Chciały upozorować wypadek.

Użycie psów wydawało się wtedy doskonałym pomysłem. Teraz Żywia miała do siebie żal, że je w ten sposób wykorzystała. To nie była ich wina, że ojciec uczył je agresji. Zostały uśpione, mimo że to nie one były winne.

Przez jakiś czas Żywia rozważała nawet przyznanie się do winy. Ale w jej brzuchu rósł już Żegota. A Bożena nosiła pod sercem Michalinę. Ich dzieci też nie były winne, że począł je potwór. Ich ojciec i jednocześnie dziadek.

Celowo wybrały tamtą noc. To był trzydziesty pierwszy stycznia tysiąc dziewięćset dziewięćdziesiątego dziewiątego roku. Noc Odrodzenia. Rodomił przygotowywał się do niej przerażony, że może przybyć wilkołak. Że rodzinna klątwa się dopełni.

Lubił wszystkim mówić, że to on się zmienia w wilkołaka. Straszenie ludzi w ten sposób chyba go bawiło. Tak naprawdę drżał przed demonem bardziej niż inni. Uśmiercenie go akurat w ten dzień wydawało się Żywii logicznym wyborem. Rodomił zginął, choć żaden mityczny stwór się nie pojawił. Przyszły tylko one. Dwie żądne zemsty córki.

Żywia pamiętała tę noc doskonale. Jakby to wydarzyło się wczoraj, a nie dziewiętnaście lat temu. Patrzyły na śmierć ojca z przerażeniem. Mimo to nie potrafiły oderwać oczu od makabrycznego spektaklu.

Kiedy było już po wszystkim, obiecały sobie, że nigdy nie będą o tym rozmawiać. Bożena miała mówić, że ojcem jej dziecka jest mąż. Proste. Żywia z kolei wpadła na pomysł trzymania się wersji, że ojcem Żegoty może być Bohdan lub Józef. Nie miała wtedy stałego partnera. A historia, że przespała się z mężczyznami z domów obok, wydawała się łatwa do uwierzenia.

Bożenie niezbyt się to podobało, ale nie oponowała. Żadna nie chciała dopuścić, żeby ktokolwiek pomyślał, że to Rodomił spłodził ich dzieci. To wydawało się zbyt ohydne do zaakceptowania. Nie chciały nawet wymawiać jego imienia. Chciały zapomnieć. Zasadę złamała dopiero Żywia, kiedy nadawała imię znalezionemu w lesie wilkowi. Nie wiedziała czemu. Może poczuła się już bezpieczna?

Żywia nigdy nie przypuszczała, że kiedyś pożałuje kłamstwa. Myślała, że sama wychowa Żegotę i syn nie będzie pytał o ojca. Tymczasem niepewność, czy swoje istnienie zawdzięcza jednemu sąsiadowi czy drugiemu, wywołała w chłopaku tyle gniewu, że Żywia nie potrafiła sobie z synem poradzić.

Nie potrafiła też się zmusić, żeby powiedzieć mu prawdę. A może ta by Żegotę uratowała? Mimo że była tak straszna? Może nie posunąłby się tak daleko w swoim zachowaniu, że Bohdan i Józef w końcu go pobili na śmierć. Dała Żegocie życie, ale można powiedzieć, że przez nią zginął.

Potem raz jeszcze o mało nie zadała śmierci. Po raz kolejny dopadła ją żądza zemsty. Wzięła stary pistolet ojca i strzeliła do Michaliny. Oko za oko. Joanna pchnęła dziewczynę na ziemię. Tylko to ją uratowało. Żywia poczuła wtedy wielką pustkę i rozczarowanie. Myślała, że jak odbierze Józefowi Miśkę, to jakby ukarała go za śmierć Żegoty.

Ale dziennikarka powiedziała jej coś, co zapamiętała sobie na zawsze. Jej imię. Ż y w i a. To znaczyło życie, nie śmierć. Żywia postanowiła już nigdy nie podnieść na nikogo ręki. Pistoletu się pozbyła. A Miśka nie powinna była umierać. Nawet nie była córką Józefa. Ale to zupełnie inna sprawa.

Może teraz pistolet by się przydał... Żywia spojrzała na wielki czerwony księżyc w pełni wiszący nad jeziorem. Ruszyła przez gospodarstwo w stronę ocieplanych klatek, gdzie trzymała psy. Szczekały, jakby czegoś bardzo się bały. Rodek kręcił się po swoim obejściu. Wyglądał na równie zaniepokojonego jak pitbule. Coś się działo. Żywia nie wiedziała tylko co.

Nagle rozległo się wycie. Głośne i przejmujące. Takie, jakiego nigdy wcześniej nie słyszała. Miała wrażenie, że wypełnia ją całą. Że można je usłyszeć nawet wiele kilometrów dalej. Nawet kiedy ustało, zdawało się wibrować w uszach.

Psy przestały szczekać. Rodek podkulił ogon przestraszony.

– Co się dzieje? – zapytała wilka, jakby mógł jej odpowiedzieć.

W i l k o ł a k. Krążyło jej to słowo po głowie, mimo że uparcie próbowała zepchnąć tę myśl jak najdalej. Noc

Odrodzenia. Widzenie Anastazji. Rodzinna legenda. Telefon Joanny na temat testamentu ojca.

Nagle Żywia usłyszała krzyk. Był ponad wszelką wątpliwość ludzki. Pełen bólu i absolutnego przerażenia. Słyszała go dobrze, więc musiał dochodzić z całkiem bliska. Może z domu Anastazji?

– Poooomoooocyyyy... – rozległo się znów. Teraz była już prawie pewna, że to Piotrowska krzyczała. – Pomo...

Głos urwał się w pół słowa. Żywia otworzyła drzwiczki wybiegu i wypuściła Rodka. Sama tam nie pójdzie, a czuła, że nie może stać tu i nic nie robić. Nawet jeżeli chodziło o cholerną Anastazję.

– Idziemy – rzuciła do wilka, otwierając furtkę.

Przez chwilę patrzyli sobie w oczy. Potem Rodek odwrócił się i pobiegł do lasu. Chciała go wołać, ale zrezygnowała. To nic nie da. Przecież las to był jego dom. Przygarnęła wilczka, ale nie mogła trzymać go siłą. Zdecydował, że odejdzie. Musiała poradzić sobie sama.

Wyprostowała się i ruszyła zaśnieżoną drogą. W świetle czerwonej tarczy księżyca droga wydawała się jasna, ale rdzawa. Drzwi do domu Anastazji były otwarte na oścież. Wróżka leżała w progu. Już z tej odległości wyglądała na martwą, choć Żywia nie widziała dokładnie, co się stało.

Kolejny krzyk. Tym razem od strony domu Kaczmarków. A może to tylko wiatr tak wył? Zerwał się niespodziewanie i porwał ze sobą tumany śniegu. Tak jakby zaczęła się zamieć. Żywia prawie nic nie widziała przez wirujące płatki. Co powinna zrobić? Uciekać?

Pokręciła głową. To nie było w jej stylu. Ucieczka nie wchodziła w grę. Zamierzała zmierzyć się z tym, co tam na nią czekało. Ruszyła przed siebie. Być może czeka ją śmierć, ale ojciec nie bez przyczyny nadał jej imię słowiańskiej bogini. Joanna miała rację.

Żywia. Życie.

Wilkołak może i niósł śmierć, ale ona niosła życie. Które z nich wygra, to już zupełnie inna historia.

ROZDZIAŁ 4

Przy cmentarzu w Lipowie. Czwartek, 1 lutego 2018.
Godzina 00.10.
Sierżant sztabowy Marek Zaręba

Marek Zaręba biegł najszybciej, jak potrafił. Oddychał ustami, mimo że mroźne powietrze paliło płuca. Ewelina nie pytała o nic, kiedy powiedział, że wychodzi na trening. Żona nie skomentowała nawet, że jest środek nocy. Widocznie uznała, że policjant musi odreagować wydarzenia dzisiejszego dnia. Przecież tak dużo się wydarzyło.

Nie zapytała, dlaczego w ogóle pojechał do sklepu. Pewnie uznała, że po prostu chciał kupić coś do jedzenia. Skąd mogła wiedzieć, że jechał do Agnieszki? Że jak tylko Paweł oznajmił mu, że musi na chwilę zniknąć, Zaręba też uznał, że ma prawo do prywaty.

Młody policjant przyspieszył kroku. Zdradził żonę. Po raz drugi w życiu. Tylko tym razem było inaczej. Zupełnie inaczej. Agnieszka była w ciąży, a on rozważał nawet, że powie o wszystkim Ewelinie i odejdzie, żeby założyć nową rodzinę.

Zatrzymał się gwałtownie. Nie mógł złapać tchu. Zupełnie jak wtedy, kiedy wszedł do sklepu i zobaczył Grażynę z zakrwawionymi nożycami. I Agnieszkę.

Martwą.

Zupełnie stracił wtedy głowę, choć na pozór udało mu się chyba wyglądać na opanowanego. Nie był w stanie zrobić nic konstruktywnego. Zadzwonił więc do Daniela. Wiedział, że przyjaciel się tym zajmie. Podgórski nie miał oczywiście pojęcia o związku Marka z Agnieszką. Nikt nie wiedział. Ale to nieważne. Marek był pewien, że Daniel po prostu zrobi, co trzeba. A przynajmniej zdejmie z jego barków konieczność podejmowania decyzji.

Zaręba wyjął słuchawki z uszu. Muzyka zagłuszała wszystko. Bez niej cisza mroźnej nocy była tak przejmująca, że wydawało mu się, że ogłuchł. Coś skrzypnęło. Rozejrzał się. Dopiero w tej chwili doszło do niego, że zatrzymał się przy bramie cmentarza. To ona tak hałasowała. Była półotwarta.

Młody policjant podszedł bliżej. Ksiądz Józef nigdy nie zostawiłby jej niezamkniętej na noc. Ktoś chyba się włamał. Marek poczuł, że musi wziąć się w garść. Ktoś mógł okradać groby albo je dewastować. Poczucie obowiązku dawało przynajmniej chwilową ulgę. Zamierzał się go trzymać.

Wszedł ostrożnie na cmentarz. Zszedł z głównej alejki i ruszył, kryjąc się pomiędzy grobami. Nie miał pojęcia, ile osób tam jest. On był sam i do tego nieuzbrojony. Jeżeli to jacyś młodociani chuligani, wystarczy pewnie trochę ich nastraszyć, ale i tak lepiej zachowywać się ostrożnie.

W świetle księżyca zauważył jakąś postać. Niewysoki mężczyzna stał przy mogile blisko muru cmentarza. To był, zdaje się, grób Rodomiła Wilka. Marek wiedział, bo nagrobek dziadków Zarębów znajdował się w sąsiedniej kwaterze.

Policjant podkradł się nieco bliżej, żeby przyjrzeć się mężczyźnie. To był Józef Kaczmarek. Z tej odległości Marek widział już, że mężczyzna jest cały we krwi. Nie wyglądało na to, żeby miał jakąś broń. Przynajmniej na pierwszy rzut oka. Być może ktoś go zaatakował i trzeba mu pomóc.

– Wszystko w porządku? – zapytał, wychodząc spomiędzy grobów.

Józef Kaczmarek odwrócił się. Na jego twarzy malował się dziwny uśmiech.

– Zostałem ostatni – poinformował. – Zostałem ostatni. Testament. Wszystko będzie moje.

Marek zadrżał. Oczy Józefa zdawały się nie ludzkie, ale zwierzęce.

ROZDZIAŁ 5

Junior Kojarski wypił duszkiem resztkę alkoholu ze szklanki. Odkąd w lesie rozległo się głośne wycie, psy były niespokojne. A przez to on też. Wypił już sporo, ale czuł, że musi chyba sięgnąć po tabletki. Miał już tego nie robić, odrodzić się jak Feniks z popiołów, ale nie mógł się powstrzymać. Nie dziś. Jeszcze nie dziś.

Najpierw chodziło o Weronikę i nieudane sfałszowanie filmu. Potem przesłuchanie przez policję. Ta cholerna Nowakowska, czy też Podgórska, bo tak się teraz nazywała, musiała im powiedzieć, że Agnieszka Mróz była u niego, zanim wróciła do sklepu. Co ich to obchodziło.

Ale przynajmniej okazało się, że Michalina nie była w ciąży. Gniew Róży być może będzie mniejszy. Może nawet nie dowie się o jego zdradzie. Spalił wszystkie fotografie dziewczyny, a policja miała już winnego. Całe Lipowo huczało o tym, że zamknęli Pawła Kamińskiego.

Junior podszedł do biurka i usiadł przed komputerem. Może jednak spróbuje się powstrzymać? Tabletki mu szkodziły. Tracił przez nie kontrolę nad rzeczywistością. Zaczął przyglądać się nagraniom z kamer monitoringu. Zawsze uspokajał się, kiedy widział, że wszystko jest w porządku.

Jakoś to będzie, usiłował przekonać samego siebie. Rozwinie interes z nożami. Nawet jeśli magazyn będzie gdzie indziej, a nie w Rodzanicach. Potem stopniowo przejmie firmę od Róży i wszystko będzie jak dawniej. Potrzeba tylko trochę czasu.

Nagle zobaczył, że pod bramę podjeżdża jakiś samochód. Ze środka wysiadł mężczyzna i zadzwonił domofonem. Kojarski nie musiał odbierać, by się dowiedzieć, kto to jest.

– Chodźcie – rzucił do Ramzesa i Rezy.

Narzucił kurtkę. Dzwonek znów zadzwonił niecierpliwie. Mariusz Nowakowski nigdy nie lubił czekać.

– Cześć, stary – zawołał, kiedy Kojarski był w połowie podjazdu.

Junior otworzył bramę niezbyt chętnie. Nie widział przyjaciela kilka miesięcy. A może to już rok. Nie miał ochoty pokazywać mu, w jakim jest stanie. On sam i dom. Mariusz właściwie nigdy tu nie przyjeżdżał. Widywali się w Warszawie. Nie ma więc porównania z tym, jak rezydencja wyglądała przedtem. Ale nawet dla osoby, która nie widziała jej w czasach świetności, teraz przedstawiała obraz nędzy i rozpaczy.

– Nie wiedziałem, że przyjeżdżasz – powiedział.

SuperMario. Tak nazywali Nowakowskiego w gronie warszawskich znajomych. Policjant, ale pochodzący z bogatej rodziny. Dlatego obracał się w ich środowisku. Mężczyzna, który z miejsca roztacza wokół siebie aurę przywództwa. Jak się wychodziło z nim na miasto, miało się gwarancję, że kobiety będą lgnęły do nich jak muchy do lepu.

Ostatnia osoba, której Kojarski teraz potrzebował. Junior czuł się przerażony i niepewny swego, obecność Mariusza tylko to spotęguje.

– Mam tu sprawy do załatwienia – wyjaśnił Mariusz. – Pomyślałem, że chyba mogę się u ciebie zatrzymać, zamiast koczować w jakimś hotelu. Chawirę masz przecież niezłą. Jakiś kącik dla starego znajomego się znajdzie, co?

Policjant nosił teraz długą brodę i coś w rodzaju irokeza z długich dredów na czubku głowy. Wyglądał zupełnie inaczej niż ostatnio. Właściwie nic dziwnego. Kojarski nie wnikał w pracę kolegi, ale wydawało mu się, że Nowakowski pracował często pod przykrywką. Może to była kolejna.

– Wchodź – rzucił chłodno. Było mu wszystko jedno, czy Mariusz usłyszy niechęć w jego głosie, czy nie.

Nowakowski wyciągnął sportową torbę z samochodu i przerzucił przez ramię.

– Mam tu jedną taką babkę do rozpracowania. Podobno znaleziono ją martwą w waszej okolicy. Joanna Kubiak. Ale tego ode mnie nie wiesz – zaśmiał się. – Słuchaj, a Weronika to nadal mieszka w tym dworku, co od was kupiła?

Kojarski skinął głową.

– Wyszła za mąż. Rok temu. Za miejscowego policjanta.

– Wspominałeś. Jednak dawne znajomości warto czasem odświeżyć – zaśmiał się Mariusz. – Takie zadupie, że z chęcią się czymś zajmę w czasie wolnym. Obrączki i papierki to rzecz drugorzędna, nie uważasz?

Junior Kojarski ruszył za kolegą do domu. Miał ochotę stąd uciec.

ROZDZIAŁ 6

Dworek Weroniki w Lipowie.
Czwartek, 1 lutego 2018. Godzina 00.10.
Aspirant Daniel Podgórski

Bajka przestraszyła się wycia wilków w lesie i wskoczyła do łóżka. Zwinęła się w nogach. Grzała przyjemnie. Mimo to Daniel miał wrażenie, że się trzęsie. Denerwował się. Czekał, aż Weronika znów poruszy temat dziecka.

– Co zrobisz? – szepnęła zamiast tego. – Przecież Paweł nie zabił Agnieszki.

– Nie wiem – przyznał Podgórski równie cicho.

– Jak Fijałkowska się zorientuje, to mogą być problemy i…

– Jeszcze nie zeznawaliśmy oficjalnie – uciął.

Tak naprawdę jeszcze mogli powiedzieć prawdę. Podgórski pamiętał jednak spojrzenie Pawła. Rozumiał je. Czasem trzeba było zrobić to, co człowiek uznawał za słuszne. Nawet za cenę prawdy.

– Paweł mnie krył, jak się nachlałem – zaczął. To była niesamowita ulga powiedzieć to wreszcie wprost. – To przeze mnie wyprosił Bohdana Piotrowskiego i Józefa Kaczmarka, a oni potem zabili Żegotę Wilka. Bo ja byłem w gabinecie. Pijany... Cokolwiek Paweł zdecyduje, ja mu pomogę. Jestem mu to winien.

Przez chwilę leżeli w milczeniu.

– Ciekawe, gdzie jest Klementyna – szepnęła znów Weronika. – Nadal się nie odezwała?

Daniel pokręcił głową. Próbował oczywiście oddzwonić na numer, z którego zadzwoniła wcześniej Kopp, ale nikt nie odbierał.

– Jeżeli chodzi o to dziecko – zaczął. Sam nie wiedział, dlaczego poruszył ten temat. Przecież chciał go unikać. – Ja...

Chciał powiedzieć Weronice, że na samą myśl o dziecku znów ma przed oczami delikatne ciałko swojej córeczki. I maleńki grobek. Chciał powiedzieć, że nie wie, co będzie z Emilią. Co będzie z nimi. Że się boi. Po prostu i zwyczajnie się boi. Że nie chce decydować, bo może wybierze źle.

Potem pomyślał o Emilii. O tym, co mu powiedziała rano w samochodzie. Że nie ma już dla nich szansy na więcej. Nigdy. Że mieli być przyjaciółmi. Tylko.

– Zróbmy to, jeśli chcesz – szepnął.

Weronika usiadła na łóżku rozpromieniona.

– Naprawdę?

– Tak – zapewnił policjant, chociaż wszystko w nim krzyczało.

Weronika chciała coś powiedzieć, ale w tym momencie zadzwonił telefon Daniela. Nieznany numer. Odebrał szybko.

– Cześć – głos Kopp był niemożliwy do pomylenia z żadnym innym. – To ja.

– Możesz wreszcie przestać się bawić w ciuciubabkę i powiedzieć, co się dzieje? – zapytał Podgórski, podnosząc głos. Cały dzień emocji i zmęczenie zrobiły swoje. Nie miał ochoty na kolejne uniki ze strony Klementyny.

– Spoko. Ale! Nie za bardzo mogę.

– Klementyna, nie mam teraz na to siły. Kamiński jest na dołku za trzy morderstwa. Jestem cały dzień na nogach. Mam dosyć. Możesz wracać. Nie jesteś już podejrzana.

Przez chwilę po drugiej stronie linii panowało milczenie.

– A powinnam być – powiedziała w końcu Kopp.

– To znaczy?

– Bo to ja zabiłam Joannę Kubiak.

Teraz to Podgórski nie mógł wykrztusić ani słowa. Miał wrażenie, że się przesłyszał. Usiadł na łóżku. Weronika spojrzała na niego zaniepokojona.

– Gdzie ty jesteś? – zapytał Klementynę. – Spotkajmy się i porozmawiajmy.

Cokolwiek się stało, raczej nie powinni tak po prostu gadać o tym przez telefon.

– Byłeś na sekcji, co? Widziałeś jej cholerny tatuaż, co? Cały czas nosiła te swoje sweterki. Nawet nie wiedziałam, że go ma. Dopiero jak chciałam jej pomóc, tam w lesie, wtedy go zauważyłam. Do tamtej chwili nie wiedziałam nawet, że to ona. Nie poznałam jej, chociaż od początku jej nie ufałam. Minęło tyle czasu… Ale! Jak zobaczyłam tatuaż, to wiedziałam. Musiała zginąć. Wzięłam kamień i po prostu rozwaliłam jej czaszkę. Uwierz. Należało jej się jak nikomu innemu. J o a n n a.

Kopp zaśmiała się chrapliwie, jakby imię ją rozbawiło.

– O czym ty kurwa mówisz, Klementyna?!

– Nie miałam czasu, żeby zacierać ślady. Kamień zabrałam. Komórkę zostawiłam na ciele. Nic więcej nie zrobiłam, więc pewnie Ziółek coś na mnie znajdzie. Może jeszcze Kamiński się wywinie. Poszłam do samochodu i odjechałam. Jeśli nawet wzięliście psy, to i tak zgubiły mój ślad. Mylę się, co? Potem ukradłam blachy, podmieniłam i proszę. Tyle mnie widzieliście.

Kopp mówiła teraz takim tonem, jakby uważała, że Daniel jest przeciwko niej. Tak naprawdę nie wiedział, co myśleć. Nie po całym tym dniu.

– Dlaczego? – zapytał tylko. Miał nadzieję, że Klementyna zrozumie, że pyta o zabójstwo.

– A to już zupełnie inna historia. Opowiem ci następnym razem – odparła Kopp. – To jeszcze nie koniec.

Zanim Daniel zdążył coś odpowiedzieć, usłyszał kliknięcie rozłączanego połączenia. I ciszę. To jeszcze nie koniec, powiedziała Kopp. Jeżeli to oznaczało, że ktoś jeszcze zginie, to Podgórski liczył, że się myliła.

OD AUTORKI

Warszawa, 2018

Drodzy Czytelnicy, zawitaliśmy razem do Lipowa po raz dziesiąty! D z i e s i ą t y! Ależ pięknie to brzmi. Dziękuję serdecznie, że ciągle jesteście ze mną i z moimi bohaterami. Dziękuję, że tak mi kibicujecie. Zawsze kiedy przyjeżdżam na spotkania autorskie albo czytam wiadomości od Was na moich profilach w mediach społecznościowych, to szeroko się uśmiecham. Dziękuję Wam za dobrą energię! Wielokrotnie bardzo mi się przydała.

Szczególnie dziękuję wszystkim tym, którzy tłumnie zjeżdżają się na Zloty Czytelników w Lipowie. Lipowo jest oczywiście miejscowością fikcyjną, ale tworząc je, wzorowałam się na Pokrzydowie. Ta niewielka miejscowość nad jeziorem Bachotek to moje ukochane miejsce na ziemi. Nikt tam nikogo nie morduje! Za to przyroda jest niesamowita, a ludzie przemili. Zajrzyjcie, jeśli będziecie kiedyś w okolicy.

A skoro o zlotach mowa, po raz kolejny chciałabym bardzo podziękować ich Organizatorom. To, ile pracy wkładają, żebyśmy wszyscy bawili się doskonale, jest niesamowite.

Ludzie pełni pasji i kreatywności: Małgorzata Wierzbowska, Witold Wierzbowski, Lidia Prątnicka, Maciej Zieliński, Tomasz Piotrowski (zbieżność nazwiska z bohaterami tej książki przypadkowa!) oraz Lucyna Kaczyńska. Dziękuję! Spełniacie moje marzenie, żeby wyjść poza karty książki i pokazać Czytelnikom również prawdziwe Lipowo (Pokrzydowo)!

Dziękuję też mieszkańcom Pokrzydowa, że z nami wszystkimi wytrzymujecie! (Zwłaszcza ze mną!).

Jak zwykle dziękuję bardzo mocno mojemu mężowi, Krzyśkowi. Bez Twojej pomocy zawróciłabym na wielu zakrętach. Dziękuję mojej Mamie, Tacie i całej Rodzinie oraz najbliższej przyjaciółce (właściwie siostrze!), Magdzie.

Dziękuję też następującym osobom: Annie Derengowskiej, Maciejowi Makowskiemu, Agnieszce Paśko, Agnieszce Obrzut-Budzowskiej i całemu działowi promocji, Elżbiecie Kwiatkowskiej oraz reszcie naprawdę fantastycznej ekipy wydawnictwa Prószyński Media; dziękuję też Gregowi Messinie (*Thank you, Greg!*), Małgorzacie Grudnik-Zwolińskiej, Maciejowi Korbasińskiemu oraz Mariuszowi Banachowiczowi.

Dziękuję serdecznie Policjantom, którzy pomagali mi przy pisaniu tej książki, odpowiadając na moje pytania i wątpliwości. Nie wszystkich z Was z różnych względów mogę tu wyliczyć, więc – gwoli sprawiedliwości – nie wymienię nikogo z imienia i nazwiska. I tak wiecie, że to do Was się odnosi! Dziękuję!

Jak zwykle dziękuję również serdecznie prawdziwym funkcjonariuszom z Komendy Powiatowej Policji w Brodnicy za ich codzienną wymagającą służbę. Zdarza się przecież, że życie pisze o wiele trudniejsze scenariusze niż te książkowe. Bezpiecznej służby!

Dziękuję również wszystkim recenzentom, redaktorom portali internetowych dotyczących literatury oraz blogerom książkowym, którzy aktywnie uczestniczą w popularyzowaniu polskiej literatury. Dziękuję moim patronom medialnym oraz pisarzom, którzy mnie wspierają.

Na koniec pozostaje mi, jak za każdym razem, powiedzieć, że wszystkie wydarzenia i osoby opisane w tej książce są całkowicie fikcyjne i powstały w mojej wyobraźni jedynie na potrzeby tej opowieści. Wszelkie ewentualne podobieństwo personaliów i zdarzeń jest zupełnie przypadkowe.

Dziękuję Wam wszystkim serdecznie. I do zobaczenia przy okazji kolejnej historii!

Kasia Puzyńska